MISIÓN: JERUSALÉN, BLANCO: EL ANTICRISTO

ASESINOS

TIM LaHaye

JERRY B. JENKINS

EDITORIAL
UNILIT

Publicado por
Editorial **Unilit**
Miami, Fl. 33172
Derechos reservados

Primera edición 1999

© 1999 por Tim LaHaye y Jerry B. Jenkins
Todos los derechos reservados.
Originalmente publicado en inglés con el título:
Assassins por Tyndale House Publishers, Inc.
Wheaton, Illinois

Traducido al español por: Nellyda Pablovsky

Citas bíblicas tomadas de la "Biblia de las Américas"
© 1986 The Lockman Foundation
 Usada con permiso.

Producto 497527
ISBN 0-7899-0725-9
Impreso en Colombia
Printed in Colombia

*Al doctor John F. Walvoord
Que ha contribuido a mantener
Ardiendo la antorcha de la profecía
por más de medio siglo*

A los treinta y ocho meses de la tribulación

Los creyentes

Raimundo Steele: a mediados de los cuarenta; ex capitán de aviones 747 de Pan-Continental; perdió a su esposa e hijo en el arrebatamiento; ex piloto de Nicolás Carpatia, el potentado de la Comunidad Global; miembro fundador del Comando Tribulación; ahora, fugitivo internacional exilado en la casa que les sirve de refugio en Monte Prospect, Illinois.

Camilo "Macho" Williams: a comienzos de los treinta; ex editor en jefe del *Semanario Global*; ex editor del *Semanario de la Comunidad Global* de Carpatia; miembro fundador del Comando Tribulación; editor de la ciberevista *La Verdad* fugitivo en el exilio en la casa que les sirve de refugio.

Cloé Steele Williams: a comienzos de los veinte, ex estudiante de la Universidad Stanford de California; perdió a su madre y su hermano en el arrebatamiento; hija de Raimundo; esposa de Camilo; madre de Keni Bruno, de nueve meses de edad; presidenta de la Cooperativa Internacional de Bienes una red clandestina de creyentes; miembro fundador del Comando Tribulación; fugitiva en el exilio en la casa de refugio.

Zión Ben-Judá: a finales de los cuarenta; ex académico rabínico y estadista israelita; reveló su conversión a Cristo en

5

un especial internacional de la televisión —después le asesinaron a su esposa y dos hijos adolescentes; escapó a los EE.UU., líder y maestro espiritual del Comando Tribulación; cuenta con una ciberaudiencia diaria de más de mil millones de personas; reside en la casa de refugio.

Doctor Carlos Floid: a fines de los treinta; ex médico de la CG; exilado en la casa de refugio.

Max McCullum: a finales de los cincuenta; piloto de Nicolás Carpatia; reside en el complejo palaciego de la CG en Nueva Babilonia.

David Jasid: en la mitad de los veinte; director de compras, despachos y recepción de la CG; reside en el complejo palaciego de la CG en Nueva Babilonia.

Lea Rosas: en la mitad de los treinta; enfermera jefe de administración; Hospital Arthur Young de Palatine, Illinois; vive sola.

("Ti") Tyrola Marcos Delanty: al final de los treinta; propietario y director del Aeropuerto de Palwaukee, Wheeling, Illinois.

Señor Lucas (Laslos) Miklos y señora: a mediados de los cincuenta; magnates de la minería del lignito; residen en Grecia.

Abdula Smith: jordano; a comienzos de los treinta; ex piloto de combate.

Los enemigos

Nicolás Carpatia: a mediados de la treintena; ex presidente de Rumania; ex secretario general de las Naciones Unidas;

autodesignado Potentado de la Comunidad Global; reside en el palacio de la CG en Nueva Babilonia.

León Fortunato: a comienzos de los cincuenta; mano derecha de Carpatia; comandante supremo; reside en el palacio de la CG en Nueva Babilonia.

Pedro Mathews: a fines de los cuarenta; ex cardenal de la arquidiócesis de Cincinatti, Ohio; autodesignado Pedro II, Pontífice Máximo; cabeza de la Única Fe Mundial Enigma Babilonia; vive en el palacio del templo en Nueva Babilonia.

Los Indecisos

Patty Durán: 30, ex azafata de Pan-Continental; ex asistente personal de Nicolás Carpatia; reside en la casa de refugio.

Doctor Jaime Rosenzweig: a finales de los sesenta; botánico y estadista israelita; descubridor de una fórmula que hizo florecer los desiertos de Israel; ex Hombre del Año del *Semanario Global*; reside en Jerusalén.

PRÓLOGO

---

de *APOLIÓN*

Había surgido una amplia red de iglesias en las casas —aparentemente en forma espontánea— con judíos conversos que claramente eran parte de los 144.000 testigos que iban asumiendo posiciones de liderazgo. Ellos enseñaban diariamente a la gente que tenían a cargo, basados en sermones y lecciones del prolífico Zión Ben-Judá en el ciberespacio.

Decenas de miles de esas iglesias clandestinas de las casas, existían en la cara misma de la invasora Única Fe Mundial Enigma Babilonia, viendo que diariamente se agregaban conversos valerosos a la Iglesia...

El "Macho Williams llevaba mucho tiempo transmitiendo al ciberespacio, en forma anónima, su propia revista, *La Verdad*, que ahora sería su única salida de escritor. Irónicamente, atrajo diez veces más del público lector que él hubiera tenido como periodista jefe de planta del *Semanario de la Comunidad Global*. Se preocupaba por su seguridad, naturalmente, pero más por Cloé, su esposa...

———————

La letanía de los logros de Nicolás Carpatia iba desde la reconstrucción de ciudades, caminos y aeropuertos a la casi milagrosa reconstrucción de Nueva Babilonia en la ciudad más magnífica que se hubiera edificado antes. "Es una obra maestra que espero que usted visite tan pronto como pueda". Su sistema de satélites celular/solar (CellSol) permitía que todos tuvieran acceso a todos por teléfono y la Internet, sin que importara la hora o la ubicación geográfica. Todo esto introducía sencillamente la superestructura necesaria para que Nicolás gobernara al mundo...

———————

Llegaría el día en que la señal de la cruz en la frente tendría que decirlo todo para los santos de la tribulación. Aun indicarla con un gesto era algo que llamaría la atención de las fuerzas enemigas.

El problema era que también llegaría el día en que el otro bando tendría su propia marca, que sería visible para todos. Efectivamente, según la Biblia, los que no tuvieran esta "marca de la bestia" no podrían comprar ni vender. La gran red de santos tendría, entonces, que desarrollar su propio mercado clandestino para seguir con vida...

———————

León Fortunato, el Comandante Supremo de la Comunidad Global, presentó a Su Excelencia, el Potentado Nicolás Carpatia, a la audiencia internacional de la televisión. Zión Ben-Judá había advertido a Raimundo que las habilidades sobrenaturales de Nicolás serían difundidas como a trompetazos hasta exageradamente, echando los cimientos para el momento en que él mismo se declare dios durante la segunda mitad de la tribulación...

Las risotadas estridentes o la estupidez sencillamente no tenían lugar en las vidas del Comando Tribulación. Raimundo pensaba que el pesar desgastaba. Él esperaba el día en que Dios enjugara todas las lágrimas de sus ojos, y en que no hubiera más guerras...

Zión le dijo a Patty: —Te compadezco tanto; anhelo tanto que acudas a Jesús —y súbitamente no pudo continuar.

Patty arqueó las cejas, mirándolo fijamente.

—Perdóname —pudo susurrar Zión, tomando un sorbo de agua y recobrando la compostura. Siguió entre lágrimas—. Dios me ha permitido, de alguna manera, que te mire a través de Sus ojos —una joven asustada, enojada, remecida, que ha sido usada y abandonada por mucha gente en su vida. Él te ama con amor perfecto. Jesús miró una vez a Su audiencia y dijo: "¡Jerusalén, Jerusalén, la que mata a los profetas y apedrea a los que son enviados a ella! ¡Cuántas veces quise juntar a tus hijos, como la gallina junta sus pollitos debajo de sus alas, y no quisiste!"

—Señorita Durán, tú conoces la verdad. Yo te he oído decirlo. Y, sin embargo, no quieres... Miro tu frágil belleza y veo lo que te ha hecho la vida, y anhelo que tengas paz. Pienso en lo que pudieras hacer por el reino durante estos tiempos peligrosos, y siento celos por tenerte como parte de nuestra familia. Temo que arriesgues tu vida manteniéndote lejos de Dios, y no quiero imaginar como pudieras sufrir antes que Él te alcance.

Ahora parecía que la vida de Raimundo como logrado piloto comercial distaba siglos. Costaba entender que habían pasado menos de tres años desde que él era sólo un marido y padre de una zona residencial, tampoco uno muy bueno, sin nada más que preocuparse por dónde y cuándo tenía su próximo vuelo.

Raimundo no podía quejarse de no tener nada importante en que ocupar su tiempo. ¡Pero el costo de llegar a ese punto! Podía entender a Zión. Si la tribulación era difícil para cualquier tipo como Raimundo, no llegaba a imaginarse como tenía que ser para uno llamado a juntar a los 144.000 testigos y llegar a, quizás, mil millones de otras almas nuevas...

———————

A Camilo le gustaba mucho conversar con Zión. Habían pasado tantas cosas juntos. Le estremeció que él estuviera quejándose por el complicado embarazo de su esposa a un hombre cuya esposa e hijos habían sido asesinados. No obstante, Zión era, de alguna manera, capaz de ser sabio y pensar claro, ejerciendo un efecto calmante en la gente...

—Así que ahora sigue el juicio de la sexta trompeta, ¿qué esperas aquí? —preguntó Camilo.

Zión suspiró. —Camilo, la línea de fondo habla de un ejército de doscientos millones de jinetes que matarán a un tercio de la población del mundo.

Camilo se quedó sin habla. Él había leído la profecía pero nunca la había llevado a su esencia. —Qué importa lo que hayamos sufrido —continuó Zión—, toda fealdad que hayamos enfrentado, todo palidecerá comparado con este juicio venidero aún peor.

—Y los que vienen después de este, ¿empeoran más todavía?

—Cuesta imaginarlo, ¿verdad? Camilo, solamente una cuarta parte de la gente que fueron dejados atrás en ocasión del arrebatamiento, sobrevivirá hasta la aparición gloriosa. No le tengo miedo a la muerte pero cada día ruego que Dios me permita tener el privilegio de verlo volver a la Tierra para establecer Su reino. Si me lleva antes de eso, me reuniré con mi familia y otros seres queridos pero, ¡oh, el gozo de estar aquí cuando Jesús llegue!

---

*"El primer ¡ay! ha pasado; he aquí, aún vienen dos ayes
después de estas cosas. El sexto ángel tocó la trompeta,
y oí una voz que salía de los cuatro cuernos del altar de
oro que está delante de Dios, y decía al sexto ángel que
tenía la trompeta: Suelta a los cuatro ángeles que están
atados junto al gran río Éufrates. Y fueron desatados los
cuatro ángeles que habían sido preparados para la hora,
el día, el mes y el año..."*

Apocalipsis 9:12-15

UNO

FURIA.
Otra palabra no lo describía.

Raimundo sabía que tenía mucho por lo cual estar agradecido. Irene, su esposa durante veintiún años, tampoco Amanda, su esposa durante menos de tres meses, tenían que soportar más a este mundo.

Raimundito también estaba en el cielo. Cloé y Keni, su bebé, tenían buena salud.

Eso debiera bastar. Pero el cliché verbal —*consumido* cobraba vida para Raimundo. Salió con mucha brusquedad de la casa que servía de refugio a mediados de una agradable mañana de un lunes de mayo, sin chaqueta y contento por eso. No se trataba de que alguno de la casa de refugio lo hubiera hecho enojar.

Patty era la de costumbre, quejándose por estar inmovilizada mientras recuperaba su fuerza.

—No crees que lo haré —le había dicho mientras se apresuraba a otra serie de ejercicios para fortalecer los abdominales—. Me subestiman mucho.

—No dudo que estés suficientemente loca como para intentarlo.

—Pero no me llevarías en el avión para allá ni por todo el oro del mundo.

—Ni por tu vida.

Raimundo siguió a tropezones por un sendero cercano a una hilera de árboles que separaba un campo polvoriento de lo que había quedado de la casa de refugio, y los montones de escombros de lo que habían sido las casas vecinas. Se detuvo y escrutó el horizonte. Una cosa era la rabia, pero la estupidez era otra muy distinta. No era sensato delatar su ubicación solamente por un instante de aire fresco.

No vio nada ni a nadie pero se quedó más cerca de los árboles que del descampado. ¡Qué diferencia había significado un año y medio! Toda esta zona, por kilómetros a la redonda, había sido una floreciente zona residencial de las afueras de la ciudad. Ahora eran escombros del terremoto, abandonados para los fugitivos y los pobres; Raimundo llevaba meses siendo uno, e iba acercándose velozmente al otro.

La furia asesina amenazaba con devorarlo. Su mente científica y racional luchaba contra su apasionamiento. Él conocía a otras personas, sí, hasta Patty, que tenían tanto o más motivos que él. Pero Raimundo rogaba a Dios que lo nombrara a él. Él quería ser el que hiciera la obra. Él creía que era su destino. Raimundo movió la cabeza y se apoyó en un árbol, dejando que la corteza le raspara la espalda. ¿Dónde estaba el aroma del césped recién cortado, los ruidos de los niños que jugaban en el patio? Nada era como había sido. Cerró los ojos y repasó una vez más su plan. Infiltrarse disfrazado, en el Oriente Medio. Colocarse en el lugar correcto en el momento preciso. Ser el arma de Dios, el instrumento de la muerte. Asesinar a Nicolás Carpatia.

———

David Jasid se designó él mismo para acompañar al helicóptero de la Comunidad Global que iba a buscar un envío grande de computadoras para el palacio del Potentado. La mitad del personal de la CG que había en su departamento iba a pasarse las próximas semanas tratando de localizar el sitio geográfico de la clase diaria de Zión Ben-Judá en el ciberespacio, y el del semanario Internet de Camilo Williams.

El potentado en persona quería saber con cuánta rapidez se podían instalar las computadoras. —Calcule medio día para descargarlas, volver a cargarlas y traerlas para acá en camión, desde el aeropuerto —le había dicho David—. Luego, descargarlas otra vez y, figúrese un par de días más para instalarlas y dejarlas funcionando.

Carpatia había empezado a hacer ruido con sus dedos en cuanto las palabras —medio día— salieron de la boca de David. —Más rápido —dijo—. ¿Cómo pudiéramos robarnos unas horas?

—Sería muy caro pero se podría.

—Señor Jasid, los costos no son mi prioridad. Rapidez. Rapidez.

—El helicóptero puede traer toda la carga y depositarla fuera de la entrada de carga.

—Eso mismo —dijo Carpatia—. Sí, eso.

—Yo quisiera supervisar personalmente la recogida y la entrega.

Carpatia ya estaba en otra cosa, despidiendo a David con un gesto de la mano. —Naturalmente, lo que sea.

David llamó a Max McCullum con su teléfono seguro. —Funcionó —dijo.

—¿Cuándo hacemos el vuelo?

—Lo más tarde que podamos. Esto tiene que parecer un error.

Max se rió. —¿Lograste que hagan la entrega en la pista aérea equivocada?

—Por supuesto. Les dije una, pero puse otra en el papeleo. Ellos hacen lo que oyen. Me protegeré de los dos chiflados con el papeleo.

—¿Fortunato sigue desconfiando de ti?

—Siempre pero ni él ni Nicolás sospechan. Max, ellos te quieren a ti, también.

—No lo sé. Tenemos que seguir en este tren para llegar lo más lejos que pueda llevarnos.

———

Raimundo no se atrevía a hablar de sus sentimientos con Zión. El rabino tenía bastante que hacer y Raimundo sabía lo que diría: "Dios tiene Su plan. Deja que lo ejecute".

Pero ¿qué había de malo con que Raimundo ayudara? Él estaba dispuesto. Podía hacerlo. Si le costaba la vida, ¿qué? Se reuniría con sus seres queridos y, después, se les unirían otros más.

Raimundo sabía que eso era una locura. Nunca antes lo habían dominado sus sentimientos. Quizás su problema era que, ahora, estaba fuera de contacto, lejos de la acción. El miedo y la tensión de andar llevando a Carpatia en el avión por todos lados durante meses había valido por la cercanía que le daba y la ventaja para el Comando Tribulación.

El peligro de su papel actual no era lo mismo. Él era piloto titular de la Cooperativa Internacional de Bienes, la organización que podría mantener con vida a los creyentes, cuando se desvaneciera su libertad para comprar y vender abiertamente en el mercado. Por ahora, Raimundo estaba haciendo contactos solamente, estableciendo rutas; en esencia, estaba trabajando para su propia hija. Tenía que conservar el anonimato y saber en quién podía confiar. Pero no era lo mismo. No se sentía tan necesario para la causa.

¡Pero si pudiera ser el que matara a Carpatia!

¿A quién embromaba? El asesino de Carpatia sería ejecutado sin juicio. Y, si Carpatia era el anticristo, sin ninguna duda, y la mayoría pensaba que lo era, salvo sus partidarios, tampoco iba a seguir muerto. El asesinado sería Raimundo, totalmente; no Carpatia. Nicolás saldría de esto más heroico que nunca pero que esto tuviera que hacerse de todas maneras, y que él pudiera estar situado para realizarlo, parecía darle una razón para vivir a Raimundo y, probablemente, para morir.

Su nieto, Keni Bruno, le había robado el corazón pero su mismo nombre evocaba en Raimundo a las pérdidas dolorosas. El difunto Ken Ritz había sido un amigo nuevo con la perspectiva de ser uno bueno. Bruno Barnes había sido el primer mentor que tuvo Raimundo y le había enseñado tanto después de darle la cinta de video que lo había dirigido a Cristo. ¡Eso era! Eso tenía que ser lo que le suscitaba tanto odio, tanta furia. Raimundo sabía que Carpatia era un simple títere de Satanás, en realidad, que era parte del plan de Dios para los siglos pero el hombre había desencadenado tanta devastación, había causado tanta destrucción, había producido tanto pesar, que Raimundo no podía evitar odiarlo. Raimundo no quería anestesiarse al desastre, la muerte y la devastación que se habían vuelto cosa común y corriente. Él quería seguir sintiéndose vivo, violado, ofendido. Las cosas eran malas y empeoraban, y el caos se multiplicaba cada mes. Zión enseñaba que las cosas llegarían a un alto a mediados de los siete años de tribulación, a cuatro meses a contar desde ahora. Y, entonces, vendría la gran tribulación. Raimundo anhelaba sobrevivir los siete años para presenciar la gloriosa aparición de Cristo para establecer Su reinado de mil años en la Tierra. Pero, ¿cuáles eran las posibilidades? Zión enseñaba que, a lo sumo, sólo una cuarta parte de la población que quedó del arrebatamiento sobreviviría hasta el final, y los que así hicieran desearían no haber sobrevivido.

Raimundo trató de orar. ¿Pensaba que Dios contestaría, que le daría permiso, que pensaría en su trama? Sabía que no. Su conspiración era sólo una manera de sentirse vivo y, de todos modos, se lo estaba comiendo vivo, le daba una razón para respirar.

Él tenía otras razones para vivir. Amaba a su hija y a su esposo y al hijito de ellos y, no obstante, se sentía responsable de que Cloé se hubiera perdido el arrebatamiento. La única familia que le había quedado enfrentaría el mismo mundo que él. ¿Qué clase de futuro era ese? No quería pensarlo. Todo lo que quería pensar era a cuáles armas pudiera llegar y cómo podría conseguirlas en el momento apropiado.

———————

David recibió una llamada de su jefe de rutas, justo después que oscureció en Nueva Babilonia.

—El piloto quiere saber si tiene que bajar en la pista de...

—¡Ya se lo dije; dígale que haga lo que le mandan!

—Señor, la factura de carga dice pista del palacio pero él pensó que usted le dijo en el aeropuerto de Nueva Babilonia.

David hizo una pausa como si estuviera enojado. —¿Entendió lo que dije?

—Usted dijo el aeropuerto pero...

—¡Gracias! ¿Cuál es el ETA[1] que tiene él?

—Treinta minutos al aeropuerto. Cuarenta y cinco a la pista. Sólo para saber si lo tengo claro...

David colgó y llamó a Max. Media hora más tarde estaban en el helicóptero, en el pavimento de la pista aérea del palacio. Naturalmente, la carga de computadoras no estaba ahí. David llamó al aeropuerto. —¡Dígale al piloto dónde estamos!

—Hombre —dijo Max—, los tienes como el perro dando vueltas mordiéndose la cola.

—¿Crees que quiero que los mejores técnicos del mundo se instalen frente a computadoras nuevas, todos en busca de la casa de refugio?

Max sintonizó la frecuencia del aeropuerto y oyó las instrucciones para que el piloto del avión de carga despegara y aterrizara en la pista del palacio. Miró a David: —Al aeropuerto, chófer de helicópteros —dijo David.

—Los pasaremos en el aire.

———————

1.   Estimated time of arrival = Hora de llegada calculada

—Espero que lo hagamos.

Lo hicieron. David tuvo lástima del piloto, por fin, le aseguró que él y Max se quedarían donde estaban y le mandó volver.

Una grúa sirvió para descargar las computadoras, y Max maniobró el helicóptero situándolo para enganchar la carga. El jefe de carga afirmó el cable, le aseguró a Max que tenía el tamaño y el poder para transportarla fácilmente, y le dijo cómo levantarla.

—A bordo hay una palanca para soltar la carga en caso de emergencia —dijo—, pero no debiera tener problemas.

Max le agradeció y captó la mirada de David. —No debiera —dijo éste, moviendo la cabeza.

—Por supuesto que debiera. ¿Esta palanca de aquí? Yo me encargaré de esto.

DOS

Camilo se sentó a trabajar con la computadora, poco después del mediodía en el muy ampliado refugio subterráneo de la casa de seguridad. Él, su suegro y el doctor Floid habían hecho la mayor parte de la excavación. No era que el doctor Ben-Judá no hubiera querido cooperar o que fuera incapaz de hacerlo. Él había demostrado ser notablemente apto para la función de un hombre metido en las obras académicas y con sus ojos puestos en la pantalla de una computadora durante la mayor parte de cada día.

Sin embargo, Camilo y los demás le instaron a seguir con su trabajo más importante, por medio de la Internet: enseñar a las masas de creyentes nuevos e implorar por nuevos conversos. Era claro que Zión sentía que holgazaneaba dejando que los otros hombres hicieran el trabajo manual mientras que él se esforzaba con lo que llamaba *trabajo suave* en un dormitorio de arriba. Durante días todo lo que deseaba hacer era unirse a los demás con dignidad, en sacar y trasladar la tierra desde el subterráneo a los campos cercanos. Los otros le habían dicho que se arreglaban bien sin su ayuda, que abajo estaba muy lleno con cuatro hombres en el poco espacio, que su ministerio era demasiado crucial para ser postergado por trabajo bruto.

Finalmente, recordó Camilo sonriendo, Raimundo le había dicho a Zión: —Tú eres el anciano, nuestro pastor, nuestro mentor, nuestro académico pero yo tengo la antigüedad y la autoridad como cabeza de este grupo, y te estoy echando encima el rango.

Zión se había enderezado en el húmedo subterráneo y se había echado para atrás, con expresión de miedo fingido en su cara. —Sí, señor —había dicho—, ¿y mi comisión?

—No estorbarnos, viejo. Tienes las manos suaves de la gente educada. Por supuesto que también nosotros pero tú estorbas.

Zión se había enjugado la frente con una manga. —Oh, Raimundo, déjate de embromarme. Yo sólo quiero ayudar.

Camilo y Carlos dejaron de trabajar y se unieron, esencialmente, para embromar a Zión. Carlos Floid había dicho: —Doctor Ben-Judá, en realidad, a todos nos parece que usted desperdicia su tiempo aquí —*nosotros* estamos despilfarrando su tiempo— permitiendo que haga esto. Por favor, por nosotros, tranquilice nuestra conciencia y déjenos terminar sin usted.

Le tocó el turno a Raimundo de fingirse ofendido. —Mira que vale *mi* autoridad —dijo—, acabo de dar una orden y ahora, el Cortahuesos, ¡se mete a abogar con él de nuevo!

—Caballeros, ustedes hablan en serio —dijo Zión con su acento israelí más fuerte que nunca.

Raimundo levantó ambas manos: —¡Por fin! El académico lo capta.

Zión se encaminó de vuelta al piso de arriba, rezongando que "todavía resulta insensato" pero no trató de nuevo de meterse en el equipo de excavaciones.

Camilo estaba impresionado con la manera en que los otros tres se habían fundido. Raimundo era el de mayor astucia tecnológica, Camilo mismo a veces era demasiado analítico, y Carlos —pese a su título de médico— parecía contento de hacer lo que le decían. Camilo le hacía bromas por eso, diciéndole que él pensaba que los médicos suponían que lo sabían todo. Carlos no era belicoso pero tampoco Camilo lo encontraba divertido. Efectivamente, Carlos parecía agotarse pronto cada día pero nunca se ponía a holgazanear. Sólo que se pasaba mucho tiempo tratando de recobrar el aliento, pasándose las manos por el pelo y frotándose los ojos.

Raimundo hacía un mapa del trabajo de cada día con un esbozo burdo que amalgamaba de dos fuentes. La primera provenía de las notas meticulosas, unidas con espiral, y garrapateadas con una suerte de escritura como patas de gallina, del propietario original del lugar, Dany Moore, que había muerto aplastado en la iglesia durante el terremoto de la gran ira del Cordero, casi dieciocho meses atrás. Camilo y Zión habían encontrado el cadáver de la esposa de Dany en el demolido saloncito para desayunar que había en la parte de atrás de la casa.

Dany había planeado, evidentemente, un futuro como este, suponiendo en alguna forma que él y su esposa tendrían que vivir encerrados un día. Sea que temiera la lluvia radioactiva o que sólo anticipara esconderse de las fuerzas de la Comunidad Global, él había armado un plan amplio. Su plano agrandaba el pequeño y húmedo subterráneo que estaba en la parte de atrás de la casa extendiéndolo, por debajo, hasta el otro lado del *dúplex* y bien lejos por debajo del patio.

La otra fuente que Raimundo consultaba era el refinamiento tardío del plano original que había hecho Ken Ritz, el cual resaltaba su imagen de piloto rudo, rebelde y desdeñoso de la toga. Resultó que era un graduado de la Escuela de Economía de Londres, licenciado en toda suerte de aviones de retropropulsión de altísima velocidad y —como demostraba este plano— un arquitecto autodidacta. Ken había dinamizado el proceso de excavación, moviendo las vigas de apoyo de Dany, y diseñado un protocolo de comunicaciones centralizado. Cuando todo estuviera en su lugar, el refugio sería indetectable y los diversos enlaces a satélites, receptores y transmisores celulares, y las *interfaces* infrarrojas serían de fácil acceso y servicio.

Mientras el "Macho" trabajaba con Carlos y Raimundo, y Sión escribía sus misivas maestras de cada día para su audiencia global, Cloé y Patty se ocupaban en sus propias tareas. Patty parecía aprovechar cada momento libre para hacer gimnasia, tonificando, fortaleciendo y añadiendo peso a lo que había llegado a ser su emaciado cuerpo. A Camilo le preocupaba que ella anduviera en algo nada bueno. Habitualmente andaba metida en eso. Nadie de la casa tenía la seguridad de que ella ya no hubiera comprometido la ubicación de ellos con su mal concebido esfuerzo para conseguir pasaje a Europa en los meses anteriores. Hasta ahora nadie había venido a fisgonear en el lugar pero ¿cuánto tiempo más duraría eso?

Cloé pasaba gran parte del tiempo con el bebé Keni, naturalmente. Cuando ella no estaba tratando de echarse una siestecita para recuperar su fuerza, utilizaba sus ratos libres para trabajar en la Red con su creciente legión de proveedores y distribuidores de la Cooperativa de Bienes. Los que ya eran creyentes estaban empezando a comprar y vender unos de otros, anticipándose al tenebroso día en que les prohibirían el intercambio comercial habitual.

La presión del encierro y el exceso de trabajo, para ni hablar del temor al futuro, eran la compañía constante de Camilo, el "Macho", que agradecía poder escribir por cuenta propia y ayudar a Raimundo y Carlos con el refugio, mientras seguía teniendo tiempo para estar con Cloé y Keni. No obstante, de alguna forma sus días eran tan largos como siempre. La única vez que él y Cloé tenían tiempo para ellos era al final del día cuando estaban apenas despiertos para conversar. Keni dormía en el dormitorio de ellos, y aunque no era la clase de bebé que molestara al resto de la gente de la casa, ambos, Cloé y Camilo, se levantaban a menudo en la noche por él.

Camilo yacía despierto una medianoche, contento de oír la profunda y rítmica respiración de Cloé y por saber que ella dormía. Estaba cavilando cómo mejorar la eficiencia del Comando Tribulación, esperando que él pudiera aportar tanto como parecía que aportaban los demás hombres. Desde el comienzo, cuando el Comando estaba formado solamente por el difunto Bruno Barnes, Raimundo, Cloé y él, el "Macho", sentía como que participaba de un esfuerzo cósmico y central. El Comando Tribulación, contándose entre los primeros creyentes de los dejados atrás en el arrebatamiento, estaba dedicado a ganar gente para Cristo, oponerse al anticristo y sobrevivir hasta la reaparición de Cristo, ahora a tres años y medio de distancia.

Zión, a quien Dios había dado para reemplazar a Bruno, era un bien inapreciable que debía ser protegido por sobre todo. Su saber y su pasión, junto con su habilidad para comunicarse a nivel del laico, lo hacían el enemigo principal de Nicolás Carpatia. Por lo menos, el número uno después de los dos testigos del Muro de los Lamentos, que seguían atormentando a los incrédulos con plagas y juicios.

Cloé lo dejaba estupefacto con su capacidad para manejar una compañía internacional mientras cuidaba al bebé. Carlos, el médico, era un claro regalo de Dios, que había salvado la vida de Patty y mantenido en buena salud a los demás. Patty era la única incrédula y, comprensiblemente, egoísta, gastándo la mayor parte del tiempo en ella misma.

Pero al "Macho" le preocupaba Raimundo más que nadie. Su suegro no era el mismo en el último tiempo. Parecía enojarse mucho y rápido con Patty y, a menudo, andaba sumido en sus pensamientos, con su rostro nublado por la desesperación. Raimundo había empezado, también, a irse de la casa, caminando sin llegar a ninguna parte a plena luz del día. Camilo sabía que Raimundo no iba a descuidarse pero deseaba que alguien le ayudara. Le pidió a Zión que probara pero el rabino dijo: —Llegará el momento oportuno en que el capitán Steele acuda a mí cuando quiera revelar algo. No me siento con la libertad de tratar cosas privadas con él.

Camilo le había pedido la opinión al médico. —Él es mi mentor; no al revés —había contestado Carlos—. Yo acudo a él con mis problemas; no espero que él venga a mí con los suyos.

Cloé también se disculpó: —Camilo, mi papá es un padre tradicional casi del viejo mundo. Él me da todo el consejo, que no pido, si lo desea, pero yo ni soñaría en tratar de lograr que él se sincerara conmigo.

—Pero tú te das cuenta, ¿no?

—Por supuesto pero ¿qué esperas? Todos estamos locos a estas alturas. ¿Esta es una forma de vivir? Ir a ninguna parte a la luz del día salvo a Palwaukee de vez en cuando; teniendo que usar alias y estar constantemente preocupados de que nos detecten?

Los compatriotas del "Macho" tenían razones para no confrontar a Raimundo. Él, Camilo, tendría que hacerlo. *¡Oh, qué alegría!* —pensó.

David Jasid se instaló en el asiento del pasajero del helicóptero CG Uno, vigilando junto con Max McCullum. La tripulación de tierra del aeropuerto de Nueva Babilonia enganchaba un grueso cable de acero desde el helicóptero a tres contenedores, no muy grandes, que tenían 144 computadoras. El jefe del equipo le hizo señales a Max para comenzar a subir lentamente hasta que el cable se tensara. Luego, despegó suavemente, en forma ostensible para entregar la carga en el palacio de la Comunidad Global.

—Los contenedores debieran cuidarse solos, siempre y cuando uno se mantenga lejos de esa palanca que los suelta. Realmente no harías eso, ¿cierto? —había dicho Max.

—¿A fin de retrasar que mi propio personal encuentre el punto desde el cual transmiten Zión, Camilo y Cloé? Puedes apostar que sí lo haría, si fuera la única forma.

—¿Sí?

—Vamos, Max. Me conoces bien a estas alturas. ¿Piensas que yo rompería tantas computadoras? Puede que sólo tenga un tercio de tu edad...

—¡Oye!

—Bueno, poco menos de la mitad, pero concédeme algún mérito. ¿Crees que se me pasó por alto la cantidad de computadoras que pedimos?

Max levantó un dedo y apretó el transmisor de su radio.
—Helicóptero CG Uno a la torre de palacio, cambio.

—Aquí la torre. Adelante, Uno.

—Tres minutos de ETA, cambio.

—Entendido, cambio y fuera.

Max se volvió a David: —Me imaginé que por eso pediste una gruesa. Uno cada mil testigos.

—No es que se reparta de esa manera, pero no, no voy a soltarlas en el desierto.

—Pero tampoco voy a aterrizar en el palacio, ¿no?

David sonrió y movió su cabeza. Desde su posición tenía la vista del desparramado complejo palaciego. Hectáreas y hectáreas de edificios rodeaban al gran castillo refulgente —de qué otra manera podía catalogarlo— que Carpatia había erigido en honor de él mismo. Toda comodidad concebible estaba incluida, miles de empleados dedicados a cada capricho de Carpatia.

David sacó el teléfono de seguridad de su bolsillo y marcó un número rápido. —Cabo A. Cristóbal —dijo—, le llama el director Jasid.

Tapó el teléfono y le dijo a Max: —Tu nuevo jefe de carga para el Cóndor.

—¿Lo conozco?

David se encogió de hombros y movió la cabeza. —Sí, cabo Cristóbal. ¿Está abierta la bodega del Cóndor?... Excelente. Prepárese para nosotros... Bueno, no puedo hacer nada al respecto, cabo. Usted puede hablar con Personal pero entiendo que usted no tiene voz ni voto en esto.

David sostuvo el teléfono lejos de su cara y lo apagó. —Me cortó la comunicación, a mí.

—A nadie le gusta el trabajo de la carga del dos-uno-seis —dijo Max—, no hay suficiente quehacer. ¿Le tienes confianza a este hombre?

—No tengo alternativa —dijo David.

Camilo había trasladado temporalmente su computadora a la mesa de la cocina y estaba escribiendo un artículo para *La Verdad* cuando Raimundo volvió de su caminata matutina. —Hola —dijo el "Macho". Raimundo sólo saludó con un gesto de la cabeza y se detuvo en el rellano de la escalera del subterráneo.

La resolución de Camilo casi lo abandonó. —Ray, ¿cuál es el plan de hoy?

—El mismo de siempre —musitó Raimundo—. Vamos a empezar a poner paredes allá abajo. Y, luego, tenemos que hacer invisible al refugio. Nada de accesos visibles. ¿Dónde está el doctor?

—No lo he visto. Patty está en el...

—Otro lado, naturalmente. Entrenándose para un maratón indudablemente. Ella va a terminar por hacer que nos maten a todos.

—Oye, papito —probó Camilo—, qué manera de mirar el lado bueno de las cosas.

Raimundo lo ignoró. —¿Dónde están los demás?

—Zión está arriba. Cloé está trabajando en su computadora en la sala. Keni duerme. Te dije donde está Patty; sólo Carlos está ausente sin permiso. Puede que esté abajo pero no me fijé que haya bajado.

—Mira, "Macho", no digas que está ausente sin permiso. Esto no es cómico.

Era insólito que Raimundo lo criticara así y Camilo no supo bien qué contestar. —Sólo quise decir que no se sabe dónde está. La verdad es que no se ve bien últimamente y, ayer, se veía terrible. Me pregunto si estará durmiendo.

—¿Hasta el mediodía? ¿Qué le pasa?

—Yo noté que tenía los ojos algo amarillentos.

—Yo no.

—Allá abajo está muy oscuro.

—Entonces, ¿cómo lo viste?

—Anoche me fijé, eso es todo. Hasta le comenté algo sobre eso.

—¿Qué dijo?

Hizo un chiste sobre los fanáticos (blancos) que siempre piensan que los hermanos (negros) lucen raros. No le seguí el tema.

—Él es el médico —dijo Raimundo—. Dejemos que se preocupe por él.

Camilo decidió que esa era la oportunidad perfecta. Le diría a Raimundo que él no parecía el compasivo de siempre pero el momento se le pasó cuando Raimundo tomó la ofensiva:

—"Macho", ¿cuál es *tu* plan de hoy, la revista o el refugio?

—Ray, tú eres el jefe. Dime.

—Podrías ayudar abajo pero haz lo que te plazca.

Camilo se puso de pie.

Max bajó con delicadeza los contenedores al pavimento del lado este del hangar que albergaba al Cóndor 216. La puerta del hangar estaba abierta como también la cavernosa bodega de carga del Cóndor. David saltó fuera antes que la hélice se parara y se apresuró a soltar el cable de la carga. Del hangar salió un elevador de carga que levantó rápidamente la primera carga, la inclinó suavemente contra el camión, luego la viró haciendo un círculo y se metió de vuelta en el hangar a toda prisa. Cuando Max se juntó con David y cerraron la puerta del hangar, el que manejaba el elevador de carga había cerrado la bodega del Cóndor y estaba guardando el elevador en un rincón.

—¡Cabo Cristóbal! —gritó David, y el cabo se dio vuelta para encararlo desde unos treinta metros de distancia—. ¡A su oficina, ahora!

—¡No lucía muy contento! —dijo Max mientras caminaban a la oficina de paredes de vidrio que había dentro del hangar—. No saluda, no reacciona. Lenguaje corporal negativo. ¿Va a ser un problema?

—El cabo es mi subordinado. Yo tengo todas las cartas en la mano.

—David, precisamente por eso tienes que respetar para que te respeten. Y no podemos confiar en nadie. No quieres que uno de tu personal clave...

—Créeme Max. Todo está controlado.

El nombre que había en la puerta de la oficina, al lado de Max, acababa de ser pintado de nuevo: "CCJCC".

—¿*Qué* es eso? —dijo Max.

—Cabo Cristóbal, Jefe de Carga del Cóndor.

—¡Por favor! —exclamó Max.

David hizo señas a Max para que lo siguiera entrando a la oficina del cabo, cerró la puerta, y se sentó detrás del escritorio, señalando una silla para Max. El hombre mayor parecía reacio a sentarse.

—¿Qué? —dijo David.

—¿Así es como tratas a un subordinado?

David puso sus pies encima del escritorio y asintió: —Especialmente a uno nuevo. Tengo que dejar claro quién es el jefe.

—A mí me enseñaron que si uno tiene que usar la palabra *jefe* con un empleado, ya lo perdió.

David se encogió de hombros. —Épocas negras —dijo—, tiempos desesperados, medidas desesperadas...

Unos pasos se detuvieron fuera de la puerta y la manilla giró. David dijo a gritos: —Cabo, seguramente va a tocar en la puerta antes de entrar donde está su jefe y su piloto ¿no?

La puerta se detuvo abierta un par de centímetros.

—¡Cabo, cierre la puerta y toque! —aulló David, con sus manos tras la cabeza y los pies aún encima del escritorio.

La puerta se cerró, con un poco de ruido. Luego, una pausa larga. Por último, sonaron tres golpes fuertes y deliberados. Max movió la cabeza susurrando: —este hombre hasta golpea con sarcasmo pero te lo mereces.

—Pase —dijo David.

La silla de Max raspó el piso cuando él se paró de un salto ante la presencia de una mujer joven en uniforme de faena. Debajo de su gorra tenía el pelo negro corto, casi con un corte masculino pero ella era delgada y atractiva, con grandes ojos oscuros, dientes perfectos y piel perfecta.

Max se sacó la gorra, saludando: —Señorita.

—Capitán, no se moleste —dijo ella, volviendo su mueca hacia David—. ¿Tengo que tocar para entrar a mi oficina?

David no se había movido. —Siéntate, Max —le dijo.

—Cuando la dama se siente —respondió éste.

—No le permito que se siente —dijo David, y el cabo Cristóbal le hizo gestos a Max que se sentara.

—Capitán Max McCullum, ésta es el cabo Anita Cristóbal. Anita, éste es Max.

Max empezó a pararse de nuevo pero Anita se le acercó a darle la mano. —Capitán, no hace falta. Sé quién es usted y su chauvinismo propio de un hombre de las cavernas es conocido. Si vamos a trabajar juntos, usted tiene que dejar de tratarme como mujercita.

Max la miró y luego miró a David. —Quizá tú la tratas con el respeto que se merece.

David inclinó la cabeza. —Max, como dijiste, uno nunca sabe en quién puede confiar. Cabo, en cuanto a que esta sea tu oficina, todo lo tuyo es mío en la medida que estés bajo mi mando. Este espacio ha sido separado para ti a fin de facilitarte que hagas lo que te mando. ¿Entendido?

—Claramente.

—Cabo, y yo no soy militar pero sé que es una falta de protocolo mantener la cabeza cubierta en presencia de su superior.

Anita Cristóbal suspiró y dejó que sus hombros cayeran mientras se sacaba la gorra. Se pasó la mano por su pelo corto y se acercó a la ventana que había entre la oficina y el resto del hangar. Cerró las persianas.

—¿Qué haces? —dijo David—. No hay nadie allá fuera y yo no te di permiso para...

—¡Ay, vamos, director Jasid ¿necesito tu permiso para todo?

David sacó sus pies del escritorio y se sentó derecho mientras Anita se le acercaba.

—Efectivamente lo necesitas.

Abrió los brazos y ella se sentó en sus rodillas: —¿Cómo estás mi amor? —dijo ella.

—Bien, querida pero pienso que a Max está por darle un ataque al corazón.

Max se sentó al borde de la silla doblándose, con los codos en las rodillas. —Ustedes dos son unos malcriados. Señorita Cristóbal, perdóneme si verifico su marca.

—Adelante —dijo ella, inclinándose a través del escritorio para que él pudiera llegar hasta ella—. Apueste que eso es lo que hicimos David y yo, el día que nos conocimos.

Max tomó la nuca de Anita con la palma de su mano y pasó el pulgar de la otra por la marca de su frente. Tomó la cara de ella en sus manos y la besó dulcemente en la frente.

—Hermana, tienes la edad para ser mi hija.

Anita se sentó en otro sillón. —Capitán McCullum, que esto quede claro, no puedo trabajar para ninguno de ustedes dos. Personal tiene mi solicitud pendiente exigiendo que me asignen de nuevo. El director de mi departamento es condescendiente e inaguantable, y el capitán del Cóndor discrimina por el sexo intolerablemente.

—Pero —dijo David—, he informado a Personal que no se le puede dar el gusto. Anita ha creado problemas en cada departamento donde ha trabajado y es hora que encuentre la horma de su zapato. A ellos les gusta mucho.

Max la miró de reojo, y luego miró a David. —No puedo esperar para escuchar sus historias.

Camilo postergó su conversación de corazón a corazón con su suegro cuando Raimundo abrió los planos bajo una luz del subterráneo y le pidió su consejo sobre cómo hacer que fuera imposible detectar la entrada.

El "Macho" dijo: —Creí que nunca me ibas a preguntar. En realidad, *estuve* dándole vueltas a esto.

—Soy todo oídos.

—¿Viste el congelador que hay en el otro *dúplex*?

—El hediondo.

Camilo asintió. Habían sacado la comida podrida pero el hedor seguía dentro. —Traigámoslo aquí, llenémoslo con lo que parezca comida podrida pero que sólo huela así debido al olor residual, y ponemos bisagras a las bandejas de comida por detrás. Cualquiera que mire dentro será repelido por el olor y no se fijará mucho en lo que se supone sea comida podrida. Nunca pensarán en levantar las bandejas de comida pero, si lo hacen, encontrarán un fondo falso que se abre a las escaleras del refugio. Mientras tanto, ponemos una pared encima de la puerta del subterráneo.

Raimundo inclinó la cabeza como si estuviera revisando eso mentalmente en busca de fallas. Se encogió de hombros: —Me gusta. Ahora, si hubiera forma que Patty no lo supiera.

Camilo miró alrededor: —¿Así que yo tenía razón; Carlos no está allá abajo?

El localizador personal (beeper) de Max vibró. —Fortunato —dijo—, estupendo. ¿Cabo, puedo usar su teléfono?

Anita dijo: —No es mi teléfono, señor, simplemente me ha sido asignado...

Llamó a la oficina de Fortunato. —Max McCullum devuelve su llamada... Sí señora... ¿el viernes?... ¿Cuántos invitados?... No señora. Usted dígale que se armó tremendo enredo con esa carga. No tendrá que hablar con el jefe de compras; pues no, esa carga no estuvo disponible para ser entregada en palacio... Quizá cuando volvamos de Botswana, sí, señora.

El dormitorio del doctor Carlos Floid tenía la puerta cerrada. Camilo vio que Zión estaba trabajando en la computadora en el cuarto de al lado, con la frente apoyada en la mano, el codo sobre el escritorio.

—Zión, ¿estás bien?

—¡Camilo! Por favor, pasa. Sólo descansaba los ojos.

—¿Orando?

El rabino sonrió, agotado. —Sin cesar. No tenemos opción, ¿cierto? ¿Cómo estás amigo mío? ¿Todavía preocupado por tu suegro?

—Sí, pero le hablaré. Me preguntaba si habías visto al doctor hoy.

—Habitualmente tomamos temprano el desayuno juntos, como sabes, pero esta mañana estuve solo. No lo escuché en el subterráneo y confieso que no he pensado en eso desde entonces. Camilo, he estado escribiendo, no tenemos ideas cuánto puede durar este intervalo entre los ayes quinto y sexto. Estoy tratando de decidir si lo que Juan vio en su visión era real o simbólico. Como sabes...

—Doctor Ben-Judá, perdóname. Quiero oír eso...

—Sí, por supuesto. Debes ir a ver a Carlos. Hablaremos después.

—No quiero parecer maleducado.

—Camilo, no tienes que disculparte. Ahora, vete. Hablaremos después. Llámame si me necesitas.

El "Macho" nunca se había acostumbrado al privilegio de vivir en la misma casa que el hombre cuyas palabras diarias eran como oxígeno para millones de personas de todo el mundo. Aunque Zión estaba habitualmente a pocos pasos, cuando él estaba demasiado cansado u ocupado para conversar, los demás de la casa leían sus mensajes en la Red. Lo mejor de vivir juntos era que él se entusiasmaba tanto con los mensajes como su público. Él los elaboraba durante la mañana y buena parte de la tarde, preparándose para transmitirlos no más allá del comienzo del anochecer. En todo el mundo había traductores de buena voluntad que traducían sus palabras a los idiomas de su gente. Otros creyentes expertos en computación se pasaban horas enteras de cada día catalogando la información del doctor Ben-Judá y poniéndola al alcance de los más nuevos.

Cuando Zión encontraba una revelación asombrosa en su estudio, Camilo solía escucharlo regocijándose y sabía que pronto iba a aparecer en el rellano superior de la escalera:

—Escuchen esto —decía con voz muy alta—, ¡el que me esté oyendo!

Su conocimiento de los idiomas bíblicos hacía que su comentario fuera el más absoluto y último pensamiento sobre un pasaje particular que diera el académico de la Biblia más astuto del mundo.

Camilo no quería esperar mucho para oír lo que tenía luchando a Zión con el profetizado sexto ay, pero por ahora, estaba preocupado por el médico. Golpeó ligeramente la puerta del dormitorio del doctor. Luego, con más fuerza. Giró la manija y entró. La tarde estaba por la mitad y el sol de primavera estaba alto en el cielo pero el cuarto estaba oscuro, con las persianas bajas. Y el doctor Carlos Floid aún estaba acostado. Muy quieto.

———————

—El viernes voy a África —dijo Max—. Fortunato ha accedido un pedido de reunión personal hecho por Mwangati Ngumo. Naturalmente Ngumo cree que se reúne con Nicolás. Apuesto que Mwangati se pregunta cuándo va a cumplir Carpatia sus promesas.

Anita Cristóbal resopló. —Imagínate lo que debe haberle prometido para conseguir que él entregara el secretariado general (de las Naciones Unidas).

—El viernes lo sabremos —dijo Max—, por lo menos, yo.

Anita miró a Mac: —¿Ellos te dejan estar en estas reuniones?

Max miró a David: —¿no le has dicho?

—Adelante —dijo David.

—Cabo, venga conmigo —dijo Max.

Ella y David lo siguieron al exterior. —Yo seguiré diciéndote *capitán* o *señor McCullum*, aun en privado —dijo Anita—. Te dejé verificar mi marca y besarme la cabeza pero la manera más formal en que puedes tratarme de ahora en adelante es *hermana*.

—No sé —dijo Max—, mejor que lo mantenga formal para que no me equivoque delante de alguien.

Ella lo siguió a la cabina de pilotaje.

———————

—¿Carlos? —dijo Camilo acercándose a la cama. No vio movimiento. No quería asustarlo.

Camilo encendió la luz suponiendo que sería menos cegadora que la luz del sol. Suspiró. Por lo menos, Carlos respiraba. Quizá sólo tenía problemas para quedarse dormido y estaba recuperando el sueño perdido. Floid gimió y se dio vuelta.

—Carlos, ¿estás bien? —ensayó Camilo.

Floid se enderezó con una máscara de perplejidad en su rostro y diciendo: —Ya me temía esto.

—Lo lamento —dijo Camilo— yo sólo...

Floid quitó las frazadas. Se sentó sobre el borde de la cama, vestido con un largo y grueso batón que se abría para mostrar que estaba totalmente vestido con una camisa de franela, pantalones vaquero y botas. Estaba transpirado por completo.

—¿Hizo tanto frío anoche? —preguntó Camilo.

—Abre esas cortinas, ¿quieres?

Floid se tapó los ojos cuando la luz entró en el dormitorio como una explosión.

—Carlos, ¿qué pasa?

—¿Tu vehículo funciona bien?

—Sí.

—Llévame al Hospital Young. ¿Todavía tengo amarillos los ojos?

Miró de reojo a Camilo, que se inclinó para mirar.

—Oh, Floid —dijo Camilo—. Quisiera que los tuvieras así.

—¿Inyectados con sangre?

—Eso es poco decir.

—¿No se ve nada de la córnea?

Camilo movió la cabeza.

—Camilo, tengo problemas.

TRES

David, Max y Anita Cristóbal estaban sentados en el lujoso salón del Cóndor, a unos seis metros detrás de la cabina de pilotaje. —Así, pues —dijo Anita—, la cosa esa cómo se llama que invierte...

Max dijo: —el intercomunicador reversible que espía.

—...¿te deja oír *todo* lo de la cabina?

Max asintió. —Salón, asientos, dormitorios, baños —por todas partes.

—Asombroso.

—Toda una cosa, ¿no? —dijo Max.

—Asombroso que no te hayan descubierto.

—¿Bromeas? Lo descubren ahora, yo niego todo. No tuve nada que ver. Raimundo nunca me dijo que estaba ahí. Nunca me tropecé con eso. Ellos ya lo consideran traidor. Y no saben dónde está, ni yo tampoco, ¿cierto?

Anita se fue a sentar en un sillón detrás de una mesa de madera sumamente pulida. —¿Aquí es donde el gran hombre mira televisión?

David asintió.

Ella se volvió a Max como si se le hubiera ocurrido algo en ese instante. —¿No tienes problemas para mentir?

41

Max movió la cabeza. —¿Al anticristo... lo dices en serio? Mi *vida* es una mentira para él. Si él tuviera un indicio me torturaría. Si él pensara que yo sé dónde está Raimundo, o la hija y el yerno de Raimundo, yo estuviera muerto.

—El fin justifica los medios —dijo Anita.

Max se encogió de hombros. —Duermo bien de noche. Eso es todo lo que puedo decirte.

—Yo dormiré un poco mejor —dijo ella— sabiendo que tienes vigilado a Carpatia.

—Al menos cuando está a bordo —dijo Max—. En realidad, León es más entretenido. Es toda una obra.

—Me gustaría poder ir contigo —dijo Anita.

—Yo también —dijo David—. Pero, a menos que estemos en la cabina, no oiremos nada de todos modos. Hablando de eso, Max, ¿todavía te preocupa que tu primer oficial no te saque el ojo de encima?

—No más —dijo Max—. Lo ascendía. Ahora va a ser el piloto de Pomposo Máximo.

Anita se rió. —¡Me gusta! Una vez tuve problemas porque me olvidé una parte de su título. Es Su Excelencia Pontífice Máximo, Pedro Segundo, ¿no?

Max se encogió de hombros: —Yo le digo Pedro.

—Debieras ver el avión que mandó a hacer —dijo David—. Nicolás y León están fuera de sus casillas.

—¿Mejor que este? —preguntó Max.

—Muchísimo mejor. Cincuenta por ciento más largo, cuesta el doble. Era de un jeque. Recibiré la entrega dentro de una semana.

—¿Se lo aprobaron?

—Le están armando la trampa —dijo David. Dejando que se ahorque a sí mismo. ¿Su nuevo piloto será capaz de hacerlo volar?

—Él puede hacer que todo vuele —dijo Maxd. Me gustaba. Estupenda pericia pero absolutamente leal a Carpatia. Por más que deseaba llegar a él, ya sabes, hablar en realidad con él, no me animé a delatarme. Él ya estaba siendo tocado por un creyente del sector C.

—¿Mantenimiento? —dijo Anita—. No sabía que teníamos un creyente ahí.

—Ya no más. Este hombre lo delató. También me hubiera hecho lo mismo. Dios va a tener que llegar a él de otro modo.

David se paró y pasó los dedos por la base de la ancha pantalla del televisor. Lo encendió, enmudeció el sonido, y miró ociosamente las noticias controladas por Carpatia.

—Sorprendente la recepción dentro de un edificio metálico.

—Nada me sorprende ya —dijo Max—. Súbele el volumen.

Las noticias transmitían mayoritariamente historias de los logros de Carpatia. El mismo potentado salió, amable y encantador como siempre, alabando a un gobernador regional y difiriendo, humildemente, la alabanza debida a su propio proyecto de reconstrucción. —Tengo el privilegio de que me pidieran que sirva a cada uno y a todos los miembros de la Comunidad Global —dijo.

—Ahí tienes Max —dijo David apuntando al piloto que estaba en segundo plano, mientras Carpatia daba la bienvenida a otro país más del Tercer Mundo que se había beneficiado de su generosidad—. Y ahí está el nuevo piloto de Pedro. ¿Traes a un creyente para reemplazarlo?

—Si puedo pasarlo por Personal.

—¿Alguien que yo conozca?

—Jordano. Ex piloto de combate. Abdula Smith.

El Land Rover de Camilo iba rebotando en su camino a Palatine. Carlos Floid yacía acostado en el asiento trasero.

—¿Doctor, qué te pasa? —dijo Camilo.

—Soy un necio, eso es todo —contestó Floid. Se sentó, directamente detrás de Camilo—. Sentí que esto se me venía encima hace meses, pero me decía que era imaginación mía. Cuando se me empezó a ir la vista, debiera haber llamado al

Centro de Control de Enfermedades. Ahora es demasiado tarde.

—No te entiendo nada.

—Digamos que me figuré lo que casi mató a Patty. De alguna manera lo contraje de ella. En palabras sencillas, es como un cianuro de liberación prolongada en el tiempo. Puede gestarse durante meses. Cuando te patea, eres hombre muerto. Si es lo que tengo, no hay forma de pararlo. Yo he estado tratando los síntomas pero eso fue inútil.

—No digas esas cosas —dijo Camilo—. Si Patty sobrevivió, ¿por qué no tú?

—Porque ella fue tratada personal y diariamente durante meses.

—Oraremos. Lea Rosa te conseguirá lo que necesites.

—Demasiado tarde —dijo el médico. Soy un necio. El médico es su peor enfermo.

—¿Los demás tenemos problemas?

—No. Si no han tenido síntomas, están bien. Yo debo haberlo tomado cuando me ocupé del aborto espontáneo de ella.

—Entonces, ¿qué pasa con Lea?

—Sólo puedo tener esperanzas.

El teléfono de Camilo sonó.

—¿Dónde estás? —preguntó Cloé.

—Haciendo una diligencia con Carlos. No quise molestarte.

—Me molesta saber que te vas sin que yo sepa siquiera dónde vas. ¿Diligencias a plena luz del día? Papá no está contento. Se suponía que hoy él fuera a ver a Ti al aeropuerto.

—Puede usar el vehículo de Ken.

—Es demasiado reconocible pero no se trata de eso. Nadie sabía dónde se fueron ustedes. Zión está preocupado.

Camilo suspiró. —Carlos no se siente bien y el tiempo es crítico. Vamos camino al Hospital Young. Te mantendré informada.

—¿Qué...?

—Mi amor, después ¿está bien?

Ella vaciló. —Ten cuidado, y dile a Carlos que oraremos.

———————

Max dijo: —no debiéramos dejar que nos vean juntos muchas veces —y David y Anita asintieron—. Salvo lo que sea normal. ¿Alguien sabe que estás aquí, ahora?

Anita negó con la cabeza: —tengo una reunión a las diez de la noche.

—Yo estoy bien —dijo David— pero ya no hay más días de trabajo normales, en caso de que no se hayan dado cuenta. Ustedes tienen que preguntarse cuando duerme Carpatia.

—David, yo quiero oír la historia de ustedes —dijo Max—. Sé que todavía tienes familia en Israel. ¿De dónde eres Anita?

—Canadá. Yo venía en avión para acá, desde Montreal, cuando ocurrió el terremoto. Perdí a toda mi familia.

—¿Todavía no eras creyente?

Ella movió la cabeza. —No creo que hubiera ido a la iglesia salvo para las bodas y los funerales. No nos importaba tanto como para ser ateos pero eso es lo que practicábamos. Nos hubiera rotulado de agnósticos. Sonaba más tolerante, menos dogmático. Éramos gente decente, buena, mejor que muchas personas religiosas que conocíamos.

—Pero ¿no sentías curiosidad por Dios?

—Empecé a cavilar después de las desapariciones pero nos volvimos devotos de Carpatia en forma instantánea. Él era como la voz de la razón, hombre de compasión, amor, paz. Yo presenté solicitud para trabajar en la causa tan pronto como las Naciones Unidas cambió de nombre y anunció planes de mudarse para acá. El día que fui aceptada fue el más feliz de mi vida, de toda la vida de nuestra familia.

—¿Qué pasó?

—Pasó que los perdí a todos. Quedé desolada. Cierto que antes tuve cicatrices. Conocía a algunas personas que desaparecieron y algunas que murieron en todo lo que pasó después. Pero nunca había perdido a un ser querido cercano, jamás. Entonces, perdí en el terremoto a mi mamá, mi papá, y mis dos hermanos menores para ni hablar de la mitad de nuestro pueblo, mientras yo estaba feliz en el cielo. Terminamos aterrizando en la arena del aeropuerto de Bagdad, viendo que otros aviones se estrellaban. Supe que el cuartel central de la CG estaba pulverizado y, al final, me presenté al refugio subterráneo y vi las ruinas de mi linda zona residencial en la CNN. Estuve hecha un desastre durante días, llorando, orando a quien sabe quien, alegando con Comunicaciones para que me dieran noticias de mi familia. Ellos eran más lentos que yo en la Internet, así que seguí buscando. Finalmente hallé docenas de nombres que conocía en la lista confirmada de los muertos. Ni siquiera quería mirar la letra C pero no pude detenerme.

Anita se mordió el labio.

—No tienes que hablar de eso si...

—Señor McCullum, quiero. Es que sólo me parece que fue ayer. Revisé los que no aparecían en los listados, volví a mirar los funerales, tratando de reclamar los cadáveres pero eso no se permitía. Hubo cremaciones masivas por motivos de salud. Ni siquiera quedó uno con quien lamentarme. Quería matarme.

David le puso una mano en el hombro. —Cuéntale lo que hallaste en la Red.

—Debes saber —dijo Anita, levantando unos ojos llorosos. Max asintió—. Primero vi todas las refutaciones al doctor Ben-Judá, procedentes del refugio. Eso fue antes que encontrara su sitio en la Red. Cuando la CG dio señales de declarar ilegal hasta el mero acceso al sitio, tuve que verlo. Todavía seguía siendo una ciega leal pero Carpatia predica la libertad individual mientras la niega. Toda esa cosa de orar me asustó. Nunca había pensado ni dos veces seguidas en Dios y, ahora, deseaba que Él estuviera ahí, para mí. No tenía a nadie más.

—Así que encontraste a Zión.

—Encontré su dirección principal. No podía creerlo. Una cifra, en el rincón de la página —debes haberla visto— mostraba cuánta gente entraba al sitio cada pocos segundos. Pensé que era una exageración pero, entonces, me di cuenta que esa era la razón de que la CG ya estuviera tratando de contrarrestarlo. Alguien que estuviera ganando esta tremenda audiencia era una amenaza. Revisé todo el sitio y, ese día, leí el mensaje de Ben-Judá. Recuerdo que había escuchado sobre él cuando declaró su conversión por la televisión internacional pero eso no fue lo que me impresionó. Y tampoco entendí mucho de lo que él comunicaba ese día por la Red. Parecían cosas de la Biblia y eso estaba fuera de mi comprensión pero su tono era tan afectuoso. Era como si estuviera sentado a mi lado y nada más que conversando, diciéndome lo que estaba pasando y que había que esperar. Supe que si podía hacerle preguntas, él me daría respuestas. Entonces, vi los archivos y pensé, *¿ya hay archivos?* —quiero decir—, ¿qué antigüedad puede tener el sitio?

«Revisé las listas, sorprendida que pusiera un mensaje de enseñanza significativo cada día durante semanas. Cuando llegué al titulado: "Para los que están de duelo". Casi me desmayé. Me sentía entibiada por completo, y luego me dio escalofríos. Cerré con llave la puerta esperando que la CG no hubiera empezado a controlar nuestras computadoras portátiles. Tenía la mayor sensación de expectativa que hubiera tenido antes. Imprimí el mensaje y lo anduve trayendo conmigo durante meses, hasta que David y yo nos descubrimos mutuamente y él me advirtió que cuidara que no me agarraran con eso encima. Así que me lo aprendí de memoria antes de destruirlo.

Max la miró con reservas. —¿Te aprendiste de memoria un mensaje entero de Ben-Judá?

—Casi todo. ¿Quieres oír el primer párrafo?

—Seguro.

—Él escribió: "Querido amigo perturbado, puede que esté lamentando la pérdida de un ser querido que desapareció en el arrebatamiento o que murió en el caos que siguió. Yo ruego que la paz y el consuelo de Dios estén con usted. Sé lo que es perder a la familia inmediata en la forma más indecible. Pero permita que le diga esto con gran confianza: si sus seres queridos estuvieran vivos hoy, le instarían a que se cerciore absolutamente de que está listo para morir. Hay una sola manera de hacerlo".

David supo que Max estaba conmovido.

—El doctor Ben-Judá habló de Dios y Jesús y del arrebatamiento y la tribulación tan claramente que yo me desesperé por creer. Todo lo que tuve que hacer era leer sus demás enseñanzas para darme cuenta que tenía razón tocante a las profecías bíblicas. Hasta ahora él ha predicho cada juicio.

Max asintió sonriente.

—Bueno —dijo ella—, naturalmente tú sabes eso. Yo me fui al mensaje archivado y leí cómo orar, cómo decirle a Dios que uno sabe que es pecador y que lo necesita. Me eché de bruces en mi cama e hice eso. Supe que había recibido la verdad pero no tenía idea de qué hacer enseguida. Me pasé el resto del día y de la noche, toda la noche, leyendo lo más que pude de la doctrina enseñada. Rápidamente me quedó claro por qué la CG trataba de contrarrestar al doctor Ben-Judá. Él tenía el cuidado de no mencionar a Nicolás por su nombre pero era claro que el nuevo orden mundial era el enemigo de Dios. No entendía mucho del anticristo pero sabía que yo tenía que ser muy especial entre los empleados CG. Ahí estaba, en el refugio del enemigo de Dios, y yo era una creyente.

—Ahí es donde entro yo —dijo David—. Ella pensó que yo le hacía ojitos.

Anita dijo: —no te adelantes. La próxima vez que salí a la población de empleados, tenía miedo de *parecer creyente. Pensé que todos a los que hablaba iban a saber que yo tenía un secreto. Quería contárselo a alguien pero no conocía a nadie. Yo había llegado ahí en medio del caos y me asignaron habitaciones, me dieron un uniforme y me dijeron que me presentara a Comunicaciones. Estaba trabajando varios niveles por debajo del de David pero me fijé en que él me miraba. Primero pareció alarmado, luego sonrió.*

—Él vio tu marca —dijo Max.

—Bueno, sí, pero mira. Yo no había avanzado tanto en las enseñanzas de Zión como para saber eso. De todos modos, David me mandó decir por intermedio de varios supervisores que quería reunirse conmigo, yo dije, ¿personalmente?

«Tan pronto como entré y cerró la puerta, él dijo: ¡eres una creyente! Yo estaba muerta de susto y dije: no, yo... ¿creyente en qué?

«Él dijo: ¡no lo niegues. Lo puedo ver en tu cara! Él tenía que estar sonsacándome cosas así que volví a negar. Él dijo: niegas a Jesús una vez más y vas a ser como Pedro. ¡Cuidado con el gallo!

«No tenía idea de qué hablaba. No podía decirle que Pedro fue un discípulo y, mucho menos que había negado a Cristo. David había adivinado mi secreto, mencionando a un tal Pedro y mascullaba algo de un gallo. De todos modos, no pude conmigo misma y dije: no niego a Jesús.

«Él dijo, ¿cómo llamas a esto?

«Temer por mi vida.

«Él dijo, bienvenida al club; yo también soy creyente.

«Yo dije, pero ¿cómo supiste?

«Él dijo, está escrito en toda tu persona.

«Yo dije, pero, en realidad, ¿cómo?

«Y él dijo, literalmente. Dios lo escribió en tu frente. Ahí fue cuando supe que yo había pasado del borde.

En cuanto Camilo y Carlos Floid entraron al Hospital Young, la adolescente de la recepción dijo a gritos: —Señorita Rosa, sus amigos están aquí.

—¡Baja la voz! —dijo Lea saliendo a toda prisa de su oficina—. Caballeros, no creo que hoy yo pueda hacer algo por ustedes. ¿Cuál es el problema?

Floid le susurró rápidamente. —Dios nos asista —dijo ella—. Por aquí. Tome esto.

—¿Ha tenido síntomas usted? —preguntó Carlos.

Ella movió la cabeza. Camilo tomó una silla de ruedas y empujó al médico siguiendo a Lea. Ella los condujo por una rampa corta, pasado los ascensores principales y a la vuelta de la esquina hasta el ascensor de servicio. Usó una llave que colgaba de un enorme llavero para entrar.

—Si ven a alguien, esconda la cara; claro que no lo haga en forma muy evidente.

—Bueno, eso no será evidente —dijo Camilo.

Ella lo fulminó con la mirada. —Sé que usted sabe cuál es el peligro real, señor Williams, así que le agradeceré si no subestima el mío.

—Lo siento.

Subieron al ascensor y se cerraron las puertas. Lea usó su llave de nuevo y apretó el botón del sexto piso. —No sé si esto servirá —dijo ella— con el otro ascensor, uno puede pasarse ciertos pisos sin parar dando vueltas la llave y manteniendo apretado el botón.

No sirvió. El ascensor se paró en el dos. Camilo se arrodilló de inmediato delante del médico como si estuviera conversando con él. Eso bloqueó las caras de los dos respecto de la puerta. —Lo siento —dijo Lea a la gente que esperaba—, emergencia.

—¡Oh, hombre! —dijo alguien.

Lo mismo pasó en el quinto suscitando una reacción aun más airada.

—Esto no es bueno —dijo Lea cuando se volvieron a cerrar las puertas—. Prepárense para la gente que encontrarán en el pasillo del sexto. Vamos a la izquierda.

Afortunadamente el trío fue ignorado al ir Lea dirigiendo el camino a una sala vacía. Cerró la puerta y le puso llave, luego cerró las persianas. —Métalo en la cama —le dijo a Camilo— y sáquele esa ropa húmeda. ¿Doctor, usted durmió así?

Carlos asintió, luciendo agotado.

Camilo detestó ver el rojo brillante alrededor de las oscuras pupilas del médico. —Lea, ¿qué es lo malo que tiene?

Ella ignoró a Camilo, sacó una bata desde un armario y se la tiró. —Si él tiene que ir al baño, ahora es el momento. No es probable que vuelva a levantarse de esa cama.

—¿Por cuánto tiempo? —dijo Camilo.

—Por siempre —dijo Carlos con la lengua enredada—. Ella sabe lo que está pasando aquí.

Lea apretó el botón para hablar del teléfono de pared y siguió trabajando mientras hablaba. —CDC entregó ayer un poco de antiveneno. Mándeme dos ampollas al 6204.

—¿Ahora? —dijo la recepcionista.

Lea hizo una mueca. —Sí, ¡ahora!, cómo ahora mismo.

—Hay una llamada para usted.

—¿Parezco en condiciones de recibir una llamada? Niña, *ahora* fue lo que tú dijiste. ¿Por favor, quisieras apurarte?

—Bueno —dijo la niña—. No me diga que no se lo dije.

Lea tiró la manga de Camilo y lo acercó más a la cama del médico. —Tengo que hacerle unas preguntas. Cuando esa niña toque, sólo recíbale el medicamento y cierre la puerta.

Él asintió.

—Ahora, doctor —dijo ella—. ¿Primeros síntomas?

—Hace bastante tiempo —masculló.

—Eso no basta, ¿cuándo?

—Soy un idiota.

—Eso lo sabemos. ¿Cuán pronto después que trajo ese aborto espontáneo para acá?

—Quizá seis meses.

—¿No ha hecho nada al respecto?

Él movió la cabeza. —Me limité a esperar.

—Eso no va a servir.

—Eso es lo que me temo.

—Usted sabe que lo más parecido que CDC puede dar como antídoto es el antiveneno, y nadie sabe...

—De todos modos es demasiado tarde.

Lea miró a Camilo y movió la cabeza diciendo: —Él tiene la razón. El antiveneno no lo dejará morir cómodamente.

El médico remeció la cabeza y cerró los ojos.

—La dosis máxima de antiveneno será como escupir al viento —dijo Lea—. Doctor, ¿qué puede ver?

—No mucho.

Lea apretó sus labios.

Hubo un golpe en la puerta. Camilo la abrió, estiró la mano para recibir el medicamento y la niña retrocedió. Él se estiró más y se la quitó de las manos.

—Señorita Rosa —dijo la chica por encima del hombro—, ¡esa llamada era de la CG!

Camilo cerró la puerta pero Lea lo empujó al pasar a su lado y llamar a la niña. —¿La CG dónde?

—Wisconsin, me parece.

—¿Qué les dijiste?

—Que usted estaba ocupada con un enfermo.

—No dijiste quién, ¿o sí?

—¿No hubiera debido?

—Espera aquí.

—Lo siento.

—Sólo espera aquí un segundo.

Lea se volvió y llenó rápidamente dos jeringas. Pinchó con ella en la cadera de Carlos y él ni siquiera se inmutó. —Haga que ella entre aquí —dijo Lea a Camilo.

Él miró por el pasillo y le hizo señas a la niña. Ella dudó y, luego, vino andando lentamente. —¡Vamos! —dijo él—, nadie te hará daño.

En cuanto ella metió la cabeza por la puerta, Lea dijo:

—Tráeme mi cartera tan rápido como puedas, ¿quieres?

—Seguro, pero...

—Ahora, querida, ¡ahora!

La niña salió corriendo.

—¿Qué pasa? —preguntó Camilo.

—Vaya a traer su vehículo y dé la vuelta para atrás. Hay una salida del subterráneo ahí y por allí yo saldré.

—Pero él se está muriendo, ¿cómo puede us...?

Lea le tomó los brazos: —Señor Williams, el doctor Floid y yo no hemos estado conversando simplemente. Este hombre puede estar muerto antes que lo metamos al automóvil. Si usted quiere enterrarlo o cremarlo o hacer algo con él, aparte de que lo encuentren aquí, se lo entregaré por la puerta trasera. La CG en Wisconsin ¿le parece conocido? Ahí es donde él trabajaba, ¿se acuerda? De ahí es donde él está ausente sin permiso. Ellos han andado averiguando, vigilando, figurándose que está en la zona y que pudiera aparecerse por aquí en algún momento. No saben —por lo menos de parte mía— que él ya estuvo aquí una vez. Yo he estado mintiendo por completo. Ellos lo hallan aquí, vivo o muerto, y todos estamos en tremendo problema. ¡Ahora, muévase!

—¿Alguna posibilidad de que usted pueda salvarlo?

—Vaya a buscar el vehículo.

—Sólo dígame si él está mejor aquí o en el veh...

Lea susurró desesperada: —Él se está muriendo. Es cuestión de cuándo. El dónde ahora no importa. Ya hice lo mejor que puedo hacer por él. Lo absolutamente peor es que sea descubierto aquí.

Max miró su reloj. —Justo queda bastante tiempo para que ustedes dos me digan cómo se juntaron, bueno, ya saben, románticamente.

—Capitán, creo que ha oído suficientes detalles.

—¡Vamos! Yo soy un viejo romántico.

—No ha sido fácil —dijo David—. Evidentemente la mantuve fuera del conocimiento tuyo y del de Raimundo.

—Sí, ¿de qué se trata todo eso?

—En ese momento pensamos que mientras menos gente lo supieran, mejor sería.

—Pero necesitamos todos los camaradas que podamos conseguir.

—Lo sé —dijo David—. Pero ambos somos tan nuevos en esto que no sabemos en quién confiar.

—Si ustedes dudaron de Raimundo o de mí, seguro que nunca lo demostraron.

—Fue un buen ejercicio, permite que diga eso no más. ¿Qué va a pasar cuando la jefatura empiece a buscar una marca que no esté ahí antes que no ver una marca que está?

—Chicos, entonces, no habrá cómo esconderse.

———

Camilo bajó en el ascensor principal al primer piso y se dio cuenta que tenía que salir pasando por frente a la recepcionista. Lo último que quería era que ella viera su Rover. Planeó distraerla con una falsa emergencia pero al ir abriéndose paso por el vestíbulo, en dirección a la puerta principal, vio que había en su lugar una mujer gorda, de edad mediana. ¡Por supuesto! La niña estaba llevándole la cartera a Lea que había pensado cómo distraerla.

Camilo se apuró para llegar a su automóvil. Mientras daba la vuelta por el lado del edificio hacia la parte de atrás, vio a la reemplazante en la ventana, mirándolo fijo. Sólo espero que la Niña Informal no le hubiera dicho que averiguara en qué andaba él manejando.

Camilo se deslizó hasta un signo de "Pare" del manchón de asfalto que conducía a una salida del subterráneo. Saltó del Rover y abrió la puerta mientras Lea, con su cartera colgada del hombro, sacaba una camilla con Carlos Floid encima, tapado con una sábana hasta la cabeza.

—¿Ya se murió? —dijo Camilo, incrédulo.

—¡No! pero la gente se queda lejos y nadie lo va a identificar, ¿no?

—Sólo la recepcionista.

Camilo bajó el asiento trasero y Lea deslizó toda la camilla adentro. —¿Se roba eso? —dijo él.

—Metí más cosas en mi cartera que el valor de esa camilla —dijo ella—. ¿Quiere ponerse a discutir de ética o pelear contra la CG?

—Ninguna de las dos cosas —dijo él, mientras ambos se instalaban en los asientos delanteros—. Pero ahora estamos comprometidos, ¿no?

—No sé de su parte, Williams, pero yo estoy metida hasta la cabeza. Este hospital lleva siglos manejado por la CG. ¿Cuánto tiempo más iba a poder yo seguir trabajando para Carpatia cuando no hay manera que yo acepte la marca de la bestia? Primero muero.

—Literalmente —dijo Camilo.

—Bueno, sólo me apropié de una cama con ruedas y un montón de medicamentos del enemigo. Si eso le causa problemas, lo lamento. A mí, no. Esto es guerra y todo vale, como dicen.

—No puedo discutir eso. Pero, ¿dónde la llevo?

—¿Dónde le parece" Vire a la izquierda y yo lo guiaré para que dé un rodeo al camino largo. Nadie lo verá desde el frente del edificio.

—Entonces, ¿dónde?

—A mi casa.

—¿Qué pasa si la CG está ahí?

—Entonces, seguimos adelante.

—Pero si no están, usted tratará de atender a Floid para que vuelva a...

—Usted no está pensando, señor W...

—Déjate de formalidades Lea. Metes a un amigo moribundo en mi automóvil, así que limítate a decirme cuál es el plan.

—Muy bien —dijo ella—, si podemos ganarle la delantera a la CG hasta mi casa, voy a sacar tanto como pueda en sesenta segundos. Usted sabe que ellos se vendrán para acá en cuanto sepan que me fui del Hospital.

—Luego, ¿dónde te llevo?

—¿Dónde vives tú?

—¿Dónde vivo *yo*?

—Diste en el blanco, "Macho". Tengo que esconderme. Tú y los tuyos son la única gente que yo sé que tiene un lugar donde esconderse.

—Pero no le decimos a nadie don...

—Oh, sí, lo dicen. Me lo dices a mí. Si no puedes tener confianza en mí después de todo lo que hemos pasado, no puedes confiar en nadie entonces. Te ayudé a sacar al parchado piloto, Ritz. Y ayudé al médico con el aborto espontáneo del bebé de imagínate quién. A propósito, ¿cómo está esa muchacha?

—Mejorándose.

—Eso es irónico. El doctor le ayuda a vencer al veneno y eso es lo que lo va a matar a él.

—Perdimos a Ritz.

—¿Lo perdieron?

—Lo mataron en Israel. Es una historia larga.

Lea se quedó súbitamente callada. Apuntó las direcciones y Camilo siguió adelante, embragando por partida doble y metiendo cambios hasta que creyó que se le iba a caer el brazo.

—Me gustaba ese tipo —pudo decir ella por fin.

—A todos. Detestamos esto, hasta en lo más mínimo.

—Pero, vaquero, me están aceptando. Tú sabes eso, ¿verdad?

—Yo no puedo decidir eso.

Ella lo fulminó con la mirada. —¿Qué vas a hacer, dejarme en un rincón, con los ojos vendados, mientras tú y tus compatriotas votan? Ustedes me lo deben y lo saben. Esto no es que yo me esté haciendo la invitada pero he arriesgado mi vida por ustedes y no tengo donde ir.

Los estertores de la muerte de Carlos empezaron. Su respiración laboriosa y líquida atravesó a Camilo. —¿Debiera estacionar?

—No —dijo ella—. No hay nada que yo pueda hacer ahora sino llenarlo de morfina.

—¿Eso serviría?

—Sólo le libraría de sentir el dolor y, quizá, lo aturdiera antes que muera.

—¡Algo! —gimió Carlos con quejido pesaroso—. ¡Dame algo!

Lea se dio vuelta y se arrodilló en el asiento, buscando en su cartera. Camilo disminuyó la velocidad, involuntariamente mientras trataba de mirar. Esto era demasiado. ¡Carlos iba a morirse mientras Camilo iba a toda velocidad en el automóvil! Nada de adioses, ni oraciones, ni palabras de consuelo. Camilo sintió como si apenas conociera al hombre, y había estado viviendo con él durante más de un año.

—Presta atención al camino —dijo Lea—. Esto lo tranquilizará pero él no saldrá vivo de este vehículo.

Los sollozos subieron a la garganta de Camilo. Quería llamar a Cloé, contarle a ella y a los demás pero ¿cómo se hace eso por teléfono? El doctor se está muriendo y yo llevo una enfermera para que viva con nosotros? Entrar a la casa de refugio sin aviso previo, llevando el cadáver de Floid y un nuevo huésped no sería mucho más fácil pero Camilo se había quedado sin alternativas.

El vecindario de Lea, lo que quedaba de eso, hervía con vehículos CG. La morfina había calmado a Carlos. Lea se deslizó al piso del automóvil, metiéndose debajo del tablero de instrumentos, y Camilo evitó pasar por la calle donde ella vivía. Se dirigió a Monte Prospect, esperando que Carlos tuviera, al menos, el privilegio de morir en su cama.

CUATRO

David Jasid escoltó a Max McCullum a su habitación en el anexo residencial del palacio CG, tarde esa noche.

—Hay cosas que ni siquiera le he contado a Anita.

—Chico, yo sabía que tenías algo que decirme. De lo contrario, la hubieras acompañado a ella, ¿no?

—Tratamos que no nos vean juntos. Ni siquiera sé si su reunión terminó.

—Entonces, ¿qué pasa? —preguntó Max, parados en el corredor fuera de la puerta de su habitación.

—Sabes que yo fui parte de la fuerza de tareas de instalación de aparatos antiespionaje en el palacio.

—Sí, ¿cómo hiciste para conseguirte ese cometido?

—Sólo le repetí a León lo importante que era asegurar la total impenetrabilidad. Me presenté como un idealista soñador y ellos todavía me ven así. ¿Sabes algo de la instalación?

Max asintió: —La mejor de la historia y todo eso.

—Sí, salvo que necesita monitoreo constante.

—Naturalmente.

—Me ofrecí de voluntario para eso y todos se alegraron de dejarme hacerlo —dijo David.

—Escucho.

—Yo también.

—¿Qué?

—Yo monitoreo los aparatos antiespionaje de las oficinas de Carpatia y Fortunato.

—Adelante.

—Mi trabajo es averiguar si alguien intenta escuchar. Bueno, lo domino bien. Y en el proceso, escucho todo lo que quiero, en el momento que quiero.

Max movió la cabeza. —Hombre, no me hubiera importado no saber eso. David, estás sentado en una bomba de tiempo.

—No lo sé pero no es detectable.

—¿Garantizado?

—De una forma, es simple. De otra, es un milagro de la tecnología. Las cosas se graban realmente en un disco miniaturizado inserto en la unidad procesadora central de la computadora que maneja a toda Nueva Babilonia.

—La que la gente gusta motejar "La bestia".

—Porque contiene tanta información de cada alma viviente, sí. Pero ambos sabemos que la bestia no es una máquina.

Max cruzó los brazos y se apoyó contra la pared. —Una cosa que aprendí en el trabajo de vigilancia es que uno nunca debe tener reproducciones impresas de nada. Todo puede ir a parar, cuando llega el momento, en las manos equivocadas.

—Lo sé —dijo David—. Deja que te cuente cómo lo he protegido.

Max miró a su alrededor. —¿Estás seguro de que aquí no tenemos riesgos?

—¡Oye! Yo me encargo de eso. Lo que decimos puede terminar grabado en mi disco pero nadie más lo oirá, nunca. *Yo* no lo oiré a menos que así lo quiera. Si lo hago, todo está clasificado por fecha, hora y localidad. La fidelidad no tiene igual.

Max silbó entre sus dientes. —Alguien tuvo que fabricar eso para ti.

—Correcto.

—Alguien a quien le confías tu vida.

—Lo estás mirando.

—Así, pues, ¿cómo te aseguras que nadie lo averigüe nunca?

—No garantizo eso. Digo que ellos nunca podrán acceder a algo de ahí. El disco tiene un poco menos de dos centímetros y medio de diámetro y, debido a la tecnología de la supercompresión digital, puede contener casi diez años de conversación hablada si graba las veinticuatro horas seguidas. Bueno, no necesitamos tanto tiempo, ¿no?

Max movió la cabeza. —Ellos tienen que tener verificaciones y balances.

—Sí, los tienen pero no van a encontrar nada.

—¿Qué pasa si encuentran algo?

David se encogió de hombros. —Digamos que alguien me agarra en algo y empieza a mirar mis aparatos de espionaje. Los encuentran, los trazan a la CPU, desarman toda la cosa y hallan el disco. Está tan cifrado que si trataran con combinaciones de números aleatorios a la velocidad de diez mil dígitos por segundo sin parar durante mil años, habrían comenzado apenas. Sabes, hasta un número de quince dígitos tiene millones de combinaciones pero teóricamente puede descifrarse. ¿Qué te pareciera tratar de descifrar un número cifrado que contiene trescientos millones de dígitos?

Max se frotó los ojos. —Nací demasiado prematuramente. ¿De dónde ustedes, los chicos, salen con toda esta locura? ¿Cómo puedes *tú* tener acceso a tu disco si está tan cifrado?

David estaba sólo entusiasmándose con su tema. —Eso es lo bello de esto. Sé la fórmula. Sé lo que *pi* a la exponencia de un millón de dígitos tiene que hacer, y cómo tienen que usarse como multiplicador la fecha y la hora al segundo presente; y cómo esas cifras flotan hacia delante y atrás dependiendo de varios factores aleatorios. El número que lo abriría ahora es diferente del número que lo hubiera abierto un segundo atrás y no progresa en forma racional. Pero digamos que alguien *fuera* a llegar tan lejos en mi disco que el único paso que le faltara fuera igualar el código de cifrado, un milagro en sí mismo. Hasta si ellos *supieran* el número, sólo una computadora que funcione a la velocidad de la luz y que trabajare más de un año, podría entrar.

—¿Lo que has oído ha valido la pena todo el trabajo?

—Valdrá para el Comando Tribulación, ¿no te parece?

—Pero ¿cómo puedes transmitirlo a ellos sin arriesgar tu seguridad o la de ellos?

David apretó su espalda contra la pared y se deslizó hasta sentarse en el suelo. —Todo eso también está cifrado aunque ciertamente no en forma que les lleve para siempre entrar. Hasta ahora hemos podido comunicarnos por teléfono y la tecnología celular-solar, propia de Carpatia, en bandas cifradas ocultas. Por supuesto que él está constantemente encima de mí para encontrar maneras de vigilar a todos los ciudadanos.

—Para el bien de ellos, sin duda.

—Oh, absolutamente. El potentado simplemente se preocupa tanto por la moral de su familia global.

—David, pero ¿puede interceptarse algo transmitido?

David se encogió de hombros. —Me gusta pensar que *yo puedo* espiar todo pero he probado mis cosas contra mi poder detector y, a menos, que deje caer suficientes miguitas de pan en el camino, también soy impotente. El cifrado aleatorio y el cambio de canales al azar, coordinados con la miniaturización y velocidad que hace que la fibra óptica parezca un bote a remos... Bueno, ya nada está más allá de lo posible.

Max se puso de pie y se estiró. —¿Alguna vez te preguntas sobre esto? Como lo que dice el doctor Ben-Judá que Satanás es el príncipe de la potestad del aire? Transmitiendo a través del espacio y todo eso...

—Me asusta mortalmente —dijo David, aún sentado en el suelo—. Significa que yo estoy en el frente de combate contra él. No sabía en qué me metí cuando llegué a ser creyente, pero terminé en el bando correcto, ¿no? Es demasiado tarde para cambiar de idea. Ando por los mismos pasillos con el mismísimo anticristo y ando jugando por el aire con el diablo. Soy cuidadoso pero la marca de la bestia va a cambiar todo. No habrá más creyentes trabajando aquí después de eso a menos que encuentren una manera de falsificar la marca. Y ¿quién querría hacer eso?

—Yo no —dijo Max, abriendo su puerta—. Todos vamos a terminar en una u otra casa de refugio cualquiera de estos días. Ciertamente espero que la mía sea la misma que la tuya.

David se conmovió tanto con el cumplido que quedó demasiado atónito para responder. —Tengo un vuelo largo el viernes —agregó Max—. Tengo que averiguar quién anda siguiendo a León y si puedo traer a tiempo a Abdula para que ayude.

La tensión de su papel, por más que entusiasmara a un hombre joven, le pesaba a David pero se encaminó a sus habitaciones con paso ligero.

Floid estaba quieto. La morfina tenía que haber hecho su efecto. Camilo disminuyó la velocidad al ir acercándose como a kilómetro y medio de la casa de refugio. Atisbó por el espejo retrovisor. No lo habían seguido. Su teléfono lo sobresaltó.
—Aquí, Camilo.

—Tú ibas a mantenerme informada —dijo Cloé.

—Ya estoy casi en casa. A pocos minutos.

—¿Floid está contigo?

—Sí, pero no está bien.

—Patty y yo le cambiamos la ropa de cama y refrescamos el cuarto.

—Bueno. Voy a necesitar que me ayuden con él.

—Camilo, ¿él está bien? ¿Tú?

—Te veré pronto mi amor.

—¡Macho! ¿Todo está bien?

—Por favor, Cloé, te veré dentro de un minuto.

—Bueno —dijo ella sonando descontenta.

Él cerró el teléfono y lo metió en su bolsillo. Le dio una ojeada a Lea. —¿Va a durar esta noche?

—Camilo, lo lamento. Se murió.

Camilo frenó bruscamente y ellos se fueron para delante pues el Rover patinó en la tierra. —¿Qué?

—Lo lamento.

Camilo se volvió en su asiento. Lea tapó la cara de Carlos Floid de nuevo, pero la brusca parada había apretado el cuerpo del médico contra el respaldo del asiento delantero.

—¿Sabe quién es este hombre? —dijo Camilo asustándose de su propia voz desesperada.

—Sé que él era un buen médico, y muy valiente.

—Él arriesgó su vida para decirme dónde la CG se había llevado a Cloé. Él mismo vino a ayudarle a escapar. Se quedó en pie durante días por Patty. Le salvó la vida. El aborto espontáneo. Hizo nacer a nuestro hijo. Nunca nada era demasiado para que él no le pusiera el hombro al trabajo duro.

—Camilo, lo siento.

Camilo sacó la sábana del rostro de Carlos. Apenas podía verlo en la oscuridad. Encendió la luz interior y se echó para atrás al ver la máscara de la muerte. Los dientes de Carlos estaban al descubierto, sus ojos abiertos aún inyectados de sangre alrededor de las pupilas. —¡Oh, doctor!

Lea se dio vuelta en su asiento y revolvió su cartera buscando guantes de goma. Cerró cuidadosamente los ojos y la boca de Carlos Floid, masajeándole las mejillas hasta que lució más dormido que muerto. —Ayúdame con ese hombro —dijo. Camilo tomó un lado y Lea el otro, y tiraron del cuerpo hasta que Floid lució más como en reposo natural. Camilo manejó lentamente, evitando surcos y montones.

Cuando llegó a la casa de refugio, la cortina se abrió y divisó a Cloé que atisbaba. Ella estaba amamantando a Keni. Él dio la vuelta hacia el costado de la casa pero se detuvo cerca del patio trasero. —Dame un minuto —dijo—. No te importa quedarte aquí con él...

—Ve —dijo Lea.

Cloé sostuvo la puerta trasera abierta, con una sola mano, con Keni sobre su otro hombro. —¿Quién está contigo? —dijo—. No vi a Carlos.

Camilo estaba exhausto. Se inclinó para pellizcar la mejilla de Cloé, luego, lo mismo a Keni, justo cuando el bebé regurgitó. —¿Puedes acostarlo?

—Camilo...

—Por favor. Tengo que hablar con todos.

Todos ya estaban esperando en la cocina. Cloé fue a acostar al bebé y volvió rápidamente. Raimundo estaba sentado a la mesa y, por su ropa, se notaba que había estado trabajando horas en el subterráneo. Patty estaba sentada en la mesa. Zión, con una mirada triste y que sabía, se apoyaba contra el refrigerador.

A Camilo le costó mucho hablar y Cloé fue a él, abrazando su cintura con un brazo. —Tenemos otro mártir —dijo y contó lo que había pasado, incluyendo que Lea estaba esperando en el Rover con el cadáver de Carlos Floid.

Zión dejó colgar su cabeza. —Dios le bendiga —dijo, con su voz espesa.

Patty pareció golpeada. —¿Él se contagió con eso de mí? ¿Él murió por mí?

Cloé envolvió a Camilo con sus brazos y lloró con él. —¿Algunos estamos susceptibles?

Camilo movió la cabeza. —Hubiéramos tenido síntomas a estas alturas. Carlos tuvo los síntomas pero no nos dijo nada.

Camilo miró rápido a Raimundo. Todos iban a mirarlo. Zión oraría pero Raimundo los guiaría por la decisión sobre Lea, el funeral, todo. Pero Raimundo no se había movido. Estaba sentado sin ninguna expresión, los antebrazos sobre la mesa. Cuando los ojos de Raimundo se hallaron con los suyos, Camilo sintió que él exigía saber cuáles eran las expectativas.

¿Dónde estaba Raimundo el líder, el hombre que se encargaba de las cosas?

—Nosotros, ah, no debiéramos dejar allá fuera a Lea por tanto tiempo —dijo Camilo—, y vamos a tener que hacer algo con el cadáver.

Raimundo seguía mirando fijo a Camilo que no podía sostenerle la mirada. ¿Había hecho algo malo? ¿Tuvo otra opción que salir a toda prisa con Carlos para el hospital, y luego traerlo de vuelta, con Lea a remolque?

—¿Papá? —dijo Cloé suavemente.

—¿Qué? —dijo Raimundo sin acento en su voz, volviendo sus ojos a ella.

—Yo sólo... yo... me pregunto...

—¿Qué? —dijo él—. ¡Qué! ¿Te preguntas qué se supone que hagamos ahora? —Se puso de pie, su silla se deslizó contra la pared y cayó de lado repiqueteando. —¡Bueno, yo también! —Camilo nunca había oído que él levantara la voz—. ¡Yo también! —siguió Raimundo—. ¿Cuánto podemos soportar? ¿Cuánto se supone que tengamos que soportar?

Raimundo tomó su silla y la estrelló al enderezarla con tanta fuerza que rebotó. La pateó tirándola de nuevo contra la pared y salió volando hacia la mesa, haciendo que Patty cayera en los brazos de Zión.

—¿Raimundo? —dijo quedamente Zión.

La silla no hubiera golpeado a Patty. Golpeó el borde de la mesa y dio vueltas, yendo a pararse al lado de Raimundo. La tomó con brusquedad poniéndola donde pudiera sentarse otra vez y golpeó la mesa con ambos puños.

Zión soltó a Patty, que temblaba. —Creo que debiéramos.... —empezó pero Raimundo lo cortó.

—Perdóname —dijo aún echando humos y evidentemente incapaz de mirar a nadie directo a los ojos—. Haz que Lea entre y luego enterremos el cadáver. Zión, ¿quisieras decir unas cuantas..?

—Por supuesto. Sugiero que pongamos cómoda a Lea, luego hagamos el funeral, y luego dediquemos más tiempo a estar con ella.

Raimundo asintió. —Perdónenme —dijo de nuevo.

Camilo puso la marcha atrás metiendo al Rover en el patio, luego trajo a Lea para dentro y la presentó a todos. —Lamento la pérdida que ustedes tienen —dijo—. No conocí bien al doctor Carlos Floid pero...

—Estábamos por orar —dijo Zión—, luego quisiéramos conocerla.

—Por cierto.

Cuando Zión se arrodilló en el duro suelo, los demás lo imitaron salvo Patty que siguió de pie. —Dios, Padre nuestro —empezó Zión, con su voz débil y temblorosa—. Confesamos que trasciende nuestra fuerza seguir acudiendo a Ti en momentos tan terribles como este, cuando hemos perdido a uno de nuestra familia. No queremos aceptarlo. No sabemos cuánto más podremos soportar. Todo lo que podemos hacer es confiar en Tu promesa de que un día veremos nuevamente a nuestro querido hermano en la tierra donde el lamento será convertido en cantos y dónde no habrá más lágrimas.

Cuando terminó la oración, Camilo se dirigió a la escalera del subterráneo.

—¿Dónde vas? —dijo Raimundo.

—A buscar palas.

—Trae una.

—Ray, es mucho trabajo. Muchas manos...

—Macho, trae una no más. Ahora, señorita Rosa, quiero expresarme claramente en esto. Carlos Floid murió envenenado con el veneno que Carpatia usó para intentar la muerte de Patty, ¿correcto?

—Así lo entiendo yo.

—Señora, respuesta franca.

—Mire, don, yo sólo sé lo que me dijo el doctor Floid. No conozco personalmente cómo fue envenenada Patty pero parece claro que ella contaminó a Carlos, sí.

—Así que Nicolás Carpatia es el responsable de esta muerte.

Camilo se impresionó con que Lea no pareciera sentirse obligada a replicar.

—Gente, esto es asesinato —agregó Raimundo—, pura y simplemente: asesinato.

—Raimundo —dijo Zión—, probablemente Carpatia nunca supo de la existencia del doctor Floid así que, técnicamente, aunque sea seguro decir que trató de asesinar a la señorita Durán...

—No hablo de culpable judicialmente —dijo Raimundo, con su cara enrojecida—. Digo que el veneno que Carpatia concibió para matar a alguien, mató al doctor.

Zión se encogió de hombros con resignación.

—Ahora, Camilo —dijo Raimundo—, ¿dónde está mi pala?

—Por favor, deja que te ayude —dijo Camilo.

Raimundo se puso de pie enderezándose. —Ahórrame tener que decir algo más que mañana lamentaré, ¿quieres "Macho"? Esto es algo que yo quiero hacer solo. Algo que necesito hacer, ¿correcto?

—Pero en realidad tiene que tener más de metro ochenta y dos de hondo, está tan cerca de la casa y... —Camilo levantó ambas manos en señal de rendición a la mirada impaciente de Raimundo. Trajo la pala más grande que halló en el subterráneo.

Mientras Raimundo trabajaba en el patio, Lea habló de la manera más higiénica de preparar el cadáver. Incapaz de encontrar cal para poner en la tumba, concibió un sustituto confeccionado con cosas de cocina. —Y —le dijo a Camilo—, debemos envolver el cuerpo en una tela plástica gruesa.

Repartió guantes a los que iban a tocar el cuerpo y prescribió una solución desinfectante para el vehículo y la camilla.

Camilo se asombró con lo que hizo Raimundo, considerando que había trabajado todo el día en el refugio. Cavó un hoyo de dos metros trece centímetros de largo, por un metro de ancho y casi dos metros y medio de profundidad. Necesitó que le ayudaran a salir, cubierto de barro. Los tres hombres bajaron el envoltorio con el cadáver de Carlos Floid al hoyo y Raimundo dejó que los demás lo volvieran a rellenar.

El grupo, excepto el bebé que dormía, se quedó alrededor de la tumba a la luz mortecina de la casa. Cloé, Patty y Lea estaban bien abrigadas debido al frío aire nocturno. Los hombres, sudados por el paleo de tierra, pronto se estremecieron.

Camilo nunca dejaba de asombrarse con la elocuencia de Zión.

—Bendita ante los ojos del Señor es la muerte de un santo —dijo—. Carlos Floid era nuestro hermano, un miembro querido y ferviente de nuestra familia. Si alguien quiere decir algo de él, por favor, hable ahora, y yo oraré.

—Lo conocí como un médico muy dotado y un creyente valeroso —dijo Lea.

Camilo dijo: —Cada vez que piense en él pensaré en nuestro bebé y en la salud de Cloé.

—Yo también —dijo Cloé—. Tantos recuerdos en tan corto tiempo.

Patty estaba de pie, temblando y Camilo notó que Raimundo la miraba, como esperando que dijera algo. Ella lo miró y desvió la vista, luego movió la cabeza.

—Nada —dijo Raimundo—, no tienes nada que decir del hombre que te salvó la vida.

—Raimundo —dijo Zión.

—¡Por supuesto que sí! —dijo Patty con su voz herida—. ¡No puedo creer que se murió por mi causa! ¡No sé qué decir! Espero que él haya ido a recibir su galardón.

—Deja que te diga algo más —dijo Raimundo, con su ira evidentemente hirviendo—. Patty, Carlos te amaba. Tú lo trataste como basura pero él te amaba.

—Lo sé —dijo ella con un gemido en su voz—. Sé que todos ustedes me aman a su man...

—Te digo que él te amaba. *Te amaba*. Te quería profundamente, quería decírtelo.

—¿Quieres decir...? No podías saber eso.

—¡Él me lo dijo! Pienso que quería que tú lo supieras.

—Raimundo —dijo Zión, poniéndole una mano en el hombro—, ¿alguna otra cosa que quisieras decir de Carlos?

—Esta es una muerte que debe vengarse. Como la de Ken, la de Amanda, y la de Bruno.

—La venganza es del Señor —dijo Zión.

—Si tan sólo Él me tomara en cuenta para eso —dijo Raimundo.

Zión lo miró con dureza. —Ten cuidado de andar deseando cosas que realmente no quieres —dijo—. Permitan que cierre orando.

Pero Camilo no lo oyó. Raimundo había empezado a llorar. Su respiración le salía en grandes oleadas, y se tapaba la boca con la mano. Pronto no pudo contener los sollozos y cayó de rodillas gimiendo fuerte en la noche. Cloé corrió a él para sostenerlo.

—Está bien, papá —dijo ayudándole a pararse y a entrar a la casa—. Todo está bien.

Raimundo se soltó de ella, alejándose y subió corriendo la escalera. Camilo abrazó a Cloé, y el barro que se le había pasado de la ropa de su papá, manchó también la ropa de "Macho".

Raimundo agradeció el pozo y el calentador de agua que el generador hacía funcionar en cuanto estuvo debajo de la ducha caliente de la casa de refugio. Sus músculos estaban soltándose por fin. ¡Qué día! La inexplicable ira que le hizo salir a caminar al aire matutino venía acumulándose hacía meses. Trabajar en el subterráneo no le había hecho mella, especialmente cuando estuvo solo todo ese día. La horrible noticia de Floid le había hecho reventar finalmente en forma que no lo hacía desde que tuvo una tremenda pelea con Irene, quince años atrás. Y aquello había resultado de un exceso de alcohol.

Aunque se sentía mal por haber maltratado a los demás, algo de su ira le parecía justo. ¿Era posible que Dios hubiera plantado en su corazón esta intolerancia de la injusticia con el solo propósito de prepararlo para asesinar a Carpatia? O ¿estaría engañándose? Raimundo no quería pensar que estaba enloqueciendo. Nadie entendería que un hombre como él tratara de racionalizar el asesinato, aunque fuera el asesinato del anticristo.

Raimundo giró el regulador de calor del agua para que ésta estuviera lo más caliente que él pudiera soportar y dejó colgar la cabeza debajo de la ducha. Sus oraciones se habían vuelto apelaciones para que Dios le permitiera hacer lo impensable. ¿Cuánto se esperaba que tolerara un hombre? La pérdida de su esposa e hijo eran culpa suya. Él podría haberse ido al cielo con ellos si hubiera sido hombre de fe y no de orgullo. Pero perder a Bruno, luego a Amanda, y Ken, ahora el doctor; ah, ¿por qué se sorprendía? Ahora era un juego de números. ¿Esperaba estar entre los últimos que iban a ver la Aparición Gloriosa? Ciertamente no estaría allí si le disparaba a Nicolás Carpatia pero, de todos modos, era probable que no sobreviviera en absoluto. Muy bien podía salir con las armas disparando.

Raimundo salió de la ducha y se miró en el espejo cubierto de vapor, con una toalla enrollada en sus hombros. Al disiparse el vapor y aclararse su cara, apenas se reconoció. Hasta un año atrás se había sentido muy bien, y Amanda pareció impresionada con su aspecto maduro. Ahora *maduro* era un cumplido. Lucía y se sentía más viejo que la edad suya. Por supuesto, todos estaban así ahora pero Raimundo creía que él había envejecido más rápido que los demás.

Su cara era magra y arrugada, sus ojos tenían bolsas, su boca tenía la mueca para abajo. Nunca había sido partidario de calificar todo período de tristeza o desánimo como depresión pero ahora tenía que cavilar. ¿Estaba deprimido? ¿Clínicamente deprimido? Esa era la clase de cosas que podría haber discutido con Carlos. Y con sólo pensar en su nombre llegó la puñalada en las entrañas. La gente que le rodeaba se moría y no habría fin a eso hasta que regresara Jesús. Eso sería maravilloso pero ¿podría durar él? Si iba a reaccionar de esta manera a alguien al que había conocido por corto tiempo, como Carlos, ¿qué iba a pasarle cuando, si, si... no quería ni pensar en Cloé? ¿El bebé? ¿Camilo? ¿Zión?

Lea, esa mujer del hospital, ¿valdría la pena hablar con ella? Parecía más fácil lanzar unas cuantas ideas a una profesional, una extraña, que hablar de las mismas cosas con alguno de la casa. Patty lo conocía bien, igual que los demás, aunque de manera peculiar pero ella seguía siendo una de afuera, más que la recién llegada. Él nunca podría revelarle sus pensamientos más profundos a Patty.

Naturalmente que tampoco diría nada de su conspiración Carpatia a Lea Rosa pero podría obtener algunos conceptos en su propia mente. Quizá ella había tratado gente deprimida o conocían médicos que lo habían hecho.

Raimundo se dio cuenta, mientras se secaba el pelo, que ya no reconocía al hombre del espejo *ni* al hombre interior. Las tramas que se desarrollaban en las fronteras de su mente distaban tanto del Raimundo Steele que creía que era, que solamente podía imaginarse lo que diría Cloé. Y eso que ella sólo conocía la mitad de todo esto.

Costaba mucho ocultar su nueva brusquedad de los demás del Comando Tribulación. Todos se habían perdonado mutuamente incontables veces por tonteras. Todos menos Zión, por supuesto. Parecía que él nunca ofendía a nadie, nunca tenía que ser perdonado. Algunas personas tenían la habilidad de vivir con gracia a pesar de las condiciones inaguantables. Zión era uno de esos.

Raimundo había pasado más allá de la conducta egoísta en un entorno cerrado. Había amenazado el *statu quo*, el estilo de vida, por duro que fuera. Y se suponía que era el líder. Él sabía que estaba a cargo sólo en la manera de administrador de un equipo deportivo. Zión era el astro del deporte que ganaba los partidos pero Raimundo seguía desempeñando un papel vital, una posición de autoridad, una responsabilidad espiritual de ser la cabeza como lo sería un anciano en la iglesia.

¿Todavía valía algo? Una parte suya estaba segura que no. Por otro lado, si no se estaba enloqueciendo y si, realmente, *había* sido escogido por Dios para participar en la conspiración de asesinato vieja como los siglos, después de todo él era alguien especial.

Raimundo se puso una bata grande y salió del dormitorio. *Así, pues, soy un ungido o un megalomaníaco. Grandioso. ¿Quién me lo hará saber?* El antiguo Raimundo Steele peleaba por recobrar sus sentidos mientras que el miembro del Comando Tribulación, enjaulado, frustrado, deprimido, dolido, justamente indignado e iracundo por completo, seguía abrigando ideas de grandeza o, al menos, de venganza. *Estoy enfermo* —se dijo y oyó voces abajo, voces que oraban.

Max McCullum se movía uniformemente en su diario trote mientras el sol subía, color anaranjado, sobre la radiante ciudad de Nueva Babilonia. No podía dejar de admirar la belleza y qué privilegio hubiera sido si hubiera estado ahí en otras circunstancias. Lo más avanzado de su clase, de lo mejor que había, todos los cliché cobraban vida cuando alguien consideraba esta megalópolis nueva y refulgente.

Pero con su conversión secreta, Max se había convertido en un partidario tapado y subversivo de la rebelión. Toda una vida de entrenamiento militar, de autodisciplina, cadena de mando, pensamientos del tipo todos-para-uno-uno-para-todos, constituían ahora todo un conflicto. Habiendo llegado a la cumbre de su carrera como piloto de aviones grandes, ahora usaba todo truco y treta aprendidos para servir la causa de Dios.

Cualquiera fuera la satisfacción acompañante a eso, se parecía a la satisfacción que obtenía de poder aún correr, a su edad, nueve kilómetros y poco más de seiscientos metros cada mañana. Eso era impresionante para algunos. Para él era necesario. Estaba luchando contra el tiempo, la gravedad y una plétora de ataques físicos que venían con la mera longevidad. Así era precisamente cómo se sentía en su trabajo. Hubiera debido sentirse realizado pero el enemigo era su empleador. Y como espía anónimo y valioso, plantado en terreno enemigo, hubiera debido estar feliz por saber sin duda que estaba en el lado bueno: el ganador.

Sin embargo, el temor le impedía regocijarse. El momento en que empezaba a disfrutar su papel, se hacía vulnerable. Vivir al filo de la navaja, sabiendo que el único resbalón que lo denunciara sería el último, le quitaba toda la diversión al trabajo. Una cierta medida de satisfacción venía junto con saber que él era bueno para lo que hacía, tanto abierta como subrepticiamente. Pero preguntarse constantemente cuándo iba a perpetrar el pequeño detalle traidor, cuándo lo iban a detectar, esa no era manera de vivir.

Al aclararse el sol sobre el horizonte, y Max sentir el sudor en su trabajada cabeza y cara, supo que quedaría al descubierto mucho antes que él se diera cuenta. Esa era la maldición de lo que hacía. No sólo no sabía cuándo o si lo habían detectado sino que también había algo de lo cual estaba seguro: sería el último en enterarse. ¿Cuánto tiempo iban a tratar Carpatia, Fortunato, cualquiera de ellos, dejarlo darse vueltas en el viento, dejarlo seguir tratando de hacer su juego, cuando ya sabían la verdad? ¿Lo dejarían ahorcarse a sí mismo, complicando a los camaradas que amaba y servía, permitiéndole que armara un caos irremediable de la precaria seguridad que trataba de proteger?

Era posible que ya hubiera quedado al descubierto. ¿Cómo pudiera uno saber? El final del traidor es como el final de una estrella: el resultado siempre se ve mucho después que el acontecimiento ocurrió. Él tendría que observar las señales. ¿Habría algo que le indicara que debía correr, huir a la casa de refugio, lanzar el pedido de socorro al Comando Tribulación que estaba en los Estados Unidos de Norteamérica? O cuando ellos supieran que él había sido entregado ¿ya estaría muerto?

Aún faltando kilómetro y medio por correr, dio la última curva, ahora con el sol a su espalda. Su último mensaje cifrado para Abdula Smith había embarcado al jordano en su mismo bote: —Personal te preguntará directamente por tu lealtad a la causa, a la Comunidad Global, al potentado. Recuerda, eres un guerrero del frente de combate. Diles lo que ellos quieren oír. Consíguete este trabajo por cualquier medio a tu alcance. Estarás en posición de ayudar a torcer o impedir las peores estratagemas del maligno y ver que hombres y mujeres acuden a Cristo a pesar de todo.

«Si te preguntas qué decir, cómo formularlo, sólo ponte de mi lado. Expresa, sin vacilar, que compartes los puntos de vista que tiene Max McCullum sobre la Comunidad Global y que estás dedicado por entero, como él, a las políticas y órdenes del liderazgo. Nunca se habrá dicho palabra más veraz.

«No digo que sea fácil. El pago es exorbitante, como sabes, pero no disfrutarás ni un centavo. Los requisitos no son como nada que hubieras soñado pero te sentirás constantemente necesitado de limpieza. Bendito sea Dios, que la limpieza está ahí, porque estamos mandados por el Todopoderoso. Este es un trabajo de corto plazo porque Zión Ben-Judá tiene la razón: Cuando se exija la marca de la bestia para comprar y vender, sabes que será un requisito ineludible para seguir empleado aquí. De la noche a la mañana pasaremos de ser miembros titulares del personal de planta a ser fugitivos internacionales.

«Abdula, te necesito. Eso es todo lo que puedo decir. Tú y Raimundo cooperaron antes. Esto no será tan divertido pero no habrá un solo momento aburrido. Espero compartir de nuevo la cabina de pilotaje con un respetado hombre del aire y un hermano en quien puedo confiar.

Lo mejor, Max».

Camilo se sentó en el sofá, al lado de Cloé. Zión estaba sentado cerca como Lea. Aquí estaba ella, totalmente nueva en la casa y ya partícipe de una reunión de oración por su líder. Camilo oró vacilando y no sin culpa. ¿No debían sencillamente confrontar a Raimundo? ¿No era esto parecido a hablar espiritualmente a sus espaldas? Con toda seguridad que Zión hablaría con él a su debido momento.

CINCO

Raimundo detestaba sentirse aislado de los demás. Irónicamente por su sueño de eliminar a Carpatia (aunque fuera transitoriamente) tenía más en común con Patty que con cualquiera de los otros. Era su culpa por perder el control y hacer que ellos anduvieran con cuidado en su presencia pero, ¿qué era lo que estaba sucediendo abajo, a medianoche? Todos orando juntos era algo que siempre le daba valor a Raimundo pero ¿era una reunión del Comando Tribulación? ¿Sin él? ¿Debiera sentirse ofendido?

Naturalmente que tenían la libertad de reunirse en cualquier combinación de hermanos y hermanas que desearan. No era como que estuvieran ocupándose de sus asuntos. ¿Qué le estaba pasando a él? ¿Cuándo había empezado a preocuparse por esas nimiedades? Raimundo bajó en puntillas para no perturbarlos. Con toda seguridad que estaban en el salón, sentados en el sofá y en sillas, con las cabezas gachas, orando. Todos menos Patty.

Raimundo se conmovió y quiso súbitamente unírseles. Su motivo no era puro. Quería reconciliarse con ellos sin tener que pedir disculpas de nuevo. Participar voluntariamente en un ejercicio espiritual era algo que diría mucho. Hasta podía orar pidiendo perdón por sus estallidos...

Iba deslizándose en al salón pero súbitamente la conciencia de Raimundo fue demolida. ¡Qué necio! ¡Qué poca cosa! Ser tan bendecido por Dios a pesar del dolor intolerable y, luego, querer usar la oración para manipular... Casi se fue pero ahora quería juntarse con ellos por las razones correctas. No quería siquiera orar en voz alta. Sólo quería ponerse de acuerdo con ellos ante Dios, ser parte de este cuerpo, esta iglesia. Él sabía que se sentiría digno de volver a guiarlos solamente cuando se diera cuenta que él *no* era digno fuera del don de Dios.

Él era el objeto de la reunión de oración. Primero uno, luego el otro, mencionaron su nombre. Ellos oraron por su fuerza, su paz, su consuelo en su pesar. Oraron rogando contento sobrenatural cuando era humanamente imposible.

Pudiera haberse ofendido por ser, básicamente, objeto de chisme en oración pero se sentía avergonzado. Él había sido peor de lo que se temía. Raimundo se arrodilló en silencio. Llegó el momento en que la emoción y el fervor de las oraciones lo humillaron tanto que se sintió impotente para seguir ocultándose. Se tiró hacia delante, sobre los codos, y lloró fuerte. Se lamentaba tanto, estaba tan triste y agradecido que ellos le creyeran digno del esfuerzo por restaurarlo.

Cloé fue la primera en correr a Raimundo pero más que levantarlo, meramente se arrodilló con él y lo abrazó. Sintió la mano exploradora de Camilo en su espalda y deseó poder decirle a su yerno que no se preocupara, que su apoyo significaba todo para él. Zión le puso su tibia mano en la cabeza e invocó a Dios —para que sea todo lo que este hombre necesita que Tú seas durante la época más difícil que se haya pedido a alguien que soporte.

Raimundo se halló sollozando por segunda vez en la noche sólo que, ahora, no gemía con los lamentos de pesar del que no tiene esperanza. Se sintió bañado en el amor de Dios y el apoyo de su familia. No se había rendido a la idea de que Dios aún pudiera usarlo en la justa retribución de

Nicolás Carpatia, pero eso era —al menos brevemente— menos importante que su lugar dentro del grupo. Ellos podían manejar que él no siempre fuera fuerte. Ellos se apegarían a él cuando él se pusiera humano y peor. Lo apoyarían aunque él fallara. ¿Cómo expresar lo que eso significaba para él?

No se le escapó a Raimundo que Lea había orado por él, aunque era comprensible que no se sintiera bastante cómoda para tocarlo. Ella no pretendía conocer el problema, sólo indicando que reconocía que, evidentemente, él no era el mismo de siempre y que necesitaba un toque de Dios.

Cuando se acallaron las oraciones, Raimundo sólo pudo musitar: —Gracias, Dios.

Zión entonó una melodía conocida. Primero Cloé, luego los demás cantaron, *Bendito sea el que enlaza nuestros corazones con el amor cristiano. La comunión de las almas hermanas es como esa del cielo.*

Los cuatro se pararon y volvieron donde estaban sentados. Raimundo acercó una silla. —Pensé que estaban votando para echarme del club.

Zión se rió. —Ni siquiera te permitimos que renuncies —dijo—. Me gustaría preguntarle, Lea, si le importaría esperar hasta mañana para contarnos su historia. Pienso que todos hemos pasado bastante por hoy, y quisiéramos prestarle nuestra plena atención.

—Yo iba a sugerir lo mismo —dijo ella—. Gracias.

—¿Tiene algo en contra de quedarse dónde Carlos solía dormir? —dijo Raimundo.

—No, a menos que alguna persona tenga problemas con eso —dijo ella—. Sé que esto suena raro pero no dormiré bien hasta que tenga una noción del resto del lugar. ¿Me podrían dar una vuelta rápida sólo para saber dónde está todo?

—Cloé y yo estaremos felices de mostrárselo —dijo Raimundo, esperando empezar una conexión que facilitara la conversación.

—Yo veré al bebé —dijo Camilo.

Zión se levantó cansado. —Buenas noches a todos.

Raimundo se impresionó con que Cloé se diera bastante cuenta como para ignorar el subterráneo. Ella empezó por la parte de atrás del *dúplex*, por donde Lea había entrado.

—No hay nada en el otro piso —dijo—, que haya sufrido más daño estructural. Usted entró por la zona del saloncito, aquí. Esto fue reconstruido desde el terremoto, cuando un árbol aplastó y mató a la esposa del dueño. Su marido, que estaba en nuestra iglesia en el momento y murió cuando eso se derrumbó.

—Luego, la cocina, por supuesto, y a la izquierda, el salón principal. Luego, el comedor, donde nunca comemos sino que muchos trabajamos. Pasando la escalera, hay un baño y el dormitorio del frente donde Camilo y yo dormimos, con el bebé.

Le mostraron el otro baño de arriba, el dormitorio de Raimundo, el de Zión, y el de Carlos.

—Gracias —dijo ella—, ¿y dónde se quedaba Ritz?

Raimundo y Cloé se miraron uno al otro. —Ah —dijo él—, no me había dado cuenta que usted sabía que él había vivido aquí.

—¿Era secreto?

—Todo el lugar lo es.

—¿No se supone que yo sepa que él vivía aquí? Yo sabía que el doctor Floid y el señor Williams y Patty vivían aquí.

—Yo no sabía que usted sabía, eso es todo —dijo Raimundo—. Espero que esto no haga parecer sospechoso.

Ella se detuvo. —¿De qué? ¿Quiere examinar mi marca? Algo le dio la confianza de llevar todas las urgencias a mí. Si yo no fuera confiable, ¿hubiera arriesgado mi vida por todos ustedes?

—Lo siento, yo...

—Señor Steele, en realidad. Si yo trabajara para la CG hubiera podido dar el dato al potentado cuando su amante perdió a su hijo mientras yo la atendí. Pudiera haber denunciado al doctor Floid cuando incineró los restos antes que seguir el procedimiento legal. Pudiera haber denunciado a las autoridades cuando su yerno me hizo dar el alta a Ritz que tenía tamaña herida abierta en la cabeza. ¿Usted piensa que no sabía quienes eran ustedes y por qué ninguno podía decir dónde vivía?

—Señorita Rosa...

—Señora Rosa y, francamente, la razón por la que supuse que Ritz vivía aquí fue debido a que sabía que el aeropuerto había sido virtualmente demolido. Y, en el caso que no se acuerde, él estaba con usted cuando usted trajo a Patty. ¿Yo tenía que suponer que usted salió de su escondite y que él se juntó con usted en alguna otra parte?

—Tiene razón. Yo sólo...

—Señor Steele, habrá infiltrados. No sé cómo lo harán pero yo no dejaría nada como imposible para la CG, pero hasta que perfeccionen una especie de réplica a prueba de tontos de la señal que solamente nosotros podemos vernos unos a otros. No me imagino un espía suficientemente necio como para entrar aquí valseando. Páseme por la parrilla si lo desea pero le agradeceré que nunca más admita que sospecha de mí porque supuse que un hombre vivía con ustedes, cuyo nombre de pila ni siquiera recuerdo.

Raimundo la miró implorante. —¿Un día difícil sirve de excusa?

—Yo también tuve uno duro —dijo ella—. Dígame que no me tiene miedo antes que me vaya.

—No. Lo siento.

—Yo también. Perdóneme si reaccioné exageradamente. *Para lo que vale unirse* —pensó Raimundo—. No lo siga pensando.

—Confíe en mí entonces.

—¡Sí! Ahora, a la cama y deje que nosotros hagamos lo mismo. Por favor, use el baño antes que nosotros.

—Me dice que me tiene confianza.

Raimundo podía darse cuenta que Cloé estaba impacientándose con Lea. —Señora Rosa, estoy cansado. Me disculpé. Estoy convencido ¿está bien?

—No.

—¿No? —dijo Cloé—, yo tengo que acostarme.

—¿Ustedes piensan que soy estúpida o ciega o qué? —dijo Lea.

—¿Perdóneme? —dijo Cloé.

—¿Dónde está el refugio?

Raimundo se encogió. —Usted no quiere que yo sospeche y, ahora, pregunta por un refugio?

—¿No tienen uno?

—Dígame cómo supo qué preguntar.

Lea movió la cabeza. —Esto es peor que crea que soy una subversiva. Usted piensa que estoy demente.

—No más que yo —dijo Cloé—. Dígame cómo supo que aquí hay algo más, y yo se lo mostraré.

—Gracias. Si me oculto en una casa de refugio, supongo que su seguridad se verá comprometida un día. Entonces, ustedes tienen un lugar donde correr sin aviso o este lugar está al revés. Más, y esto es tan evidente que me ofende tener que plantearlo, ¿tengo que suponer que Patty duerme fuera?

—¿Patty? —dijo Raimundo.

—Sí, ¿se acuerda de ella? ¿Sin sello en la frente, pero muy visible aquí hasta que todos ustedes se ponen espirituales? ¿Dónde duerme ella?

Cloé suspiró. —Ve a acostarte papá, yo se lo mostraré.

—¡Gracias!

Se dieron vuelta para bajar la escalera.

Raimundo no pudo resistir. —Señora Rosa, puede ponerse muy molestosa, ¿sabía eso?

—¡Papá! —dijo Cloé aún de espaldas a él—. Nos merecemos eso y tú lo sabes.

Lea se detuvo y se dio vuelta para enfrentarse a él. —Respeto a todos los de aquí —dijo—, pero eso discrimina por el sexo. Usted me rotuló de feminista pero no le diría, digo no insultaría a un varón como a mí, diciéndole que su respuesta era absurda.

—Probablemente se lo diría —dijo Raimundo—, pero se acepta la observación.

—Gracias por hacerme sentir como basura —dijo Lea—. Temprano hablé con su yerno de una manera con que, raramente, le he hablado a alguien. Y ahora lo hice de nuevo. No sé qué me está pasando.

Raimundo sentía exactamente lo mismo pero no quiso admitirlo. —Prométame que mañana podemos discutir una tregua.

—Trato hecho.

La mujer bajó, y Raimundo pudo, por fin, acostarse. Colgó su bata y se echó sobre las sábanas frías, sintiendo el dolor de la mañana siguiente por el trabajo hecho en el subterráneo y el patio, y todavía ni siquiera era la mañana. Cerró los dedos por detrás de la cabeza y a los minutos se sintió derivar —hasta que oyó pasos en la escalera y, luego, un golpe en la puerta.

Cloé dijo: —Le estuve mostrando el subterráneo a Lea, donde duerme Patty. Sólo que ella no está allá.

—¿Patty?

—¿Dónde podría estar? No está en la casa. Ni afuera, hasta donde se puede ver. Y, papá, faltan muchas cosas de ella. Se llevó un montón grande.

Raimundo se levantó y se volvió a poner la bata, preguntándose si tenía la energía para tratar una crisis más antes de colapsarse. —Fíjate en el cobertizo si está el vehículo de Ken. Asegúrate que el de Camilo todavía esté en el patio. Ella no iría muy lejos a pie. Camilo y yo podemos ir a buscarla en un vehículo cada uno.

—Papá, no tenemos idea cuando se fue. Podría haberse ido después del funeral. No recuerdo haberla visto desde entonces, ¿la viste tú?

Él movió la cabeza. —No podemos dejarla irse de aquí con todo lo que sabe.

—Hablemos de vulnerabilidad. Si ella logró que alguien la recogiera en alguna parte, nunca la encontrarás.

Ellos siguieron huellas hasta lo que una vez fuera la calle frente a la casa. Ahora era sólo una senda de tierra, manchada con tramos de asfalto y marcada con agujeros. Ella podía haber tomado cualquier dirección. Raimundo echó a andar el vehículo de Ken, y Camilo levantaba polvareda con las cuatro ruedas de su Land Rover. Él mandó a Camilo al norte y, él, se fue para el sur.

Cuando quedó claro que Patty no estaba en ninguna parte cerca de Raimundo, éste llamó a Camilo que dijo: —Tampoco nada por acá. Tengo una mala sensación tocante a esto. No podemos denunciar su ausencia.

—Tengo otra idea —dijo Raimundo—. Te veré en la casa.

Raimundo llamó a Palwaukee y le contestó la máquina. Dijo: —Ti, soy Raimundo. Si estás ahí, necesito que contestes —esperó unos momentos, entonces, reacio, volvió a marcar el número del celular personal de Delanty. Un dormido "aló" saludó a Raimundo.

—Lo siento Ti, ¿te desperté?

—Naturalmente que sí. Bueno, Ray, no quiero que esto sea una urgencia pero si no lo es te voy a pedir cuentas por haberme llamado a estas horas.

Raimundo le contó todo. —Así que yo me preguntaba si todavía andaban por ahí aquellos dos chiflados.

—¿Hernán y Bo? No he visto a Hernán hace casi un año. Como que lo he echado de menos aunque era un idiota. Supe que se fue para el oeste. Beauregard Hanson todavía anda dando vueltas por aquí, tratando de ejercer su cinco por ciento de acciones del negocio. ¿Por qué?

—Sólo me preguntaba si Patty pudiera haberlo usado para que alguien la saque en avión de aquí.

—Yo me fui a las seis de la tarde. Dejé a un muchacho en la torre hasta las nueve. Después, cerramos.

—¿Hay alguna forma en que pueda averiguar si un avión grande salió de allí esta noche?

—Ray, no puedo llamar al muchacho a estas horas de la madrugada y preguntarle eso.

—¿Por qué no? Yo lo hice.

—Sí, pero tú estabas muy seguro de que yo no te odiaré por eso.

—¿No?

—No se me permite hablar. Somos hermanos, ¿te acuerdas?

—Hablando de eso, tú eres el único hermano, hermano, que me va quedando, si entiendes lo que quiero decir.

—¿Qué?

Raimundo le contó lo del doctor.

—¡Oh, hombre! Lo siento Raimundo. No sospechas que Patty...

Raimundo le habló de la teoría de Carlos Floid sobre la manera en que contrajo el envenenamiento. —Pero aún así, tengo muy buenas razones para saber dónde está ella.

—Voy a mirar la bitácora.

—No quiero que salgas a esta hora.

—Puedo hacerlo desde aquí. Un momento.

Raimundo escuchó el crujido de la cama de Ti y, luego, ruidos de computadora. Ti volvió al teléfono. —Estoy revisando esto. No hubo mucho tráfico esta noche. En su mayoría, aviones chicos, aviones de empresas, un par de CG. Mmmm...

—¿Qué?

—Aquí hay una anotación única. Un Quantum de gran tamaño, eso es como un jet Lear enorme, de otro fabricante, llegó con el piloto sólo a las 2230 (diez y media de la noche). Despegó a las 2330 horas con el tanque lleno de combustible, sin carga, un solo pasajero sin identificar, destino sin informar.

—¿Eso es todo?

—Bueno, aquí tenemos una columna que indica si se pagó, se cargó a tarjeta de crédito o cuenta o si fue dado el visto bueno. Esto muestra que BH le dio el visto bueno.

—No conozco las especificaciones del Quantum —dijo Raimundo—. ¿Qué clase de velocidad y radio de acción.

—Oh, rápido como uno de los pesados pero, probablemente, necesite una carga más de combustible antes de volar al otro lado del mar. ¿Cuán lejos te parece que la fugitiva va?

—Yo no dejaría de pensar que ella cree que puede entrar en la oficina de Carpatia y darle personalmente lo que se merece. Bueno, no habrá forma de pillar o de interceptar a ese avión, ¿no?

—No. ¿Qué hora es, casi la una? Esa cosa ha estado volando, supongo que a toda velocidad por hora y media. Aunque estuviera a veinte minutos volando sobre la costa este para aterrizar, hacer combustible y despegar, aún así es demasiado lejos, a esta hora.

—¿Tienes suficiente información como para que yo pudiera hablar por radio al avión?

—Raimundo, piensa. Quien esté volando ese avión, no va a contestar a menos que sepa quién llama.

—Quizá pudiera tirarle un palito, instarle a que baje en España debido a una irregularidad del combustible o algo que pasó acá o donde haya hecho combustible de nuevo.

—Raimundo, estás soñando. Y me gustaría soñar también.

—Amigo, gracias por nada.

—Vas a tener que encontrarla por tu cuenta o activar algunos contactos que tengas por allá.

—Lo sé. Gracias, Ti. Mañana trataré de salir a volar por unos negocios de la cooperativa.

—Hoy, querrás decir.

—Lo siento —dijo Raimundo.

—Yo podría traer un par de personas de nuestra iglesia a domicilio. Queremos meternos a lo grande en este asunto.

Por lo que a Raimundo concernía, Patty también tenía el poder de dejar al descubierto a la cooperativa.

Max McCullum tenía una mañana repleta. Luego de saludar a Anita Cristóbal pasando por su oficina del hangar, llegó a su propia oficina donde halló tres mensajes. El primero era una lista hecha por la secretaria de León Fortunato, que destacaba el personal autorizado para ir en el vuelo a Botswana, dentro de tres días. El comandante supremo, su valet, un asistente, un cocinero y dos servidores formarían el contingente CG. Dos ayudantes acompañarían al presidente Ngumo, de Botswana. "Fíjese que el Comandante Supremo ha decretado que el avión esté estacionario mientras la gente de Botswana esté a bordo".

La lista también incluía al capitán y al primer oficial en la cabina de pilotaje, con un asterisco a continuación del oficial. Al pie de la página el asterisco se refería a una nota: "El Comandante Supremo cree que usted se complacerá por lo resuelto en este asunto".

Max estaba complacido. El segundo documento era una nota de Personal tocante a la solicitud de Abdula Smith para primer oficial del Cóndor 216. No sólo había tenido los puntajes más altos en todo aspecto técnico, salvo la exactitud verbal (—un poco lacónico— decía el resumen) sino que también había sido considerado —ciudadano sobresaliente, leal a la Comunidad Global.

Fortunato había garrapateado, de propio puño y letra, en el margen, "Felicitaciones, Max, por un final maravilloso. ¡Smith será un gran aporte a la causa! C.S. L.F."

Si tan sólo supieras, pensó Max.

El tercer mensaje para Max era de David Jasid, que decía: "Mensaje importante para el capitán. Personal".

Max y David habían aprendido a parecer impersonales y profesionales frente al personal. La diferencia de edad ayudaba. Todo el complejo de la CG, aunque evidentemente antimilitar debido al profesado pacifismo de Carpatia, tenía una organización de estructura paramilitar. Max se sentía cómodo con la cadena de mando habiendo pasado uniformado gran parte de su vida. A menudo, David seguía el consejo de Max porque David había llegado a la CG desde la empresa privada. Ahora, los dos estaban en igualdad de condiciones en ramas separadas, y parecía que sus encuentros cara a cara ocasionales no llamaban la atención.

La secretaria de David escoltó a Max para entrar a la oficina de David. —Capitán —dijo David, estrechándole la mano.

—Director —contestó Max, sentándose.

Cuando la secretaria salió, David dijo: —Tome esto —y dio vuelta su computadora portátil para que Max pudiera leerla. El capitán miró de reojo la pantalla y leyó el relato de Raimundo sobre las actividades del día anterior en la casa de refugio de Illinois. —Oh, hombre —dijo—, ese médico. La muchacha vive, el médico se muere. Qué cosa.

—La cosa empeora —dijo David.

Max leyó la noticia de la desaparición de Patty. Se repantigó en el asiento. —¿Realmente piensas...

David levantó un dedo para detenerlo. —Permita que termine esto mientras lo pienso —con unos toques al teclado borró el archivo muy cifrado—. ¿Que ella vaya a venir acá? No lo imagino. Entiendo que esté confundida pero ¿cuán lejos cree ella que va a llegar? Ya es un milagro que haya sobrevivido todo este tiempo con todas las cosas que Carpatia ha probado para librarse de ella. Si muestra su nariz en Nueva Babilonia, es mujer muerta.

Max asintió. —Ella tiene que estar escondida en algún sitio, a la espera de tomarlo por sorpresa.

—No veo como pudiera acercarse.

Max movió la cabeza. —Yo lo sé. Tu gente cargó la semana pasada dos juegos de detectores de metal en el dos-uno-seis.

—Se programa su uso hasta con los dignatarios. Naturalmente eso se debe a la desconfianza básica que le tienen a Pedro Segundo, tú sabes.

—Lo sé de la mejor fuente. Fortunato tiene a los diez reyes, perdón, a los subpotentados internacionales regionales o comoquiera que San Nico les permita denominarse esta semana, preparados para ese lío. Es casi como que quisiera que ellos mismos se dispongan voluntariamente a hacer el trabajito.

—Como que esos muchachos se pusieran de acuerdo en algo —dijo David—. ¿Cuántos de ellos te parece que sean realmente leales a Carpatia?

Max se encogió de hombros. —Más de la mitad aunque no más de siete. Sé que hay tres que usurparían el cargo si tuvieran la mitad de posibilidades.

—¿Ellos lo echarían?

—En un minuto de Nueva Babilonia. Por supuesto, que Pedro también.

—¿Crees?

Max se sentó más adelante y apretó las manos. —Lo he oído hablar. Él deja a Carpatia en carne viva con su rudeza pero pretende ser cooperador. Carpatia se muestra simpático con él todo el tiempo, como si se hubieran elegido uno al otro. Mira, te digo una cosa: Si León no se libra pronto de Mathews, va a tener que responder. Esa es una orden tan clara como si estuviera escrita e impresa.

David se paró y sacó unos archivos de un gabinete que estaba detrás de él, luego los desparramó sobre el escritorio. —En caso que alguno esté vigilando —dijo, y Max se inclinó sobre ellos como si estuviera estudiándolos.

—Idiota, están al revés —dijo Max, controlando su sonrisa.

—No quisiera que me distrajeran —dijo David.

—¿Tú sabes qué solía soñar Raimundo en voz alta?

—Cuéntame.

—Estrellarse intencionalmente con Carpatia a bordo.

David se enderezó y ladeó la cabeza. —Eso no es ni siquiera bíblico, ¿no? Quiero decir, si él es quien nosotros pensamos que es, no se va a morir hasta el mes cuarenta y dos, ¿no es así? Y ni siquiera entonces va a permanecer muerto.

—Me lo dices.

—Ni siquiera suena como el capitán Steele. Siempre pareció tan correcto y sensato.

—No quería echar a perder tu imagen de él.

—Créeme, no lo lograste. Yo no puedo negar que he estado imaginándome cómo lo haría yo.

Max se puso de pie y se dirigió a la puerta. —Yo también —dijo.

SEIS

El torbellino emocional desgastaba tanto a Camilo como el trabajo físico. A menudo, luego de trabajar todo el día con Raimundo y Carlos en el refugio subterráneo, tenía problemas para conciliar el sueño pero, ahora se había llevado al lecho la pena por Carlos Floid, el miedo que Patty pusiera en peligro al Comando Tribulación, y el temor por la extraña conducta de su suegro. Camilo estaba exhausto más allá de toda medida. Acostado al lado de su esposa, dañada pero resistente, loco por seguir despierto y escucharla.

Él y Cloé tenían tan poco tiempo para conversar a pesar de pasar la mayor parte del tiempo en la misma casa. Ella lamentaba no estar tan dedicada como antes, limitada por el bebé, demorada por sus lesiones a consecuencia del terremoto.

—Pero nadie más podría hacer lo que tú haces con la cooperativa —le decía Camilo—. Imagínate los millones de vidas que dependerán de ti para sobrevivir.

—Pero yo estoy en la periferia —decía ella—, hoy me pasé casi todo el día consolándote a ti y a papá y cuidando al bebé.

—Te necesitábamos.

—Camilo, yo también tengo necesidades.

ASESINOS

Él la rodeó con su brazo. —¿Quieres que cuide a Keni para que, mañana, puedas ir con tu papá a ver a Ti? Ellos van a conversar cosas de la cooperativa.

—Me gustaría mucho.

Camilo pensó que había reaccionado bien y había querido que así fuera pero, cuando Cloé le quitó el brazo y se dio vuelta, dándole la espalda, se dio cuenta que se había dormido. Ella había dicho algo más: ahora se daba cuenta de eso. Trató de acopiar la energía para forzar sus ojos a abrirse, y disculparse, terminar la conversación. Pero mientras más trataba, más se le enredaban las ideas. Desesperado por estar perdiéndose una tremenda oportunidad de ser para su esposa lo que ella necesitaba que él fuera, se deslizó por encima del filo de la conciencia.

Avanzada la tarde en Nueva Babilonia, David fue mandado a comparecer con urgencia en la oficina de León Fortunato, el Comandante Supremo de la Comunidad Global. Las opulentas instalaciones de León abarcaban todo el piso diecisiete del nuevo palacio, sólo uno más abajo del de Su Excelencia el potentado.

Aunque David se reportaba directamente a él, los encuentros cara-a-cara con Fortunato se habían vuelto raros. El organigrama, como lo había mencionado Max más de una vez, lucía como una olla de fideos. Evidentemente, Carpatia tenía un solo subordinado —además de su secretaria y la omnipresente cuadrilla de lacayos obsequiosos— y aquel era Fortunato. Pero toda el ala administrativa del palacio estaba llena de sicarios que se vestían como el potentado y el comandante supremo, que caminaban como ellos, que hablaban como ellos, y que hacían reverencias barriendo el suelo en presencia de ellos.

David, el miembro más joven de la planta de administradores, parecía haberse ganado el respeto de los altos mandos

92

con lo que sólo lucía como deferencia apropiada pero, por el momento, estaba en problemas.

Tan pronto como se cerró la puerta de Fortunato, antes que David siquiera pudiera sentarse en la sala digna de un Gargantúa, León se le fue encima: —Quiero saber dónde están esas computadoras y por qué no están siendo instaladas, como habíamos hablado.

—La, oh, ah, mayor...

—El flete único más grande de computadoras desde que equipamos el castillo, excúseme, el palacio —dijo León, plantando su cuerpo carnoso en el sillón de cuero legítimo, como un trono, que estaba tras su escritorio—. Usted sabe de qué hablo. Mientras más trata de llenarlo con palabras, más sospechoso...

—No, señor, por supuesto que sé. Ayer recibimos la entrega de ellas y...

—¿Dónde están?

—...no están en condiciones de ser directamente trasladadas a...

—¿Qué pasa con ellas? —gruñó León y, finalmente, señaló un sillón.

David se sentó. —Señor, es una cosa técnica.

—¿Un mal funcionamiento menor?

—Es un problema de orientación. El posicionamiento las vuelve inoperativas en el palacio.

León lo fulminó con la mirada. —¿Tienen que reemplazarse?

—Sí, señor, esa sería la única solución.

—Entonces, reemplácelas. ¿Me entiende, director Jasid, ¿no?

—Sí, señor.

—¿Usted entiende mi alcance?

—¿Señor?

—Cuando me incitan, usted entiende que no sólo se trata de mí, ¿no?

—Sí, señor, lo sé.

—Su Excelencia está ansioso que yo —usted— que nosotros controlemos esto. Él tiene confianza porque le aseguré que él podría, que usted cumpliría su cometido.

—Instalaremos ese equipo tan pronto como sea humanamente posible.

León movió la cabeza. —¡No hablo solamente de la maldita instalación! Hablo de detectar a la oposición.

—Por supuesto.

—Como usted sabe, Su Excelencia es un pacifista. Pero también sabe que la información es el único poder que tiene un hombre de paz. Por eso monitorea a esos dos predicadores locos de Jerusalén. Ya les llegará la hora. Ellos mismos lo han admitido. Y, por simpatizante que él sea con los puntos de vista que varían, hay una facción pequeña, pero influyente, que capta la atención de esos rebeldes al nuevo orden mundial. ¿No estaría de acuerdo usted?

—¿De acuerdo, señor?

Fortunato lució frustrado. —Que Su Excelencia tiene razón para estar preocupado por este individuo Ben-Judá, y su propio editor anterior, ¡que están escupiendo propaganda contra la CG!

—Oh, sí, absolutamente. Peligroso. Quiero decir, si tan sólo hubiera allá fuera pequeños focos de estos tipos, ¿a quién le importa? Pero parecen haberse juntado bajo la bandera de...

—Exactamente. Y albergan a la madre del hijo de Su Excelencia. Ella debe ser hallada antes que trate de abortar o peor, revelar información que pudiera dañar...

León dejó que su pensamiento se fuera por otros lados. —De todos modos —dijo—, reemplace ese pedido o arregle esa orientación o el problema que sea, y ponga gente a trabajar en esto.

Camilo agradecía haberse despertado antes que Cloé. Le besó la mejilla y arregló las frazadas. Dejó una nota en la mesita de noche. "Lamento haberme dormido. Hoy, sale con tu papá. Yo te cubriré aquí. Te amo".

Se fue a la cocina donde Zión estaba desayunando solo, con los hombros encorvados. —¡Camilo! —susurró—. Si hubiera sabido que venías, hubiera preparado algo para ti.

—No es necesario. Voy a empezar con mis escritos para poder cuidar al bebé —Camilo se sirvió un vaso de jugo y se apoyó en el mostrador—. Cloé va a ir con Raimundo a ver a Ti por lo de la cooperativa.

Zión asintió cansadamente. —Echo de menos a Carlos. Yo supe que había algo malo cuando ayer no se levantó junto conmigo —suspiró—, el doctor pensaba bien; hacía muchas preguntas.

—Yo no tengo esa mentalidad pero tengo preguntas. Usted ha estado trabajando su comentario del segundo ay, el juicio de la sexta trompeta.

—Con el cual estoy atrasado —dijo Zión—. Con todo lo que pasó no pude poner nada ayer en la Red. Espero tenerlo terminado en esta mañana. Y espero que mi ausencia de un día no haya provocado pánico en la audiencia.

—Todos oran que usted no sea sacado de la Red.

—David Jasid me asegura que podemos seguir en la delantera tecnológica respecto de Carpatia pero me pierdo cuando explica cómo hace rebotar nuestra señal de satélite en satélite y de célula en célula. Yo sólo le agradezco a Dios que él sepa lo que está haciendo.

Camilo enjuagó su vaso. —Usted estaba luchando con algo ayer.

—Todavía lucho —dijo Zión—. Los académicos creyeron durante siglos que la literatura profética era figurativa, abierta a interpretaciones interminables. Eso no podía ser lo que Dios concibió. ¿Por qué iba Él a hacer las cosas tan difíciles? Creo que cuando las Escrituras dicen que el escritor vio algo en una visión, eso es simbólico de algo más. Pero cuando el escritor sencillamente dice que pasaron ciertas cosas, las entiendo literalmente. Hasta ahora se ha demostrado que estoy en lo correcto.

—El pasaje que estoy elaborando, donde Juan ve —en una visión— a doscientos millones de jinetes que tienen el poder de matar a la tercera parte de la población que queda, parece figurativo por necesidad. Dudo que estos hombres y animales sean seres literales pero creo que su impacto será, sin embargo, muy real. Indudablemente que matarán al tercio de la población.

Camilo miró de reojo y el maestro desvió la vista. —Esto es nuevo —dijo Camilo—, realmente no sabe, ¿cierto?

Zión movió la cabeza. —Pero me siento muy responsable por los lectores que Dios me ha encargado. No quiero adelantarme a Él pero tampoco quiero retrasarme por miedo. Todo lo que puedo hacer es ser honesto tocante a la manera en que estoy abordando este tema. De todos modos, es hora que muchos creyentes comiencen a interpretar las Escrituras por sí mismos.

—¿Cuándo se supone que ocurra este juicio?

—Todo lo que sabemos con certeza es que viene enseguida, cronológicamente hablando, y que debe ocurrir antes de la mitad de la tribulación; parece que pudiera durar varias semanas a menos que Dios lo haga instantáneo.

El día anterior Zión había transmitido sencillamente el pasaje bíblico que comentaría al día siguiente. Poner en el sitio solamente el solo texto bíblico, produjo la audiencia del espacio cibernético más grande de la historia, que quedó a la espera de la temerosa enseñanza del doctor Ben-Judá sobre Apocalipsis 9:15-21:

Y fueron desatados los cuatro ángeles que habían sido preparados para la hora, el día, el mes y el año, para matar a la tercera parte de la humanidad. Y el número de los ejércitos de los jinetes era de doscientos millones; yo escuché su número. Y así es como vi en la visión los caballos y a los que los montaban: los jinetes tenían corazas color de fuego, de jacinto y de azufre; las cabezas de los caballos eran como cabezas de leones, y de sus bocas salía fuego, humo y azufre. La tercera parte de la humanidad fue muerta por estas tres plagas: por el fuego, el humo y el azufre que salían de sus bocas. Porque el poder de los caballos está en su boca y en sus colas; pues sus colas son semejantes a serpientes, tienen cabezas y con ellas hacen daño. Y el resto de la humanidad, los que no fueron muertos por estas plagas, no se arrepintieron de las obras de sus manos ni dejaron de adorar a los demonios y a los ídolos de oro, de plata, de bronce, de piedra y de madera, que no pueden ver ni oír ni andar; y no se arrepintieron de sus homicidios ni de sus hechicerías ni de su inmoralidad ni de sus robos.

David regresó a su oficina, conflictuado por el temor que León le había suscitado, y la emoción de haber jugado con el hombre nuevamente. Desde su computadora portátil, ignorando una señal de mensaje, pidió otra cantidad de computadoras, mandando que las entregaran en la pista aérea del palacio. No tenía sentido seguir creando sospechas. Él podía desbaratar lo que sus expertos detectaran plantando virus en el equipo o, sencillamente, reinterpretando lo que ellos encontraran.

Camilo se sentó con los demás miembros del Comando Tribulación de los Estados Unidos, reunidos a las once de la mañana del martes. Informó que acababa de recibir un mensaje de David diciendo que Abdula Smith iba a ser el nuevo oficial de Max. Raimundo elevó su puño en señal de celebración.

Luego, dijo: —Un par de anuncios de último momento. Estamos llegando a personas, que confiamos, podrán estar atentas a Patty. Ella puede hacernos más daño que nadie que me pueda imaginar. He detenido por un día el trabajo del subterráneo. Cloé y yo nos reuniremos con Ti esta tarde. Muy bien, señora Rosa, usted tiene la palabra.

Lea se puso en pie para hablar, lo que pareció sorprender a los demás tanto como a Camilo. Ellos movieron hacia atrás sus asientos a fin de suavizar el ángulo con que la miraban. Ella habló suavemente y parecía estar más consciente de sí misma que anoche, cuando los había conocido. Su relato era monótono como si estuviera tapando sus emociones.

—Entiendo que ustedes eran bastante normales antes del arrebatamiento, salvo que no eran creyentes. Yo era un desastre. Crecí en una familia con un padre alcohólico, y mi madre, maníaco-depresiva. Las peleas de mis padres eran la diversión del barrio hasta que se divorciaron cuando yo tenía doce años de edad. Tres años después, yo fumaba, bebía alcohol, me acostaba con cualquiera, me drogaba y casi me maté más de una vez. Me hice un aborto cuando tenía diecisiete y, luego, traté de lavar ese horror con borracheras. Me retiré de la escuela y me fui a vivir al departamento de una amiga. Consumía bebidas alcohólicas y drogas más que comida, y cuando me hallé vagando una medianoche por las calles y sangrando, llegué al final de mí misma.

«Sabía que era una vagabunda y que si no hacía algo pronto iba a estar muerta. No quería esto porque no tenía idea qué había después. Oraba cuando realmente tenía problemas pero la mayor parte del tiempo ni siquiera pensaba en Dios. Ingresé a un centro de rehabilitación gratuito preguntándome si me atrevía a vivir sin drogas en mi cuerpo. Cuando empecé, por fin, a pensar racionalmente, la gente de allí descubrieron que yo era inteligente y me sometieron a exámenes. Tenía un cociente intelectual alto, marcada iniciativa y tendencias para las cosas científicas —cualquiera sea lo que eso significaba.

«Estaba tan agradecida de esas personas que se me encendió en mi interior un afecto latente, hasta entonces, por los necesitados. Volví a la escuela, me gradué un año después casi con las calificaciones más elevadas, y trabajé como ayudante de enfermería y señaladora para los estudiantes sordos, a fin de pagar la universidad comunal. Allí conocí a mi esposo, y él me pagó los estudios en una universidad del estado y un programa de enfermería. Yo no podía tener hijos, así después de unos seis años de matrimonio, adoptamos dos muchachos.

En cuanto Lea trató de decir los nombres de sus hijos, se emocionó tanto que casi no pudo hablar. —Pedro y Pablo —susurró—. Mi esposo había sido criado en una familia religiosa y, aunque llevaba años sin ir a la iglesia, siempre había querido tener hijos con esos nombres. Queríamos que los niños conocieran la iglesia así que empezamos a ir. La gente era simpática pero muy bien aquello pudiera haber sido un club campestre. Muchas actividades sociales pero no nos sentíamos más cerca de Dios en absoluto.

«En el hospital donde yo trabajaba había uno de los capellanes que trató de convertirme. Aunque parecía sincero, yo me ofendí. Y la mujer a cargo del centro de cuidado de niños, donde iban nuestros hijos, me dio literatura sobre Jesús. Le aseguré que íbamos a la iglesia. Me indigné cuando mis hijos volvieron a casa con historias de la Biblia. Llamé a la mujer y le dije que iban a la escuela dominical y que yo deseaba que ella se limitara a cuidarlos.

La voz de Lea estaba ronca de emoción. —Encontré vacías las camas de mis niños en la mañana siguiente al arrebatamiento. Fue el peor día de mi vida. Estaba convencida que los habían secuestrado. La policía no pudo hacer nada naturalmente, porque todos los niños se fueron. Yo no había escuchado nada del arrebatamiento pero eso saltó rápidamente a los noticieros como una de las posibilidades. Llamé al capellán del hospital pero había desaparecido. Llamé al centro de cuidado de niños pero la directora también había desaparecido. Me precipité a ese lugar pero nadie sabía nada. En un estante de la sala de espera encontré más panfletos como los que me había dado la directora. Uno con el título "No sea dejado atrás" decía que, un día, los creyentes verdaderos desaparecerían al cielo con Jesús.

«Tenía en mi cartera ese panfleto cuando llegué a casa y descubrí que mi marido estaba en el garaje, con la puerta cerrada y su automóvil andando —Lea hizo una pausa y se compuso—. Me había dejado una nota diciendo que lo lamentaba pero que estaba loco de miedo, que no podía vivir sin los niños, y que sabía que él no tenía la respuesta para mi pena.

Lea se detuvo, con los labios temblorosos.

—Querida mía, ¿necesita un alto? —preguntó Zión.

Ella movió la cabeza. —Traté de matarme. Me tragué todo lo que había en el gabinete de los remedios y me enfermé mucho. Dios no debe haberme querido muerta porque, evidentemente, muchas de las pastillas que ingería contrarrestaron el efecto de lo demás que tomé. Desperté horas después con un horrible dolor de cabeza, dolor de estómago y un sabor asqueroso en mi boca. Me arrastré donde estaba mi cartera para buscar algunas pastillas de menta y me volví a encontrar ese panfleto, otra vez. Por fin, de alguna manera el panfleto tuvo sentido.

«Predecía lo que había sucedido, advirtiendo al lector que se preparara. La solución —bueno, ustedes la conocen— era buscar a Dios, decirle que sabía que era una pecadora y que lo necesitaba a Él. No sabía si era demasiado tarde para mí pero oré por si acaso. No sé cómo hallé la fuerza pero en cuanto pude salir de la casa, empecé a buscar gente como yo. Los encontré en una iglesita. Sólo habían sido dejados atrás unos pocos pero ellos sabían por qué. Ahora, eran unos sesenta que se reunían en secreto. Yo voy a extrañar a esa gente pero ellos no se sorprenderán con que yo haya desaparecido. Les dije lo que estaba pasando, que había atendido a un fugitivo de la CG y todo.

—Les comunicaremos que usted está a salvo —dijo Raimundo, claramente conmovido.

—¿*Yo estoy* a salvo? —dijo Lea sentando con una sonrisa triste—. ¿Me voy a quedar?

—Siempre votamos —dijo Zión—, pero creo que usted ha hallado un hogar.

———————

Era temprano en la tarde en Nueva Babilonia y David estaba en su oficina, después de las horas de trabajo, echando de menos a Anita. Estar a solas con ella era arriesgado, así que pasaban tiempo comunicándose por teléfono y las computadoras con sus aparatos seguros. Él puso en su unidad la capacidad de borrar ambas transmisiones, de servir como respaldo si ella se olvidaba. No podía imaginarse que uno de ellos se fuera a olvidar de eliminar de su computadora las pruebas de su relación y, especialmente, de la fe de ellos.

—Quizá debiéramos revelar nuestro amor —transmitió ella—. Por cuestión de política yo me vería obligada a irme a un departamento fuera de tu supervisión pero, por lo menos, podríamos vernos sin despertar sospechas.

Él escribió contestando: —No es mala idea y pudiera servirnos otro par de ojos en otros departamentos. Aunque, donde estás ahora es un lugar estratégico por lo que podemos contrabandear de allá para los creyentes de otros países. De todos modos, sigue pensando. No tolero estar separado de ti.

Súbitamente los monitores de televisión de su zona —todos— se encendieron. Eso pasaba solamente cuando la jerarquía de la CG creía que había algo que sus empleados querrían ver. La mayor parte del tiempo eso significaba que Carpatia o Fortunato estaban hablando al mundo, y no significaba ninguna diferencia si alguno del sector estuviera trabajando. Si había un televisor ahí, pues se encendía.

David giró su silla y se echó para atrás a fin de mirar la pantalla de su oficina. Una mujer ancla de la CG en la CNN estaba informando sobre un avión estrellado. "Aunque no se ha avistado al avión, que se dice era un avión privado de gran tamaño, al piloto ni al pasajero, han aparecido efectos personales en una de las playas de Portugal. Escuchen esta llamada de socorro, registrada por varias estaciones detectoras de la región".

¡Socorro! ¡Socorro! Quantum cero-siete-cero-ocho perdiendo altura. ¡Socorro!

"Los radares perdieron de vista al avión poco después de esa llamada, y hay equipos de rescate explorando la zona. Se ha encontrado equipaje y efectos personales de dos personas, un hombre y una mujer. Las autoridades suponen que es cuestión de tiempo hallar los restos y los cadáveres. Se reservan los nombres de las víctimas por razón de notificar a los parientes".

David miró de reojo la pantalla preguntándose por qué la jerarquía de la CG pensó que esto era digno de una noticia hasta que se supiera quiénes eran las víctimas. Entonces, apareció en la pantalla la anotación interna:

ATENCIÓN PERSONAL DEL PALACIO CG. CONFORME A LAS AUTORIDADES DE LOS EQUIPOS DE RESCATE, LAS PROBABLES VÍCTIMAS DE ESTE ACCIDENTE SON LAS SIGUIENTES: PILOTO SAMUEL HANSON, DE BATON ROUGE, LUISIANA, ESTADOS UNIDOS DE NORTEAMÉRICA, Y PATTY DURÁN, ORIGINALMENTE DE DES PLAINES, ILLINOIS, ESTADOS UNIDOS DE NORTEAMÉRICA. LA SEÑORITA DURÁN SIRVIÓ A SU EXCELENCIA, EL POTENTADO, COMO ASISTENTE PERSONAL. SE EXPRESAN NUESTRAS CONDOLENCIAS A QUIENES LA CONOCIERON.

David telefoneó a Max. —Lo vi —dijo Max— ¡qué farsa tan evidente!

—¡Sí! —dijo David—. El piloto debe estar cobrando una inmensa póliza de seguros, y Patty tiene que estar en alguna parte de Europa.

—Quizá anden buscando más píldoras de la "Estupidez" —dijo Max—. ¿Se supone que creamos que Carpatia y Fortunato se creyeron todo esto?

—Seguro que no —dijo David—, a menos que lo hayan armado. Quizá encontraron a Patty y la mandaron matar y, ahora, están cubriéndose. Mejor que aparezcan con un avión estrellado o unos cadáveres.

David oyó el silbido que le informaba que tenía un mensaje nuevo. —Max, te llamaré de vuelta.

Raimundo y Cloé estaban en la oficina de Ti, en la base de la torre de Palwaukee, con Ti y dos hombres de su iglesia a domicilio. Cloé bosquejó cómo planeaba unir los actores principales de la red de la cooperativa y empezar a probar el sistema antes que empezaran la compraventa real. —Tenemos que mantenerlo en secreto desde el comienzo. De lo contrario, nos agruparán con todos los demás agentes de bienes y mercancías y nos pondrán bajo la égida de la CG.

Los presentes asintieron. El teléfono de Raimundo sonó. Era Camilo. Raimundo se rió fuerte cuando Camilo le contó la extraña noticia informada. —Ti, enciende el televisor —dijo. Los comentaristas de la CG discutían apesadumbrados la tragedia, aunque no se habían revelado los nombres fuera de Nueva Babilonia, y hasta ahora nada se había encontrado sino papeles y efectos personales. Raimundo movió la cabeza. —Un día, Fortunato o el que sea que trata de sacar ventaja de esto, va a avergonzarse sin remedio.

Cloé le tiró la manga y susurró. —Por lo menos, podemos tener la seguridad que Patty está bien, por ahora.

—La cuestión —dijo él al acabarse la reunión—, es dónde está ella. No es lo bastante astuta para hacer que cualquier persona pensante se crea que ella se estrelló en ese avión. ¿Podría aún tomar por sorpresa a Carpatia?

Cuando la gente de la iglesia se fue, Raimundo, Cloé y Ti corrieron escalera arriba para preguntarle al hombre de la torre de control acerca del vuelo de las 11:30 de la noche anterior. El hombre era un gordo que estaba quedándose calvo, y que leía un libro de ciencia ficción.

—A mí me sonó sureño por la radio, aunque nunca lo vi —dijo el hombre—. Bo firmó cuando aterrizaron y cuando despegaron.

—¿Él estuvo aquí? —preguntó Ti.

—No, me llamó como a las ocho de la noche para aprobarlo por adelantado.

—No vi el número del avión en la computadora.

—Los escribí. Todavía puedo ingresarlos —rebuscó en una pila de papeles—. Cero-siete-cero-ocho —dijo—. Y supongo que ustedes saben que era un Quantum.

—¿Podemos averiguar a quién está registrado? —preguntó Raimundo.

—Seguro —dijo el hombre. Golpeteó el teclado de la computadora, y tamborileó su rodilla mientras se buscaba la información—. Mm... —dijo leyendo—. Samuel Hanson, de Baton Rouge, Luisiana. Tiene que ser pariente de Bo, ¿no? ¿Bo no es de Luisiana?

SIETE

Reunirse con Abdula Smith entibió a Max por dentro. Max había conocido al jordano, ex piloto de combate en sus primeros días de primer oficial del capitán Raimundo Steele. Abdula había quedado sin trabajo cuando Carpatia confiscó el armamento internacional pero, rápidamente, se convirtió en uno de los principales proveedores del mercado negro para Raimundo.

Abdula había caído en desgracia cuatro años antes del arrebatamiento cuando su esposa se convirtió a cristiana. Se divorció de ella y luchó por la custodia de sus dos pequeños, un niño y una niña. Cuando no pudo conseguir que la fuerza aérea jordana le relevara de viajar cada mes, le negaron la custodia y él se mudó a vivir en la base militar.

Hombre de pocas palabras, Abdula le había revelado una vez a Max y a Raimundo que tenía tanta pena que estaba al borde del suicidio.

—Todavía amo a mi esposa —dijo con su fuerte acento—. Ella y los niños eran mi mundo pero imagínate que *tu* esposa adopta una religión de un misterioso país lejano. Nos escribimos largas cartas pero ninguno pudo ser disuadido. Para mi vergüenza yo no era devoto de mi propia religión y perdí la moral. Mi esposa decía que oraba por mí todos los días para que yo encontrara a Jesucristo antes que fuera demasiado tarde. La maldecía en mis cartas. Una frase le rogaba que renunciara a los mitos y regresara al hombre que la amaba. La otra, la acusaba de traición y la trataba con insultos horribles. En su próxima carta ella me decía que aún me amaba y me recordaba que era yo el que había empezado el divorcio. De nuevo, la atacaba con mi rabia.

«Todavía tengo las cartas en que ella me advertía que podía morir antes de encontrar al único Dios verdadero o que Jesús podía regresar por los que le amaban y que yo sería dejado atrás. Yo estaba enfurecido. Sólo por herirla, solía negarme a ver los niños pero, ahora, me doy cuenta que sólo los hería a ellos y a mí mismo. Me siento tan culpable que no supieran cuánto los amaba.

Max se acordaba que Raimundo le había dicho a Abdula:
—Un día podrás decírselos —Abdula se había limitado a asentir con la cabeza, con sus ojos oscuros humedecidos y lejanos.

Abdula llegó a ser creyente porque guardó las cartas de su esposa. Ella había explicado, con toda meticulosidad, el plan de salvación, escribiendo versículos de la Biblia y diciéndole cómo oró ella para recibir a Cristo. —Muchas veces arrugaba las cartas y las tiraba al otro lado del cuarto —decía Abdula—, pero algo me impedía romperlas o quemarlas o tirarlas a la basura.

Cuando Abdula supo que su esposa e hijos habían desaparecido, cayó postrado en el suelo, en sus habitaciones en Amán, con las cartas de su esposa esparcidas delante de él. —Había pasado como ella decía que sucedería. Clamé a Dios. No tenía alternativa sino creer.

Debido a que lucía como del Oriente Medio, y su preferencia por el turbante y una túnica blanca, grande y suelta que usaba encima de sus pantalones de camuflaje y sus botas de aviador, el diminuto jordano era la última persona de la que se sospecharía que fuera cristiano. La gran mayoría de la gente suponía que podía identificar al cristiano hasta la conversión de los 144.000 testigos judíos de todo el mundo y sus millones de conversos de cada nación. Ahora, naturalmente, sólo los verdaderos creyentes se conocían a primera vista debido a la marca, visible sólo para ellos.

Abdula, delgado y oscuro con rasgos faciales grandes y expresivos, era tan callado como Max lo recordaba. También era extremadamente formal si había otras personas presentes, sin traicionar que él y Max eran hermanos espirituales y viejos amigos. Él no pretendía que no se conocían de antes pues Max había concebido una conexión militar anterior pero no se abrazaron hasta estar solos en la oficina de Max.

—Hay alguien que quiero que conozcas —dijo Max llamando a Anita. Ella tocó en la puerta y entró, sonriendo.

—Tú debes ser el infame Abdula Smith —dijo ella—. Tienes una marca de fábrica reservada para los jordanos.

Abdula miró perplejo a Max, luego contempló fijamente la frente de Anita. —No puedo ver la mía —dijo—, ¿no es como la tuya?

—Te estoy haciendo una broma —dijo ella—. La tuya queda mejor con tu color.

—Entiendo —dijo él como si realmente entendiera.

—Tómate con calma el humor norteamericano —dijo Max.

—Humor *canadiense* —refutó Anita abriendo los brazos para abrazar a Abdula, cosa que pareció avergonzarlo. Él extendió su mano y ella se la estrechó. —Bienvenido a la familia —dijo ella.

Abdula volvió a mirar interrogativamente a Max.

—En realidad, *ella es* el miembro más nuevo de la familia —dijo Max—. Ella te da la bienvenida a esta rama del Comando Tribulación.

Abdula dejó parte de su equipaje en su pequeña oficina, detrás de la de Max, luego dos trabajadores de Operaciones le ayudaron a llevar el resto a su nueva habitación. Mientras seguían a los hombres, Max dijo: —Cuando hayas desempacado, puedes empezar a trabajar trazando nuestro rumbo a Botswana, para el viernes. Saldremos de aquí a las 0800 y ellos están una hora adelantados, así...

—Supongo que será Johanesburgo —dijo Abdula.

—No, al norte. Vamos a ver a Mwangati Ngumo en Gaborone, en la antigua frontera de Botswana con Sudaf...

—Perdóneme, capitán, pero parece que usted no ha estado por esos lados últimamente. Sólo los helicópteros pueden entrar y salir de Gaborone. El aeropuerto fue destruido por el gran terremoto.

—Pero, seguramente, la vieja base militar...

—También —dijo Abdula.

—¿El programa de reconstrucción de Carpatia no ha llegado a Botswana?

—No, pero con el... perdóneme, como el potentato regional de los Estados Unidos de África reside en Johanesburgo, en un palacio no más pequeño que este, el aeropuerto nuevo de ahí es espectacular.

Max agradeció la ayuda y abrió la puerta del departamento de Abdula. Los ojos del jordano se agrandaron al mirar su vivienda. —¿Todo esto para mí?

—Llegarás a odiarlo —dijo Max.

Con la puerta cerrada Abdula miró las paredes desnudas y susurró: —¿Podemos hablar aquí?

—David me asegura que sí.

—Espero conocerlo. ¡Oh, capitán, casi me traté de rey al potentado africano! Debo ser más cuidadoso.

—Bueno, *nosotros* sabemos que él es uno de los reyes pero esos dos no hubieran tenido ni idea. Pensé que el Potentado Reobot, ¿cuál es su nombre de pila?

—Bindura.

—Correcto, iba a mudar su capital a una zona más central. Como de vuelta a su tierra natal, Chad ¿no?

—Sudán. Eso es lo que dijo pero, evidentemente, encontró preferible a Johanesburgo. Vive con tanta opulencia, usted no lo creería.

—Todos los reyes lo hacen.

—¿Cómo entiende eso, capitán? —Abdula susurraba—. ¿Carpatia se habrá comprado la cooperación de ellos?

Max se encogió de hombros y movió la cabeza. —¿No había una especie de polémica entre Reobot y Ngumo?

—¡Oh, sí! Cuando Ngumo era el secretario general de las Naciones Unidas, Reobot lo presionó mucho para que consiguiera favores para África, en particular el Sudán. Y cuando Ngumo fue reemplazado por Carpatia, Reobot alabó públicamente el cambio.

—Y ahora es su vecino.

—Y Reobot es su rey —dijo Abdula.

Avanzada la noche del jueves en Illinois, Raimundo se encontró a solas por fin en la cocina, con Lea Rosa. Ella estaba sentada tomando una taza de café. Él se sirvió otra.

—¿Instalada? —preguntó él.

Ella ladeó la cabeza. —Nunca sé qué quiere decir usted.

Él indicó una silla: —¿Puedo?

—Seguro.

Él se sentó. —¿Qué querría decir yo?

—Que yo no debiera ponerme muy cómoda.

—¡La aceptamos por votación unánime! Hasta la silla votó, y yo no tenía que hacerlo.

—Si hubiera sido de otra manera, ¿cómo hubiera votado la silla?

Raimundo se echó para atrás, con la taza sujeta con ambas manos. —Empezamos mal. Estoy seguro que fue culpa mía.

—Ignoró mi pregunta —dijo ella.

—Déjese de eso. Votar aceptando a una hermana nueva nunca sale con empate. Hace meses que Patty está aquí y ni siquiera es creyente.

—Así que esta es nuestra charla de la tregua o ¿sólo está portándose con buena educación?

—¿Quiere una tregua? —dijo él.

—¿*Usted*?

—Yo pregunté primero —dijo él.

Ella sonrió. —La verdad es que quiero algo más que una tregua. No podemos vivir en la misma casa siendo solamente cordiales. Tenemos que ser amigos.

Raimundo no estaba tan seguro pero dijo: —Estoy de acuerdo.

—Así que todo lo que dijo...

Él levantó la barbilla, —...¿que dejó al descubierto al casacarrabias que soy?

Ella asintió. —Considere esto como un perdón amplio.

Él no había pedido perdón.

—¿Y para mí? —presionó Lea.

—¿Qué?

—También necesito un perdón.

—No, no usted —dijo él, sonando más magnánimo de lo que se sentía—. Todo lo que dijo fue por lo que yo...

Lea le puso una mano en el brazo. —Ni siquiera me reconozco. No puedo cargarle todo a usted. Ahora, veamos, si vamos a empezar todo de nuevo, tenemos que estar a la par. Borrón y cuenta nueva.

—Concedido —dijo él.

—Yo tengo dinero —dijo ella.

—¿Siempre cambia de tema con tanta rapidez?

—Dinero efectivo, contante. Tenemos que ir a buscarlo. Está en la caja fuerte de mi garaje. Yo no voy a estar aquí gratis. Quiero cosas para hacer y quiero pagar lo que gasto.

—¿Qué tal si le damos cama y comida a cambio de atención y pericia médica?

—Yo estoy más del lado de la atención y el cuidado que de la pericia. No reemplazo a Carlos Floid.

—Estamos agradecidos de tenerla con nosotros.

—Pero también necesitan dinero. ¿Cuándo podemos ir a buscarlo?

Raimundo apuntó a la taza de ella. Ella movió la cabeza.

—¿De cuánto estamos hablando? —dijo él.

Cuando ella se lo dijo, él boqueó.

—¿En qué tamaño de billetes?

—Billetes de a veinte dólares norteamericanos.

—¿Todos están en una sola caja fuerte?

—No podría meter ni un solo billete más en ella.

—¿Cree que todavía está allá? La CG debe haber despedazado el lugar buscándola.

—La caja fuerte está tan bien escondida que nosotros teníamos que acordarnos dónde estaba.

Raimundo lavó las tazas. —¿Tiene sueño?

—No.

—¿Quiere ir ahora?

Max y Abdula se encontraron con David el viernes por la mañana. Una vez hechas las presentaciones, David preguntó si uno de ellos sabía dónde podían ponerse las 144 computadoras que estaban en la bodega del Cóndor, para uso de la causa.

—Se me ocurren muchos lugares pero ninguno camino a África —dijo Max.

—Yo puedo —dijo Abdula—. Hay un enorme cuerpo clandestino de creyentes en Hawalli. Hay muchos profesionales que pudieran...

—¿Hawalli, en Kuwait? —dijo David.

—Sí. Tengo un contacto en carga...

—Eso es al este. Ustedes vuelan al sudoeste.

—Sólo apenas al este —dijo Abdula—. Sólo necesitamos un motivo para hacer escala ahí.

—Prácticamente después del despegue —dijo Max—. Eso despertará sospechas.

Se quedaron en silencio por un momento.

—A menos...

David y Abdula lo miraron.

—¿Cuán lejos es nuestro vuelo?

—¿De aquí a Kuwait? —preguntó Abdula, sacando sus mapas.

—No, a África.

—Poco menos de seis mil quinientos kilómetros.

—Entonces necesitamos una carga de combustible completa para hacer el vuelo sin escalas. Queremos ahorrar dinero a la CG así que vamos a desviarnos un poco para cargar combustible a buen precio.

—Excelente —dijo David—. Yo me ocuparé ahora mismo de negociarlo. Todo lo que necesito es unos pocos centavos menos por libra de combustible y valdrá la pena desviarse.

—¿Qué necesitará mi contacto para sacar la carga? —preguntó Abdula.

—Un elevador de carga grande, y un camión grande.

———————

—¿Por qué deja una nota? —preguntó Lea a Raimundo cuando éste iba alejando al Land Rover de la casa, camino a Palatine—. Seguro que estaremos de vuelta antes que alguno se despierte.

—No me sorprendería —dijo él— si alguno ya está leyendo la nota. En esa casa oímos todo. En el silencio de la noche escuchamos ruidos en la paredes, ruidos de afuera. Hasta ahora hemos tenido suerte. Sólo esperamos un aviso para poder escondernos antes que nos encuentren. Siempre nos decimos dónde vamos. Camilo no lo hizo el otro día cuando llevó a Carlos tan apurado a verla a usted pero eso fue una urgencia. Eso inquietó a todos.

Raimundo se pasó los próximos cuarenta minutos maniobrando en medio de los escombros y buscando la ruta más uniforme hecha por el hombre. Se preguntaba cuándo llegarían a los suburbios los muy publicitados trabajos de reconstrucción de Carpatia más allá de las ciudades grandes.

Lea tenía muchas interrogantes sobre cada miembro del Comando Tribulación, cómo se habían conocido, cómo habían llegado a ser creyentes, cómo se habían juntado. —Hubo demasiadas pérdidas en un tiempo muy corto —dijo ella después que él la puso al día—. Con todo ese estrés, es un milagro que todos ustedes estén funcionando plenamente.

—Tratamos de no pensar en eso. Sabemos que todo empeorará. Suena como un cliché pero uno tiene que mirar adelante en lugar de mirar para atrás. Si usted deja que eso se acumule, nunca triunfará.

Lea se pasó la mano por el pelo. —A veces, no sé por qué quiero sobrevivir hasta la Aparición Gloriosa. Entonces, me patea mi instinto de supervivencia.

—Hablando de eso... —dijo Raimundo.

—¿Qué?

—Más tráfico del acostumbrado, eso es todo.

Ella se encogió de hombros. —Esta zona no fue tan golpeada como la suya. Nadie se oculta aquí. Todos se conocen unos a otros.

Se pusieron de acuerdo para que Raimundo estacionara a un par de cuadras de distancia y que ellos iban a caminar entre las sombras hasta la casa de dos pisos de Lea. Él sacó una bolsa grande de lona y una linterna de la parte trasera del Rover.

Lea se detuvo casi en los linderos de su propiedad. —Ni siquiera cerraron la puerta. El lugar tiene que estar desecho.

—Si la CG no lo destruyó, lo hicieron los saqueadores —dijo Raimundo—. En cuanto supieron que usted se dio a la fuga, su casa fue presa fácil. ¿Quiere comprobarlo?

Ella movió la cabeza. —Mejor que entremos y salgamos del garaje con toda rapidez. Mis vecinos pueden escuchar el ruido de la puerta.

—¿Hay una entrada lateral?

Ella asintió.

—¿Tiene la llave?

—No.

—Yo puedo forzar la entrada. Nadie lo oirá a menos que estén dentro, esperándola.

_____

Cuando Max se encontró con Abdula en el hangar para ponerlo al día tocante al manejo del Cóndor 216, Anita ya estaba ahí, supervisando a los cargadores. —¿Más, cabo? —preguntó Max.

—Sí, capitán. El director de compras quiere que transportemos esta tonelada de alimentos extra a Kuwait. Él consiguió un precio espectacular para el combustible, así que mientras están cargando el combustible, puede descargar esto.

Abdula permaneció callado en el avión hasta que llegaron a la cabina de pilotaje y Max le mostró el intercomunicador espía. —Imagínate los métodos para desmembrarnos si lo supieran.

Faltando diez minutos para las ocho de la mañana, Max y Abdula terminaron sus controles previos al vuelo y contactaron la torre del palacio. Tres figuras, con delantales blancos, corrían hacia el avión. —Personal de cocina —dijo Max—. Déjalos abordar.

Abdula abrió la puerta y bajó la escalerilla. El cocinero era un sudoroso hombre de mediana edad, con dedos gordos, que portaba una sartén humeante tapada con papel aluminio.

—Abra paso, abra paso —decía con acento escandinavo—. Nadie me dijo que el comandante quería el desayuno a bordo.

Abdula retrocedió al pasar apurados el cocinero con sus dos ayudantes. —¿Entonces, cómo lo supo? —dijo.

El ocinero se apuraba para llegar a la cocina del avión mientras gritaba órdenes. Distraído por la presencia de Abdula, se volvió: —¿Esa fue una pregunta retórica, sarcástica o genuina?

—No estoy acostumbrado a las dos primeras —dijo Abdula.

El cocinero se apoyó en el mostrador como si no pudiera creer que estaba por desperdiciar su tiempo contestando al primer oficial. —Quiero decir —dijo lentamente, como condesciendo con un niño—, que nadie me lo dijo antes de este minuto, y entonces, el comandante supremo, *en persona,* me lo dijo. Si él espera huevos a la benedictina cuando estemos en el aire, entonces son huevos a la benedictina que se le sirven. Ahora, ¿había alguna otra cosa más?

—Sí, señor.

El cocinero se mostró estupefacto. —¿La hay?

—¿Quiere impresionar al comandante supremo?

—Si no lo hiciera no tendría que correr al avión con una bandeja de comida caliente, no?

—Pasa que sé que el comandante Fortunato no quiere decir en el aire cuando dice en el aire.

—¿Seguro?

—No, mire, tenemos una parada corta en Kuwait después del despegue, y ese sería el momento perfecto para servirlo. Más tranquilo, más relajado, sin riesgos de que haya desparramos.

—¿Kuwait?

—Sólo momentos después del despegue, en realidad.

—¡Niños! —gritó el cocinero llamando a sus asistentes—, consérvenlo caliente. Servimos el desayuno en Kuwait.

Como Raimundo esperaba, la puerta lateral del destrozado garaje de Lea estaba en tan mal estado que no necesitó mucho forcejeo con la herramienta para abrirse pero, cuando entró al garaje y le pidió a Lea que le mostrara dónde estaba la caja fuerte, se dio cuenta que estaba solo. Raimundo se frenó antes de llamarla en voz alta, pues no quería agravar más la situación si algo estaba mal. Se dio vuelta lentamente y fue en puntillas a la puerta. Primero no la vio pero la escuchó respirando muy fuerte. Ella estaba arrodillada cerca de él, en el césped húmedo y embarrado, con su torso palpitante por el esfuerzo de recuperar la respiración. —Yo... y... yo... yo —boqueaba.

Él se agachó al lado de ella. —¿Qué pasa? ¿estás bien? ¿viste a alguien?

Ella no podía alzar los ojos pero, temerosa, apuntó en la oscuridad, más allá de Raimundo. Él aseguró bien la linterna y la giró para ver si alguien venía. No vio nada.

—¿Qué viste? —dijo pero ella gimoteaba ahora incapaz de hablar.

—Permite que te ayude a entrar —dijo él.

Le ayudó a ponerse de pie y a entrar al garaje, cosa que fue como levantar a un niño dormido. —¡Lea! —exclamó él—. Ayúdame. Estás a salvo.

Ella se sentó en el suelo, recogiendo sus rodillas al pecho y abrazando sus piernas. —¿Todavía están fuera? —dijo—. ¿Puedes echar llave a la puerta?

—Rompí la puerta —dijo él—. ¿Quién está allá fuera?

—¿Realmente no los viste?

—¿A quién? —susurró ruidosamente él. Ella temblaba—. Tienes que levantarte de ese frío piso.

Él la fue a tomar pero ella se encogió. —No podré irme —dijo ella tapándose la cara con sus temblorosos dedos—. Tendrás que traer el automóvil aquí.

Él no esperaba que ella resultara tan difícil. —Demasiado peligroso.

—¡Raimundo, no puedo! Lo siento.

—Entonces, tomemos el dinero y vámonos.

—Olvídate del dinero. Ahora no soy capaz de abrir la cerradura.

—¿Por qué no?

Ella volvió a apuntar hacia fuera.

—Lea —dijo Raimundo lo más suave que pudo—, no hay nada allá fuera. Estamos a salvo. Vamos a tomar tu dinero y volver directamente al automóvil e irnos a casa, ¿bueno?

Ella movió la cabeza.

—Sí, vamos a hacerlo —dijo él y la tomó por el codo levantándola. Ella estaba incapacitada. Él la guió a la pared y la sostuvo suavemente por la espalda hasta que ésta se afirmó.
—Dime qué viste.

—Caballos —dijo ella—. Enormes caballos oscursos. En la loma que hay detrás de la casa, bloqueando todo el horizonte. No pude distinguir a los jinetes porque los caballos respiraban fuego y humo. Se limitaban a estar ahí, cientos, quizá más, enormes y amenazantes. ¡Las caras! Raimundo, ¡las caras eran como de leones con unos dientes enormes!

—Espera aquí —dijo Raimundo.

—¡No me dejes sola! —dijo ella, tomándolo por las muñecas, con sus dedos clavados en la carne de él.

Él le quitó las manos. —Estás a salvo.

—¡No te acerques a ellos! ¡Flotan!

—¿Flotan?

—¡Las patas no tocan el suelo!

—Zión no creía que fueran reales —dijo Raimundo.

—¿Zión los vio?

—¿No leíste su mensaje sobre esto?

—Yo ya no tengo computadora.

—¡Lea, estos tienen que ser los jinetes de Apocalipsis 9! ¡No nos harán daño!

—¿Estás seguro?

—¿Qué otra cosa más pudieran ser?

Pareció que Lea empezó a respirar con más facilidad pero seguía pálida aún al débil resplandor de la linterna. Él dijo:
—Permite que vaya a comprobar. Piensa en la caja fuerte y la combinación para abrirla.

Ella asintió pero sin moverse. Él fue rápido a la puerta. Ella susurró dramáticamente: —Hacia el este. Sobre el horizonte.

Aunque él sentía que estaba seguro, mantuvo aún la puerta entre él y el horizonte. La noche era fría y callada. No vio nada. Salió del dintel de la puerta caminando hasta una lomita, forzando los ojos para mirar entre los edificios hacia el campo abierto. Su corazón latía fuerte pero se decepcionó por no haber visto lo que Lea había visto. ¿Había sido una visión? ¿Por qué solamente ella?

Se apresuró en regresar. Ella se había alejado de la pared pero no estaba a la vista de la puerta: —¿Los viste? —preguntó.

—No.

—Raimundo, estaban ahí, ¡yo no vi visiones!

—Te creo.

—¿Sí?

—¡Por supuesto! Pero Zión dijo que no creía que *serían* visibles. Se alegrará de saberlo.

—¿Dónde pueden haberse ido? Eran demasiados para moverse con tanta rapidez.

—Lea —dijo Raimundo con cuidado—, estamos hablando de cosas sobrenaturales, del bien y el mal, de la batalla de todos los tiempos. No hay reglas aquí, al menos no las humanas. Si viste los jinetes profetizados en Apocalipsis, ¿quién sabe qué poder tienen para aparecer y desaparecer?

Ella se cruzó de brazos y se meció. —Pase el terremoto. Vi las langostas. ¿Tú no?

Él asintió.

—Raimundo, ¿las miraste bien, realmente bien?

—Ti y yo examinamos una.

—Entonces sabes.

—Seguro que sí.

—Eso fue lo más horrible que yo haya visto jamás. No miré de cerca a éstos pero son monstruosos. Sé que estaban cerca del horizonte pero eran tan grandes que pude ver los detalles. ¿No tienen permiso para herirnos?

—Zión dice que tienen poder para matar a un tercio de la humanidad.

—¿Pero no a los creyentes?

Raimundo movió la cabeza. —Ellos matan a los que no se han arrepentido de su pecado.

Ella dijo: —¡Si antes no me arrepentí, me arrepiento ahora!

_____

Teniendo a bordo al cocinero, sus ayudantes, Fortunato y sus dos asistentes, Max carreteó el avión fuera del hangar llevándolo a la pista al sur del palacio de la Comunidad Global. Una vez en el aire, saludó a los pasajeros por el intercomunicador, informándoles de la corta escala en Kuwait y, luego, de los casi seis mil quinientos kilómetros a Johanesburgo. A los pocos segundos hubo un fuerte golpe en la puerta de la cabina de pilotaje.

—Ése tiene que ser León —dijo Max, haciendo señas a Abdula que abriera la puerta—. De todos modos, ya es hora que lo conozcas.

León ignoró a Abdula. —Capitán, ¿qué significa esto de la escala en Kuwait? ¡Yo tengo un horario!

—Buenos días, Comandante —dijo Max—. Señor, nuestro nuevo primer oficial me asegura que aterrizaremos con mucho tiempo para su reunión. Abdula Smith éste es el Comandante S...

—A su debido momento —dijo Fortunato—. ¿Qué hay en Kuwait?

—Matar dos pájaros de un solo tiro, señor —dijo Max—. El director Jasid encontró una baratura de combustible, y nuestro nuevo jefe de carga combinó unas entregas, ya que íbamos para allá. En resumen, le ahorramos miles de dinero a la administración.

—No lo diga.

—Sí, señor.

—¿Y *su* nombre, de nuevo, joven?

—Abdula Smith, señor.

—De todos modos, tengo hambre. ¿Oficial Smith querría comer unos huevos a la benedictina en esta mañana?

119

—No, gracias, señor. Desayuné temprano.

—Capitán McCullum, hubiera agradecido saber del cambio de itinerario por adelantado.

—Como dije, señor, no es realmente un cambio de itinerario *en sí* sino un pequeño des...

La puerta se cerró de un portazo. Abdula miró a Max con sus cejas arquedas. —Encantador el hombre —dijo.

Max apretó el botón debajo de su asiento y escuchó la cabina de pasajeros. —Karl, ¿cuándo salen mis huevos? ¿Hay suficiente para todos, incluyéndolo a usted?

—Sí, señor, Comandante Supremo, señor. Los serviré en tierra, bueno, permita que diga eso de nuevo. Los serviré cuando estemos aterrizados momentáneamente en Kuwait.

—Karl, yo tengo hambre *ahora*.

—Lo siento, señor. Me hicieron entender que usted prefiere la calma y la falta del rebote, que pudiera haber mientras cargamos combustible.

—¿Quién le dijo eso?

—Señor, el primer oficial.

—¿El hombre nuevo? ¡Ni siquiera me conoce!

—Bueno...

—Veremos.

Max apretó el botón y giró una palanca para poder hablar directamente desde su micrófono al casco de Abdula. Rápidamente repitió lo que acababa de oír.

—Gracias —dijo Abdula mientras la puerta volvía a sonar fuerte.

—Oficial, de nuevo, ¿cómo se llama? —dijo León.

—Smith, señor.

—¿Usted le dijo al cocinero que sirviera el desayuno en Kuwait, mejor que en vuelo?

—Meramente le informé de nuestro ligero cambio de ruta y sugería que usted pudiera apreciar más si...

—Así que *fue* su idea. *Usted* le dijo lo que pensaba que me gusta, aunque usted y yo nunca nos habíamos conocido.

—Señor, asumo mi responsabilidad. Si me salí del orden, yo...

—Sólo tuvo toda la razón, Smith. Sólo me preguntaba cómo supo que destesto tratar de comer, especialmente un plato como ese, mientras vamos rebotando aquí arriba. No se ofenda, Max... eh, capitán.

Max estuvo tentado de decirle León y que no se daba por ofendido pero sólo hizo señas. El Cóndor se manejaba virtualmente solo en el aire pero a Max le gustaba dar la impresión, como Raimundo prefería decir, —de que mantenía los ojos en el camino y las manos en el timón.

—Así, pues, ¿cómo *supo* eso, oficial Smith? — preguntó León.

—Sólo lo supuse —dijo Abdula—. Yo no quisiera que la yema de huevo o la salsa holandesa manchara mi camisa en vista de una reunión importante.

Max se dio vuelta para ver si Fortunato se había ido debido al silencio que siguió. No, no se había ido sino que parecía sobrecogido. Se balanceaba con la boca muy abierta y los ojos cerrados. Se dobló hacia delante con una risotada exhalada como tos y un golpe en el hombro de Abdula que lo tiró a su asiento. —¡Eso sí que está bueno! —rugió Fortunato—. ¡Me gusta! —Y salió retrocediendo de la cabina de pilotaje, cerrando la puerta detrás de sí, y repitiendo—. ¡Yema y salsa holandesa en mi camisa!

Max volvió a apretar el botón, Karl decía. —No quise complicar al primer oficial.

—¡Estupideces! ¡Buena idea! Sírvenos en Kuwait. ¿Cuánto falta?

—Señor, entiendo que solamente unos minutos.

—Bueno. De este modo, iré a mi reunión con la camisa limpia. Karl, tú debieras haber pensado en eso.

OCHO

a caja fuerte de Lea estaba oculta detrás de la tienda de campaña mohosa de sus hijos, puesta encima de una plataforma. Raimundo le ayudó a subir una escalera perfectamente vertical, y esperó hasta que ella echó a un lado la tienda y otras cosas. Luego, subió y se agachó al lado de ella, alumbrando la cerradura con la linterna por encima del hombro de Lea.

—¿Cómo subieron esta cosa? —susurró—. Debe pesar una tonelada.

—No queríamos que los vecinos supieran —dijo ella, con voz todavía estremecida—. Nos metimos aquí tarde, como ahora. Mi esposo, Shannon, pidió que la trajeran en una caja corriente, y arrendó un andamio hidráulico. Un vecino preguntó para qué era todo eso y Shannon le dijo que era para reparar el techo del garaje. Parece que eso lo dejó contento.

—Así que, cuando lo subieron aquí, ustedes dos tuvieron que ponerla en su lugar?

Ella asintió. —Nos preocupaba que la plataforma no la aguantara.

La caja tenía como un metro de alto y sesenta centímetros de ancho. Lea no bromeaba cuando dijo que estaba repleta de dinero contante. Al abrir la puerta, ella dijo: —Tuvimos que poner las otras cosas de valor en el banco.

La caja fuerte estaba repleta de paquetes de billetes de veinte dólares. —Nos vendría muy bien en la casa de refugio —dijo Raimundo.

—Por eso estamos aquí.

—Quiero decir la caja en sí. Nunca aceptaríamos todo este dinero. No quedan suficientes años para gastarlo.

—Tonteras. Van a necesitar más vehículos y nunca se sabe cuánta gente tendrá que vivir con ustedes.

Metieron rápidamente el dinero en la bolsa. —Esto va a pesar mucho para llevarla —dijo él—. Ayúdame a ponerla de lado.

Ellos retrocedieron gruñendo y arrastrando la bolsa hasta el borde de la plataforma. Los paquetes se movían pero, por fin, pudieron tirar la bolsa al suelo donde cayó como peso muerto con ruido, levantando una nube de polvo. Raimundo apagó la linterna y retuvo la respiración, escuchando: —¿Me puedes ver? —susurró.

—Apenas.

Le hizo señas a Lea que lo siguiera, y le costó tanto bajar los escalones como subirlos. Cuando llegó al suelo, la ayudó a terminar de bajar.

—Supongo que piensas que eso te convierte en un caballero —susurró ella.

—Sólo si tú eres una dama.

Se inclinaron sobre la bolsa, palpando, en la oscuridad los bordes para tomarla mejor. Un rayo de luz brillante le alumbró los rostros.

Una voz preguntó: —¿Usted es la señora Lea Rosa?

Ella suspiró y miró a Raimundo: —Sí —dijo tranquilamente—. Lo siento, R..

Él sibiló: —¡No digas mi nombre! y no debieras decir que eres quién no eres.

—¿Usted es o no la señora Rosa? —preguntó otra vez la voz.

—Dije que era, ¿no? —contestó ella, sonando de repente como si estuviera mintiendo. Raimundo se impresionó que ella se pusiera a tono tan rápido.

—¿Y usted, señor?

—¿Yo, qué? —dijo Raimundo.

—Su nombre.

—¿Quién pregunta?

—Fuerzas Pacifistas de la CG.

—Oh, eso es un alivio —dijo Raimundo—. Nosotros también. El comandante Sullivan me pidió que limpiara aquí. Los saqueadores hicieron pillaje en toda la casa después que, ustedes muchachos, terminaron aquí. Él quería que asegurá-ramos el garaje.

Alguien movió un interruptor y se encendió la luz justo encima de la cabeza de Raimundo. Miró con los ojos entre-cerrados a tres hombres y una mujer, los cuatro oficiales de la CG, que estaban armados. —¿Qué estaban haciendo a oscuras? —dijo el jefe que llevaba charreteras de teniente.

Raimundo miró para arriba. La luz estaba a un brazo de distancia. —Oímos algo afuera y apagamos la luz.

—Mmm... —dijo el joven acercándose—. Tengo que ver alguna credencial de identidad —Detrás de él, la mujer mira-ba a Raimundo con incertidumbre. Uno de los hombres miró para arriba, a la plataforma.

—Yo soy Pafko —dijo Raimundo, tratando desesperada-mente de recordar en qué bolsillo tenía la credencial falsa—. Andrés. Aquí tiene.

—¿Y usted, señora?

—Ella es Fitzgerald.

—Mis documentos están en el vehículo —dijo ella.

—Teniente —dijo el otro guardia—, hay una caja fuerte abierta allá arriba.

El teniente le pasó la credencial a Raimundo. —Ustedes no estaban planeando saquear un poquito, ¿no, Pafko?

—Cada centavo estará debidamente contado.

—Mmmm... —Se volvió a la mujer—. Verifica bien con la central. Pafko, Andrés, asignado a Des Plaines. Y Fitzgerald. Su nombre de pila, señora, y ciudad asignada?

—Paulina —dijo Lea—. También Des Plaines.

La mujer tomó el teléfono que tenía colgando de un hombro.

Raimundo casi lo logra pero la llamada lo dejaría al descubierto. Ambos serían fácilmente identificables, quizá torturados y asesinados si no delataban al resto del Comando. Él se merecía eso por no ser más cuidadoso pero, por cierto, que no Lea.

—Teniente, eso no es necesario —dijo Raimundo—. Antes de informar al cuartel central donde estamos, ¿no debiéramos ver si, quizá, nosotros seis no estuviéramos mejor olvidándonos de dónde estuvimos esta noche? Yo soy tan leal como ustedes pero ambos sabemos que la mujer Rosa era una simpatizante de los rebeldes. Si este era dinero de ella, ahora es nuestro, ¿no?

El teniente vaciló y la mujer sacó su mano del teléfono. El teniente se arrodilló al lado de la bolsa.

La mujer dijo: —¿Te tragas esto? ¿Piensas que él es CG?

Él alzó los ojos a ella. —¿De qué otra forma sabrían por qué estamos buscando a la señora Rosa?

Ella se encogió de hombros y fue a mirar la caja fuerte. Los otros dos guardias se fueron a poner en la puerta, evidentemente para evitar ojos curiosos. Raimundo se pasó la mano por el pelo. ¿Sería posible que tuviera cuatro cómplices dispuestos?

Captó la mirada de Lea y trató de comunicarle que siguiera su guía. Ella parecía tan petrificada como cuando vio los caballos. Raimundo se puso casualmente entre el teniente y la puerta. Lea lo siguió.

El teniente vio el dinero y silbó entre dientes. Los hombres vinieron a mirar y eso también trajo a la mujer. Fijando su atención en la bolsa, permitieron que Raimundo y Lea se acercaran más a la puerta que ellos. Lea podría haberse deslizado fuera sin que lo hubieran notado pero Raimundo no pudo decir nada y ella no se movió.

—Hay mucho para todos —dijo uno de los hombres. El teniente asintió pero Raimundo notó que la mujer miraba fijo a Lea. Ella sacó un montón de hojas de su bolsillo trasero y las hojeó. Ella se detuvo y levantó sus ojos a Lea.

—Teniente —dijo la mujer.

—Permita que le muestre una cosa —interrumpió Raimundo, metiendo la mano en la bolsa para sacar un paquete de billetes de a veinte—. Calcule que hay cincuenta billetes en cada paquete —él lo sostenía por una punta y dejó que los billetes oscilaran. La mujer sacó su arma. Raimundo levantó el paquete.

—¿No sería lindo dividir éstos e irnos? ¡Ahora! —Raimundo golpeó el foco de luz con el montón de billetes, y el garaje quedó sumido en la negrura.

Él giró y salió corriendo detrás de Lea que iba a toda carrera saliendo por la puerta lateral. Oyó un disparo y madera que crujía, y se dio cuenta que la brillante linterna del teniente había vuelto a ser encendida, también. Mientras él y Lea corrían a toda velocidad por el suelo resbaloso, calculó las posibilidades de llegar al Land Rover, que no eran mejores de una en cinco. Pero no se iba a quedar allí y ser arrestado.

Alguien apretó el botón del portón automático del garaje; Raimundo oyó que el portón se empezaba a abrir. Echó un rápido vistazo hacia atrás viendo que los cuatro guardias, recortados contra la luz del garaje, salían corriendo a toda velocidad, blandiendo las armas.

—¡Más rápido! —gritó Raimundo dándose vuelta hacia Lea otra vez, pero ella se había detenido y él se estrelló contra ella y ambos se cayeron, rodando, al césped.

Algo había cedido, ¿se le había quebrado la pierna o él le había aplastado una de las suyas? ¿Por qué se había parado ella? ¡Iba corriendo bien! Ellos habían tenido una oportunidad. Se divisaba el Land Rover. ¿Dispararían los de la CG, o se limitarían tan sólo a arrestarlos? Raimundo prefería estar en el cielo antes que arriesgar a sus seres queridos. —Hagamos que ellos sean los que disparen —dijo con voz enronquecida mientras trataba de ponerse de pie pero Lea se había puesto a caminar en cuatro patas mirando fijamente el automóvil por entre las guedejas que le caían a la cara.

Raimundo miró para atrás. Los guardias habían desaparecido. Miró para el otro lado, donde Lea tenía fijos los ojos y ahí estaban: los caballos, a no más de tres metros de él —enormes, monstruosos, puro músculo del doble del tamaño de cualquier caballo que él hubiera visto. Lea tenía razón, las patas no tocaban el suelo aunque se daban vueltas cambiando el paso, de atrás para adelante, sin dejar de girar.

De sus narices y hocicos salían llamas, con un espeso humo amarillo que se elevaba. El fuego iluminaba sus majestuosas e inmensas cabezas, cabezas de león con caninos enormes y melenas flotantes. Raimundo se puso de pie, lenta y dolorosamente, ya sin asombrarse de que Lea hubiera quedado inutilizada cuando los vio por primera vez. —No nos harán daño —dijo él, débilmente, esperanzado y jadeando.

Raimundo temblaba, tratando de captar la escena. El primer flanco de corceles estaba respaldado por centenares, asustadizos y moviéndose en el mismo lugar como si estuvieran ansiosos por abalanzarse a la carga a todo galope. Los jinetes eran proporcionados en cada detalle, al tamaño gigantesco de los animales. Parecían humanos pero cada uno debía medir más de tres metros de altura y pesar poco menos de doscientos treinta kilos.

Raimundo tragó saliva, con el pecho resollante. Quería ver cómo estaba Lea pero no podía desviar la mirada. El caballo que tenía al frente, a escasos tres pasos, se encabritó girando en círculo. Raimundo boqueó al ver la cola que no era de pelo sino como una fuerte serpiente ondulante cuya cabeza doblaba el tamaño del puño de Raimundo. La serpiente sibiló y mostró los colmillos.

Los jinetes parecían estar oteando a kilómetros de distancia, muy por encima de la cabeza de Raimundo. Cada jinete llevaba una coraza que, iluminada por las llamas, brillaba con tonos amarillos, azul oscuro y rojo fuego iridiscentes. Tremendos bíceps y antebrazos con músculos anudados y ondeantes, hacían que los jinetes parecieran esforzarse por impedir que los animales se lanzaran en estampida.

Raimundo no oía ni olía a los caballos o el fuego ni el humo. Él sólo sabía que relinchaban y resoplaban viendo las llamas y las nubes de humo. No se oía ruido de riendas, monturas ni corazas. Sin embargo, los caballos aleonados y sus jinetes tenían más vida que cualquier otra cosa que él hubiera visto antes.

Raimundo logró dar una mirada a Lea que parecía en estado catatónico, sin pestañear, con la boca abierta. —Respira —le dijo.

¿Dios había provisto esos seres para protegerlos? Seguro que los guardias se habían escapado temiendo por sus vidas. Raimundo se dio vuelta de nuevo y, al comienzo, no vio nada entre él y el garaje pero, luego, notó a los cuatro guardias tirados en el suelo, perfectamente inmóviles.

Oyó sirenas, vio helicópteros con focos de búsqueda, oyó a guardias que corrían gritando. —Lea, tenemos que irnos —dijo. —Podemos pasar caminando por entre los caballos. No son físicos.

—¡Ustedes, ahí!

Raimundo giró bruscamente. Dos guardias tocaban con sus botas a los cuatro guardias caídos mientras gritaban a Raimundo y Lea, —¡Quédense donde están!

Se acercaron con cautela, y Lea giró de mirar a los caballos para mirar por encima del hombro. Susurró: —Creo

que tengo una costilla rota—. Miró de reojo a los guardias—.
¿No le tienen miedo a los caballos?

¿Qué les pasaba a esos dos? Al acercarse —hombres que
parecían tener recién unos veinte años de edad— apuntaron
sus armas de alto poder a Raimundo y Lea. Raimundo sabía
que los caballos seguían ahí por el reflejo de las llamas que
bailaba en las caras de los guardias.

—¿Qué saben de esos guardias de seguridad que están
muertos ahí? —dijo uno.

—Nada —contestó Lea, todavía en cuatro patas—. ¿Qué
les parece nuestro ejército?

—Arriba, señora.

—No pueden verlos —dijo Raimundo.

—¿No puedo ver a quién —dijo el guardia—. Vengan con
nosotros.

—Ustedes no ven nada —dijo Raimundo sin inflexiones
de voz.

—¡Señora, le dije que se parara! —gritó el otro. Al
acercarse a ella, Raimundo se puso frente a él.

—Hijo, déjeme advertirle. Si...

—¿Advertirme? Yo podría dispararle sin tener que dar
cuenta nunca.

—Usted corre peligro. Nosotros no matamos a esos gu...

El guardia reventó en llamas, y su cuerpo que aullaba y
giraba fue iluminando la zona como si fuera de día. Un caballo
pasó por el lado de Raimundo y giró silenciosamente, su cola
golpeó al otro guardia en la frente. Éste salió volando como
muñeca de trapo, con su cabeza aplastada, estrellándose
contra un árbol que distaba unos tres metros.

Lea se puso de pie lentamente, con el sudor goteando de
su barbilla. Se acercó a Raimundo como en cámara lenta.
—Vamos... a... morir —pudo decir.

—Nosotros, no —dijo Raimundo, recobrando el aliento.
—¿Dónde te duele? Aprieta la palma de la mano donde te
duele.

Ella se apretó la costilla izquierda, y Raimundo le pasó el brazo por la cintura, y se puso a caminar hacia el automóvil. Esquivó las llamas, pasando por entre los caballos como si atravesara un holograma. Lea ocultó su rostro detrás del hombro de él.

—¿Están en otra dimensión? ¿Qué es esto?

—Una visión —dijo él, sabiendo por primera vez que iban a escaparse—. Zión tenía razón. No son físicos.

Ahora estaban en el medio de la manada y Raimundo no podía ver dónde terminaba, sintiéndose como un niño en un mar de adultos. Finalmente cruzaron la última fila de caballos y vieron al Rover a escasos treinta metros.

—¿Estás bien? —preguntó él.

—Salvo que estoy soñando —dijo ella—. Nunca creeré esto mañana. No lo creo ahora.

Raimundo apuntó a unos quinientos metros al oeste, donde había otra caballería de fieros caballos y jinetes. Lea señaló al otro lado, donde había más aún. Detrás de ellos parecía que los centenares que acababan de pasar, iban moviéndose hacia la casa de Lea.

Se metieron en el automóvil y Raimundo manejó derecho calle abajo, algo que no se hubiera atrevido antes. Los caballos exhalaban grandes nubes de humo negro y amarillo, que perseguían a las tropas de la CG echándolas del barrio, muchos se caían y evidentemente morían ahí mismo. Al penetrar el humo en la zona, la gente se precipitaba fuera de las casas boqueando, tosiendo, cayéndose. Los caballos resoplaban por doquier lanzando el fuego suficiente para incinerar las casas.

—Espera aquí —dijo Raimundo, poniendo el cambio para estacionar frente al garaje de Lea.

—¡Raimundo! ¡No! ¡Volvamos!

Él saltó. —Sí, y voy a dejar ese dinero...

—¡Por favor! —le rogó ella.

Raimundo saltó los cadáveres entrando al garaje. Cerró la bolsa y apenas pudo colgársela del hombro. Caminando entre el humo y las llamas que no olía ni sentía, llegó al Rover, puso la bolsa en la parte de atrás y se sentó al volante. Al ir saliendo, miró a Lea. —Bienvenida al Comando Tribulación —le dijo. Ella se limitó a mover la cabeza, todavía sujetándose las costillas.

Raimundo marcó el número rápido de la casa, y se volvió a Lea diciendo: —Mejor es que te ajustes el cinturón.

———————

Max se deslizó pasando al grupo de Fortunato al cual se le servía el desayuno, y salió del avión para supervisar la toma del combustible, lo que le permitió observar el traslado de la carga. Abdula abrió la bodega del avión y un escuadrón de camiones con elevadores de carga zumbó en la pista, subiendo por la rampa de aluminio, y metiéndose en las entrañas del avión.

Mientras Fortunato comía, se sacaron de contrabando 144 computadoras y más de una tonelada de alimentos, del Cóndor 216 de la CG, que pasarían a manos de sus enemigos antes del ocaso. Max pensó, *Abdula, brillante. Nada como el desayuno para mantener al comandante sumido en el olvido.*

———————

Camilo despertó cuando Cloé contestó el teléfono.

—¿Qué hora es? —preguntó.

Ella señaló el reloj que marcaba las 12.30. —Shshsh —dijo ella—, es papá.

—Su nota decía que él y Lea...

Ella lo hizo callar de nuevo.

—¿Afuera? —decía Cloé—. ¿Por qué...? Bueno, lo haré... ¿Zión? ¿Hablas en serio? ¿Quieres que lo despierte?... ¡Bueno, apúrate!

Colgó.

—Camilo, levántate.

—¿Qué? ¿Por qué?

—Vamos, papá quiere que despiertes a Zión y que miremos por la ventana.

—¿Qué cosa?

—¡Apúrate! Él y Lea vienen en camino.

—¿Qué tenemos que mirar?

—Los doscientos millones de jinetes.

—¿Empezó? ¿Se pueden ver?

—¡Anda a buscar a Zión!

_____

De nuevo volando, Max le pidió a Abdula que supervisara los controles. —Quiero saber si León empieza a hablar de estrategias.

Se estiró para atrás para cerciorarse que la puerta estuviera cerrada con llave, se soltó el cinturón de seguridad, se reclinó en el asiento, cerró los ojos, y apretó el botón espía. Uno de los ayudantes de Fortunato trataba de impresionar al jefe.

—Será tan bueno cuando él sepa que Carpatia no está aquí, y que sólo está usted en el avión.

—No oí que usted aludiera al potentado meramente por su apell...

—Lo siento, comandante, quise decir Su Excelencia, la Potestad. Me gustaría mucho estar ahí cuando Ngumo descubra que el Potentado Reobot no sólo sabe sobre la reunión sino que también fue invitado.

El otro ayudante terció: —¿Cuál es el objeto de este viaje si usted sólo va a poner en su lugar a Ngumo?

—Pregunta válida —dijo León—. Ingenua pero válida. Primero, esta es una manera particularmente hábil de hacerlo; no sólo es un insulto sino que es un insulto que pincha. A pesar de nuestras sonrisas y actitudes serviles, no le cabrá duda que esto es una bofetada en su cara. No es una reunión con Su Excelencia. Ni siquiera es un encuentro cara-a-cara en privado con el comandante supremo. No conseguirá nada de lo que pide y se le dirá así como así. Pudiera haberse hecho por teléfono pero yo no lo hubiera disfrutado tanto. De todos modos esta es una misión para armar alianzas.

—¿Con Reobot?

—Por supuesto. Resulta crucial que Su Excelencia tenga confianza en sus potentados regionales. Unas pocas acomodos más para Bindura, y nos garantizamos su lealtad. Hay rumores de insurrección pero estamos absolutamente seguros de seis potentados, noventa por ciento seguros de Reobot y no tan seguros de los otros tres. Ellos estarán alineados cuando llegue el momento de disponer del problema Jerusalén o serán sustituidos.

—¿El problema Jerusalén?

—No me decepcione. Usted ha trabajado muy de cerca conmigo todo este tiempo y no sabe lo que quiero decir cuando me refiero al prob...

—¿Los dos testigos?

—Bueno, sí... ¡no! Así los nombran los rebeldes. Y ellos se dan un trato bíblico, candeleros, árboles o algo por el estilo. No use su vocabulario. Ellos son los predicadores locos, los que aporrean muros, los...

Esto último hizo que los asistentes cayeran en paroxismos de risa, cosa que sirvió sólo para que León comenzara una serie de comentarios que él encontraba divertidos. Oyendo a sus aduladores sólo le había servido para que subestimara su talento para la comedia. Max meneaba la cabeza por ese absurdo cuando Abdula lo sobresaltó con un golpe en el pecho.

Max se enderezó como si lo hubiera golpeado con una toalla mojada. —Lo siento —gritó Abdula—, pero ¡mire, mire, oh, estaba ahí!

—¿Qué? —dijo Max. Con el sol que trepaba por el cielo detrás de ellos, a la izquierda, el firmamento sin nubes ante ellos parecía de un azul claro infinito. Max no vio nada y, ahora, era evidente que tampoco Abdula.

—Capitán, vi algo. Juro que lo vi.

—No lo dudo pero ¿qué era?

—No me creería si se lo dijera —los ojos de Abdula seguían aún muy abiertos. Se inclinó hacia delante y miró en todas direcciones.

—Haz la prueba.

—Un ejército.

—¿Perdón, cómo?

—Una caballería, quiero decir.

—Abdula, ni siquiera miras para el suelo.

—¡Yo no lo hubiera despertado si hubiera visto algo en el suelo!

—No estaba durmiendo.

—¡Yo *espero* ver caballos en el suelo!

—¿Viste caballos en el cielo?

—Caballos y jinetes.

—Ni siquiera hay nubes.

—Le dije que no me iba a creer.

—Creo que *piensas* que viste algo.

—Mejor me trata de mentiroso.

—Nunca. Que quede claro, pensaste que viste algo. Yo te creo.

—No parecían doscientos millones pero...

—Ah, has estado leyendo la lección de Zión...

—Por supuesto, ¿quién no?

Max ladeó la cabeza. —Estuviste soñando despierto, quizá adormilado. No me mires así. Digo que por una fracción de segundo, pensando en el mensaje del doctor Ben-Judá...

—Me va a ofender si sigue así, capitán.

Max palmeó el hombro de Abdula. —Hermano, lo siento. Tienes que admitir que eso es posible.

Abdula se soltó de la mano de Max. —Usted tiene que admitir que es posible que haya visto caballos y jinetes.

Max sonrió. —¿Qué hacían? ¿Desfilaban? ¿Marchaban al gran desfile?

—¡Capitán! ¡Me insulta!

—¡Abdula, vamos! Zión dice que los caballos y los jinetes vienen del abismo, lo mismo que las langostas. ¿Qué tendrían que estar haciendo aquí, arriba?

Abdula lució disgustado y se dio vuelta.

—¿Crees que te he insultado a propósito? —dijo Max.

No hubo respuesta.

—Bueno, ¿qué dices?

Abdula estaba callado.

—Ahora te vas a taimar—.

—No sé qué quiere decir eso de *taimar*.

—Bueno —dijo Max— para no saber qué significa, pues eres muy bueno para taimarte.

—Si taimarse significa enojarse con alguien que uno pensó que era su amigo y hermano, entonces, estoy taimado.

Max se rió estentóreamente. —¿Estás taimado? ¿Puedo decirte taimado? Este es mi amigo y hermano ¡taimado!

Y antes que Max parpadeara, los caballos y los jinetes borraron el cielo. Abdula tiró los controles y el avión se inclinó casi en ángulo recto, aplastando a Max contra el asiento. Él escuchó cosas que se estrellaban y golpeaban en la cocina y en el salón. Luego, oyó los gritos de León.

Justo cuando Max se daba cuenta que iba a lamentar no estar con el cinturón ajustado, Abdula compensó demasiado la maniobra y el avión se fue de nariz. Max se golpeó contra el cielorraso, a toda fuerza, virando el rostro justo a tiempo para recibir la lesión en el lado izquierdo de la cabeza. Los bastones de mando se quebraron, hiriendo su carne y atravesándole el oído. La sangre saltó al parabrisas y al panel de control.

Finalmente, Abdula controló el avión y se sentó derecho, mirando para delante. —No hice eso para vengarme de usted por reírse de mí —dijo, con su voz temblorosa—. Si no vio lo que casi golpeé, lo siento mucho y espero que no esté herido de gravedad.

—Los vi tan claro como el día —dijo Max, con su corazón atronando—. Nunca volveré a dudar de ti. Tengo que detener la hemorragia. Si los vuelves a ver, no trates de evitarlos. Mantiene el avión en vuelo recto y nivelado. Ellos andan flotando alrededor por el espacio. No vas a chocar con ellos.

—Discúlpeme. Fue una reacción instintiva.

—Comprendo.

—Capitán, ¿se siente bien?

—No del todo pues es superficial, estoy seguro.

—Bien —dijo Abdula. Imitó a una aeromoza—, usted debe mantener siempre bien ajustado su cinturón de seguridad cuando está sentado, aunque la luz indicadora correspondiente haya sido apagada.

Max hizo girar sus ojos.

—¿Ahora le toca a usted estar taimado? —preguntó Abdula.

Max se paró y fue a la puerta, justo cuando alguien del otro lado la aporreaba fuerte.

Camilo se disculpó profusamente con Zión explicando que: —Raimundo y Lea fueron a la casa de ella a buscar algo y hace un momento llamaron para decirnos que miremos por la ventana.

Zión, con el pelo desordenado, se puso una bata y siguió a Camilo a la planta baja. Cloé, que tenía en brazos a Keni, estaba parada ante las ventanas que miraban al oeste. —Quizá es mejor que apaguemos las luces. No veo nada —dijo ella.

—¿Qué tenemos que mirar? —dijo Zión.

—Los doscientos millones de jinetes.

Zión se precipitó al frente de la casa y abrió la cortina. —No me desilusionaría si Dios adelantara en unos cuantos años la Aparición Gloriosa. Debe estar nublado. No se ven las estrellas. ¿Dónde está la luna?

—Allá atrás —dijo Camilo.

—No logro imaginarme que Raimundo hablara en serio —dijo Zión, juntándose otra vez con Camilo y Cloé.

—Él estaba muy emocionado. Hasta asustado —dijo Cloé.

Camilo se fue a la puerta de atrás, saliendo por ahí a mirar hacia el este, donde el horizonte brillaba rojizo. —Me pregunto si esto es todo —dijo con voz fuerte.

—Algo está ardiendo en alguna parte —dijo Zión, cansado—. Pero ¿la casa de la señora Rosa no queda para el otro lado?

—Yo debiera ir en el automóvil para ese lado y ver qué puedo ver —dijo Camilo.

Quedó claro que a Cloé no le gustó esa idea. —Esperemos y veamos. No vale la pena correr el riesgo si sólo es un incendio.

Sonó el teléfono. Cloé le pasó a Camilo el alborotado Keni y se apuró a contestar. —No, papá —dijo—, quizá sean incendios en el este... ¿estás seguro que ha empezado?... Mira, habla con Zión.

En cuanto Max abrió la puerta de la cabina de pilotaje, León entró tumultuosamente, desarreglado, diciendo obscenidades.

—Una turbulencia pequeña —dijo Max.

—¿Turbulencia? ¿Qué es ese humo, ese olor? ¡Tengo un hombre herido y Karl dice que uno de *su* personal está inconsciente! ¡Hombre, tenemos que aterrizar! ¡Nos vamos a asfixiar! ¡Y usted está sangrando!

Max lo siguió al salón donde uno de los asistentes de León bombeaba frenéticamente el pecho del otro. Karl gritaba desde la cocina: —¡Todos vamos a morir!

León se tapó la boca con un pañuelo, boqueando y tosiendo. —¡Azufre! ¡De dónde viene! Eso es veneno, ¿no? ¿No nos matará?

Max no olía nada. Iría a comprobar el panel de control pero el Cóndor tenía alarmas detectoras de humo y vapores muy sensibles pero ninguna se había activado. Max sabía que él parecería sospechoso si no sufría también; se tapó la boca.

—Voy a echar a andar el sistema de ventilación —dijo, mientras Karl sacaba de la cocina a su caído subalterno, arrastrándolo—. Vaya a buscar a los dos que están durmiendo. Hay suficiente botellas de oxígeno para todos.

—¿No hay alguna parte donde podamos aterrizar? —preguntó León.

—Veré —contestó Max.

—¡Apúrate!

Se apresuró a volver a la cabina de pilotaje y cerró con llave la puerta. —¿Qué pasa? —preguntó Abdula—. Usted está perdiendo mucha sangre.

—Estoy bien —dijo Max—. Esos caballos tienen poder aquí arriba, incluso dentro de una cabina presurizada. Todos huelen el azufre, están boqueando, usando el oxígeno, desmayándose. León quiere que aterricemos.

—Debemos seguir derecho a Johanesburgo —dijo Abdula, ayudando a Max a examinar cada medidor—. Lo que les afecta no se origina en este avión. No van a estar mejor en tierra.

—Pudieran conseguir tratamiento médico.

Abdula miró a Max. —Usted también pero si ellos están siendo afectados por los doscientos millones de jinetes, no hay medicina que los salve.

—¿Cuál es el cálculo de nuestra hora de llegada?

—Varias horas.

Max movió la cabeza, y sus heridas le hicieron encogerse por el dolor.

—Vamos a tener que bajar o León se va a dar cuenta que somos invulnerables.

Abdula señaló los controles, Max se hizo cargo, y Abdula sacó mapas de su bolsa de vuelo.

—Estarán aquí en cualquier instante —dijo Zión, colgando el auricular después de la llamada de Raimundo—. Las plagas de fuego, humo y azufre han empezado. No esperaba esto pero los jinetes son visibles, al menos para algunos. Raimundo y la señora Rosa los vieron; y están matando a los incrédulos.

Camilo encendió el televisor.

—¡Socorro! ¡Socorro¡ —oyó Max en la radio.

—Este es el Cóndor, adelante.

—¡Socorro! ¡Mi piloto se murió! ¡Yo me estoy asfixiando! La cabina está llena de humo... ¡aj!... ¡El humo! ¡No veo! ¡Perdemos altura! ¡Nos vamos a estrellar!

—¿Dónde está?

Pero todo lo que oyó Max fue el electrizante gemido. Esto se parecía al día del arrebatamiento, sólo que ahora se estrellarían los aviones con pilotos incrédulos, quizá una tercera parte de los aviones.

Las llamadas de socorro llenaron la frecuencia. Max no podía hacer nada. También se sentía con la cabeza liviana. Cambió la sintonía a un noticiero radial. —Nadie tiene una respuesta todavía para este estallido de incendios, humaredas, y emisiones nocivas que huelen a azufre y que están matando a miles de personas en todo el mundo —decía el locutor de las noticias—. Los profesionales de la medicina de urgencia no saben qué decir, frenéticos por determinar la causa. Aquí está el doctor Jurgen Haase, jefe de la Asociación del Manejo de las Urgencias de la Comunidad Global.

—Si esto fuera aislado, pudiéramos atribuirlo a un desastre natural, a la rotura de una fuente de gas natural pero parece aleatorio y, evidentemente, los vapores son letales. Instamos a los ciudadanos que usen máscaras antigases y cooperen para extinguir los incendios espontáneos.

El periodista preguntó: —¿Qué es más peligroso, el humo negro o el amarillo?

Haase dijo: —Primeramente creíamos que el humo negro emanaba de los fuegos pero parece que es un fenómeno independiente. Puede ser letal pero el amarillo huele a azufre y tiene el poder de matar instantáneamente.

El periodista dijo que le acababan de pasar un boletín, y parecía aterrorizado. —Aunque hay como bolsillos en que no se ha informado de incendios, humo ni azufre, en otras zonas la cantidad de muertes llega a marear, calculándose ahora en cientos de miles. Su Excelencia, la Potentado de la Comunidad Global, Nicolás Carpatia, se dirigirá al mundo por radio, televisión y la Internet en esta media hora.

Abdula puso un mapa bajo la nariz de Max. —Estamos a la misma distancia de los aeropuertos de Adis Abeba y Jartum, que pueden manejar un avión pesado como este.

—Es cosa de León —dijo Max—. Él es el que quiere aterrizar.

Abdula se hizo cargo de los mandos nuevamente, y Max salió de la cabina para enterarse que León estaba hablando por teléfono. Max tomó un trapo de la cocina, lo empapó y se lo puso en la oreja. Tiró otro trapo húmedo a la cabina para que Abdula pudiera limpiar la ventana y el panel.

—Un momento, Excelencia —dijo León—, el capitán me necesita... Sí, le preguntaré —León tapó el auricular— Su Excelencia pregunta dónde estamos.

—Sobre el Mar Rojo. Podemos...

León levantó una mano para callar a Max y le habló a Carpatia. Le pasó el teléfono a Max. —El potentado desea hablar con usted.

—¿Cuál es su plan capitán?

Max le expuso las opciones.

—¿No puede virar de inmediato para La Meca o alguna parte del Yemen?

—Señor, no tienen pistas que aguanten un avión tan grande como este.

—Adis Abeba es lo que fue Etiopía —dijo Carpatia como hablando consigo mismo.

—Correcto —dijo Max—, Jartum está en el antiguo Sudán.

—Vaya para allá. Yo contactaré al Potentado Reobot, en Sudáfr... en Johanesburgo, y haré que se cerciore que su gente de Sudán les extienda toda clase de cortesías. Si entonces pueden completar este viaje, será muy beneficioso para la causa.

—¿Puedo preguntar cómo están las cosas por allá?

—¿Aquí? Hemos perdido a docenas de personas, y el hedor es abominable. Estoy convencido que esto es guerra química pero no me sorprendería si la oposición clama alguna fuente sobrenatural.

—Señor... yo, tampoco.

—El "Dúo de Jerusalén" ya está delirando de esto.

—¿Señor?

—Mi nuevo mote para ellos. ¿Le gusta?

Max no respondió. La gente estaba muriendo en todas partes del mundo, y Carpatia hacía juegos de palabras.

—Por supuesto, que se dan crédito por lo que está pasando —dijo Carpatia—. Eso facilita mi trabajo. La hora de ellos les llegará, y el mundo me lo agradecerá.

Camilo se sentó al frente del televisor, con Zión y Cloé, a esperar a Raimundo y Lea. De los países que estaban de día llegaban imágenes de incendios y humo que subía, de gente ahogándose, boqueando, tosiendo, cayendo. Pánico.

Sonó el teléfono. Era Max que llamaba a Raimundo. Camilo lo puso al día y Max se asombró al oír el relato de Max y Abdula. Max le contó el apodo que Carpatia le puso a los dos testigos.

—Está por salir en la televisión —dijo Camilo—, haré que Raimundo te llame—.

Raimundo y Lea llegaron cuando Carpatia estaba siendo presentado. El Comando Tribulación de los Estados Unidos de Norteamérica estaba frente al televisor, mirando la historia cósmica. Zión se puso de pie y empezó a pasearse mientras Carpatia miraba solemne a la cámara. El potentado estaba en su mejor y más típica imagen paternal. Asegurando a las masas horrorizadas que: —pronto estará controlada la situación. Hemos movilizado todos los recursos. Mientras tanto, le pido a los ciudadanos de la Comunidad Global que informen cualquier actividad sospechosa, en particular la fabricación o el transporte de agentes nocivos. Lamentablemente, tenemos motivos para creer que esta masacre de vidas inocentes es perpetrada por disidentes religiosos a los que hemos otorgado toda cortesía. Aunque ellos se nos cruzan en cada oportunidad, hemos defendido el derecho a disentir que ellos tienen, aunque continúan viendo a la Comunidad Global como enemigo. Ellos creen que tienen el derecho a mantener un culto intolerante de mentalidad cerrada que excluye a todos los que no están de acuerdo.

«Ustedes tienen el derecho a vivir sana, pacífica y libremente. Aunque yo sigo siendo el pacifista de siempre, me comprometo a librar al mundo de esta secta, empezando con el "Dúo de Jerusalén", que hasta ahora no expresan remordimientos por la difundida pérdida de vidas que ha resultado de este».

—Ustedes saben —dijo Zión, sentando en el brazo del sofá cercano a Cloé—, voy a tener que pedir perdón por el gozo que sentiré cuando llegue la hora fija de *este* hombre.

Carpatia apretó un botón que mostró a Elías y Moisés aún en el Muro de los Lamentos. Hablaban al unísono con un tono alto, cadencioso y que hacía ecos que llevaban sus palabras, sin amplificación, mucho más allá del Monte del Templo.

Las palabras relampaguearon en la pantalla. "¡Ay de los enemigos del Dios Altísimo! —decían—. ¡Ay de los cobardes que blanden su puño contra el creador de ellos y, ahora, se ven obligados a huir de Su ira! Serpientes y víboras les imploramos que entiendan que hasta esta plaga es más que un juicio. Sí, aún es otro intento de llegar a ustedes que hace el Dios que les ama pero al que se le ha acabado la paciencia. No queda más tiempo para cortejaros. Vosotros debéis escuchar este llamado suyo, entender que Él es quien les ama. ¡Vuélvanse al Dios de vuestros antepasados mientras haya tiempo pues llega el día en que no habrá más tiempo!"

Carpatia volvió a aparecer con una sonrisa condescendiente.

—Amigos míos, llegará el día en que estos dos ya no diseminarán su veneno. Ya no convertirán el agua en sangre, ni retendrán la lluvia de las nubes, ni enviarán plagas a la Tierra Santa ni al resto del planeta. Yo mantengo mi parte del convenio negociado con ellos hace meses, permitiendo que ciertos disidentes sigan sin castigo. Esta es mi recompensa. Así es cómo nos pagan por nuestra generosidad.

«Ciudadanos leales, los regalos se acaban aquí. La paciencia y constancia de ustedes será premiada. Llegará el día en que viviremos en un solo mundo, una fe, una familia humana. Viviremos en una utopía de paz y armonía sin más guerras, sin más derramamientos de sangre, no más muerte. Mientras tanto, por favor, acepten mis condolencias personales más sentidas por la pérdida de sus seres queridos. No habrán muerto en vano. Sigan confiando en los ideales de la Comunidad Global, en los fundamentos de la paz, y en el genio de la fe universal que abarca todo acogiendo al devoto de cualquier religión, aun esa de los que ahora se nos oponen.

«Precisamente dentro de cuatro meses, a contar de ahora, celebraremos en la misma ciudad donde, ahora, los predicadores nos provocan y amenazan. Aplaudiremos su desaparición y nos regocijaremos en un futuro sin plagas, enfermedades, sufrimiento ni muerte. Mantengan la fe y esperen ese día. Y hasta que vuelva a hablar con ustedes, les agradezco su respaldo leal a la Comunidad Global».

Lo más reciente en tecnología médica estaba dentro de dos ambulancias completamente equipadas que esperaban al final de la pista principal del aeropuerto de Jartum. Apretando aún el trapo húmedo contra su oreja izquierda, Max ayudó a Abdula a abrir la puerta y bajar la escalerilla mientras León y Karl salían dando tumbos, remolcando cada uno a un desfallecido ayudante, y habiendo dejado un camarada muerto a bordo del avión. Los técnicos médicos de urgencia, con guantes y máscaras anti-gases puestas, se apresuraron a abordar la nave, llevando cajas metálicas. Max y Abdula se quedaron, de pie, en la pista, rehusando la atención médica hasta que todos los demás fueran asistidos. Los otros cuatro fueron tratados en las ambulancias y, pronto el equipo médico de emergencia bajó del avión, luego volvió a subir con camillas. Salieron con las dos víctimas tapadas de pies a cabeza con sábanas.

Fortunato estaba parado al lado de una ambulancia, sin el saco de su traje, con la corbata suelta, la camisa manchada de sudor. Se enjugó el ceño respirando pesadamente. —¿Por precaución? —preguntó a los del equipo médico de urgencias mientras iban pasando con las víctimas.

Ellos sacudieron la cabeza.

—No están....

—Sí, están —dijo uno—, asfixiados.

León se dio vuelta hacia Max. —Que le atiendan esa herida y ocúpese que revisen completamente el avión. No podemos volver a tener otro episodio como ese.

Max tenía tres heridas cortantes en su cuero cabelludo, una laceración profunda en el cuello, las que requirieron veinte puntos, y la oreja casi cortada requirió cuarenta más. Le dijeron: —Esto va a producir algo bien feo cuando el analgésico pierda su efecto.

Dos jóvenes estaban muertos, cuatro pasajeros más estaban mortalmente enfermos, y el mundo en caos. Max decidió que él podía vivir con el dolor.

———————

Raimundo se sentó en la sala de la casa de refugio a esas altas horas de la madrugada mientras los demás volvían a sus camas. Él había entrado, cojeando, a la casa detrás de Lea, mojado helado y dolorido por todas partes. Luego de haberse estrellado con ella a toda velocidad, sólo podía imaginarse el dolor que ella sentiría. La preocupación y atención inmediatas de los demás —aun durante la transmisión del discurso de

Carpatia— le dolieron con su dulzura. Verdaderamente, ellos eran hermanos y hermanas en Cristo y no podría sobrevivir sin ellos.

Luego que oyeron el relato de Raimundo y Lea, agradeciendo a Dios por proveer el dinero, Zión contó algo de lo que iba a transmitir el próximo día. Parecía intrigarle, especialmente, que los creyentes pudieran ver los caballos pero no las víctimas. Hasta en cámara la gente se veía retorciéndose por las mordeduras de las serpientes, envueltas en nubes de humo y consumidas, aparentemente por fuegos espontáneos salidos de la nada. —Yo había supuesto que los jinetes eran un ejército enorme que marchaba unido —dijo Zión— y, quizá, en algún momento lo harán pero, hasta ahora, se nota que están asignados a diversos lugares. No sé por cuánto tiempo más continuará esto. Francamente estoy desilusionado por no haberlos visto yo mismo.

Llegó el momento en que Raimundo y Cloé fueron los únicos que quedaron en la sala. —¿Te vas a acostar papá? —dijo ella por último.

—Dentro de un rato. Necesito calmarme. Día único, te imaginas. Nunca antes vi algo como esto. No me interesa volver a verlo.

Ella se puso detrás de él y le masajeó el cuello y los hombros. —Necesitas descanso —le dijo.

—Lo sé —dijo él palmeándole la mano—. Estaré bien. Tú vete a dormir para que puedas cuidar a este bebé.

Mientras estaba sentado en la oscuridad Raimundo repasó los acontecimientos de los últimos días. Él se había estado preguntando cuánto más podrían tolerar. Esto era sólo el comienzo y no se imaginaba soportando los años siguientes. Iba a perder más camaradas y a ritmo acelerado.

Su furor no se había aminorado pero había podido guardarlo en una plataforma elevada, detrás de una carpa de juguete, que había en su mente. Tenía que admitir que estaba agradecido por lo que había visto esa noche aunque seguía ansiando el privilegio de ser usado para eliminar a Carpatia. Ya había superado totalmente el punto en que podía negar la potente presencia de Dios en este tiempo pero estar cara-a-cara con los jinetes del Apocalipsis, cruzar entre ellos para alcanzar la seguridad... ¿Los jinetes habrían sido cegados a los creyentes? Seguro que eran agentes de Satanás, como las langostas demoníacas, que preferían matar creyentes antes que a los enemigos de Dios.

Raimundo no estaba seguro de lo que pensaba de Lea. Costaba identificarse con ella. Algo en ella parecía más joven e ingenuo que la edad que tenía. Juntos habían pasado una horrenda ordalía y, no obstante, no se había difuminado la imagen que él tenía de ella como una persona demasiado estridente y obstinada. Él se había conmovido con el relato de su salvación y no dudaba de su sinceridad pero ¿sería discriminación debido al sexo sentirse repelido por su excesiva franqueza? ¿Aceptaría él lo mismo de un varón tomándolo como mero coraje? Esperaba que no.

Raimundo repasó sus lesiones. Necesitaba otra ducha caliente y larga. Un dedo del pie pulsaba de dolor y podría estar quebrado. La rodilla izquierda le dolía como antes de ser operado, cuando estaba en la universidad. El codo izquierdo le dolía. Tenía un dedo luxado. Sentía un chichón en la nuca. Malo que estuviera al final de los cuarenta y seis años. Estrellarse con alguien cayendo al suelo era parte de un día típico de la edad de los nueve años.

Y lo golpearon los recuerdos de Raimundito, su hijo, que tenía doce cuando desapareció en el arrebatamiento. Aunque Raimundo había logrado, en gran medida, refrenarse de pensar en él, Raimundito siempre estaba en las fronteras de su conciencia. Sufría la culpa del tiempo desperdiciado, perdido, sin emplearlo específicamente con sus hijos. Los recuerdos de los momentos que *pasaron* juntos le apretaron la garganta.

Raimundo se deslizó del asiento arrodillándose para agradecer a Dios por Irene y Raimundito, agradecido que hubieran sido salvados de esta existencia torturada. También le agradeció a Dios por Amanda, a la que había disfrutado por un tiempo tan corto pero que no era una dádiva menor. Cloé, Keni, Camilo, Zión, Max, David, Bruno, Ken... los recordó a todos con emoción, nostalgia, gratitud, preocupación, esperanza.

Raimundo oró que él pudiera ser la clase de líder del Comando Tribulación que Dios quería que fuera. Y aún mantenía la esperanza que esto incluyera, de alguna forma, estar cerca de Nicolás Carpatia a los tres años y medio del comienzo de la tribulación, precisamente dentro de cuatro meses más a contar de ahora. Carpatia acababa de anunciar donde iba a estar.

Max agradeció que Abdula supervisara la fumigación e inspección del avión. Su cabeza latía. Aún tenía que volar pero iba a confiarse más que nunca en Abdula.

Todos, él mismo incluido, parecían nerviosos, con los ojos muy abiertos al peligro. Max se halló sobresaltándose con cualquier movimiento que captara su visión periférica, teniendo la plena expectativa de ver los caballos y jinetes gigantescos. Abdula lucía precisamente tan nervioso.

A pesar de su traumatismo Fortunato lucía ansioso de seguir adelante. Karl estaba agitado en particular, pasando del llanto y el ajetreo a cerciorarse que todo estuviera bien. Cuando Max y Abdula realizaban su rutina previa al vuelo, Fortunato fue traído a la refulgente terminal aérea de Jartum. Apareció con ropa nueva habiéndose duchado también y luciendo cien por ciento mejor. La preocupación aún le nublaba el semblante. Fue a la cabina para cerciorarse de que Max y el avión podían volar, diciendo: —Al primer olor desagradable, quiero que este avión aterrice.

A la una de la tarde de Nueva Babilonia, David Jasid tuvo, por fin, un descanso en su deber de emergencia. Había ayudado a transportar cadáveres a la morgue y trasladar a los enfermos al hospital. No había visto qué había producido la catástrofe pero sumó dos más dos cuando empezaron los informes de las muertes por fuego, humo y azufre. Habían centenares de muertos pero ni siquiera la décima parte de los empleados de la CG habían sido afectados, todavía. Él sabía que sus camaradas de los Estados Unidos de Norteamérica habían visto a los jinetes, por lo menos Raimundo y un miembro nuevo del Comando Tribulación. Se sentía mejor sabiendo que no era el único creyente que no los había visto.

David estaba preocupado por Anita pues no la había visto desde que sonó la primera alarma ya que todo el personal había sido enviado a cubrir sus funciones de urgencia previamente asignadas. No podía comunicarse con ella por teléfono ni computadora y nadie la había visto. Su deber en caso de urgencias era marcar una serie de números muy cifrados de una caja de control remoto que aseguraba el hangar. Una vez hecho eso, ella tenía que contar a todo el personal del departamento de David. El hangar había sido asegurado pero David tuvo que comprobar personalmente a su gente.

Fue una tarea sangrienta. De las 140 personas que estaban bajo su supervisión, diez habían muerto, dos fueron atendidos por inhalar humo, y faltaba uno: Anita. Tres de los muertos se habían incendiado espontáneamente por lo que se veía. David concluyó, durante esta horrible tarea, que iba a comunicar públicamente sus sentimientos mutuos. Hasta iba a tomar la iniciativa de efectuar su traslado, por razones de políticas, para que no pareciera como una reprimenda para uno de los dos, cuando esto llegara por la vía correspondiente.

Una vez presentado el informe, David pasó por docenas de empleados que estaban sentados en grupos, llorando, conversando, conmiserándose mutuamente. Ellos hubieran estado listos para orar, para compartir a Dios con ellos pero él no estaba preparado aún para sacrificar su posible beneficio personal en aras de la causa.

David pudo conseguir la llave de las habitaciones de Anita debido a su nivel de pase libre de seguridad. Ella no estaba ahí. Desesperado, a largos pasos fue al enorme hangar y entró los códigos necesarios para desactivar las cerraduras de seguridad. Las enormes puertas laterales se abrieron para revelar las entrañas cavernosas, que parecían aun más grandes al no estar la nave insignia que se hallaba en servicio. Los helicópteros y unos cuantos aparatos de alas fijas ni siquiera empezaban a llenar el edificio.

David abrió las oficinas de Anita, Max y Abdula encendiendo las luces. Nada. Pero entonces fue cuando lo escuchó, un golpeteo rítmico ahogado. Venía de la sala de servicios que estaba en el rincón más alejado de la estructura. Pronto reconoció el golpeteo como código Morse. Alguien estaba enviando un SOS. David se puso a correr a toda velocidad.

El cuarto de servicios estaba doblemente aislado del ruido y era de acero reforzado por razones de seguridad. Ésta había sido la primera vez que Anita aseguraba el hangar. Quizá no sabía que el cuarto de servicios se cerraba solo desde adentro y que era el último lugar en que alguien quisiera estar mientras cerraba por control remoto todo el edificio. Una vez cerrado ese cuarto, era imposible comunicarse desde dentro. El teléfono y ni siquiera el control remoto transmitirían por el acero reforzado. Para que alguien encerrado ahí pudiera salir, tenía que ser descubierto primero.

David llegó a la puerta. —¿Qué pasa ahí? —gritó.

—¡David! —fue la frenética respuesta de Anita—. ¡Sácame de aquí!

—Gracias a Dios —dijo él abriendo la puerta. Ella saltó a sus brazos, apretándolo tanto que él tuvo que luchar para respirar.

—¿Hoy aprendiste algo del cuarto de servicios?

—¡Pensé que me iba a quedar allá dentro para siempre! Verifiqué los servicios y empecé a marcar los códigos mientras salía sin darme cuenta que las puertas se cerrarían con llave desde dentro. Todavía tengo que contar a tu personal.

—Está hecho.

—Bueno. Gracias por advertirme del cuarto de servicios.

—Lo siento. Sólo estoy aliviado por haberte hallado.

—¿*Tú* te sientes aliviado? Yo estaba mortalmente asustada. Me imaginé que podrían pasar días antes que pensaras en mirar allá dentro.

David supo que Anita estaba verdaderamente enojada con él. —En realidad, le correspondía a Max advertirte del...

Ella lo miró interrogándolo. —No me digas que eres uno que acusa. Esto parece algo muy grande que pudieras haberme dicho.

Él no tenía defensa.

—Entonces, ¿cuál fue la gran urgencia? Yo vi gente corriendo y escuché toser a unos cuantos cuando vi la alarma y me vine directamente para acá.

—Acompáñame —dijo él.

Se sentaron en la oficina de ella donde él le contó todo.

—Yo hubiera ayudado. Parezco una cobarde, gracias a ti.

—Casi me morí de preocupación por ti —dijo David—. Pensé que sabía lo que significabas para mí—.

—¿Pensaste?

—Me equivoqué. ¿Qué puedo decir? Te necesito. Te amo. Quiero que todos lo sepan.

Ella movió la cabeza y desvió la mirada. —Me amaste lo bastante para dejar que me encerrara ahí.

Ahora era David el que se enojó. —¿Leíste el manual de procedimientos como se suponía que lo hicieras? Ahí está claro.

—Supongo que me reprenderán.

—Probablemente. Será difícil ocultar que yo hice tu trabajo.

—Era lo menos que podías hacer.

David luchó para atribuir su repentina falta de atractivo a la claustrofobia y el enojo. —Te amo hasta cuando estás enojada.

—Eso es grande de tu parte.

Él se encogió de hombros y volvió hacia arriba sus palmas, en señal de rendición. —Mejor es que vuelva. No podemos dejar que nos vean juntos hasta que declaremos que nos amamos. Yo tengo que responder por tu paradero.

—Eso es justo.

Él movió la cabeza y se detuvo.

—Alguien debiera haberme advertido —dijo ella.

Él no la miró. —Entendí eso.

—Sólo digo que soy la única que puede ser sacada de mi trabajo y asignada de nuevo. Tú sabes lo que eso significará.

Él se volvió. —Hace diez minutos me hubiera gustado mucho. Hubiera significado que podíamos declarar nuestra relación y yo estaría más tiempo contigo.

David supo que la había herido. —¿Y ahora? —preguntó ella.

—Como dije, te amo hasta cuando estás...

—David, tú sabes cuál es el precio. Yo quiero lo que tú quieras pero ¿qué es mejor para el Comando Tribulación?

—Yo no puedo servir bien al Comando, frustrado sin ti.

—¿Quién tiene el acceso que tú tienes a los altos mandos de la CG?

—Lo sé. Así, pues, ¿seguimos enamorados o qué?

Ella se acercó a él y se abrazaron. —Lo siento —dijo ella.

—Yo también.

DIEZ

Max no había estado en Johanesburgo desde antes del gran terremoto de la ira del Cordero. La vista aérea recordaba a Nueva Babilonia. El aeropuerto reconstruido servía como colmena principal de viajes internacionales. El palacio de Reobot, el potentado regional, albergaba varias esposas, hijos y nietos, junto con los sirvientes y los ayudantes.

Max sentía el lado izquierdo de su cabeza como de doble tamaño que el derecho y el dolor acuchillaba cada herida con cada latido de su corazón. Aun ponerse los auriculares fue toda una tarea pues trataba de evitar que los audífonos le apretaran las suturas de las heridas.

Max y Abdula tenía que abrir la puerta y bajar la escalerilla cuando aterrizaran. Entonces podían irse del avión, retirarse a las habitaciones o quedarse en la cabina de pilotaje siempre que no interfirieran la reunión. Karl y sus asistentes permanecerían a bordo para servir comida. Max le dijo a León que él y Abdula se quedarían también, probablemente en sus cabinas. Naturalmente, se quedaron en la cabina donde Max escuchó a Fortunato y al asistente que le quedaba.

—Claudio— decía León—. Me gustaría que llamaras a Ngumo, a la casa de huéspedes VIP. La puedes ver allá, donde termina el aeropuerto. Este es el número. Probablemente no sea él quien conteste el teléfono pero pon el micrófono para que yo también pueda oír, por si acaso.

Max deseaba haber tomado notas pero no podía arriesgarse que lo encontraran con ellas. Tendría que limitarse a recordar lo más que pudiera, lo que no era fácil con el dolor. Escuchó que Claudio marcaba lentamente el número. Contestó una mujer madura. —Usted se ha comunicado con la secretaria de Mwangati Ngumo, ¿en qué puedo servirle?

—Sí señora, gracias. Yo soy Claudio Tiber, ayudante personal del señor León Fortunato, Comandante Supremo de la Comunidad Global. Me complace comunicarle que el comandante supremo está preparado para recibir al señor Ngumo y dos asistentes a bordo del avión *Comunidad Global Uno*.

—Gracias, señor Tiber. Espérelos ahí dentro de cinco minutos. El señor Ngumo anhela realizar esta reunión con el potentado Carpatia.

Claudio colgó y dijo: —Esto es demasiado delicioso. ¿Se supone que las cosas sean tan divertidas?

—Hijo, hay más de donde procede esto.

La limosina de Botswana, cuajada de gallardetes, se detuvo a unos quince metros del avión y Max miró ociosamente a tres dignatarios que bajaban y abordaban. Abdula se soltó el cinturón de seguridad, y apretó su nariz contra el parabrisas. —¿Max, ese te parece que sea Ngumo?

—¿Ése?

—Ese no es Ngumo.

—Yo nunca lo conocí.

—Tampoco yo, pero ese no es él, a menos que haya perdido unos veinticinco kilos de peso desde que lo que vi en televisión. Y ¿desde cuándo el gran hombre lleva una bolsa también?

Max se sacó los auriculares y saltó hacia delante pero los hombres ya habían pasado por donde él alcanzaba a verlos.

Brincó cuando Fortunato tocó la puerta cerrada con llave, con tanta fuerza que la abrió llegando a tocar la pared. —¡Vamos! ¡Vamos! ¡Despegue ahora!

—León, estamos con motores apagados.

—¡Enciéndalos, ahora! ¡Esos hombres vienen armados!

—¡La puerta está abierta, León. No tenemos tiempo!

—¡Haga algo!

—¡Enciende el tres y el cuatro! —mandó Max y Abdula movió varios interruptores—. ¡Ahora, a toda fuerza!

Los dos motores del lado derecho del avión cobraron vida con un rugido, y Max maniobró los controles de modo que el avión viró inclinándose bruscamente a la izquierda. Max vio a los tres asesinos en potencia salir volando por la pista debido al escape caliente de los motores a retropropulsión.

—¡Eres un genio! —exclamó León—. ¡Ahora, sácanos de aquí!

Los atacantes lucharon para ponerse de pie, recuperaron sus rifles de alta potencia de fuego y corrieron a su limosina. Abdula corrió a subir la escalerilla y cerrar la puerta puesto que las gradas y la puerta abierta del Cóndor daban ahora al lado contrario del ataque.

—¡Vamos, ahora! —gritó León—. ¡Vamos!

—Tenemos poco combustible. Tendremos que regresar para aterrizar acá.

—¡Ellos vienen para este lado! ¡Vamos!

Max comenzó la secuencia del despegue, sabiendo que el avión no estaba listo para despegar de nuevo con tanta rapidez. Los motores del lado izquierdo aullaron cobrando vida pero hasta que otros indicadores cruciales no marcaran como deben, la computadora de a bordo abortaría el despegue. Si Max anulaba ese mecanismo de seguridad, corría el riesgo de estrellarse.

Volvió la cola del avión hacia los perseguidores pero ellos pasaron rugiendo por la nariz del aparato, blandiendo sus armas. —¡Hazlos polvo! —decía León—. ¡Vamos!

Pero los pistoleros dieron una vuelta por detrás, fuera de la vista de Max y abrieron fuego. Los reventones de los neumáticos fueron casi tan fuertes como las explosiones de las armas. El Cóndor estaba herido. Con más de la mitad de sus neumáticos rotos, el pájaro descansaba, desequilibrado, en la pista. Max nunca lograría moverlo y ni hablar de alcanzar la velocidad de despegue.

Aunque era raro, no había otros aviones a la vista. Toda la loca actividad, que tenía que haber sido presenciada por el personal de control de tráfico aéreo y terrestre, no había captado la atención de urgencia. Max se dio cuenta que les habían tendido una trampa y que, probablemente, todos iban a morir. Él y Abdula habían quedado detenidos ante esta banda de asesinos; fueran quienes fueran, estaba claro que tenían la cooperación del régimen de Reobot.

Las balas traspasaron el fuselaje. Max y Abdula saltaron de sus asientos y siguieron al vociferante León a la cabina principal, cruzando por la cocina y el salón. —¡Échense al suelo y permanezcan así en el centro! —gritó Max.

Era evidente que los asesinos habían decidido cerciorarse que no hubiera sobrevivientes. Las balas perforaban ventanas y paredes arriba y abajo. Max se dio cuenta que sólo había cinco hombres tirados en el suelo. Abdula, León, Claudio, el ayudante de Karl, y él mismo estaban enroscados debajo de los asientos, con la cabeza enterrada en las manos. —¿Dónde está Karl? —gritó Max pero nadie reaccionó.

Max sintió la presión de pasos cerca de él y atisbó para ver al cocinero que venía tambaleándose por el pasillo, empapado en sangre. —¡Karl, al suelo!

Al caer el hombre con los ojos muy abiertos, un agujero en su frente mostró la herida fatal.

—¿Tenemos un arma? —gritó León.

—¡León, prohibidas por tu jefe! —dijo Max.

—¡Seguro que, a veces, quebrantas las reglas! Yo te perdonaré si tienes una! Max, no tenemos esperanza.

Había pistolas en la bodega de carga y, sí, pensó Max, *a veces quebranto las reglas* pero no había manera de llegar a las armas y, de todos modos, ¿qué iba a hacer con ellas, superado por la cantidad de hombres y enfrentado por artillería pesada?

—¡Haz algo! —rogó León—, ¿tienes un teléfono?

Max sacó el suyo de su cinturón y se lo tiró a León. El comandante marcó, frenético, un código especial, temblando con cada salva de balazos que perforaba al avión. —¡CG, esta es una mega-alerta, este el LF 999, línea segura! Informen a Su Excelencia que el CG *Uno* está sometido a fuego graneado, en el aeropuerto internacional de Johanesburgo. Páseme directamente al potentado Reobot, ¡ahora!

Max escuchó el teléfono del salón. ¿Se iba a atrever a lanzarse y ver quién era? Si había una posibilidad, era la de los tiradores exigiendo algo, y valdría la pena. Gateó hasta donde estaba Karl y de ahí al salón, mientras tomaba el receptor del teléfono y la base rebotaba en el suelo. —¡Hable! —gritó.

Era la mujer ahora histérica, que había escuchado por el intercomunicador espía. —¡El señor Ngumo no respalda este ataque! Lo tomaron de sorpresa, ¡oh, no! Oh... —y se oyó el ruido ensordecedor de una salva masiva de balazos que hizo que Max se sacara el fono del oído. Cuando volvió a escuchar, la mujer grita: —¡Lo mataron! ¡No! ¡Por favor! —Más balazos y el teléfono de ella enmudeció.

Max pudo entrar a la cabina de pilotaje gateando y tomó el micrófono de la radio: —¡Socorro! ¡aquí, pista de Johanesburgo! ¡Cóndor *Uno* atacado!

Desde el medio del avión pudo oír que León gritaba en el teléfono: —Tú, Bindura, ¿por qué? ¡Carpatia ni siquiera está en este avión! ¡Te digo la verdad! ¡Haz que se retiren! ¡Por favor!

Si Reobot estaba detrás de esto, ellos eran hombres muertos de todos modos. Él tendría todo pensado. Max gritó por la radio: —¡Socorro! ¡Johanesburgo! ¡Creyentes a bordo!

Si por una de esas cosas, había algún piloto cristiano en la zona, ¿quién sabía lo que podría hacer?

Max recibió en pleno rostro el impacto de la fuerza de una bomba de concusión, y el avión comenzó a llenarse de humo. León y Claudio exclamaron: —¡Fuego! —y Abdula corrió hacia la nariz del avión.

—Max, ellos pueden balearnos pero tenemos que abandonar el avión! ¡Nos incendiaron!

Max y Abdula abrieron la puerta de la cabina principal, tratando de no mostrarse como blancos abiertos. León empujaba a Claudio desde atrás, estando el joven con las piernas tiesas de terror, llorando, caminando a los bandazos hacia la puerta. En cuanto Abdula bajó la escalerilla, León se escudó con la temblorosa masa de Claudio por delante. Claudio fue partido por los balazos y León se congeló en el rellano superior de las gradas. Sólo cuando una bomba ígnea explotó en el salón del avión, León se animó a dar el salto inevitable. Max y Abdula saltaron tras él y se fueron rodando escalerilla abajo mientras el infierno rugía saliendo de la puerta que quedaba atrás de ellos.

Max creía que no llegaría jamás a tocar el pavimento vivo. Había perdido toda esperanza y saltó del avión sólo para huir del fuego. Rodeado por el ensordecedor ruido de los balazos y teniendo por detrás al Cóndor sumido en las llamas, cerró los ojos tan apretados que sintió como si tuviera las mejillas en la frente. Max se las compuso para tomar con una mano la muñeca de Abdula y afirmar una rodilla en la carnosa espalda de Fortunato, y apostó su vida a que iba a abrir los ojos en el cielo.

Pero no fue así.

León cayó en cuatro patas en la pista. Abdula pasó volando por encima de él. Max aterrizó de lleno en la espalda de

León, aplastándolo contra el asfalto. Una bala atravesó por atrás el hombro derecho de Max y otra le destrozó la mano derecha, distando menos de seis metros las explosiones del arma que le ensordecieron el oído derecho.

—¡Oh, Dios! —dio un alarido histérico León, que se hallaba detrás de Max—. ¡Oh Dios, ayúdame!

Max sintió que su cabeza era el próximo blanco y que eso lo sacaría, misericordiosamente, de su miseria.

Negrura.

Silencio.

Nada.

Sólo olor, sabor y sensaciones.

Max no vio nada porque prefirió mantener bien cerrados los ojos. Oyó solamente el resoplido resollante de León.

El olor era a pólvora y metálico; el sabor a sangre; las sensaciones, dolor caliente, profundo y abrasador. La fractura del hombro sobrepasaba el dolor sordo del costado de la cabeza. Su mano estaba peor. Casi no se atrevía a abrir los ojos. Nada referido a esa herida lo iba a tomar por sorpresa. Max sentía como si le hubieran triturado la mano.

El cuerpo de León se levantó y cayó debajo de él pues León boqueaba para tomar aire. Max se dejó rodar al pavimento a su lado izquierdo, con los ojos todavía cerrados y la mente girando vertiginosamente. ¿Estaba todo terminado o iba a abrir los ojos para ver a los asesinos encima de él? ¿Habían baleado a León? ¿Abdula?

Desilusionado por no estar en el cielo, Max se forzó a abrir un ojo. El humo era tan espeso y oscuro que no veía sino centímetros más allá de la punta de su nariz. Se llevó su mano destrozada a la cara para mirarla más de cerca y sintió el destrozo de su hombro. La mano le tembló con tanta violencia que le estremeció todo el cuerpo y la sangre cayó salpicándole la cara.

Max usó la otra mano para calmar al herido apéndice y vio que tenía todos los dedos aunque estaban en diferentes direcciones, pues una bala había pasado atravesando el dorso de la mano. Todo su cuerpo se estremeció y temió caer en estado de conmoción.

Al irse aclarando lentamente el humo, se obligó a sentarse. León estaba tirado, respirando superficial y aceleradamente, con los ojos abiertos, los dientes al descubierto. Claudio Tiber estaba tirado a su lado, muerto evidentemente.

—¿Abdula? —dijo Max, débilmente.

—Aquí estoy —repuso Abdula—. Tengo una bala en el muslo ¿Te dieron?

—Dos veces por lo menos. ¿Qué pasó con...?

—¿Ves los caballos?

—Ni siquiera puedo verte a ti.

—Espero que se queden el tiempo suficiente para que los veas.

—Yo también.

———————

Raimundo se despertó después de las nueve de la mañana sabatina, en la casa de refugio. Podría haber dormido otro par de horas después de la noche que había pasado pero un ruido desacostumbrado lo había despertado. Sus ojos se abrieron bruscamente y se quedó quieto esperando que su cuerpo hubiera tenido tiempo para reponerse, preguntándose si había salido bien por fortuna y si se habrían aminorado sus dolores y penas.

Un chasquido rítmico, como si alguien se frotara las manos durante varios segundos, lo hizo incorporarse. Escuchando con mayor atención pensó que podía ser como si alguien olfateara o sorbiera. Venía del dormitorio de al lado donde Zión dormía y trabajaba.

El descanso había sido bueno para la mente y el espíritu de Raimundo, pero sólo había puesto más rígidos sus doloridos músculos y articulaciones. Gimió fuerte, se puso la bata, y atisbó en el dormitorio de Zión, a través de la puerta que estaba abierta unos pocos centímetros.

Al comienzo Raimundo no vio al doctor Ben-Judá. La silla puesta ante la pantalla de la computadora estaba vacía, igual que la cama pero el sonido venía de ese cuarto. Raimundo golpeó suavemente y abrió la puerta un poco más. Zión estaba tirado en el suelo, con la cara enterrada en las manos, debajo de la ventana que estaba al lado de la cama. Sus hombros subían y bajaban pues él lloraba amargamente.

—¿Estás bien? —dijo suavemente Raimundo, pero Zión no contestó. Raimundo se puso a su lado y se sentó en la cama para que Zión supiera que él estaba ahí. El rabino oraba en voz alta:

—Señor, si es Patty, te ruego por su alma. Si es Jaime, lo codicio para el Reino. Si alguien de esta casa, protégelos, escúdalos, equípalos. Padre, si es uno de los hermanos o hermanas nuevos, alguien que ni siquiera conozco, ruego Tu protección y misericordia.

Lloró más, gimiendo. —Dios, dime cómo orar.

Raimundo puso una mano en la espalda del profesor. Zión se dio vuelta, diciendo: —Raimundo, súbitamente el Señor impresionó profundamente mi corazón con que debo orar por alguien que está en peligro. Estaba escribiendo mi mensaje, cosa que también me pesa, pues probablemente sea el más difícil que he tenido que escribir. Pensé que Él me guiaba a orar por mi audiencia pero parecía más específico, más urgente. Le rogué al Señor que me dijera quién necesitaba oración pero, entonces, fui abrumado por la inmediatez de esto. Me arrodillé y eso fue como si Su Espíritu me empujara al suelo y plantara en mi alma la carga por quienquiera esté necesitado. Todavía no sé y aún no puedo sacudirme la sensación de que esto es más que mi sola imaginación. Ora conmigo, ¿quieres?

Raimundo se arrodilló con dificultad, sintiendo cada lesión de anoche y teniendo menos idea que Zión sobre qué decir.

—Señor, concuerdo con mi hermano de oración. No entendemos cómo nosotros, seres limitados, podemos decir u orar algo que afecte lo que el Dios infinito quiere hacer pero confiamos en ti. Nos dices que oremos, que vayamos osadamente a ti. Si alguien que conocemos y amamos corre peligro, te rogamos pongas a su alrededor tu cerco sobrenatural de protección.

Raimundo se conmovió con la emoción de Zión y no pudo continuar. Zión dijo: —Gracias —y le tomó la mano.

Se pusieron de pie. Zión se sentó a la computadora y se enjugó los ojos. —No sé de qué se trataba —dijo—, pero yo he dejado de cuestionar la forma en que Dios se comunica con nosotros.

Zión estuvo un momento sentado recobrándose y, luego le preguntó a Raimundo si leería el mensaje de ese día. —Lo refinaré antes de lanzarlo a la Red esta tarde pero apreciaré tus aportes.

Raimundo dijo: —Me gustará mucho leerlo pero no logro imaginarme qué tengo yo para ofrecer.

Zión se levantó y le ofreció la silla a Raimundo. —Yo voy a buscar algo para beber. Volveré para que me digas qué nota me pusiste.

———————

Max sabía que se iba a morir si se quedaba en la ardiente pista de Johanesburgo. Las heridas de su oreja y cuero cabelludo, que ya tenían horas, rezumaban por debajo de los vendajes y el analgésico había perdido efecto hacía largo rato. Sentía su hombro como si alguien se lo hubiera fracturado con un martillo al rojo vivo. La mano herida nunca sería la misma; lo mejor que podía esperar era salvar los dedos que, seguramente, nunca se doblarían otra vez en forma apropiada.

El humo se fue disipando al soplar el viento cálido de las horas avanzadas de la tarde, y Abdula se hizo visible a unos cinco metros a la izquierda de Max. El joven estaba de rodillas, con el turbante desarmado, la cara tensa de fatiga y miedo. Su muslo derecho tenía una herida abierta sangrante. Apuntó a la distancia diciendo: —Todavía están allá.

Max sólo había dado el vistazo más breve a la caballería fantasmal de hombres y bestias aterradores cuando Abdula trató de esquivarlos en el cielo. Ahora, una legión estaba a unos treinta metros pasada la pista, resoplando humo, fuego y azufre, con las serpientes de sus colas atacando y mordiendo a las víctimas que no podían verlos.

Los corceles aleonados dejaban una estela de cadáveres a su paso. Algunos se retorcían espasmódicamente antes de helarse en el macabro reposo. Otros se retorcían incendiados hasta que la muerte les traía alivio, como ellos se lo creían, caviló Max. En verdad, las víctimas pasaban de una llama a la otra. Uno de los falsos dignatarios corría a toda velocidad por la pista. Los otros dos yacían muertos cerca del avión, suficientemente cerca para haber matado a Max con sus próximos disparos. Aun desde atrás y a la distancia Max halló horribles a los jinetes y sus monturas. Ellos flotaban a centímetros del suelo pero galopaban, trotaban, marchaban al paso y retrocedían como caballos físicos. Sus jinetes los espoleaban pasando a estampida sobre la gente, los edificios, los vehículos, dejando una estela de destrucción.

El grueso y moreno León Fortunato apareció en medio de la humareda, habiendo rodado para acercarse a Max. Tomó la cara de Max con ambas manos y éste casi aulló por el dolor del costado. —¡Max, me salvaste la vida! —gritó León—. ¡Me protegiste con tu propio cuerpo! ¿Te hirieron?

—Dos veces —dijo Max. Se echó para atrás y las manos de León se deslizaron soltándolo. Max señaló los caballos, —¿Qué ve por allá?

—Carnicería —dijo León, entrecerrando los ojos—. Fuego, humo ¿y qué es eso, ese olor horroroso, como antes en el avión? ¡aj!

—Tenemos que alejarnos del avión —dijo Max. Las llamas brotaban de las ventanas.

—El bello Cóndor —dijo León—. El orgullo y gozo de Su Excelencia.

—¿Quiere sacar del camino al cadáver de Claudio? —preguntó Max.

León luchó por ponerse de pie y se tambaleó, tratando de recuperar su equilibrio. —No —dijo, recobrando la voz—. Faltan tumbas en el mundo. De todos modos lo cremaríamos. Dejemos que este fuego lo haga.

León giró lentamente describiendo un círculo y diciendo: —Pensé que estábamos muertos ¿Qué pasó?

—Usted oró.

—¿Perdón?

—Usted le pidió a Dios que lo ayudara —dijo Max.

—Me considero religioso.

—De eso estoy seguro. Dios debe haber contestado.

—¿Por qué dejaron de disparar los atacantes?

Max hizo una mueca, deseando que hubiera cesado el fuego antes. —¿Cómo saberlo? Uno salió corriendo. Los otros dos no se han movido.

León y Max se pusieron uno a cada lado de Abdula y, lentamente, lo ayudaron a caminar hacia el edificio de la terminal aérea.

———

No se le escapaba a Raimundo el privilegio que era ser el primero en leer un mensaje que esperaban millones de personas en todo el planeta. Zión había escrito:

Mis queridos hermanos y hermanas en Cristo:
Hoy vengo a ustedes con el corazón apesadumbrado que, por supuesto, no es nada nuevo en este período de la historia. Mientras los 144.000 evangelistas levantados por Dios ven que millones van a Cristo, la única religión del mundo sigue volviéndose más poderosa y —debo decirlo— más odiosa. Mis queridos hermanos prediquen desde las cumbres de las montañas y en los valles que hay un solo Dios y un solo Mediador entre Dios y el hombre, el Hombre Jesucristo.
Las mortales langostas demoníacas profetizadas en

el capítulo nueve del Apocalipsis murieron en masa hace más de medio año, luego de haber torturado a millones pero muchos de los mordidos durante el último mes de esa plaga, dejaron de cumplir sus sentencias de agonía sólo hace tres meses.

Aunque muchos han ido a la fe luego de convencerse por ese juicio horroroso, la mayoría se ha vuelto más pertinaz en sus creencias. Debiera haber sido evidente para el dirigente de la Única Fe Mundial Enigma Babilonia que los devotos de esta religión sufrieron en otras partes del mundo pero nosotros, los seguidores de Cristo, los así llamados disidentes, —enemigos de la tolerancia e inclusividad— no fueron tocados.

Nuestros amados predicadores de Jerusalén, a pesar de la aborrecible oposición y persecución, siguen profetizando y ganando conversos para Cristo en esa otrora ciudad santa que ahora debe compararse a Egipto y Sodoma. Así, pues, nosotros tenemos eso por lo cual agradecer en este tiempo de trastornos en aumento.

A estas alturas ustedes ya saben que comenzó el juicio de la sexta trompeta, el segundo ay (Apocalipsis 9). Evidentemente, tuve razón al suponer que los doscientos millones de jinetes serían seres espirituales, no físicos, pero me equivoqué especulando que, por eso, serían invisibles. Gente que yo conozco y de toda mi confianza han visto a estos seres que matan con fuego, humo y azufre, como lo predice la Escritura. Pero los incrédulos nos acusan que nosotros estamos haciendo esto y sólo decimos que vemos cosas que ellos mismos no pueden ver.

Debiera ser instructivo saber que esta plaga presente fue acarreada por la liberación de cuatro ángeles atados en el río Éufrates. Sabemos que esos son ángeles caídos porque en ninguna parte de la Escritura vemos ángeles buenos que estén confinados. Éstos han estado atados evidentemente porque estaban ansiosos de crear desolación en la Tierra. Ahora, sueltos, tienen libertad para hacerlo. Efectivamente, la Biblia nos dice que fueron preparados específicamente para esta hora, día, mes y año.

Resulta significativo que los cuatro ángeles, probablemente atados por siglos, hayan estado en el Éufrates. Ese río es el más importante de la Biblia; era limítrofe del huerto de Edén, era frontera de Israel, Egipto y Persia, y la Escritura lo usa a menudo como símbolos de los enemigos de Israel. Fue cerca de este río que el hombre pecó por primera vez; que se perpetró el primer asesinato; que se peleó la primera guerra; que se edificó la primera torre como desafío a Dios y donde se levantó Babilonia. La idolatría se originó en Babilonia y desde entonces ha brotado en todo el mundo. Ahí fueron enviados al exilio los cautivos hijos de Israel, y ahí es donde culminará el pecado final del hombre.

Apocalipsis 18 predijo que Babilonia será el centro del comercio, la religión y el gobierno mundial pero también que llegará la hora en que caerá en la ruina, pues fuerte es el Señor Dios que la juzga.

La Biblia indica que esta plaga presente producirá la muerte de un tercio de la población que quedó después del arrebatamiento. La simple matemática retrata un resultado horrible. Ya murió la cuarta parte de la población remanente por la plaga, la guerra y los desastres naturales. Naturalmente, eso deja setenta y cinco por ciento. La tercera parte de 75 es 25, así que la actual oleada de muerte dejará solamente cincuenta por ciento de la gente que fue dejada atrás en el arrebatamiento. Debo aclarar que lo que sigue es especulación. Yo creo lo siguiente, luego de haber estudiado esta profecía en su idioma original y los muchos comentarios que hay al respecto. Dios sigue tratando de persuadir a la humanidad para que acuda a Él, sí, pero esta destrucción de otro tercio del remanente incrédulo puede tener otro propósito. En su preparación de la batalla final entre el bien y el mal, Dios puede haber seleccionado de las fuerzas del mal a los incorregibles que Él sabe, en Su omnisciencia, nunca se hubieran vuelto a Él.

Las Escrituras predicen que los incrédulos que sobrevivan se negarán a abandonar su iniquidad. Insistirán en continuar adorando ídolos y demonios, cometiendo asesinatos, brujería, inmoralidad sexual y robos. Hasta las propias operaciones nuevas de la Comunidad Global informan que el asesinato y el robo están aumentando. En cuanto al culto de ídolos y demonios, la brujería y el sexo ilícito, actualmente son aplaudidos en la nueva sociedad tolerante.

Lamentablemente este último juicio antes de la segunda mitad de la tribulación puede continuar cuatro meses más, hasta el aniversario de los tres años y medio de la firma del pacto entre la Comunidad Global y la nación de Israel. Esto también coincide con el final del ministerio de los dos testigos y lanzará un período en que los creyentes serán martirizados en múltiplos de las cantidades que ahora mueren.

Muchos de ustedes me han escrito preguntando cómo entiendo que un Dios de amor y misericordia pueda derramar estos juicios tan espantosos sobre la Tierra. Dios es más que Dios de amor y misericordia. Las Escrituras efectivamente dicen que Dios es amor pero también expresan que Él es santo, santo, santo. Él es justo. Su amor se manifestó en haber dado a Su Hijo como el mediador de la redención pero si rechazamos este regalo de amor, caemos bajo el juicio de Dios.

Sé que muchos cientos de miles de lectores de mis mensajes diarios deben visitar este sitio de la Red no como creyentes sino como buscadores de la verdad. Así, pues, permitan que le escriba directamente a usted si no se considera hermano o hermana mío en Cristo. Le ruego como nunca antes que reciba a Jesucristo como el regalo de salvación que le hace Dios. Los pecados que los creyentes tozudos no quieren rendir (ver arriba) serán flagrantes durante la última mitad de la tribulación, que la Biblia llama la Gran Tribulación.

Imagine este mundo sin la mitad de su población. Si piensa que ahora la cosa está mala con los millones que desaparecieron en el Rapto, los niños desaparecidos, los servicios y las comodidades afectadas, trate de imaginar la vida con la desaparición de la mitad de todos los empleados públicos. Bomberos, policías, obreros,

ejecutivos, maestros, médicos, enfermeras, científi-
cos... la lista sigue y sigue. Estamos llegando a una
época en que sobrevivir será un trabajo de jornada
completa.

No quisiera estar aquí sin saber que Dios está conmigo, que estoy del lado del bien antes que del mal, y
que, al final ganamos. Ore ahora mismo. Dígale a Dios
que usted reconoce su pecado y que necesita perdón y
un Salvador. Reciba a Cristo hoy e incorpórese a la gran
familia de Dios.

Sinceramente,
Zión Ben-Judá.

ONCE

Max y León ayudaron a Abdula para llegar hasta la caótica terminal de Johanesburgo.

—Reobot estuvo detrás del intento de asesinato —dijo León—. Él mismo me lo dijo. Creyó que Su Excelencia estaba a bordo. Debemos conseguir ayuda y recuperar la autoridad aquí sin arriesgar la vida.

—Un poco tarde para eso, ¿no le parece? —preguntó Max—. ¿No podía haber manifestado claramente y por adelantado que Carpatia no venía con nosotros?

—Tuvimos razones para dejar que el señor Ngumo creyera que *Su Excelencia* —que como usted, capitán, debe tratarlo— estaba a bordo. El potentado regional Reobot estaba invitado pero no sabíamos que era subversivo respecto de Su Excelencia.

—Yo creo que va a encontrar muertos a Ngumo y a su secretaria —dijo Max y le contó a León de la llamada telefónica.

—Mejor sería esperar que halláramos muerto a Reobot —dijo Abdula—. Él no puede permitirse el lujo de dejarnos vivos.

León se detuvo y su cara se puso blanca. —Supuse que hablé con él en su palacio. Él no estará por aquí, ¿no?

—Debemos mantenernos en movimiento —dijo Max, casi al borde del colapso—. Si Reobot nos quiere matar, todo lo que tiene que hacer es decírselo a uno de estos guardias.

Pero estos lucían tan asustados como los demás, ahogándose, tosiendo, atendiendo a sus camaradas caídos. En toda la terminal había gente que gritaba, cadáveres tirados por el suelo, equipaje desparramado. Los mostradores estaban vacíos, las pantallas con las llegadas y salidas de los vuelos estaban oscuras.

Justo después que habían entrado, Max oyó el chillido de los motores de un avión a retropropulsión Super J. El golpe de vista del estilo de combate de un Gulfstream era estilizado, negro e increíblemente aerodinámico —con potencia para quemar y mucho espacio interior. Era el primer avión que aterrizaba en Johanesburgo después del Cóndor. Por sobre los números de la identificación estaba grabada una bandera australiana y la leyenda *Fair Dinkum*. En cuanto la nave estuvo detenida, saltaron fuera el piloto y una mujer, que salieron corriendo hacia la terminal.

—¡Oiga! —gritaba el hombre con voz aguda, haciendo que muchos se volvieran—. ¡Quien lanzó una llamada de "Socorro con creyentes a bordo!" El hombre era alto, rubio y pecoso. Su acento australiano era tan fuerte que Max no se hubiera asombrado que fuera una imitación. Su esposa era casi tan alta como él, con pelo grueso y oscuro.

Max y Abdula se miraron uno al otro y Fortunato se dio vuelta lentamente. —Yo lo hice —dijo Max notando las marcas en las frentes del hombre y de su esposa. El australiano contemplaba fijamente la de Max—. Estaba desesperado —agregó Max—. Pensé que eso atraería a alguien que, de lo contrario, no pararía aquí, ¿funcionó?

—Seguro que sí, compañero —dijo el piloto, mirando así mismo la frente de Abdula—. Somos creyentes, correcto, y no nos avergonzamos de eso, aunque te hubieras tenido que encapuchar para traernos aquí. Dime Dart. El nombre de pila no importa. Esta es mi esposa Olivia.

—Liv —dijo ella— y todos ustedes necesitan atención inmediata.

—¿Quién pudiera ser usted? —preguntó Dart a Fortunato.

—Yo soy el Comandante Supremo León For...

—Eso es lo que me imaginé —dijo Dart—. Es demasiado pronto para que su jefe muera, así que no preguntaré si está a bordo de esa bola de fuego que está allá.

—Agradecemos que no —dijo Fortunato.

—Entonces, ¿qué pasó? ¿los agarraron los jinetes?

—Oh, usted es uno de ésos —dijo Fortunato—. ¿Usted también los ve?

—Seguro que sí.

—Dart —dijo su esposa, suavemente—, tenemos que conseguirles atención a ellos.

—Sí, supongo que es mejor —dijo él—, pero no me importa decirle que siento como si estuviera exhortando al enemigo. Personalmente yo lo dejaría morir pero Dios lo va a agarrar al final. Lea el Libro. Nosotros ganamos.

Fortunato giró hacia él. —Usted podría ser encarcelado por hablar irrespetuosamente de...

—A propósito, señor F... —no le importa que le diga señor F., ¿no? porque de todos modos lo trataré así— ¿cuál es su queja principal? Usted parece que se desplaza bien.

—Por ley usted, señor, está obligado a tratarme de Co...

—Permita que le diga algo, señor F. Yo ya no vivo más sometido a sus leyes. Yo doy cuenta a Dios. Usted no puede hacerme nada que Él no permita, así que haga lo mejor que pueda. Su hombre aquí presente lanzó una llamada de socorro, pretendiendo que había creyentes en problemas, entonces a mi esposa y a mí nos intrigó que pudiera haber creyentes a bordo del propio avión del anticristo, así que...

—¡Anticristo! Referirse a Su Excelencia Su Potestad Nico...

—Usted no entiende, ¿no, F.? Yo pienso que él es el anticristo y tú sabes lo que eso hace de ti.

—Yo no estudio esas tonterías pero le advierto que...

—No necesito ningún consejo, compañero, pero puedo conseguirte atención médica. Parece que tu mayor queja es por los pantalones rasgados del traje y un par de rasguños en las manos. Estos muchachos necesitan atención de verdad.

—Honestamente, yo...

—Hay una oficina de médicos en el ala que está detrás de ésta, y con tu poder debieras sacar a uno de ellos de la atención a las otras víctimas.

El sistema público de anuncios comenzó a transmitir: —¡Atención! Por favor, ¡atención! Comandante Supremo de la Comunidad Global, León Fortunato, favor de presentarse a las oficinas centrales de las Fuerzas Pacifistas de la CG, en el ala B.

Mientras se repetía el anuncio, Dart dijo: —Eso es precisamente al lado de la enfermería, señor F. ¿Qué te parece si te adelantas y nosotros llevamos a tus camaradas aquí presentes al médico?

—Yo debiera hacerlo arrestar, usted...

—Si esa es tu prioridad de este momento, pues házlo. Pero si yo fuera tú, correría a ponerme a salvo y dejaría que parchen un poco a estos muchachos. Habrá mucho tiempo para perseguirnos en cuanto ustedes recuperen el aliento.

La cara y el cuello de Fortunato se enrojecieron y él se vio como si fuera a estallar. Se volvió a Max: —Sin duda que Su Excelencia ha provisto atención para nosotros.

—Comandante, usted debe ir adelante —dijo Max. —Averigüe qué pasó con Reobot, consulte con Carp... digo con el potentado.

—Yo no confío en ese hombre.

—Ah, vamos, señor F., yo soy inofensivo como paloma. Por más que me gustaría mucho matar a un par de gentes de tu personal, te prometo que no lo haré. Los alcanzaremos donde van y seguiremos por nuestro camino.

Dart empujó suavemente a Fortunato alejándolo de Abdula y metió su cabeza debajo del brazo del jordano. Liv tomó con una mano el cinturón de Max y su codo izquierdo con la otra, dejando a Fortunato libre para irse.

—Usted, señor —dijo Fortunato mientras caminaba hacia adelante, reacio—, es una desgracia para la Comunidad Global.

—Llevaremos eso como una banda de honor, ¿no Liv?

—Oh, Dart —dijo ella.

—Gracias por no delatarnos —dijo Max cuando León estuvo fuera del alcance de oír.

—Santos adentro —dijo Dart, con su acento ahora del sur de los Estados Unidos de Norteamérica, más parecido al de Max—. No podía creerlo. Casi eché a perder todo. Yo vi las marcas, la tuya y la del muchacho bajito, y me figuré que el grandote también podía ser de los nuestros. En cuanto lo vi supe quién era y que tenía que cubrir las apariencias.

—Fuiste brillante —dijo Max, presentándose a sí mismo y a Abdula.

—¿Y cómo te pareció Dart y Olivia? —dijo Dart.

—Eso me impactó hasta a mí —dijo Liv.

—Querida, tú hiciste una cobertura perfecta —dijo Dart—. Liv fue un toque de genialidad.

Se presentaron como Dwayne y Trudy Tuttle, de Oklahoma. —Cambio la bandera y el lema de ese avión cada tantos días. Hemos sido alemanes, noruegos, británicos. Estamos con la Cooperativa Internacional de Bienes, ¿han sabido de eso?

—Si el bocón aquí no nos manda matar —dijo Trudy.

—Nunca pensé que iba a tener la oportunidad de decirle al falso profeta en su cara lo que yo pensaba de él.

—¿El falso profeta? —dijo Max—. ¿León?

—Proclama que Carpatia lo levantó de los muertos, ¿no? Adora al tipo, lo llama Su Excelencia. Vigila y ve si no resulta de esa manera. Así, pues, ¿qué te pasó? ¿Tú te infiltraste o encontraste a Jesús después que ya estabas con la CG?

Camilo miró el espejo. Sus cicatrices faciales aún estaban rojas e hinchadas más de un año después de sus lesiones. La cirugía que le habían hecho en una clínica médica improvisada de Jerusalén, parecía haber sido mejor de lo que esperaba pero no había forma de ocultar su desfigurada cara. Cloé apareció detrás de él y le pasó a Keni. —Deja de pensar eso —dijo ella.

—¿Qué?

—No te hagas el tonto. Tú crees que puedes usar tu nueva cara para sacar ventaja.

—Por supuesto —dijo Camilo.

Él se preguntó si pasarle el bebé era la manera de Cloé de hacer querer quedarse pero también habían pasado por eso antes. Ella había aceptado que se había terminado su vida de trotamundos planetario. Ella no se sentía como para arrastrar al bebé a correr riesgos, por más que quisiera estar donde pasaban las cosas. Su administración de la Cooperativa de Bienes era crucial no sólo para el Comando Tribulación sino también para los millones de creyentes nuevos que pronto no tendrían otra fuente de comercio.

Cloé le había dicho a Camilo que deseaba que él pudiera contentarse con su trabajo tras bambalinas, contrarrestando la propaganda del *Semanario de la Comunidad Global* con su revista *La Verdad* pero con la nueva tecnología provista por David Jasid, él podía hacerlo desde cualquier parte sin ser detectado. La expansión del subterráneo estaba casi terminada, y Camilo se sentía necesitado en tantos otros lugares.

Ellos también habían examinado la responsabilidad de él tocante al bebé. Ciertamente esto era diferente de la crianza normal de niños, sabiendo que los años reales del crecimiento de Keni transcurrirían en el reino terrenal de Cristo. De todos modos, era importante que el niño pequeño tuviera la presencia de ambos padres lo más que se pudiera. Camilo había discutido que aunque él pudiera ausentarse por dos o tres semanas cada vez, cuando estuviera en casa iba a estar las veinticuatro horas del día en ella. —Es un deseo —diría—. Yo cumpliré las mismas horas con él como lo haría si estuviera trabajando fuera de la casa.

Camilo llevó al bebé a la cocina y Cloé lo siguió. —Tienes esa mirada en tus ojos —dijo ella—. Unos pocos días más encerrado aquí y no habrá manera de pararte. ¿Dónde vas?

—Me conoces demasiado bien —dijo él—. La verdad es que Zión quiere que alguien lo lleve de vuelta a Israel. Quiere ver a Jaime. Está alentado por las cartas electrónicas que intercambian pero él cree que alguien tiene que estar allá, frente a frente, antes que el viejo se decida.

Cloé movió la cabeza. —Yo quiero disentir pero no puedo. Papá no puede arriesgarse. Se le metió en la cabeza encontrar a Patty antes que ella nos delate a todos o se haga matar. Zión no puede ir por cierto. No sé lo que el mundo haría sin él. Yo sé que Dios tiene todo controlado y yo supongo que Él pudiera levantar a alguien como él, como lo hizo, para reemplazar a Bruno pero...

—Lo sé. Debiéramos contratar guardias armados y sacarlo fuera de la vista.

—¿Camilo, cuándo te vas?

Ella tenía una forma tan personal de llegar al fondo de las cosas.

—Zión quiere hablar contigo de eso.

Ella sonrió. —¿Como que un amigo le pida a tus padres un favor? Él piensa que no puedo rechazarlo.

—Bueno, ¿puedes?

Ella resopló. —Ni siquiera puedo decirte que no a ti, pero si te haces matar te odiaré por lo que me quede de vida.

—Pensaste que me iría a ver a Zeke después que oscurezca.

Ella tomó a Keni. —Eso es lo que pensé. Almacenar cosas para el bebé. Haré una lista de otras cosas que necesitamos. Habla con Lea también. Ella dice que queda poco de algunas cosas básicas.

Esa noche Camilo manejó hasta una estación de servicio de combustible saqueada en lo que una vez fue el centro de Des Plaines. Los creyentes conocían esa estación como fuente de combustible, alimentos y artículos surtidos. Zeke administraba el lugar con su hijo Zeke, al que le llamaban Z, un muchacho a mediados de los veinte años de edad, de pelo largo, cubierto de tatuajes. Él se ganaba la vida haciendo tatuajes, pintando rayas en automóviles y camiones, y pintando al rociado monstruosos automóviles en camisetas. También pintaba al rociado un mural ocasional en los lados de un camión de dieciocho ruedas. No hace falta decir que ese negocio se había acabado hace mucho.

Los Zekes habían perdido a la señora Zeke, madre y esposa, y dos hijas adolescentes en un incendio que resultó de las desapariciones. Habían sido guiadas a Cristo por un camionero, uno de esos de largas distancias. Zeke y su hijo asistían ahora a una asamblea clandestina de creyentes, en Arlington Heights, manteniendo cuidadosamente oculta su fe de los incrédulos de modo que pudieran servir a un proveedor más grande que los ayudaba. Z. había sido un drogadicto que no daba cuenta a nadie que financiaba sus momentos diarios de euforia con el trabajo de los tatuajes y los artísticos. Ahora él era el artista emotivo y compasivo detrás de la mayor parte de las credenciales de identidad que los cristianos de la localidad usaban para sobrevivir.

Zeke estaba llenando el tanque del Rover de Camilo y vigilando a los extraños o clientes sin la marca de Dios en sus frentes. Camilo dijo: —Necesito algunas cosas incluyendo el trabajo manual de Z.

—Entendido —dijo Zeke—. Él está allá abajo mirando televisión y haciendo el estudio de Ben-Judá. A ver, dame la lista. Voy a meter tu vehículo en el garaje y te lo cargaré ahí.

Camilo salió del Rover para entrar al negocio cuando otro automóvil se detuvo detrás del suyo. —¿Tiene suficiente combustible para llenar mi tanque? —gritó el hombre— o ¿está racionando el combustible?

—Puedo —dijo Zeke—, deje que termine con esta transmisión de la cremallera, y enseguida estoy con usted.

Camilo entendía la diaria tensión de vivir una mentira sólo para seguir vivo. Camilo se puso a mirar lo que había dentro de lo que parecía una típica estación de servicio llena de grasa para el ojo no entrenado. Calendarios de productos de marca registradas, fotografías de automóviles, un directorio telefónico engrasado, todo sin lustre. Sin embargo, había un panel falso en el bañito. El cartel decía "Peligro: Alto Voltaje. No Tocar". Y una zumbante vibración de baja intensidad en los dedos aguardaba al que dudara del cartel. Sin embargo, esa era la magnitud del peligro. Saber dónde apretar y deslizar el panel, daba acceso a una escalera de madera que conducía al refugio de Zeke, excavado en la tierra debajo y detrás de la estación de servicio. Muy adentro de la parte trasera Zeke suplía la lista de Camilo y subía las mercaderías por una desvencijada escalera de madera hasta el garaje, donde las cargaba en el Rover. En una habitación de fría tierra, cómoda aunque sin ventanas, dominada por un enorme conducto de ventilación, estaba el sensual Z. con botas negras y pantalones negros de vaquero y un chaleco de cuero negro sobre sus brazos y pecho desnudos. Como había dicho Zeke, su hijo estaba mirando las noticias mientras garrapateaba notas en un muy hojeado cuaderno de espiral, teniendo su computadora portátil abierta.

—Hola, "Macho" —dijo llanamente Z. poniendo a un lado sus cosas y parándose lentamente—. ¿Qué puedo hacer por ti?

—Necesito una identidad nueva.

Z. se puso en cuclillas detrás de un desarmado sofá color verde lima, y abrió un ruidoso gabinete de archivos, de dos cajones que claramente estaban mal metidos. Hojeó unos diez archivos y los sacó con violencia. Como la puerta no se cerraba bien, Z. recurrió a patearla con su bota. Los papeles sobresalían del cajón sumamente repleto y Z. sonrió tímidamente a Camilo.

—Elige la que te guste —dijo, tirando en abanico los archivos sobre el sofá.

Camilo se sentó y miró cada archivo, bajo la lámpara. El sistema de archivar que tenía Z. podía considerarse improvisado pero, con toda seguridad, él sabía dónde estaba cada cosa. Cada archivo tenía datos personales de hombres blancos de tamaño y edad aproximados a los del "Macho". —El inventario está creciendo —comentó Camilo.

Z. asintió, con sus ojos nuevamente fijos en el televisor. —Esos caballos humeantes están dejando muertos por todos lados. ¿Has visto a esos bandidos?

—Todavía no. Da susto.

—Sípe aunque parece casi como demasiado fácil. Todo lo que tengo que hacer es recoger las billeteras antes que la CG recoja el cadáver. Eso le da a la gente muchas más opciones para escoger.

—Este fulano —dijo Camilo poniendo un archivo abierto encima de la pila de carpetas y pasándoselo a Z.

Z. tiró las demás cosas detrás del sofá y estudió el archivo mientras preparaba su cámara instantánea. Camilo se sentó delante de un trasfondo azul y posó para fotografías de frente y de perfil. —Pensé en ti cuando lo vi —dijo Z.—. Permiso de conducir, pasaporte, tarjeta de ciudadanía, alguna cosa más?

—Sí, hazme miembro inscrito, con tarjeta, de la Fe Enigma Babilonia. Y donador de órganos. ¿Por qué no?

—Puedo. ¿Vía rápida?

—¿Un par de días? —dijo Camilo.

—Hecho.

Cuando Camilo volvió a juntarse con Zeke y salir por el garaje, sabía que Z. estaba realizando su oficio bajo una luz de aumento en la otra sala. La próxima vez que Camilo se aventurara a salir, lo haría llevando documentos de identificación usados y de aspecto auténtico, con el rostro nuevo que reemplazaba al del difunto Greg North.

Max nunca había disfrutado tal clase de atención médica. Aunque Johanesburgo parecía totalmente revuelto, con miles de ciudadanos muertos o moribundos, el poder de Fortunato abría todas las puertas. La rama regional de las Fuerzas Pacifistas de la CG, se pusieron bajo el mando de Carpatia y se apoderaron del palacio de Reobot que fue hallado, muerto, en su oficina, junto con docenas de individuos de su personal.

Max y Abdula fueron examinados y atendidos en la enfermería del aeropuerto y, luego, trasladados al palacio para cirugía. León les dijo: —También se enterarán de que la familia de Reobot fue exterminada por la plaga de humo y fuego pero el olor de los balazos de la CG aún puede estar en el aire.

Cuando Max y Abdula eran entrados en camilla al palacio, los cadáveres de las diferentes familias de Reobot eran sacados en igual forma. —Las noticias dirán claramente que Reobot falló su intento de asesinato pero, probablemente, explicaremos las muertes de la familia en relación a la plaga. Nuestros enemigos sabrán la verdad.

—¿Y Ngumo? —preguntó Max.

—Oh, por supuesto que está muerto y su secretaria, como usted lo dijo. Reobot fue desde su oficina, cerebro e ingeniero de esas muertes. Ngumo fue eliminado, su lugar usurpado por los asesinos impostores de Reobot y éste quedó listo para asumir el poder en cuanto Su Excelencia hubiera muerto.

Max estuvo varias horas en cirugía, a cargo de un especialista en cirugía de la mano, le hicieron un gran trabajo en el hombro y los médicos también se ocuparon de volver a vendar las heridas de la cabeza y la oreja. Luego de varias horas de dormir anestesiado, despertó, acostado del lado izquierdo, frente a la cama de Abdula. La pierna de su primer oficial estaba vendada y elevada. Abdula señaló un frasco sobre su mesita de noche. Había una bala aplastada que le habían extraído del músculo cuádriceps del muslo.

—Lesión grande pero que no comprometía la vida —dijo Abdula.

Max aún sentía adormecido su hombro, que estaba muy vendado. La mano derecha, muy envuelta en gasas arregladas en forma de revólver, descansaba a su lado.

Un médico de la CG, nativo de la India, entró a la sala de recuperación. —Me dijeron que se estaban despertando. La cirugía fue exitosa en tres zonas importantes. Su cabeza era lo de menos y se sanará primero. El hombro le quedará con muchas cicatrices pero sólo había fragmentos de balas que hubo que sacar pero no había daño estructural. Sentirá un adormecimiento de los nervios y puede que tenga limitaciones de la movilidad. Se le salvó la mano, los dedos quedaron intactos. Esto le producirá grandes molestias durante muchas semanas y, probablemente, necesite tratamiento para aprender a usarla de nuevo. El dedo anular y el del medio quedarán inmóviles y rígidos. Los dejamos curvados en una posición permanente. No podrá usar el meñique. Puede que el índice sólo tenga uso limitado pero no prometemos nada. El pulgar no se doblará.

—Si puedo asir los controles con un dedo, apretar botones y mover interruptores, puedo volar de nuevo —dijo Max.

—De acuerdo —dijo el médico—. Usted tuvo mucha suerte.

Fortunato vino a visitarlo. —Le complacerá saber que ambos recibirán el mayor galardón al valor que otorga la

Comunidad Global —anunció—. El Círculo Dorado, la recompensa al valor que concede Su Potestad, será entregado por Su Excelencia en persona como agradecimiento por salvar mi vida.

Max y Abdula no reaccionaron.

—Bueno, yo sé que están satisfechos y que sólo la modestia les impide sentirse dignos. Descansen ahora. Se recuperarán y rehabilitarán aquí mismo por el tiempo que sea necesario, luego su ex primer oficial los trasladará al nuevo *Global Uno*, en Nueva Babilonia.

—¿Cuánto tiempo llevará construirlo? —preguntó Max, sabiendo que Fortunato no tenía idea del tiempo que insume fabricar un avión.

—Mañana lo pintarán; Pedro Segundo ha consentido, de pura gracia, hacer un regalo a Su Excelencia. Los asuntos de estado no se verán interrumpidos por este sombrío episodio. El nuevo potentado regional de los Estados Unidos de África —un partidario leal escogido por el mismo Potentado Carpatia— será instalado en el cargo durante la semana.

Camilo volvió a casa con el vehículo lleno de provisiones, el tanque lleno de combustible y preocupado por Max y Abdula. La radio estaba llena de noticias sobre la insurrección y la muerte de Bindura Reobot. Las víctimas de la CG comprendían a un cocinero y dos ayudantes de cocina, pero los relatos de la destrucción del *Comunidad Global Uno* dejaron cavilando a Camilo. Llamó a casa, alegrándose al saber que Raimundo había hablado con David y que sus compatriotas estaban en mal estado por el agotamiento pero vivos.

Una semana después, David y Anita estaban en la Oficina de Personal del palacio de la Comunidad Global. El jefe de personal tenía en su mano el memorándum de David. —Así, pues, señor Jasid, esto se reduce a que ¿usted se responsabiliza de la transgresión del protocolo de procedimientos que cometió la señorita Cristóbal?

David asintió. —Debiera haberle dicho algo tan fundamental.

—Quizá sí. Quizá no. ¿Por qué es responsabilidad del jefe del departamento si el subordinado tiene un manual de procedimientos?

David cambió de posición: —Anita, la señorita Cristóbal, puede haberse distraído debido a un interés romántico de parte de un compañero de trabajo.

El jefe de personal miró por encima del borde superior de sus espejuelos. —Realmente —manifestó más que preguntó—. Eso apenas disculpa la violación. ¿Señorita Cristóbal, usted está interesada en proseguir esa relación?

—Muy interesada.

—¿Y este compañero de trabajo está en su departamento?

—Usted lo está viendo —dijo David.

—Brillante. Bueno, mire... el expediente de la señorita Cristóbal indica una lista de ofensas menores, insubordinación y cosas por el estilo pero yo pasaré por alto el acostumbrado castigo de rebajar un grado por esta clase de transgresión, siempre y cuando ella me permita volver a asignarla donde pueda ser más provechosa.

Ella vaciló: —¿Y dónde sería eso?

—La rama administrativa. Esta crisis nos ha costado más de una docena de analistas. Su expediente muestra que usted se destacaría.

—¿Qué presupone?

Él dio vuelta una página y masculló al leer: —Rama administrativa, cadena de mando: Potentado, Comandante Supremo, Director de Inteligencia, Director del Departamento de Análisis, Empleado. Deberes y responsabilidades principales: examinar e interpretar los datos de las fuentes que no son proclives a la Comunidad bla, bla, bla, bla. Analista de Inteligencia, ¿sí o no?

—Sí.

—Y trate de no encerrarse en la oficina.

En cuanto salieron de la oficina de Personal, David le tomó la mano. ¡Sentía tanta libertad! Entonces vio a León Fortunato que se dirigía al ascensor con Pedro Segundo que le gritaba desde atrás.

—León, no quiero una reunión cara-a-cara *contigo*.

Fortunato apretó el botón y se dio vuelta hacia él.

—Pedro, *Comandante Supremo* para ti.

—Entonces hazme la cortesía de usar *mi*...

—Lo haré si tú lo haces —dijo León.

—¡Muy bien, Comandante! Pero ahora no toleraré que Carpatia se apropie de mi...

—Su Exce...

—¡Bueno! Pero él debe darme explicaciones si va a fugarse con mi avión y...

Al entrar al ascensor, Fortunato iba diciendo: —Si crees que la Potestad de la Comunidad Global va a darte explicaciones...

—Quiero oír esto —dijo David—. Te llamaré, Anita.

—Ten cuidado —dijo ella.

David se fue corriendo a su habitación, cerró con llave la puerta y, con su computadora, activó el micrófono espía de la oficina de Fortunato. Pedro II estaba a la mitad de una frase:

—...me niego a sentarme cuando no es aquí donde quiero estar.

—Es lo más cerca que vas a llegar.

—Comandante, ¿por qué Su Excelencia me evita? Usted anuncia al mundo que yo le ofrecí mi avión, lo que yo hubiera hecho muy contento pero no se me consultó, no se me dio una ocasión de...

—Todo lo que tienes, lo tienes debido al potentado. ¿Piensas que la Fe Enigma Babilonia es independiente de la Comunidad Global? ¿Piensas que das cuenta a otro que no sea Su Excelencia?

—¡Exijo verlo en este instante!

—¿*Exijes*? ¿Tú me lo exiges a mí? ¡Yo soy el portero, Pontífice Supremo! Se te niega el acceso, se te rehúsa audiencia con Su Excelencia. ¿Entiendes?

—León, te juro que lamentarás insultarme de esta manera...

—Te he pedido que no me digas...

—Te llamaré todo lo que se me de la gana. Te instalas aquí con autoridad artificial no porque tengas seguidores ni logros cumplidos sino porque has dominado el arte de ser obsequioso con el jefe. Bueno, yo no soy zalamero y seré escuchado.

Hubo un silencio largo.

—Quizá te escuche —dijo León—, pero hoy día no.

David oyó pasos pesados y un portazo. Entonces, la voz de León: —¿Margarita?

Por el intercomunicador se oyó: —¿Sí señor?

—Vea si el potentado tiene un momento. Puede decirle quién acaba de salir furioso de aquí.

—Inmediatamente señor.

David se cambió a la oficina de Carpatia y escuchó la conversación. La secretaria había dado el mensaje de Fortunato. —¿Qué quiere? —preguntó Carpatia.

—La secretaria dice que él acaba de tener una reunión con el pontífice supremo.

—Invítelo a pasar.

DOCE

M ax estaba levantado y caminando mucho antes que Abdula y tenía ansias por regresar a Nueva Babilonia. Por lo difícil que era su trabajo la terapia no había significado respiro. De lo contrario hubiera sentido que lo consentían en el palacio de Johanesburgo, pero sus lesiones le negaban descanso. Su cuerpo parecía incendiado entre los analgésicos. Él necesitaba dosis suficientemente grandes sólo para quitarse lo peor. Lo último que deseaba era volverse adicto a los remedios.

Max estaba enojado consigo mismo por dos errores grandes. Había transmitido a gritos que había creyentes a bordo del *Global Uno*. Felizmente, Dwayne Tuttle, el otrora — Dart—, lo había cubierto pero Max también le había tirado su teléfono seguro a León Fortunato, de entre toda la gente concebible.

Su teléfono pesaba casi el doble que un teléfono celular corriente, pues tenía tanta tecnología de seguridad. León no pareció darse cuenta pero ¿y si alguien lo llamaba mientras León tenía el teléfono? Si no reconocían la voz de Fortunato o si tenían una recepción imperfecta, podían comprometer a todo el Comando Tribulación.

187

Lo que turbaba a Max era que esos errores no fueron producto del pánico ni de la desesperación; ambos se debían a falta de fe. Él creía sinceramente que no iban a sobrevivir el ataque y, por eso, ¿cuál era la diferencia?

Felizmente había sido sabio para elegir al nuevo primer oficial. Abdula había corregido el error del teléfono. Max se había despertado con sobresalto en la primera noche de su recuperación. Había sacudido a Abdula despertándolo. —León tiene mi teléfono —dijo—. Una llamada de la persona equivocada y pasamos a la historia.

—Duerme bien, amigo mío —dijo Abdula—. Tu compañero de cuarto es ladrón.

—¿Cómo dices?

—Cuando tú y León me ayudaban a caminar en la terminal aérea, yo recuperé tu teléfono de su bolsillo.

—Ese es un teléfono pesado. ¿Por qué no se dio cuenta?

—Él tenía un susto de muerte. Elegí el momento. Yo tengo el teléfono.

—¿Qué hora es?

Abdula miró el reloj. —Las dos de la madrugada.

—¿Qué hora es en los Estados Unidos de Norteamérica?

—Ellos tienen nueve horas menos que nosotros cuando estamos en Nueva Babilonia. Ocho aquí.

—Permíteme que use ese teléfono.

Max llamó a Raimundo y lo puso al día sobre los Tuttles, que habían desaparecido poco después de entregar a Max y Abdula a la enfermería. —Ni siquiera tuve la oportunidad de decirles cuán relacionados estamos con la cooperativa pero, seguramente, tu hija sabe de ellos.

Raimundo supo que Cloé sabía de los Tuttles. —Ellos van a manejar para nosotros una zona grande del Mar del Sur. Que hayan estado suficientemente cerca para escuchar el pedido de socorro de Max, es todo un milagro.

—Este es un contacto directo de parte de Dios —dijo Raimundo—. Si puedes prescindir de ellos, los necesito para ir a Europa.

—¿Por qué no vuelas tú papá?

—No quiero volar solo y luego tratar de ser mi mejor incógnito. Yo prefiero compartir el vuelo con Dwayne. Podemos ir en su Super J. o en el Gulfstream.

—¿Sabes dónde vas?

—Beauregard Hanson me lo dirá la próxima vez que aparezca por Palwaukee. Ti lo va a retener con algún pretexto. Yo voy a ponerle debajo de su nariz un poco de dinero contante y él va a cantar. Claro que todavía no lo sabe.

David Jasid estaba fascinado ante su computadora, con los audífonos puestos, escuchando a Carpatia y Fortunato.

—León, no debes sentirte obligado a besar mi anillo cada vez que entras a mi presencia. Yo aprecio que lo hagas en público pero...

—Ruego su perdón, Excelencia, pero...

—Y también debes sentirte libre para tratarme con informalidad en privado. Tenemos un largo pasado en común y...

—Oh, pero no podría. No ahora. No después de todo lo que he presenciado y experimentado. Usted debe entender Su Potestad, que no hago estas cosas por ningún otro motivo fuera de la devoción genuina. Yo creo, señor, que usted está inspirado y aunque es sumo honor que usted me considere lo bastante amigo para tratarme por mi nombre, perdóneme si no puedo reciprocarle.

—León, muy bien entonces. Ahora cuéntame de tu encuentro con el hombre que quiere ser rey.

David escuchó mientras Fortunato contaba la conversación. Carpatia se quedó callado por un momento. Entonces:

—Pedro no sabe, ¿no? Él no tiene idea que yo conocía de su pacto con Reobot. Él cree que puede separarme de mis potentados regionales y vencerme.

—Excelencia, estoy seguro que eso es lo que cree.

—¡Qué necio! —exclamó Carpatia.

—¿Dejaremos que nos conduzca a uno y dos subversivos más o le llegó la hora?

David oyó movimientos, como si Carpatia se hubiera puesto de pie. La calidad de su voz había cambiado así que David supuso que estaba paseándose. —Casi me impacienté contigo hace unos meses cuando él no fue eliminado pero, al final fue beneficioso. No sólo nos dirigió a Reobot, sino que un comunicado reciente de él resultó sumamente ilustrativo, y puede que tenga relación con nuestros dos amigos del sur.

—¿El "Dúo de Jerusalén"?

—El mismo. Te gusta esa expresión, ¿no?

—Genial, señor, sólo que usted...

—Yo le había pedido que pusiera a sus sabios a trabajar en todos los manuscritos misteriosos del pasado, desde Nostradamus a las antiguas escrituras santas y cosas por el estilo, para ver si hubiera indicios de la vulnerabilidad del dúo ese. Sé que los ben-judaítas creen que son los testigos profetizados en las Escrituras cristianas. En el caso improbable que lo sean, Mathews me dice que serán vulnerables dentro de cuatro meses a contar desde ahora. Ellos mismos han dicho a menudo que están protegidos de todo daño hasta la hora fijada.

—Pero señor —gimió Fortunato—, la gente que dice que estos hombres son los profetizados son los mismos que dicen que usted es el anticristo.

—Lo sé, León. Tú y yo sabemos que estoy sencillamente haciendo lo que he sido llamado a hacer.

—¡Pero si ellos tienen una hora fijada, también la tiene su enemigo!

—¡León! Respira profundo. ¿Me comporto como un anticristo?

—¡Excelencia, por cierto que no!

—¿Quién dices tú que yo soy?

—Usted sabe bien que yo creo de todo corazón que usted puede ser el mismo Cristo.

—No haré esa proclama por mí mismo, estimado amigo. Por lo menos, no todavía. Sólo cuando sea evidente para el mundo que yo tengo poder divino, podría hacer personalmente tal clase de afirmación.

—Yo he contado en todas partes que usted me resucitó...

—Aprecio eso y confío que muchos lo creen pero no fue presenciado por nadie más así que pudiera dar lugar a dudas. Yo no he sido efectivo para contener a los dos predicadores, lo que ha dañado mi credibilidad. Pero yo adoro a una deidad determinada a ser el dios sobre todos los dioses, a sentarse muy por encima de los cielos, a evolucionar al ser eterno perfecto. ¿Cómo pudiera fallar si me entrego a él?

—Como yo me consagro a usted Excelencia.

A David le pareció que Carpatia había vuelto a sentarse detrás del escritorio, donde la fidelidad del micrófono era la mejor. —Midamos nuestro tiempo con Pedro —dijo—. ¿La mayoría de los potentados están llegando al límite de la paciencia con él?

—Sí señor, y creo que ellos son sinceros a pesar que el potentado Reobot me orientó mal en este mismo asunto. Me aseguraron que no sólo miran con simpatía su eliminación sino que también están dispuestos a participar en su desaparición.

—León, he trabajado con reyes el tiempo suficiente para saber que la palabra de ellos no vale nada hasta que sea confirmada por la acción. Debemos permitir que Pedro crea que hay más potentados regionales desleales a mí. Está claro que su meta es usurpar mi papel. Reobot hubiera sido su Fortunato, si el intento de asesinato hubiera tenido éxito. Seguramente que Pedro debe creer que cuenta con la confianza de los demás. Usemos eso para nuestro beneficio.

—Le daré a esto toda mi atención señor y gracias de nuevo por rodearme con protección en Johanesburgo.

—No fue nada. ¿Cuándo regresarán los pilotos para que podamos darles las medallas?

—Pronto, señor.

—A la gente le fascina el circo, ¿no? —León concordó en voz alta pero Carpatia se impuso—: Con el trastorno reciente hemos tenido pocas oportunidades de constituir ejemplos de los ciudadanos modelo, de los héroes.

—Excelencia, nuestra fuerza de trabajo está diezmada pero con creatividad podemos ponernos a la altura de la ocasión y hacer que el regreso de ellos a Nueva Babilonia sea un acontecimiento mundial de primera clase.

Carpatia sonaba para David como si estuviera soñando. —Sí, sí —dijo—. Me gusta eso. Me gusta mucho eso. Y pone a alguien a trabajar en esto del tiempo oportuno para el dúo de Jerusalén. Si los ben-judaítas dedican el tiempo debido a mediados del tiempo de nuestro pacto con Israel, yo quiero saber la fecha precisa.

El corazón de David latió fuerte cuando sintió el entusiasmo de Carpatia. El potentado alzaba la voz, hablando con más rapidez. —¡Habla de circo, amigo mío! ¡Habla del acontecimiento! Engaña a los dos. Sorpréndelos. Muéstrate deferente con ellos hasta ese momento. Quita todos los frenos, León. Que la televisión haga la cobertura en todo el mundo. Planea todo un suceso. Ponme ahí.

«Sí, estaré en Jerusalén, el corazón del país con que he hecho tan solemne pacto. Celebraremos la mitad del tiempo de la paz que se ha cumplido allí. Busca los dignatarios. Haz que Pedro esté ahí con todas sus risibles finezas. Mi viejo amigo, el doctor Rosenzweig, debe ser el huésped de honor. Haremos como hacen los así llamados santos y nos volveremos a consagrar. ¡Yo me dedicaré de nuevo a la protección de Israel!

«Con los ojos del mundo ahí, asumiré personalmente la responsabilidad del final de los predicadores. ¡Cuánto les gustará a sus ciudadanos el final de las plagas, arengas, sequía, el hambre, el agua sanguinolenta! León, toma nota. Haz que los potentados alienten a Pedro en su conspiración contra mí. Haz que ellos le hagan creer que están de su lado, que son, sí, son *unánimes* tocante a su antipatía por mí. Ellos *quieren* que él sea el rey de ellos. Asegúrate que él vaya a Jerusalén creyendo que cuenta con la confianza de cada uno de ellos.

—Señor, haré lo mejor.

—Sólo tenemos pocos meses. Que esto sea tu primera prioridad. Reuniones confidenciales de alto nivel dónde y cuándo quiera que las necesites. Uso pleno de todos nuestros recursos. Este debe ser el momento más orgulloso de nosotros, el desempeño perfecto. Será el final de la insurrección, el final de la oposición, el final de los intentos de Enigma Babilonia para asumir mi autoridad, el final de los ben-judaítas, sin predicadores en Jerusalén para adorar.

—Pero Ben-Judá todavía tiene esa enorme audiencia...

—Hasta él se descorazonará cuando quede claro que hay un solo poder en la Tierra y que ése reside en Nueva Babilonia. ¡Invítalo! ¡Invita a sus seguidores! El año pasado se pusieron tan boyantes por avergonzarme y tratar de matarme allá. ¡Bueno, dales la bienvenida otra vez, y observa su reacción!

—Excelencia, usted es brillante.

—León, si eso te gusta, considera esto. Se necesitará lo mejor que tengas para ofrecer pero empieza a confiarle a Pedro que no todo está bien entre tú y yo.

—Pero Excelencia, yo le amo...

—Lo sé, León.

—Pero el pontífice supremo también. No puedo imaginarme que lo convenza que mi inmutable lealtad de repente...

—¡Por supuesto! No tiene que ser de repente. ¡Deja que sea *él* quien lo sugiera! Seguro que halla cosas negativas sobre mí para plantar en tu mente, ¿no? ¿Nunca me ha criticado?

—Por cierto, pero yo siempre defiendo sus motivos y...

—León, sólo vacila una vez. Dejar que él te deje callado sólo una vez. Lo conozco. Él se abalanzará sobre eso. Él cree que puede convencer a cualquiera de cualquier cosa. Qué ego tiene para creer que los diez potentados lo admiran, cuando sabemos que, sin duda, ¡la mayoría de ellos lo mataría con sus propias manos! ¿Puedes hacerlo, León?

—Trataré.

—Tengo toda la confianza puesta en ti. Dentro de cuatro meses consolidaremos todo el poder y la autoridad y haremos que la oposición luzca poco confiable. ¡Esa sola idea me da fuerzas! Amigo, vete ahora. No vaciles en pedir nada. Todos mis —nuestros— recursos están a tu disposición.

—Excelencia, gracias. Le agradezco el privilegio de servirle.

—Qué cosa tan linda dices —dijo Carpatia.

A David le dolió la cabeza de oír con tanta atención durante tanto tiempo. Estaba por apagar la computadora cuando, de nuevo, oyó que había alguien en la oficina de Carpatia. La secretaria charló con él por un minuto, luego él le pidió que no pasara las llamadas y no permitiera visitas hasta nuevo aviso. David oyó que se cerraba la puerta y entonces, hubo un clic, y David supuso que le había puesto llave a la puerta. Esperó para ver si Carpatia hacía alguna llamada telefónica importante.

Oyó el chillido del sillón de Nicolás, y luego, quizá, giró. Por último, oyó al potentado que susurraba: —¡Oh, Lucifer, hijo de la aurora! Te adoro desde mi infancia —David se estremeció, con su corazón golpeando fuerte. Carpatia siguió—, cuán agradecido estoy por la creatividad con que me dotas, oh león de gloria, ángel de luz. Te alabo por las ideas imaginativas que nunca cesan de asombrarme. ¡Me has dado a las naciones! Has prometido que yo ascenderé al cielo contigo, que nosotros exaltaremos nuestros tronos por encima de las estrellas de Dios. Yo descanso en tu promesa de que yo subiré por encima de las alturas de las nubes. Seré como el Altísimo.

«Yo cumpliré todo lo que mandes para que pueda reclamar tus promesas de reinar sobre el universo a tu lado. Me has elegido y me has permitido hacer que la Tierra tiemble y remecer reinos. Tu gloria será mi gloria y nunca moriré como tú. Espero con ansias el día en que pueda manifestar tu poder y majestad».

———————

Raimundo recibió la llamada avanzada la noche de un viernes.

—Él está aquí —dijo Ti—. Y le dije que alguien va a venir con una propuesta interesante y potencialmente provechosa. Hasta ahora mordió el anzuelo pero no lo había visto desde que desapareció esa amiga tuya, y puedo decirte que espera que yo hable del asunto.

—Voy para allá. Consérvalo interesado.

Raimundo se sentó con Lea y le preguntó si podía usar un poco del dinero de ella delante de Bo Hanson para ver si él vendería información sobre el paradero de Patty Durán.

—Bueno —dijo Lea, como disfrutando su posición—, apenas me has dirigido la palabra durante estos días, nunca preguntas cómo estoy, ni siquiera si las costillas sanan o qué, pero ahora necesitas algo y estás aquí.

Raimundo no supo qué decir. Él detestaba el tono y la actitud de ella pero él era culpable. —He sido indolente —ensayó.

—Arriesgo mi vida contigo y dono al Comando Tribulación todos los ahorros de mi vida y de mi marido, y me tratas como una intrusa. ¿Eso es indolencia?

—Evidentemente es imperdonable —dijo él.

—¿Evidentemente? Dices eso como condescendiendo a que *yo* decidí que no tienes disculpa.

Raimundo se puso de pie. Lea dijo: —Por favor, no seas tan maleducado como para dejarme hablando sola.

Él se dio vuelta. —Hay formas más simples para decir que no. ¿Podrías probar otra?

—Pero no digo que no.

—Me hubieras engañado.

—Disfruto moviéndote el piso.

—Me alegro que uno de nosotros disfrute.

—Raimundo, por favor. *Me ha* herido que me evites, pero también me doy cuenta que has sufrido muchas pérdidas, incluyendo la de dos esposas en tres años. No espero que te sientas cómodo conmigo, pero pensé que habíamos suavizado nuestro áspero comienzo y que haber pasado lo que pasamos juntos tenía que significar algo.

Él se volvió a sentar. —No sé de ti, Lea, pero yo encontré eso tan aterrador como cualquier cosa que haya enfrentado, incluyendo descubrir el cadáver de mi esposa en el fondo del río Tigris. No me gusta pensar en ello y estoy seguro que no quiero quedarme pegado en eso. Esto no es una disculpa pero quizá tú me recuerdes esas cosas.

—Estoy segura que así es pero tú eres el encargado aquí y yo necesito hacer algo. Jefe, asígname a algo. Estoy lista para ofrecer toda la destreza médica que tengo cuando sea necesario pero no quiero trabajar solamente cuando la gente esté herida o enferma. He tratado de ayudar a Cloé con el bebé y hasta un poco con la cooperativa, pero ella es demasiado amable para pedirme nada. Tengo que imponerme a ella. Haz que eso sea mi trabajo y ella no se sentirá mal por contar conmigo.

—Bueno, considéralo hecho.

—Habla *con ella*.

—Lo haré.

—Y tu gente está tan metida en lo que es políticamente correcto aquí, pero nadie sugiere siquiera que yo haga algo doméstico. Sucede que soy buena cocinera y disfruto todo eso. Planificar, preparar el alimento, hasta lavar las cosas.

Puedo hacer esas cosas para que todos ustedes se concentren en lo que se supone que deben hacer.

—¿Harías eso? Eso ayudaría mucho.

—Sentiría que aporto algo. Olvídate del dinero. Ni siquiera tienes que pedirlo. Te dije que lo daba a la causa, y realmente lo quise decir. Si cambiaran las circunstancias y me voy mañana de aquí, no me llevaría ni un centavo. ¿Podemos dejar eso tranquilo?

—Eso está más allá y por encima de...

—Yo ya siento que me agradecieron apropiadamente. Ponemos en la mesa lo que hicimos y nadie es más importante que el otro, salvo Zión, quizá.

—¿Así que te estabas poniendo difícil porque..?

—Te lo mereces. Debieras haberte preocupado y demostrado más. ¿Te he preguntado por la rodilla?

—Varias veces.

—No fue por bien educada. Yo causé esa lesión. No sabía que no estabas mirando pero no debiera haberme detenido frente a ti. Eres un hombre maravilloso. Fuiste herido. A mí me preocupa. Pregunto. Me diste la respuesta acostumbrada del macho, y se acaba la conversación. Yo también fui herida y nadie fue responsable de eso sino tú. Estabas siguiéndome demasiado cerca, moviéndote demasiado rápido dadas las condiciones.

Raimundo movió la cabeza. —¿Entonces, cómo están tus costillas?

—Efectivamente, mejoran despacio. Pudiera haberme roto más de una. Me cuesta pasar un día entero sin tener conciencia de ellas, y entonces, basta con un movimiento en falso y me pusiera a gritar de dolor.

—Lo siento. Espero que pronto estés mejor.

Ella lo miró.

—En realidad quise decirlo —agregó él.

—Lo sé. Y tienes en la cabeza muchas cosas más fuera de mis necesidades.

—¿Te han tratado bien todos?

—De lo mejor. No me quejo.

—Yo soy el único que no recibe la estrella de oro.

—Y como ahora me estás dando atención, ¿considerarías algo para cuando me mejore? Yo puedo moverme. Soy inteligente. Corro riesgos, como lo hice por todos ustedes más de una vez en el hospital. No tengo familia, no tengo nada que perder. Si necesitas que vaya a alguna parte, que haga algo, que entregue algo, que vaya a buscar algo, que comunique algo, puedo hacer el papel con la identidad falsa. Casi lo eché a perder todo esa noche con la CG...

—Te diste por vencida muy pronto, eso fue todo. En realidad, captaste rápido la idea y cubriste bien.

—Tenme presente, eso es todo lo que digo. Cuesta más reconocer a las mujeres que a los hombres, por el pelo teñido y el maquillaje. La CG no tendrá circulando mi fotografía por mucho tiempo. Consígueme una credencial falsa y manos a la obra.

—En el momento apropiado. Ya me entusiasmé con que te encargues de la comida.

—Me temía que iba a lamentar esa oferta.

Raimundo se puso de pie, con el dedo del pie y la rodilla todavía doloridos. Cloé entró desde la sala del frente. —Papá, hay malas noticias. Sabes que estuve tratando de comunicarme con Nancy, la hermana de Patty, para decirle que estamos seguros que Patty está viva. La encontré, su nombre está en una lista confirmada de muertos. Inhalación de humo.

Raimundo miró al suelo. —Bueno —dijo con tristeza—, otra razón para encontrar a Patty.

Max y Abdula tenían programado abordar el nuevo *Comunidad Global Uno* temprano en la tarde del viernes para ser llevados de vuelta a Nueva Babilonia por el antiguo primer oficial de Max. El avión, expropiado a Pedro Segundo, había sido bautizado de nuevo, cambiando *II Uno* a *Fénix 216*. León Fortunato iba a venir a buscar a los héroes heridos.

A Max se le hacía largo el tiempo para reunirse de nuevo con David y Anita. Estaba la tarea de arreglar el avión nuevo para espiar, y también había algo urgente que David tenía que decirle y no se animaba a hablarlo por teléfono. Cuando el mejor técnico del mundo en materia de seguridad de las comunicaciones no dice algo por teléfono, la cosa es grave.

Max estaba empacando justo después de las cuatro de la tarde cuando recibió una llamada de Raimundo. —Voy camino a Palwaukee a presionar un poco a este tipo, Bo, del cual te hablé. Pronto voy a estar en Europa y necesito unas cuantas cosas. ¿Albie sigue siendo tu mejor fuente?

—De todas maneras. ¿Qué necesitas?

—Oh, ah, preferiría hablar directamente con él. ¿Tienes su número?

—No conmigo. Espero estar en casa esta noche. ¿Puedes esperar hasta entonces?

Supongo que sí, si no puedes hacer que David me lo busque.

—Está en mi computadora. ¿Unas pocas horas más significan mucha diferencia?

—Supongo que no.

———————————

Con su cara nueva y sus documentos nuevos pero de aspecto antiguo, Camilo tomó un vuelo comercial a Tel Aviv. Le sorprendía lo difícil que era encontrar vuelos. La plaga de humo, fuego y azufre seguía asolando la Tierra y, virtualmente, todas las facetas de la vida estaban afectadas. El mismo arrebatamiento había cambiado el rostro de la sociedad, y tampoco la vida era la misma desde el gran terremoto, pero Camilo sabía que todo se iba a empeorar más. Virtualmente todos habían perdido a alguien.

Le costó mucho dejar a Cloé y al bebé. Había estado con ellos más de diez meses seguidos, desde el momento en que nació Keni. Camilo no podía imaginarse el lazo que se había formado y se asombró del dolor físico que sentía por no tener en sus brazos al bebé. Él había sentido eso por Cloé y, a veces, casi se había vuelto loco. De alguna manera esto era más fuerte con Keni.

En el avión había una señora asiática, sentada unas filas atrás de la suya, y ella tenía un niñito, probablemente unos pocos meses menor que Keni. Cuando el bebé se puso a llorar durante el despegue, Camilo se sintió muy mal porque lo único que podía hacer era seguir sentado en su asiento. En cuanto pudo, fue para atrás y le preguntó a la señora si hablaba inglés.

—Un poco —dijo ella.

—¿Cómo se llama su bebé?

—Li —dijo ella, alargando la —I— al pronunciarlo.

—Hola, Li —dijo él, y el bebé lo miró a los ojos sosteniendo la mirada—. ¿Qué edad tiene?

—Siete mes —dijo ella.

—Lindo niño.

—Muchas gracias, señor.

—¿Querrá venirse conmigo?

—Perdone, ¿cómo dice?

Camilo le extendió los brazos al bebé. —¿Puedo tenerlo? Ella vaciló. —Yo tengo —dijo.

—Está bien —dijo él—. Entiendo. Yo tampoco le pasaría mi niño a un extraño.

—¿Usted tener bebé niño?

Él le mostró una fotografía y ella emitió sonidos amables y se la mostró a su hijo, que trató de tomarla. —Lindo niño también. ¿Echar de menos?

—Muchísimo.

Ella le pasó el bebé y Camilo volvió a tratar de tomar a Li. El niño se fue con él, pero cuando Camilo se paró y lo tomó bien, Li se puso serio y trató de mantener a su madre a la vista.

—Ella está ahí —dijo Camilo—. Mamá está ahí —pero Li gritó y ella lo volvió a tomar.

Camilo le ofreció la mano que ella estrechó con timidez. —Greg North —dijo.

—Gusto de conocerlo señor Greg —dijo ella pero no dio su nombre.

Más tarde, en vuelo, después que Camilo había comido, se emocionó cuando la joven madre le pidió ayuda. Él la había visto pasearse por el pasillo con el pequeño Li hasta que éste se quedó dormido. Ella dijo. —¿Usted lo tiene, yo comer? —Camilo tuvo al niño dormido por casi veinte minutos antes que ella volviera a buscarlo. No le gustó tener que devolverlo.

Camilo miraba cada cara, en Tel Aviv, buscando la señal de la cruz. La única que vio fue en un hombre que estaba siendo interrogado, así que Camilo frenó para no arriesgar su situación.

Eran las nueve de la mañana en Israel cuando Camilo se terció su bolsa de viaje al hombro y salió de la terminal del aeropuerto Ben Gurión para llamar a Jaime Rosenzweig a su casa. Una joven contestó el teléfono hablando hebreo. Camilo se estrujó el cerebro. —Por favor, inglés —dijo esperando poder acordarse del nombre.

—Residencia del doctor Rosenzweig. ¿En qué puedo servirle?

—¿Hannelore?

—Sí —dijo ella, tentativamente—. ¿Quién habla, por favor?

—Te lo diré pero no debes decir mi nombre en voz alta, correcto?

—¿Quién es, por favor?

—Quiero darle una sorpresa a Jaime, ¿está bien?

—¿Quién?

—Hannelore, es Camilo Williams.

—¡Macho! —susurró ella, emocionada—. Nadie puede oírme. ¿Dónde estás?

—Ben Gurión.

—¿Puedes venir? ¡El doctor y Jacob se entusiasmarán tanto!

—Quiero verlos a todos.

—Espera ahí. Mandaré a Jacob.

—Hannelore, dile que no diga mi nombre. Si tiene que llamarme, estoy usando el nombre de Greg North.

—Greg North. Él irá pronto, "Macho". Greg. Lo siento. Te guardaré el secreto sin decirlo al doctor Rosenzweig. Él estará tan...

—¿Y cómo está Jonás?

—Oh "Macho", lo siento. Él murió. Bendito sea Dios que Jonás está en el cielo. Te lo contaremos todo.

TRECE

Raimundo tomó su saco con dinero en efectivo y subió trotando las escaleras de la torre de control del tráfico aéreo del aeropuerto de Palwaukee. Al ver dos automóviles en el estacionamiento, supo que Ti había impedido que Bo Hanson se fuera. La rodilla de Raimundo protestó a pocos pasos del rellano superior y tuvo que llegar cojeando a la puerta.

Había estado muchas veces en la torre y sabía que los que estaban ahí habían oído cada uno de sus pasos. Ti le saludó con señas desde atrás del escritorio, y Bo alzó los ojos desde una silla lateral como si recién se diera cuenta que llegaba alguien. Raimundo había hallado que Bo no era demasiado brillante a pesar de su privilegiada crianza. Su pelo teñido muy rubio y cortado estilo militar estaba como empastado en su lugar, y respiraba profundo, según supuso Raimundo, para mostrar su físico musculoso. La pose no enmascaraba su miedo.

—Bo, ha pasado tanto tiempo.

Él asintió. —Señor Steeles.

—Steele.

—Perdón.

—¿En qué has andado metido, Bo?

—En nada grande. ¿Y usted?

—Recién perdí a un amigo muy querido. Dos, en realidad. Raimundo se sentó, poniendo la bolsa a sus pies.

—¿Dos? —dijo Bo.

—Uno era mi médico. Tú lo conociste.

—Sí, ¿qué le pasó?

—Algo que se contagió de Patty.

—Oh, supe la noticia de ella. Mala noticia.

—¿Qué supiste?

—Estuvo en todos los noticieros —dijo Bo—. El avión se estrelló. Creo que en España. Yo también perdí a alguien. Hernán fue quemado el otro día en California.

—Lamento saber eso.

—Gracias. Lo siento también, ah, por Patty.

—¿Cuánto te pagó ella, Bo? —dijo Raimundo.

—¿Pagarme?

—Para sacarla en avión de aquí, inventar un cuento, simular su muerte.

—No sé de qué habla.

—Tú aprobaste el vuelo. Tus iniciales están aquí, en la bitácora. No pensaste en alterar la identificación del avión así que, pese a que el piloto nunca se reportó, su avión fue trazado a tu hermano Samuel, de Baton Rouge, Luisiana.

—Él... yo... yo todavía no sé de qué habla.

—Bo, ¿te crees hombre de negocios?

Bo miró a Ti. —Soy dueño de una parte de este aeropuerto. Todo lo hago bien.

—Cinco por ciento —aclaró Ti.

Bo pareció tocado. —Tengo otras acciones, otros intereses, otras preocupaciones.

—Vaya —dijo Raimundo—. Palabras impresionantes. ¿Cualquiera de esas *otras* cosas tiene nombre?

—Sí —dijo Bo—. Una de ellas se llama "No te metas".

Raimundo miró a Ti y se volvió a Bo, cuyo pecho subía y bajaba agitado, su pulso se veía en el cuello. —Te morderé, Bo. ¿No te metas?

—Sí, es mi negocio. Se llama "No te metas en lo que no te importa". ¿Lo entiende? ¡Ah! No te metas en lo que no te importa.

—Lo entendí, Bo. Bueno. Así que necesitas pagos de mujeres jóvenes que quieren desaparecer.

—Le dije que no sé de qué está hablando.

—Sin embargo, no lo has negado.

—¿Negado qué?

—Que tú pusiste a Patty Durán en el Quantum de tu hermano y la sacaste de aquí en ese avión.

—Niego eso.

—Lo niegas.

—Absolutamente. No tengo nada que ver con eso.

—Pasó pero ¿tú no lo hiciste?

—Correcto.

—Pero ahora sabes de qué estoy hablando.

—No sé. Supongo. Pero ni siquiera estuve aquí.

—¿Por qué están tus iniciales en la bitácora?

—El tipo de la torre me llamó. Dijo que un individuo quería hacer combustible para el Quantum. Dije que bueno. Si era mi hermano, no sabía eso. Y si su pasajero era Patty, tampoco yo sabía eso. Se lo dije. No estuve aquí. No puse a nadie en ningún avión.

—Pero tú tienes muy buena memoria. Tú conoces todos los detalles del vuelo que aprobaste esa noche que no estuviste aquí.

—Demuéstrelo.

—¿Demuestre qué?

—Lo que usted dijo.

Raimundo movió la cabeza. —Tú quieres que yo te demuestre que tú tienes buena memoria?

—No sé. Usted se está riendo de mí o algo así y yo no lo entiendo.

Raimundo se inclinó y dio palmaditas a Bo, en el muslo.

—Te digo algo Bo. Yo también soy hombre de negocios. ¿Qué tal si te dijera que no tengo problema con que Patty haya ido volando a Europa y ni siquiera que pretenda estar muerta?

Bo se encogió de hombros. —Está bien.

—Ella es una mujer adulta, tiene su propio dinero, toma sus propias decisiones. Ella no me da cuenta de sus cosas. Quiero decir, yo me preocupo por ella. No está realmente bien. No está decidiendo inteligentemente en estos días, pero ese es su derecho, ¿no es así?

Bo asintió solemne.

—Pero, mira, tengo que encontrarla.

—No puedo ayudarle.

—No estés tan seguro. Tengo que hablar con ella, darle una noticia que tiene que oír en persona. Ahora, ¿qué voy a hacer, Bo? ¿Cómo voy a encontrarla?

—No sé. Se lo dije.

—Me dijiste que eres un hombre de negocios que todo lo hace bien. ¿Qué clase de hombre de negocios eres, Bo? ¿Así tanto? —Raimundo se inclinó, y abrió la bolsa.

Bo se inclinó y dio un vistazo a la bolsa. Miró a Raimundo y luego a Ti.

—Adelante —dijo Raimundo—. Agarra un puñado. Son de verdad. Adelante.

Bo tomó un montón envuelto de billetes de a veinte dólares norteamericanos y apretó su pulgar contra el extremo, dejando que los billetes se abrieran cayendo uno encima de otro.

—¿Te gusta? —dijo Raimundo.

—Por supuesto que me gusta. ¿Cuánto tiene?

—Mira tú mismo.

Bo se inclinó sobre la bolsa, anhelante, y la abrió por completo. —A mí me vendría muy bien una parte de esto.

—Apenas suficiente para que me digas lo que yo tengo que saber.

Él todavía tenía la nariz metida en la bolsa del dinero. —Nada como el olor del efectivo. ¿Qué tiene que saber?

—Quiero volar a Europa mañana y encontrar a Patty Durán, viva y bien, en una hora después de aterrizar. ¿Conoces a alguien que pudiera ayudarme en eso?

—Quizá.

Raimundo tomó dos puñados de paquetes de billetes de la bolsa y empezó a ponerlos en la mesa, de a uno por uno. Cuando hubo tres montones, dijo: —¿Esto me compraría algo de información?

—Un poco.

—¿Poco como cuánto?

—Francia.

—¿Ciudad?

—Más.

Raimundo puso otro montón.

—La costa.

—Dificultas la negociación. ¿Norte o sur?

—Sí.

Raimundo agregaba dinero con cada pregunta. Por último, el enfoque quedó en Le Havre, puerto francés, a orillas del Canal de La Mancha.

—Tienes mucho dinero ahí —dijo Raimundo—, pero cada billete vuelve a la bolsa si no hay una dirección exacta, con quién está ella, y todo lo que, de otra manera, me pudiera tomar por sorpresa. Escribe bien todo eso, yo dejo este dinero con Ti...

—¡Vaya, estás echándote para atrás!

—... y cuando la encuentre, te digo, tú recibes la plata pero tienes que escribirlo.

—Ya está escrito —dijo Bo, y lo sacó de su billetera. Todo lo que Raimundo necesitaba lo tenía escrito a mano, con diminutas letras de imprenta. —¿Usted me mantiene fuera de todo esto?

—Te lo prometo —dijo Raimundo—. Ahora tenemos el asunto del silencio.

—¿Silencio?

—No eres bueno para eso, ¿no?

—Supongo que no.

—Yo tampoco.

—Usted dijo que me mantendrá fuera en esto.

—Supongo que quieres decir que no le diga a quien esté con Patty, o a ella misma.

—Eso *es* lo que quiero decir.

—Pero mi silencio *completo* puede comprarse.

—¿Silencio de quién?

—La CG, por supuesto. Estafar a una compañía de seguros con una muerte falsa o hasta hacer que los equipos de rescate busquen bajo pretextos falsos es un delito internacional de primera clase según la ley de la Comunidad Global. Se castiga con cárcel de por vida. Como ciudadano yo tengo la obligación de informar todo delito que conozca.

—Lo negaré.

—Tengo un testigo —señalando a Ti que estaba mirando fijamente la superficie del escritorio.

—¿Delanty, te pones de su lado? Eres una basura.

Ti dijo: —Eso es entre tú y ...

—Olvídelo —dijo Bo—, correré el riesgo. Esto es ex... extor... chantaje.

—Bo —dijo Raimundo—, ¿alcanzas ese teléfono? Mejor es que llames e informes esta extorsión, y cerciórate de decirles con qué te estoy chantajeando. Tú sabes, el delito.

Bo resolló y cruzó los brazos.

—Oh, ¿terminaste con ese teléfono? —dijo Raimundo—, yo tengo que informar de un delito.

—No se atreva. Usted mismo está escondiéndose.

—Ellos aceptan informes anónimos, ¿no es así, Ti?

Ti no contestó. —Veamos... —Raimundo levantó el receptor del teléfono y empezó a marcar números.

—¡Está bien! ¡Cuelgue!

—Bo, ¿somos hombres de negocio otra vez? ¿Listo para negociar?

—¡Sí!

—¿Qué te parece si te facilito las cosas? ¿Qué te parece que no permita que te cueste un centavo que, todavía, no tienes? ¿Qué te parece eso?

Bo se encogió de hombros.

—Por ejemplo, todavía no tienes esto.

Raimundo barrió los paquetes de dinero metiéndolos en la bolsa con un solo movimiento.

—¡Está bien, bueno! Se lo diré a quien tenga que decirlo, usted nunca encontrará a Patty Durán.

—Bo, ahora entiende. Yo había tomado en cuenta esto pero es un poco miope. Ahora yo soy el que tiene las cartas en la mano. Si Patty se fue por *cualquier* razón, tú eres un fugitivo internacional. Créeme, yo he pasado por eso y tú no quieres que te pase a ti.

Raimundo estiró la mano. —Bo, fue agradable hacer negocios contigo.

Y Beauregard Hanson, inteligente como era, estrechó la mano de Raimundo. —¡Oiga! —dijo, retirando bruscamente su mano—, no fue agradable hacer negocios con usted, usted... ¡tipo estúpido!

Bo dio un portazo, bajó la escalera, dio otro portazo a la puerta de la torre, otro más a la puerta de su automóvil, levantó tierra y pedregullo al salir del estacionamiento a toda velocidad, cruzó la puerta como un relámpago, y se quedó sin combustible. Raimundo miraba desde arriba cuando él trataba de conseguir que lo llevaran, haciendo señas.

Jacobo se detuvo en la cuneta de Ben Gurion y saltó del Mercedes.

—¡Greg! —exclamó, dándole un abrazo de oso a Camilo. En cuanto estuvieron en el automóvil, dijo—, ¿cómo estás, hermano mío?

—Preocupado por Jaime y ansioso por saber de todos ustedes.

—¿Hannelore te contó de Jonás?

Camilo asintió. —¿Qué pasó?

—Bueno, dime, ¿has visto los jinetes?

—No.

—Créeme, no quieras verlos. Aterradores. Estuvieron de correrías desoladoras por nuestro barrio mientras Jonás estaba en la caseta del guardia de seguridad. Tú lo sabes.

—Seguro.

—Una casa se incendió, al otro lado de la calle, y un hombre que pasaba en su automóvil fue vencido por el humo. Se desmayó y el automóvil chocó contra la caseta. Jaime estaba muy afligido. No podía creer que nosotros podíamos ver las criaturas. Todavía piensa que mentimos pero lamenta la muerte de Jonás. Repite una y otra vez, "yo creía que él era uno de ustedes. Creía que él estaría protegido". Y ahora ha pasado de haber estado muy cerca, estudiando diariamente los mensajes del doctor Ben-Judá, a pasarse el día y la noche llorando todo el tiempo, "nada de esto es verdad, ¿no? Todo es mentira, ¡mentira!"

—Camilo, él ha hecho algo raro. Sabemos que está viejo y que es excéntrico pero aun así es brillante pero se compró una silla de ruedas. A motor. Muy cara.

—¿La necesita?

—¡No! Se recuperó de la picadura de las langostas. Teme las plagas actuales como poseído, se sienta al lado de la ventana, vigilando los vapores. No sale. Se pasa mucho tiempo en su taller, ¿te acuerdas de eso?

Camilo asintió. —¿Pero la silla?

—Él anda en ella por toda la casa y cuando se aburre en un piso, llama a un valet y a mí y tenemos que trasladarlo a otro piso. Muy pesado.

—¿De qué se trata todo esto?

—Camilo, esto es como si él estuviera practicando en la silla. Al comienzo no era bueno pues siempre chocaba con las cosas. No podía retroceder ni dar vuelta. Se metía en posiciones imposibles, se enojaba y, por último, nos llamaba para que le ayudáramos a soltarse. Pero ahora se ha puesto eficiente. Nunca tiene que retroceder y empezar de nuevo. Puede pasar por lugares angostos, dar la vuelta en lugares estrechos, muy notable. Él puede desplazarse bien en cualquier piso. Yo creo que se entretiene con esto.

—Jacobo, ¿qué está haciendo en el taller?

—Nadie sabe. Se encierra allí por horas cada vez, y oímos que lima, lima, lima.

—¿Metal?

—¡Sí! Y vemos las virutas diminutas pero nunca vemos lo que ha limado. Él nunca ha sido hábil con las manos. Él es brillante, creativo, analítico pero no es uno que se pase tiempo trabajando con las manos. Todavía lee botánica y escribe para revistas técnicas. Y está estudiando historia bíblica.

Camilo miró dos veces a Jacobo mientras entraban a la calle de Jaime. —No hablas en serio.

—¡Sí! Él compara textos con la Biblia y con lo que enseña Zión. Él y Zión mantienen correspondencia.

—Lo sé. Por eso estoy aquí. Zión está muy preocupado por él, cree que está cerca.

—Camilo, yo también pensé que estaba cerca. Los creyentes lo rodeamos después que te fuiste pero, entonces, mira las noticias y se encuentra tan desilusionado de Carpatia. Se siente traicionado, siente que Israel ha sido traicionado. No puede llegar a Nicolás, siempre lo para su comandante.

—Fortunato.

—Sí. Muy perturbador. Camilo, te alarmarás cuando veas cuánto ha envejecido pero a él se le levantará el espíritu al verte.

—¿Algo más?

—No que se me ocurra. Espera, sí, no menciones los infartos.

—¿Infartos?

—Tú sabes, cuando el cuerpo...

—Jacobo, yo sé qué es un infarto ¿Por qué mencionaría yo tal cosa?

—Parece que se ha obsesionado con el tema.

—De los infartos —y Camilo dejó flotando en el aire la frase—. ¿Para qué?

—"Macho", él está mucho más allá de nosotros. Nosotros dejamos de esforzarnos por entenderlo. Un pariente lejano tuvo un infarto y él vio fotografías del hombre. Un cambio lamentable. Debe temer eso por él mismo pero eso no es cosa de él. Tú sabes.

El complejo palaciego de la Comunidad Global se había vuelto deprimente. Alrededor de quince por ciento de los empleados había muerto debido al humo, el fuego o el azufre. Carpatia culpaba públicamente a Zión Ben-Judá. Los noticieros transmitían muchas declaraciones del potentado diciendo: "Hace más de un año, el hombre trató de matarme ante miles de testigos en el estadio Teddy Kollek de Jerusalén. Él está ligado con los viejos radicales que escupen su odio desde el Muro de los Lamentos y que se jactan de haber envenenado el agua potable. ¿Es exagerado creer que esta secta perpetraría la guerra biológica en el resto del mundo? Está claro que ellos se han fabricado un antídoto pues no se sabe que uno de ellos haya caído como víctima. Antes bien, ellos han armado un mito que no debiera creer ningún hombre o mujer pensantes. Ellos quieren que creamos que nuestros seres queridos y nuestras amistades son muertos por bandas de gigantescos jinetes que montan animales que son la mitad caballos y la mitad leones, que respiran fuego como dragones, y andan por todas partes. Naturalmente, los creyentes, los santos, los más-santos-que-uno pueden ver estas bestias monstruosas. Somos nosotros, los no iniciados —en verdad, los no inoculados— los que estamos ciegos y vulnerables. Los ben-judaítas no pueden convencernos con sus diatribas exclusivistas, intolerantes, odiosas, ¡así que optan por matarnos!"

El departamento de David había sido diezmado lentamente. Los sobrevivientes, asustados de andar al aire libre y, no obstante, no menos vulnerables a puertas cerradas, trabajaban turnos dobles y aun así andaban aterrados.

El gozo que David y Anita hubiesen tenido en la primera etapa amorosa de su relación se vio perturbado por la aflicción de tantas personas. Los que les conocían, que pudieron haberse alegrado por ellos y alentarlos, consideraban ahora que las relaciones personales eran triviales. Y, por mucho que David y Anita se amaran, no podían rebatir ese punto. La gente moría y se iba al infierno. David estaba tan triste que consideró seriamente huir de palacio, con Anita, yéndose a alguna parte donde pudieran ayudar a evangelizar gente antes que fuera demasiado tarde.

Anita le ayudaba a darse cuenta, de nuevo, de la posición única en que él estaba. Ellos estaban una noche en la oficina de él, inclinados sobre la computadora, tomados de la mano. El toque de una simple —S— (por Sí) les permitió, a los dos, oír una conversación entre León y Pedro Segundo en la oficina de Pedro, del palacio de la Fe.

—León, se ha acabado el tiempo de Carpatia. Ahora bien, debes dejar de reaccionar de esa manera cada vez que yo uso otro apelativo fuera de esos títulos ridículos que, ustedes dos, se han arrojado uno al otro.

—Pero tú insistes en que te digan...

—León, yo me he ganado mi título. Yo soy un hombre de Dios. Yo encabezo la iglesia más grande de la historia.

ASESINOS

Millones de personas de todo el planeta rinden homenaje a mi liderazgo espiritual. ¿Cuánto tiempo pasará antes que exijan que, también, sea yo quien los guíe políticamente? Los judíos religiosos y los cristianos fundamentalistas son las únicas facciones que aún no se han sometido a la Fe Enigma Babilonia.

—¿Facciones? Pontífice, calculamos que mil millones de personas tienen acceso diario al sitio en la Red que tiene Ben-Judá.

—Eso no significa nada. Yo soy uno de esos. ¿Cuántos de éstos son devotos? Por cierto, yo no pero tengo que estar al tanto de sus tonterías. He tenido paciencia con ellos, les he permitido ser únicos y disidentes en aras de la tolerancia pero ese día se está acabando.

«Le he rogado a Carpatia para que declare ilegal la práctica de la religión fuera de la Unica Fe Mundial, Pronto concebiré el castigo para eso y lo desafiaré que haga algo al respecto. ¿En realidad, quiere él quedar registrado como el que está en contra de la figura religiosa más amada de todos los tiempos? Mi gente espera de mí nada menos que haga algo definitivo y rápido contra los apóstatas intolerantes pero tú mismo crees que Carpatia es una deidad.

—Sí, lo creo.

—Digno de adoración.

—Sí Pontífice.

—Entonces, ¿por qué ese hombre-dios es tan impotente frente a los dos predicadores? Ellos lo han convertido en una cosa ridícula.

—Pero él negoció con ellos y...

—Entregó el poder. Él mismo dijo que había mantenido *su* parte de la negociación, ¡rehusando perseguir a los creyentes si los dos así llamados testigos permitían que los israelitas bebieran agua en lugar de sangre! Bueno, puede que estén bebiendo agua pura pero también se están asfixiando hasta morir por centenares! León, ¿quién es el que queda como necio?

No hubo respuesta.

—León, una vez que yo haga eso, tú querrás seguir cerca, me oyes? Quédate cerca. Si ahora me aman, si ahora me veneran, si ahora se someten a mí, imagina a mis súbditos cuando los libre de estos hacedores de plagas. León, admite que Nicolás está quedándose sin tiempo. ¿No es así? Esperarlos, bueno, eso es valor, eso es diplomacia, ¡eso es impotencia! ¡León, defiéndelo! ¿No puedes, verdad? No puedes.

—Pontífice, debo apurarme pues tengo otro compromiso, pero debo decir que cuando te oigo hablar con tanta decisión, anhelo el retorno de esa clase de liderazgo.

—Hay potentados regionales que concuerdan contigo, León —dijo Mathews.

—Bueno, Pontífice, si tengo que ser perfectamente franco, un hombre en mi posición tendría que estar ciego y sordo para no ver cómo te veneran los potentados, como un solo hombre.

—León, tampoco yo estoy ciego tocante a eso. Aprecio saber que lo reconoces también. Me gustaría pensar que ellos acogerían bien mi liderazgo en otros aspectos fuera de los que son solamente espirituales.

CATORCE

Se habían instalado las computadoras nuevas, y la disminuida fuerza de trabajo de David Jasid trabajaba mucho. Eran mentes jóvenes y brillantes combinadas con la última tecnología, dirigidos y analizados por las computadoras, para tratar de encontrar una pista del origen de las transmisiones de Zión Ben-Judá y Camilo Williams. El primero había llegado a ser el nombre más conocido del mundo, salvo el mismo Carpatia. Ben-Judá difundía aliento, exhortación, sermones, enseñanza bíblica, hasta estudios de idiomas y palabras basados en toda su vida de estudio.

Por otro lado, Camilo producía un semanario cibernético, llamado *La Verdad*. También tenía una gran audiencia que recordaba cuando él era el celebrado, y más joven, escritor jefe del *Semanario Global*. Él llegó a ser el editor cuando todas las agencias de noticias escritas o electrónicas, fueron tomadas por Carpatia y se había dado otro nombre al semanario: *Semanario de la Comunidad Global*. Cuando quedaron al descubierto las simpatías verdaderas de Camilo y fue conocido como creyente en Cristo, se convirtió en fugitivo. Relacionado con Patty Durán, la ex amante de Carpatia, como así mismo con Zión Ben-Judá, tuvo que vivir escondido o viajar de incógnito.

Camilo instaba a sus lectores: "guarden su ejemplar del *Semanario de la Comunidad Global*, el mejor ejemplo de la nueva lengua desde que se acuñó la frase. El día anterior a la salida de cada ejemplar nuevo, visite *La Verdad* en la Internet y conozca la historia real que hay detrás de la propaganda que el gobierno nos endosa".

La reacción de palacio para con las objeciones al *Semanario de la Comunidad Global* le gustaban mucho a David Jasid. Indudablemente que *La Verdad* era la verdad y todos lo sabían. David había escrito un programa que le permitía supervisar cada computadora del enorme complejo palaciego. Sus estadísticas señalaban que más del noventa por ciento de los empleados de la CG visitaban el sitio Internet del semanario de Camilo, que tenía el segundo puesto en popularidad, detrás de los sitios que trataban de asuntos psíquicos y de pornografía.

Teóricamente se podía detectar el origen de cualquier transmisión al espacio cibernético, usando los enormes discos para trazar satélites y la tecnología de las microondas. La mayoría de los operadores clandestinos se movían en torno a un sitio o instalaban escudos antidetectores que dificultaban mucho la detección. Además de haber colaborado en el diseño del protocolo de transmisión del Comando Tribulación de los Estados Unidos de Norteamérica, David tomó la doble precaución de insertar una falla menor en las computadoras de su departamento.

Esa falla se llamaba el complicador, que era un artefacto puramente matemático. El componente clave para trazar las coordenadas es, naturalmente, la medición de los ángulos y el cálculo de las distancias entre varios puntos. Esos cálculos consumen horas si se hacen con lápiz y papel; con calculadora, se disminuye el tiempo pero con una computadora, los resultados son prácticamente instantáneos. Sin embargo, David implantó algo que él llamaba un multiplicador flotante. En palabras laicas, cada vez que se asigna un cálculo a la computadora, un componente aleatorio transponía dígitos laterales en el tercer, cuarto o quinto paso. Ni siquiera David sabía cuál paso sería elegido, y mucho menos los dígitos. Cuando se repetía el cálculo, el error se doblaba tres veces por fila, así que era inútil verificar la computadora contra sí misma.

Si se despertaban las sospechas de alguien y examinaban la computadora contra un calculador no contaminado, la computadora eliminaría el problema en el momento apropiado y daría la lectura correcta. Una vez que el técnico se convenciera que lo anterior había sido un error humano o una falla menor transitoria, pasaría al siguiente cálculo y, probablemente, no se daría cuenta que la computadora volvía a tener una mente propia sino después de varias horas.

David suponía que cuando se empezaran a notar las incoherencias de las máquinas, el proyecto se atrasaría tanto que sería desechado. Mientras tanto, las computadoras usadas para originar la enseñanza de Zión y la revista de Camilo estaban programadas para cambiar su señal al azar, cambiando cada segundo entre nueve trillones de combinaciones separadas de rutas.

Con el pretexto de un mal funcionamiento en la base de Williams, los técnicos del departamento de David, pasaban mucho tiempo dedicados a estudiar el semanario mismo. Todos tenían claro que Williams poseía información desde dentro pero nadie conocía sus fuentes. David sabía que Camilo usaba docenas de contactos, el mismo David incluido, pero Camilo siempre mantenía hábilmente el anonimato de sus datos para proteger a sus informantes.

El último número del *Semanario de la Comunidad Global* tenía la historia del fallido intento de asesinato de Carpatia, cometido por el potentado regional Reobot. La revista pretendía ser totalmente honesta al revelar que esto había sido un sorpresivo golpe para el régimen de Carpatia. "Los hombres de carácter honesto y recto procuran debatir diplomáticamente sus diferencias", empezaba el editorial.

Mwangati Ngumo fue un hombre honorable que insistió, hace más de tres años, que Nicolás Carpatia lo sustituyera como secretario general de las Naciones Unidas. Ese gesto altruista y de pensamiento preclaro resultó en la gran Comunidad Global que hoy disfrutamos, un mundo dividido en diez regiones iguales, cada una gobernada por un potentado subalterno.

Su Excelencia pidió al Comandante Supremo León Fortunato que visitara al honorable señor Ngumo y que tratara de convencerlo para que permitiera que la empresa reconstructora del potentado reedificara Botswana. Ngumo, el gran estadista africano, había insistido que su propia nación esperara hasta que se ayudara a los países más pobres. El señor Ngumo había sido tan benevolente que la reunión debía realizarse en Johanesburgo antes que en Gaborone pues el aeropuerto de la capital de Botswana aún no podía atender al avión grande de la CG.

Cuando Reobot, el potentado de los Estados Unidos de África, supo de esta reunión, ofreció generosamente toda cortesía y asistir en aras de la diplomacia. La Comunidad Global declinó esto con buenas maneras porque la índole del asunto era más personal que política. Se le prometió al potentado Reobot una reunión personal con Su Excelencia.

Reobot debe haber entendido mal esto y, de alguna forma, supuso que el mismo potentado Carpatia iría a la reunión con el señor Ngumo. Aunque la CG no tenía conciencia de celos o ira por excluir a Reobot de esa reunión, era claro que el potentado regional estaba enojado al punto del asesinato. Había asignado asesinos para matar a Ngumo y sus asistentes, reemplazarlos con impostores, y abordar al *Comunidad Global Uno* (el Cóndor 216) para asesinar a Su Excelencia.

Aunque sus pistoleros lograron destruir el avión y matar a cuatro empleados del personal, las medidas heroicas del piloto y del primer oficial —capitán Montgomery (Max) McCullum y señor Abdula Smith— salvaron la vida del comandante supremo. La respuesta inmediata de las Fuerzas Pacifistas de la Comunidad Global produjo la muerte de los asesinos.

El artículo iba acompañado de fotografías de la gran celebración para honrar a la herida tripulación de cabina de pilotaje. Seis días después, *La Verdad* destrozó la historia. Camilo expuso los hechos con su fresco estilo:

Los altos mandos de la Comunidad Global no quieren que la ciudadanía sepa que la relación entre Carpatia y Ngumo se acabó hace mucho tiempo. Ngumo no fue tan magnánimo como se nos ha hecho creer. Él dejó su cargo de las Naciones Unidas por estar sumamente presionado, creyendo que iba a recibir, a cambio, uno de los diez puestos de potentado regional, y que a Botswana se le premiaría con el uso de la fórmula agrícola descubierta en Israel, la cual fue empleada por Carpatia para negociar con muchos más países.

Ngumo pasó de semidiós a paria en su patria debido a la indolencia desvergonzada de la Comunidad Global. Nunca se le entregó la fórmula. Botswana fue ignorada en la tarea de la reconstrucción. Ngumo vio que la condición de potentado fue dada a su enemigo jurado, el déspota Reobot, que había saqueado su propia nación del Sudán y hecho multimillonarias a sus muchas esposas y sus proles. Él era tan detestado en el Sudán que tuvo que ubicar en Johanesburgo al opulento palacio regional de la CG en lugar de Jartum, localización en nada centralizada y sumamente inconveniente excepto la de Ciudad del Cabo.

La CG sabía que Reobot y Ngumo eran rivales enconados y, programando con deliberación la reunión de alto nivel a bordo del *CG Uno*, lo forzaron a meterse en terreno propio de Reobot. Este último supuso que Carpatia estaría a bordo, vulnerable al ataque porque Ngumo pensó así mismo que estaba en el avión. Este truco para abofetear a Ngumo en su cara también engañó a Reobot, que había sido invitado a esa reunión, como otro sorpresivo insulto más para Ngumo.

Personal que escapó vivo tuvo más suerte que heroísmo. Las Fuerzas Pacifistas de la CG se distrajeron con Reobot y no reaccionaron durante varios minutos después que se abrió fuego contra el avión. Los asesinos no fueron baleados. Uno huyó y dos murieron por la plaga del humo, fuego y azufre, como muchos más en ese mismo día.

Reobot sabía lo suficiente para quedarse en su palacio durante lo que esperaba fuera la ejecución de Carpatia. Cuando eso abortó y él, Reobot, fue eliminado, las fuerzas pacifistas se alinearon nuevamente de inmediato y, por fin, controlaron la zona. Las muertes de toda la familia de Reobot, atribuida por la CG a la plaga, fueron ejecuciones sin duda alguna. Hasta ahora la plaga ha matado en general diez por ciento de la población de la Tierra. ¿Cuáles son las probabilidades de que cada miembro de una familia muy extensa murieran todos en un solo día?

La revista cibernética de Camilo comentaba todas las locuras del régimen de Carpatia, "la proclividad a poner buena cara ante la tragedia internacional y el supuesto que tienen que a la gente le gustan los desfiles en honor del potentado cuando la muerte marcha por el planeta".

David disfrutaba escuchando las oficinas de Carpatia y Fortunato, poco tiempo después de la publicación semanal en la Internet de la revista de Camilo. —¿Dónde estamos en la detección de esto? —preguntaba Carpatia a Fortunato en esa mañana.

—Señor, tenemos una sección entera de un departamento dedicado a eso a jornada completa.

—¿Cuántos?

—Creo que se programaron setenta pero debido a la merma habida, probablemente sean sesenta.

—Eso debiera ser más que suficiente, ¿no?

—Señor, yo lo pienso así.

—¿*Dónde* obtiene su información? Parece que estuviera acampado al otro lado de nuestra puerta.

—Usted mismo dijo que él era el mejor periodista del mundo.

—¡Esto trasciende la destreza y la habilidad para escribir, León! Yo lo acusaría de inventar esto pero ambos sabemos que no lo inventa.

David recibió esa tarde un memo de León pidiendo que se reemplazaran los detectores de metal destrozados en el avión, "antes que Su Excelencia vuelva a presentarse en público". Eso le dio una idea a David. ¿Pudiera él desempeñar un papel en la desaparición de Carpatia si pudiera garantizar que los detectores de metal funcionarían mal en los puntos estratégicos? Si podía hacer que las computadoras se encapricharan, ¿pudiera hacer que fallaran los detectores de metal?

Contestó el memo: "Supremo Comandante Fortunato: dentro de diez días entregaré los nuevos detectores de metal teniéndolos operativos y almacenados en el Fénix 216. En el ínterin tengo un equipo que revisa a cabalidad cada detalle del avión para que satisfaga las normas del potentado. Personalmente superviso esto con el aporte de la tripulación de cabina".

David y Anita, junto con Max y Abdula, que se estaban recuperando lentamente, se pasaban las horas libres instalando un sistema de espionaje en el Fénix 216, tan sofisticado que funcionaba con una calidad de estudio de grabación en los auriculares del piloto a la vez que los del primer oficial.

Cuando terminaron, David pidió a su mejor técnico que revisara el avión por si hubiera aparatos para espiar. Un equipo de cuatro expertos revisaron minuciosamente el fuselaje durante seis horas y lo consideraron "limpio".

Raimundo encontró cómico que Bo Hanson, estuviera parado fuera del portón de Palwaukee, pidiendo ayuda por señas. —Qué idiota —dijo.

Ti, aún sentado detrás de él, en el escritorio de la torre, preguntó: —¿Qué hace?

—Me parece que señas para que lo lleven. Se quedó sin combustible —se volvió para tomar el teléfono—. Bueno, tengo que decirle a Dwayne Tuttle cómo llegar hasta aquí —Ti se estaba poniendo de pie—. No te pares. Será una llamada corta —dijo Raimundo.

Ti contestó: —De todos modos, tengo algo que hacer; luego, ¿podemos hablar?

Raimundo miró su reloj mientras sonaba el teléfono de Tuttle. —Puedo quedarme un rato.

Contestó la señora Tuttle y, al presentarse Raimundo y recordarle de la correspondencia electrónica de su hija, y explicarle cómo había obtenido el número de ellos, él caminaba ociosamente de vuelta a la ventana. Trudy llamó a Dwayne para que viniera al teléfono, y Raimundo se alegró de no tener que hablar por unos segundos. Había perdido el aliento. Ti había ido en su automóvil hasta el de Bo, y le estaba echando combustible con una lata al tanque de aquel. ¿Sería posible que estuvieran de acuerdo? ¿Sería posible que Ti lo hubiera engañado todo el tiempo?

Algo le dijo que si tuviera un momento para pensar en eso, encontraría otra explicación. Las langostas no habían mordido a Ti, que tenía la marca de Dios en su frente. Conocía gente de la iglesia, decía lo correcto, parecía genuino pero, ahora ¿ayudando y afirmando al enemigo? ¿Ayudar al hombre responsable de la huida de Patty?

—¡Señor Steele! —dijo Dwayne.

—Señor Tuttle, ¿o tengo que decirle Dart? Eso fue todo un suceso, señor.

Ti volvió y subió lentamente la escalera mientras Raimundo terminaba de hacer los arreglos para el vuelo a Francia.

Cuando colgó, miró de soslayo a Ti mientras se sentaban frente a frente en el escritorio. La oscura cara de Ti reflejaba el aspecto de Raimundo.

—¿Crees que no me di cuenta? —empezó Raimundo.

—¿Cuenta de qué?

—De lo que estabas haciendo. Esa cosita que tenías que hacer.

—Entonces, ¿qué estaba haciendo?

Raimundo giró los ojos. —Te vi. Ti, estabas dándole combustible a Bo.

Ti le dio una mirada a Raimundo como diciendo "¿y qué?"

—El muchacho que...

—Ray, yo sé quien es Bo. Estoy empezando a preguntarme quién eres tú.

—¿Yo? Yo no soy el que...

Ti se puso de pie. —Tú quieres verificar mi marca, ¿no? Bueno, ven y hazlo.

Raimundo se quedó atónito. ¿Cómo había llegado a esto? Ellos habían sido hermanos, amigos. —No tengo que comprobar tu marca. Ti, tengo que saber qué pensabas, que estabas haciendo.

—Ray, yo *te* pedí que habláramos, ¿te acuerdas?

—Sí, ¿y qué?

—Quería saber qué pensabas que hacías con Bo.

—¿Ti, cuál es el misterio? Hice que me diera la información que necesitaba. No lo ayudé ni le animé.

—Como lo hice yo.

—Como tú.

—¿Así calificas lo que yo hice?

—Ti ¿cómo lo calificas tú? Ustedes se unieron en mi contra, a mis espaldas, ¿qué?

Ti meneó tristemente su cabeza. —Sí, Ray, estoy concertado con un muchacho, al que siempre le falta un centavo para el peso, para poder denunciar a mi hermano cristiano.

—Eso es lo que parece. ¿Qué se supone que piense?

Ti se paró y fue hasta la ventana. Raimundo no lograba encontrarle el sentido a nada.

—Ray, lo que se supone que pienses es que, probablemente, Bo Hanson no esté por mucho tiempo más en este mundo. Él va a morir y se irá al infierno tal como su amigote Hernán el otro día. Cierto que él es el enemigo pero no es uno de esos que tratamos como basura para asegurarnos que no sepan quiénes somos realmente. Él ya sabe quiénes somos, mano. Somos los tipos que siguen a Ben-Judá y que creen en Jesús. Raimundo, no compramos ni vendemos a los tipos como Bo. No jugamos con ellos, no les mentimos, no los engañamos, no les robamos, no los chantajeamos. Los amamos. Discutimos con ellos.

«Bo es tan tonto que te dio lo que necesitabas sin hacerle pensar que había llegado su barco y, luego, hundírselo. No digo que yo tenga todas las respuestas. No sé cómo hubiéramos podido obtener la información de otra manera pero lo que hiciste por cierto que no me parece amoroso ni cristiano. Yo hubiera preferido que *hubieras* comprado la información. Que *le* hubieras dejado ser el malo de la película. Tú fuiste tan malo como él.

«Bueno, hablé más de lo pensado. Tú haces esto como quieres pero de ahora en adelante, déjame fuera de esto.

Camilo esperaba, a medias, que Jaime Rosenzweig estuviera en su silla de ruedas pero el viejo era todo lo que él recordaba. Pequeño, nervudo, más envejecido quizá, con el díscolo pelo blanco. Una sonrisa beatífica. Abrió sus brazos para abrazarlo. —¡Camilo! ¡Camilo, amigo mío! ¿Cómo estás? ¡Qué bueno verte de nuevo! ¡Toda una visión para estos viejos ojos agotados! ¿Qué te trae a Israel?

—Amigo, usted —contestó Camilo mientras Jaime lo llevaba del brazo a la sala—. Todos estamos preocupados por usted.

—¡Ay! —dijo Jaime, haciendo señas para que callara—. Zión está preocupado porque no me convertirá antes que los caballos me pisoteen.

—¿Debiera estarlo? Quizá yo le lleve la noticia de su conversión?

—Camilo. Nunca se sabe pero no tienes que preguntar, ¿tengo razón? Tú, que puedes ver caballos también puedes ver las marcas de los otros así que, dime, ¿se ve la mía?

La manera en que dijo *mía* hizo brincar el corazón de Camilo y se inclinó sólo para no ver nada. —*Podemos vernos mutuamente las marcas, usted sabe —dijo Camilo.*

—Y a los poderosos hombres montados en los caballos aleonados, lo sé.

—Usted no lo cree.

—¿Lo creerías si fueras yo?

—Oh, doctor Rosenzweig, yo *fui* usted. ¿No se da cuenta de eso? Yo era un periodista, un pragmático, un realista. No podía ser convencido hasta que yo *fuera* convencido.

Los ojos de Jaime danzaban y Camilo se acordó cuánto disfrutaba ese hombre un buen debate. —Así que yo no tengo la voluntad, eso es mi problema.

—Quizá.

—Y aun así esto no tiene sentido, ¿no? ¿Por qué no estoy dispuesto? ¡*Yo quiero* que sea verdad! ¡Qué historia! La respuesta a toda esta locura, el alivio de la crueldad. Ay, Camilo, estoy más cerca de lo que piensas.

—Eso es lo que dijo la última vez. Temo que vaya a esperar demasiado tiempo.

—El personal de mi casa, todos son creyentes ahora. Tú sabes, Jacobo, su esposa, la madre de ella, Esteban, Jonás también, pero los perdimos. ¿Supiste?

Camilo asintió. —Muy triste.

Jaime había perdido súbitamente su humor. —Camilo, ya ves que estas son las cosas que yo no entiendo. Si Dios es personal, como dices, que se preocupa por sus hijos y es omnipotente, ¿no hay una manera mejor? ¿Por qué los juicios, las plagas, la destrucción, la muerte? Zión dice que tuvimos nuestra oportunidad. Así que ¿ahora Él ya no es más el tipo simpático? Hay una crueldad en todo esto que oculta el amor que se supone que yo vea.

Camilo se inclinó. —Zión dice que hasta permitir siete años más de evidente tribulación es más de lo que merecemos de parte de Dios. No creímos porque no podíamos verlo. Bueno, ahora no queda duda. Estamos viendo y, aun así, la gente se resiste y rebela todavía.

Jaime se quedó callado, luego puso las palmas de las manos sobre las rodillas. —Bueno —dijo por fin—, no se preocupen por mí. Confieso que siento mis años. Tengo miedo, estoy asustado, confinado en la casa, ya lo sabes. No logro atreverme a salir. Carpatia, en el cual creí como si hubiera sido mi hijo, ha resultado un fraude.

Camilo quiso sondear pero no se atrevió. La decisión tenía que ser idea de Rosenzweig, no algo implantado por Camilo ni por nadie más.

—Estudio, oro que Zión esté equivocado, que las plagas y los tormentos no sigan empeorando. Y me mantengo ocupado. —¿Cómo?

—Proyectos.

—¿Su ciencia y la lectura?

—Y más.

—¿Cómo qué?

—Oh, tú eres tan periodista hoy. Bueno, te diré. Mi personal piensa que me enloquecí. Quizá esté loco. Tengo una silla de ruedas. ¿Quieres verla?

—¿Necesita la silla de ruedas?

—Todavía no pero llegará el día. El tormento de las langostas me debilitó. Me hago recuentos de sangre y otros exámenes cuyos resultados muestran que tengo un alto riesgo de infarto.

—Usted está tan sano como un cab... como una mula.

Rosenzweig se echó para atrás riéndose. —Muy bueno. Ya nadie quiere ser sano como un caballo pero no lo estoy. Soy un riesgo alto y quiero estar listo.

—Doctor, eso suena derrotista. La dieta y el ejercicio apropiados... aire fresco.

—Sabía que llegarías a eso. Me gusta estar preparado.

—¿De qué otra manera se prepara?

—¿Cómo?

—¿En qué está trabajando? ¿En su taller?

—¿Quién te dijo eso?

—Nadie que sepa algo. Jacobo simplemente mencionó que usted pasa mucho tiempo en proyectos allá.

—Sí.

—¿Qué es? ¿Qué está haciendo?

—Proyectos.

—Nunca supe que usted fuera hábil para eso.

—Camilo, hay mucho que no sabes de mí.

—Señor, ¿puedo considerarlo como un amigo querido?

—Deseo que así sea pero ¿los amigos queridos se tratan uno al otro con tanta formalidad?

—Me cuesta mucho tratarlo de Jaime.

—Dime como te guste pero tú eres mi amigo querido y así me siento feliz de considerarme el tuyo.

—Entonces, quiero saber más de ti. Si hay mucho de ti que yo no sé, no me siento como amigo.

Jaime abrió una cortina y miró para afuera. —No hay humo hoy aunque volverá otra vez. Zión enseña que los jinetes no nos dejarán hasta que muera la tercera parte de la humanidad. Camilo, ¿te puedes imaginar ese mundo?

—Eso dejará solamente la mitad de la población que quedó desde las desapariciones.

—Verdaderamente enfrentamos el final de la civilización. Puede que no sea lo que piensa Zión pero es algo.

Camilo se quedó callado. Jaime había ignorado sus intentos pero, quizá, si no lo presionaba...

Raimundo dejó caer su cabeza. —Ti —dijo con su voz súbitamente débil y ronca—, no sé qué decir.

—Supiste qué decirle a Bo. Jugaste con él como...

Raimundo levantó una mano. —Por favor, Ti, tienes razón. No sé en que pensaba.

—Parecía que lo disfrutabas.

Raimundo deseó desaparecer. Dios me perdone, no lo disfruté. ¿Qué me pasa? Es como si hubiera perdido la cabeza. En la casa reventé con todo. Lea, la recién llegada de la cual te hablé, sacó lo peor de mí —ahora, no, no puedo cargarle eso. He sido horrible con ella. Ya no me entiendo más.

—Si alguna vez te entendiste, me llevabas tremenda delantera. Pero, hermano, no te trates tan mal. Has tenido una buena medida de estrés en tu vida.

—A todos nos pasa, Ti, hasta a Bo. Tú sabes, no sólo esta noche sino que nunca había visto a Bo como otra persona que no fuera un pillo.

—Él *es* un pillo pero, Ray, también es...

—Lo sé. Eso es lo que estoy diciendo. El día que lo conocí estaba humillando creyentes, y yo he tenido eso contra él desde entonces. Quiero ponerlo en su lugar y me alegré por la oportunidad de hacerlo. Qué clase de santo, ¿no?

Ti no contestó. Raimundo había comprendido.

—¿Qué hago ahora? ¿Lo voy a buscar y empiezo a ser como Cristo con él?

Ti movió la cabeza y se encogió de hombros. —Me agarraste. Yo prefiero pensar que tu mejor enfoque es desaparecer de su vida. Él va a sospechar de cualquier cambio radical.

—Por lo menos debiera disculparme.

—No, a menos que estés listo para probarlo pagándole la información que él pensó que tú comprabas.

—Ahora resulta que él es el bueno y ¿yo soy el malo?

—Ray, nunca dije que Bo sea el bueno. En cuanto a que tú seas el malo, no lo dije yo sino tú.

Raimundo se sentó, hundido, por unos minutos mientras Ti se atareaba con unos papeles. —Eres un buen amigo —dijo Raimundo finalmente—. Quiero decir, honesto conmigo. No son muchos los que se interesan lo suficiente.

Ti se puso al frente del escritorio sentándose encima. —Me gusta pensar que tú harías lo mismo por mí.

—Como si lo necesitaras.

—¿Por qué no? Tampoco esperaba que tú lo necesitaras?

—Bueno, gracias de todas maneras.

Ti lo punzó en el hombro. —¿Entonces, cuál es el trato con los Tuttle? ¿Vas a volar un Super J?

—¿Piensas que puedo dirigirlo?

—¿Con todo lo que has volado? Dicen que si puedes manejar un Gulfstream, —el grande— este es como la versión rápida de aquel. Una especie de Porsche comparado con un Chevy.

—Lo manejaré como un adolescente.

—Te cuesta esperar.

———————————

Primero David se sintió emocionado, luego alarmado, cuando recibió una carta electrónica personal de Zión Ben-Judá, temprano en la tarde siguiente. Luego de asegurarle a David que deseaba conocerlo en algún momento antes de la Manifestación Gloriosa, Zión pasaba a tratar el tema:

Yo no entiendo todo lo que usted puede hacer por y para nosotros en forma tan milagrosa, con su genio técnico tan maravilloso. Normalmente yo me mantuviera fuera de los aspectos políticos de nuestra obra y ni siquiera cuestionara qué está pasando. Mi vocación es la de enseñar las Escrituras y quiero permanecer enfocado en eso. El doctor Rosenzweig, del cual ciertamente usted habrá sabido, me enseñó mucho cuando yo estaba sumamente ocupado por la botánica universitaria. Mi especialidad es la historia, la literatura y los idiomas.

ASESINOS

La ciencia no era mi campo. Luchando y peleando, recurrí finalmente a él que me dijo: "lo principal es mantener principal lo que es principal". En otras palabras, ¡enfóquese!

Así, pues, heme aquí enfocado y dejando que el capitán Steele y su hija armen la cooperativa. Camilo Williams su revista y la ocasional misión furtiva, y así por el estilo. Pero, señor Jasid, tenemos un problema. Dejé que el capitán Steele manejara su misión de encontrar a Patty Durán (sé que a usted se le mantiene al día) sin preguntarle qué había averiguado sobre lo que Carpatia sabe del paradero de ella.

Nadie sino el público indolente, cree que ella se estrelló en un avión. Que la CG haya permitido que circule esa falsedad evidente, me dice que ella se metió de alguna forma en el juego de ellos. Por supuesto que temo que ahora ellos se sientan libres para encontrarla y matarla, pues para la opinión pública, ella ya está muerta. Su única ventaja al pretender estar muerta es avergonzar o arriesgar a Carpatia de alguna forma.

Todo eso para decir esto: Tengo la impresión que nada de su trabajo clandestino allá ha resultado en nada sobre lo que Carpatia sabe de su paradero. No puedo dejar de pensar que Raimundo hubiera tenido que ser más prudente esperando para buscar a Patty hasta tener la seguridad que él no se va a meter en una trampa de la CG.

Puede que yo sea un académico paranoico que debiera ocuparse de su trabajo pero si usted supiera mi historia, sabría que hasta yo fui empujado a la violencia y el peligro por este vil sistema del mundo. Le pido, señor Jasid, que si existe la posibilidad de buscar el indicio más remoto, se lo transmita de inmediato al capitán Steele antes que él se meta ciegamente en el peligro. Si usted fuera tan amable de comunicarme si recibió este mensaje y también si cree que hay alguna esperanza de hacer que algo sirva, yo estaría sumamente agradecido.

En el incomparable nombre de Cristo,
Zión Ben-Judá.

David escribió rápidamente la respuesta:

Dudo que haya posibilidades de éxito (pues yo he estado vigilando computadoras, teléfonos y la interacción personal en los niveles más elevados de aquí, y ni siquiera he escuchado una sola conversación sobre Patty), pero le daré toda mi atención inmediata. Transmitiré al teléfono seguro del capitán Steele todo lo correspondiente y entiendo plenamente su preocupación. Más después, pues no quiero perder un minuto.

David trabajó frenéticamente en su computadora, entrando al masivo disco duro, metiéndose en la computadora principal de palacio y decodificando cada archivo cifrado. Buscó cualquier referencia a *Patty, Durán, PD, asistente personal, amante, embarazo, niño, fugitiva, avión estrellado* y todo lo que se le ocurrió. Por supuesto, en su monstruoso minidisco estaba grabado todo lo que había sido hablado en las oficinas administrativas en el curso de semanas, pero los únicos subtítulos que habían eran fechas y localidades. No había tiempo para escuchar todo lo que Fortunato o Carpatia habían dicho desde que se informó la muerte de Patty.

Llamó a Anita que corrió a su oficina. Cerró las persianas, puso llave a la puerta, de modo que ningún personal de turnos nocturnos pudiera verlo paseándose, pasándose las manos por el pelo. —¿Qué voy a hacer, Anita? Zión tiene razón. Raimundo está cometiendo un craso error en esto, aunque tenga la suerte de salir bien. Tú sabes que la CG debe tener a Patty custodiada o la mató. Ellos estarán vigilando el sitio donde se supone que ella se escondió. Quien venga a buscarla no la encontrará a ella sino a la CG. Ella es sólo la carnada. Raimundo tenía que saber eso.

—Tú lo crees —dijo ella.

—Ayúdame —dijo él.

—No es que no quiera, David, pero estoy de acuerdo que estás buscando la proverbial aguja en el...

—¿Qué estarían pensando esa gente de los Estados Unidos de Norteamérica? ¿Que la CG se tragó la falsa historia del avión estrellado? ¡Seguro que son más sensatos que eso! No sabía que Raimundo había hallado una pista de ella hasta que se fue. ¿Por qué no recurrió a mí en un último esfuerzo por sacar información de los archivos de la CG?

Ella movió la cabeza. —¿Cuán seguro estás tú, David?

—Perdón, ¿qué?

—Tú estás en sus computadoras, sus oficinas, su avión, sus teléfonos. ¿Alguien ha empezado a sospechar de ti?

Él movió la cabeza. —La demora de la instalación de las computadoras debiera haber encendido la alarma pero no sentí sospechas de parte de León. Si tuviera que adivinar, diría que con ellos piso terreno firme. Tengo demasiado en juego para no perder todo en el momento oportuno pero, por ahora, estoy bien aquí.

—Entonces, esa es tu respuesta, superestrella.

—No me hagas adivinar. Raimundo está volando.

—Pregúntale a ellos mismos.

—Dilo de nuevo.

—Ve directo donde León, dile que no es asunto tuyo pero has estado leyendo las noticias del avión que se estrelló, que siempre has admirado su intuición y sabiduría y destrezas prácticas cotidianas —vamos, te sabes el libreto. Sugiere que quizá esa caída del avión no fue todo lo que pareció y dile que quieres conocer su opinión.

—Anita, eres un genio.

QUINCE

Jaime Rosenzweig dijo: —Camilo, ¿quieres ver mis proyectos? ¿Eso te haría feliz, te haría sentir más como amigo?

—Sí.

—Prométeme que no pensaras que soy un necio, un viejo excéntrico, como lo cree el personal de mi casa.

Camilo lo siguió, dándose cuenta de que Jaime estaba consciente de todo sin que importara cómo le pareciera a los hermanos y hermanas de la casa.

Raimundo encontró que los Tuttles eran una pareja totalmente norteamericana que había perdido sus cuatro hijos, ya crecidos, en el arrebatamiento.

—¿Qué si los añoramos alguna vez? —decía Dwayne en el Super J, que iba dejando estelas al cruzar por el este de los Estados Unidos de Norteamérica—. El mayor se va a la universidad, pensamos que se pone religioso. No parece hacerle mal, salvo que empieza a hablarle a los otros tres y antes que uno se dé cuenta, el hermano menor está yendo a la iglesia. Eso está bien pero nos figuramos que es sólo cuestión de la adoración del hermano menor por el hermano mayor, ¿entiendes qué quiero decir?

«Entonces, los del medio son invitados a una cosa de la iglesia; probablemente no hubieran ido si sus hermanos no hubieran sido ya cristianos. Les piden que jueguen en el equipo de baloncesto de la iglesia, van a una semana de campamento y regresan salvos. Hombre, odiaba esa palabra, y ellos la usaban todo el tiempo. Yo fui salvado, él fue salvado, ella fue salvada, tú necesitas ser salvado. Yo amaba a esos muchachos como todo pero...

Dwayne había pasado de su manera rápida de hablar, como ametrallando, a estar ahogándose con tanta rapidez que Raimundo no se había dado cuenta que eso se le venía encima. Ahora, el tremendo individuo hablaba con una vocecita, luchando con los sollozos. Trudy se estiró desde el asiento trasero y le puso una mano en el hombro.

—Yo amaba a esos muchachos —dijo roncamente—, y no tenía problema alguno con que todos ellos quisieran ser religiosos. Realmente no lo tenía, ¿verdad Tru?

—Ellos te amaban a ti, Dwayne —coreó ella—, nunca les dificultaste las cosas.

—Pero ellos sí me hicieron difíciles las cosas, ¿entiendes? Nunca fueron malos pero presionaban. Les dije que todo estaba bien para mí, en la medida que ellos tuvieran la expectativa que yo empezara a ir a la iglesia con ellos. Yo había tenido suficiente iglesia cuando era niño, nunca me gustó, malos recuerdos. El tipo de iglesia de ellos era mejor, decían. Yo decía, estupendo, entonces ustedes van pero déjenme fuera de esto. Me dijeron que el alma de su madre era mi responsabilidad. Eso me enojó pero ¿cómo puede uno seguir enojado con la propia sangre y carne, cuando aunque estuvieran equivocados se preocupaban por las almas de su papá y de su mamá?

Raimundo movió la cabeza. —Tú no.

—Seguro que no. Ellos seguían detrás de mí. Sacaron su tozudez de mí, después de todo pero yo era bueno en eso también y nunca cedí. Tru casi cedió, ¿no querida?

—Deseo que lo hubiera hecho.

—Yo también, mi amor. No hubiéramos conocido al señor Steele sino en el cielo pero yo preferiría estar allá pronto antes que acá aun ahora mismo, considerando todo. ¿Usted también, capi?

—Yo también Dwayne.

—Puede adivinar el resto. Antes que fuéramos a la iglesia una vez, sucedió lo que ellos nos decían que podía pasar. Ellos se fueron. Nosotros fuimos dejados atrás. ¿Así que, dónde ir primero?

—A la iglesia.

—¡La iglesia! No tan porfiados ahora, ¿no? ¿No suena tan manso ser salvo ahora, no? No quedó casi nadie en aquel lugar, pero todo lo que necesitábamos era uno que supiera cómo es salvada una persona. Señor Steele, yo soy un actor. Bueno, vendedor y probador de aviones pero siempre actuando fuera de horas, desde la universidad. Me especializo en voces.

—Max me contó de su acento australiano.

—Ve, correcto, como eso. Le gustó, ¿no?

—No sé si él se sentía tan bien como para apreciarlo pero seguro que engañaste a Fortunato.

—Raimo, una tortuga sorda pudiera engañar a ese necio. No te importa que te diga Raimo, ¿no? Me gusta buscar palabras más cortas para decir más palabras en menos tiempo. Estoy haciendo una broma pero ¿no te importa, no?

—Mi primera esposa me decía así. Ella fue arrebatada.

—Entonces quizá prefieras que yo no...

—No, está bien.

—De todos modos, Raimo, yo soy un tipo gregario —supongo que te lo figuraste. Vendedor tenía que ser. Pero siempre puse todo mi entrenamiento teatral en eso. Era conocido como un tipo recto, de opiniones intensas, y le gustaba a la gente. A menos que fueran demasiado sofisticados. Si lo era, yo usaba la conjugación verbal mala, *era* donde se suponía que dijera *eran*, como lo hice ahora y los enfadaba a muerte. Así, pues, yo soy este tipo sociable, confiado, amistoso que...

—*Ruidoso* es la palabra que estás buscando, amor mío —dijo Trudy.

Dwayne se rió como si fuera el primer chiste que hubiera oído en su vida. —Bueno, Tru, está bien entonces. Yo soy un tipo ruidoso pero tienes que admitir que yo era como un imán para la gente. Sólo que no era hombre de iglesia. Bueno, ahora de repente lo soy. Estoy salvado. Un día tarde y faltándome el centavo para el peso pero estoy aprendiendo que aún cuenta. Vamos a sufrir todavía y nunca vamos a desear no haber sido salvados antes —no te engañes— pero, está, estamos salvos. Así, pues, ahora sigo siendo este tipo gregar...

—Ruidoso.

—...ruidoso pero tengo ahora algo nuevo dentro de mí. Estoy golpeando a la gente con eso. Hasta nuestro pastor dice, a veces, que se pregunta si yo no alejo a la gente en lugar de cortejarlos para que entren —esa es su expresión, no la mía— cortejarlos para Jesús. Aprendí esa lección en ventas pero me figuro que ahora es diferente. Ya no se trata de si haré o no mi cuota o recibiré el bono o si uno se puede dar el lujo de *no* tener este bello avión nuevo. La gente tiene que saber, hermano, que esto no es un discurso de ventas. Esto es tu alma eterna. Bueno, yo me doy cuerda.

—Siempre me pregunté qué haría si me encuentro con el viejo anticristo en persona. Te diré que, apuesto que él me manda matar o es salvado, una de dos. ¿Entiendes? Bueno, señor, me dio ánimo que no perdí nada de mi bravumien o bradur...?

—Bravura —dijo Trudy.

—Correcto, no perdí nada de eso cuando vi a su muchacho número dos el otro día. Mi corazón latía fuerte, no lo niego, pero, vaya, de todos modos me voy a morir. Me gustaría estar aquí cuando Jesús vuelva, pero irse antes tampoco puede ser tan malo. El día que fui salvado decidí que nunca me avergonzaría de ello. Ya era demasiado tarde para esas cosas. Voy a ver a mis muchachos de nuevo, y...

Tan repentinamente como antes, Dwayne se nubló. Esta vez no pudo continuar. Trudy volvió a ponerle una mano en su hombro que subía y bajaba, él miró a Raimundo como disculpándose, y éste tomó los controles y el Super J se lanzó hacia el este en la noche.

—¿Qué cosa es esta? —preguntó Camilo mirando una tira de metal sumamente pulida.

Jaime entró de puntillas y cerró la puerta; Camilo se dio cuenta que tenía el privilegio de ver algo que Rosenzweig no había compartido con nadie más.

—Llámalo afición que se ha vuelto obsesión. Esto ni se aproxima a mi campo, y no me preguntes de dónde ha venido esta compulsión pero estoy luchando por alcanzar el filo más aguzado que jamás se haya hecho a mano. Sé que las grandes máquinas con sus micrómetros, computadoras, rayos láser y todo lo demás pueden llegar casi a la perfección. No me interesa la inducción artificial. Me interesa lo mejor que yo puedo hacer. Mi destreza ha trascendido a mi vista. Con sencillos estabilizadores de ángulo bien ajustados, estoy afilando hojas tan agudas que no puedo verlas al ojo desnudo. Ni siquiera con bifocales potentes se les hace justicia. Debo mirarla con mi lupa, bajo mucha luz. Créeme, esto es más atractivo que esas criaturas que tú y yo estudiamos hacer medio año. Aquí, mira.

Le pasó la lupa a Camilo y le señaló una hoja lustrosa, probablemente de un metro de largo, afirmada entre dos sujetadores de torno. —Camilo, hagas lo que hagas, no toques el filo. Digo esto con suma gravedad. Perderías un dedo antes de sentir que el filo te toca la piel, para ni decir que antes de sentir el dolor.

Suficientemente precavido, Camilo miró, estupefacto, al filo aumentado. La línea parecía muchas veces más delgada que la de hojas de afeitar que él hubiera visto. —Vaya.

—Esta es la parte interesante, Camilo. Por favor, retroceda con cuidado. El material es acero al carbón superendurecido. Lo que parece flexible como una hoja de afeitar porque es tan aguzado microscópicamente, es rígido y firme. ¿Sabes cómo se va poniendo romo el cuchillo convencional debido al uso? Y ¿que habitualmente mientras más agudo el filo, más rápido el deterioro? —Camilo asintió—. Mira esto.

Rosenzweig sacó de su bolsillo un dátil seco. —Un bocado para más tarde: explicó—, pero este está sucio, no quiero lavarlo y tengo más. Así que se convierte en el objeto de mi lección. Fíjate.

Sostuvo el dátil delicadamente entre su pulgar y el dedo medio, apenas tocando cada extremo. Lentamente, aunque levemente, lo pasó por el filo de la hoja, poniendo la otra mano por debajo. La mitad cortada cayó en su mano como si no hubiera sido tocada. —Ahora déjame mostrarte otra cosa más.

Rosenzweig miró en torno de la abigarrada sala, y encontró un trapo hecho pelota, tieso por el desuso. Sostuvo el trapo a unos cuarenta y cinco centímetros por encima de la hoja y lo dejó caer. Camilo pestañeó sin creer lo que veía. El trapo se había partido sin un sonido y, evidentemente, sin resistencia.

—Debieras ver lo que hace a la fruta —dijo Rosenzweig con los ojos brillantes.

—Doctor, es asombroso, pero ¿por qué? —dijo Camilo.

El viejo movió la cabeza. —No preguntes. No es que tenga un secreto profundo y sombrío. Tan sólo es que yo mismo no lo sé.

David no llamó a Fortunato. Fue a la sala de espera de León, avanzada la tarde. —Sólo necesito un segundo con el comandante, si es posible —le dijo a Margarita que estaba guardando sus cosas después de un día evidentemente largo.

—¿David Jasid? —gritó León en el intercomunicador—. ¡Por supuesto! Hágalo pasar.

León se puso de pie cuando David entró. —Dígame que hay progresos en la operación de detección.

—Desafortunadamente no —dijo David—, estas personas deben estar usando una tecnología de la que nunca nadie ha sabido. Estamos de vuelta donde empezamos.

—Siéntese —dijo Fortunato.

—No, gracias —dijo David—. Estaré un minuto. Usted sabe que no acostumbro a molestarlo sobre...

—¡Por favor! Soy todo oídos.

—...cosas fuera de mi área de responsabilidad.

La mirada abierta de Fortunato se congeló. —Por supuesto que hay muchos asuntos confidenciales a mi nivel que no tengo la libertad de...

—Yo sólo tenía algo que sugerir pero no es cosa mía.

—Proceda.

—Bueno, la muerte reciente de la ex asistente personal de Su Excelencia...

Fortunato miró de soslayo. —¿Sí?

—Eso fue trágico, naturalmente...

—Sí...

—Bueno, señor, no es secreto que la mujer, la señorita Dun...

—Durán, Patty Durán. Siga.

—Que ella estaba embarazada y que no estaba feliz.

—Jasid, el hecho es que ella estaba tratando de conseguir dinero de nosotros por extorsión para mantenerse callada. Su Excelencia sintió que le debía cierta recompensa por el tiempo que, ah... habían disfrutado juntos, y así se le pagó una generosa cantidad de avenimiento. La señorita Durán puede haber entendido mal que ese dinero era para garantizar su silencio pero no lo era. Mire, ella nunca supo nada que amenazara la seguridad internacional, no tenía nada que contar —nada verdadero de todos modos— que hubiera avergonzado al potentado. Así que cuando pidió más dinero, se le rechazó y, sí, es justo decir que no estaba feliz.

—Bueno, gracias señor. Sé que usted me dijo más de lo que yo merezco saber y puede tener la seguridad que mantendré su confidencia. Sólo tenía una pregunta sobre todo eso del avión estrellado, pero realmente no tiene importancia ahora, así que sólo le agradeceré por su tiempo.

—No, por favor, quiero sus pensamientos.

—Bueno, está bien. Yo sé que con alguien de su habilidad y sabiduría, nadie necesita que yo esté preocupándome por la seguridad o las relaciones públicas...

—Todos debemos preocuparnos por esas cosas todo el tiempo.

—Sólo que me pareció que el informe de su muerte era sospechoso. Quiero decir, quizá he leído demasiadas novelas de misterio pero ¿no fue un poco demasiado conveniente? ¿Se encontraron restos, cadáveres? ¿Sólo justo lo suficiente de sus cosas para que parezca como que ella murió?

—David, siéntate. Ahora insisto. Eso es pensar bien. La verdad es que el así llamado fatal accidente del avión de la señorita Durán nunca sucedió. Yo puse a nuestro jefe de inteligencia a trabajar en eso tan pronto como supimos y, el hecho es que la señorita Durán, su piloto aficionado y el avión se encontraron rápidamente. El piloto se puso a pelear, imprudentemente, cuando nuestra gente pidió interrogar a la señorita Durán, y desafortunadamente murió en un intercambio de balas. Usted entiende que no todos esos incidentes son cubiertos por la prensa por razones de seguridad y moral.

—Por supuesto.

—La señorita Durán está en custodia.

—¿Custodia?

—Ella está en una instalación cómoda pero segura de Bruselas, acusada de informar una muerte falsa. En realidad, ella no es amenaza para la Comunidad Global pero esperamos atraer a sus compatriotas a su escondite inicial. Ella será puesta en libertad cuando ellos hayan sido tratados.

—¿Sus compatriotas?

—Ex empleados de la CG y los simpatizantes de Ben-Judá que le dieron asilo cuando su presencia era requerida en Nueva Babilonia. Ellos son mucho más amenazantes que ella.

—Así que ella se convirtió en carnada, y por su propia falta.

—Precisamente.

—Y esta trampa fue idea suya.

—Bueno, aquí trabajamos en equipo David.

—Pero lo fue, ¿no? Es como piensa usted. Es la inteligencia astuta de la calle.

Fortunato ladeó la cabeza. —Nos rodeamos de buena gente y cuando a nadie le importa quién se lleva el mérito, se puede hacer mucho.

—Pero atraer a los compatriotas, eso fue suyo.

—Creo que pudiera haberlo sido.

—¿Y funcionó?

—Puede que funcione. Nadie sabe que el piloto murió. Le avisamos a su hermano, del que sabemos fue cómplice, que el piloto se había ocultado y que no sabría de él durante varios meses.

—¡Brillante!

Fortunato asintió como si no pudiera objetar.

—No le quitaré más su tiempo, Comandante, y no creo que dejaré que esta clase de cosas me molesten más sabiendo que usted y su gente están controlando todo.

—Bueno, no se sienta mal por tener una buena intuición y nunca dude en preguntar si algo no está claro para usted. Ponemos mucha confianza en una persona de su nivel y con el alcance de sus responsabilidades. No todos tienen esta clase de acceso o información, naturalmente, así que...

—No diga nada más, señor —dijo David, levantándose—. Aprecio esto más de lo que puedo expresar.

Raimundo había hecho un gran tramo del vuelo sobre el Atlántico pero eso no había retardado la producción verbal de Dwayne. Raimundo lo disfrutaba en realidad aunque hubiera apreciado conocer también a Trudy. Cuando fue tiempo de devolver los controles a Dwayne, Raimundo decidió llamar a Albie (diminutivo de Al B. que, a su vez, había sido acortado de Al Basra).

Albie era el jefe del control del tráfico aéreo de Al Basra, ciudad en el extremo sur del Tigris, cerca del Golfo Pérsico. Era casi total y ampliamente desconocido como el mejor comerciante del mercado negro del rubro. Max se lo había presentado a Raimundo y fue Albie el que suplió el equipo de buceo para Raimundo cuando éste fue a hurgar los restos del avión estrellado en el río Tigris.

Albie, devoto musulmán, odiaba apasionadamente el régimen de Carpatia y era uno de los pocos gentiles no cristianos que también resistía firmemente a la Única Fe Mundial Enigma Babilonia. Su negocio era sencillo. Él podía abastecer de todo por un precio a la gente que le confiaba su vida. El precio era el doble del precio al público más los gastos, y si a ellos los detenían con el contrabando encima, él nunca los había conocido.

Dwayne estaba por el momento atípicamente callado y Trudy dormitaba. Raimundo buscó en el fondo de su bolsa y usó su teléfono definitivo —así catalogaba Max a los híbridos de David porque podían hacer todo desde cualquier parte.

El número llamado sonaba cuando Dwayne vio el aparato.
—¡Vaya, eso es lo que yo llamo teléfono! ¡Uyuyuy! Sí señor, ese es teléfono y medio. Apuesto que tiene silbatos y campanas que nunca he oído siquiera de...

Raimundo levantó un dedo y dijo: —En un minuto te dejaré que lo mires bien.

—Estaré contando los segundos socio, seguro que los contaré.

—Torre de Al Basra. Aquí Albie.

—Albie, soy Raimundo Steele. ¿Puedes hablar?

—Desde el este a cuatro nudos. ¿Su posición?

—Quiero verte para hablar de una compra.

—Afirmativo. Lamento la tentativa anterior negativa. ¿El primer oficial?

—Max se está recuperando. Estoy seguro que supiste de...

—Afirmativo. Un momento, espere por favor —Albie tapó el auricular y Raimundo lo escuchó hablando en su idioma. Volvió al teléfono—. Señor Steele, ahora estoy solo. Lamenté tanto saber de su esposa.

—Gracias.

—También he estado preocupado por Max. No supe nada de él por un tiempo. Por supuesto, como capitán que es ahora, no necesita tanto mis servicios. ¿Qué puedo hacer por usted?

—Necesito un arma que se pueda esconder, pero que sea potente.

—En otras palabras, la quiere para hacer aquello para lo cual fue diseñada.

—Entiendes claro y fuerte, Albie.

—Muy difícil. Siendo el potentado un pacifista...

—Significa que eres la única fuente confiable.

——Muy difícil.

—Pero no imposible para ti, ¿correcto?

—Muy difícil —dijo Albie.

—En otras palabras, ¿caro?

—Ahora *me* está entendiendo claro y fuerte.

—Si el dinero no fuera problema, ¿se te ocurre algo?

—¿Cuánto y cómo se tiene que ocultar? ¿Usted quiere una que se oculte de un detector de metales?

—¿Es posible?

—Hecha de madera y plástico. Puede disparar dos tiros tres a lo más antes de desintegrarse. Alcance limitado, por supuesto. No mata más allá de 20 pies.

—Ésta tiene que hacer el trabajo desde veintisiete metros. Un solo tiro.

—Señor Steele, tengo acceso al arma precisa. Apenas tiene el tamaño de la mano. Pesada, por lo tanto exacta. El peso se debe al mecanismo de disparo, que es el que normalmente se emplea en los rifles de alto poder de fuego y de gran tamaño.

—¿Qué clase de acción?

—Única. Emplea la inyección de combustible a la vez que el vacío hidráulico.

—Parece un motor. Nunca supe que hubiera algo así.

—¿Quién sabe? Propulsa al proyectil a tres mil doscientos dieciocho kilómetros por hora.

—¿Munición?

—Calibre cuarenta y ocho, alta velocidad, naturalmente, extremo blando, punta hueca.

—¿En una pistola?

—Señor Steele, se sabe que el solo desplazamiento del aire que causa el giro de la bala, corta el tejido humano desde cinco centímetros de distancia.

—No te entiendo.

—Se le disparó a un hombre con una de estas pistolas, desde unos nueve metros de distancia. El tiro le perforó la piel y dañó tejido subcutáneo de la parte superior del brazo. Los médicos determinaron más tarde, que no había trazas de metal en el tejido. La lesión fue causada por la velocidad con que se desplazó el aire alrededor de la bala que iba girando.

—Oh, vaya, vaya. Tú sabes lo que necesito escuchar. ¿Cientos?

—Miles.

—¿Mil?

—Mi*les*, en plural amigo mío.

—¿Cuánto?

—Depende de dónde reciba la entrega, si nos encontramos, cosa que prefiero.

David estaba frustrado. Había corrido a toda prisa de vuelta a sus habitaciones para llamar a Raimundo, pero el teléfono estaba ocupado. Ese teléfono tenía de todo menos algo que indicara que otra persona estaba esperando. David le había instalado hasta una función para despertar, que hacía sonar el teléfono cuando se apagaba el aparato siempre y cuando el usuario lo dejara puesto en la modalidad de dormir. Raimundo siempre lo hacía.

Marcó de nuevo. Seguía ocupado.

—Capi, no era mi intención escuchar pero eso parece toda una pieza de artillería que está pidiendo. Me gusta que no le preocupe si es ilegal. No es que estemos sometidos a las leyes del anticristo.

—Ese es mi punto de vista. ¿Quieres ver el teléfono?

—Sí, gracias. Encárguese de esto, ¿quiere?

Dwayne examinó el teléfono por todos lados sopesándolo en la mano. —Pesada la cosa esta. Probablemente hace de todo excepto prepararle el desayuno, ¿tengo razón?

—Hasta haría eso a menos que quieras los huevos revueltos.

—¡Ja! ¡Tru! ¿escuchaste eso? ¡Oh! —Se tapó la boca con la mano cuando vio que su esposa dormía. Entonces susurró—, ¿este es uno de esos que manda y recibe desde cualquier parte y todo eso?

Raimundo asintió. —Lo mejor es que es seguro. Usa cuatro canales diferentes por segundo así que no es detectable ni se puede grabar. Muchas cosas buenas.

—¿Lo guardas en la bolsa? —preguntó Dwayne.

—Sí, gracias.

Dwayne lo apagó y se estiró por detrás de Raimundo para ponerlo en su bolsa de vuelo. Volviendo a pensar lo sacó de nuevo y apagó también la fuente principal de energía.

—Yo la manejaré ahora —dijo Dwayne, volviendo a tomar los controles del avión—. Y si no soy demasiado intruso, ¿me puede decir en qué va a usar esa pistola tan potente?

Raimundo pensó por un momento. Se había acostumbrado a ser franco con los creyentes aun en materia del Comando Tribulación. Podía no revelar la ubicación de la casa de refugio o no decir el alias de alguno, para que el oyente no tuviera que sufrir por algo que no tenía que saber. Pero el arma era personal, lo que le dolía a Raimundo porque él sabía muy bien de dónde venía todo el dinero. Por el momento no se podía imaginar que seguiría adelante con su plan.

—La Comunidad Global puede ser pacifista y estar desarmada por ley —dijo—, pero perdimos un piloto en un tiroteo y a casi todos nosotros nos han disparado, por lo menos una vez y unos cuantos fueron heridos a bala. Les dispararon a Camilo y Zión —Camilo fue herido— cuando huían de Israel atravesando Egipto. Le dispararon a Camilo cuando le ayudaba a Patty a escaparse de una instalación de la CG en Colorado. Hace poco tiempo nos dispararon a nuestro miembro más nuevo y a mí. Y tú sabes lo que le pasó a Max y Abdula.

—Te oigo, hermano. No te voy a rebatir. Pareciera que fuera muy caro darle uno de esos bebés a cada uno.

—La probaré personalmente primero —dijo Raimundo.

—Buena idea. Naturalmente que los dos que acabas de nombrar nunca podrían andar armados en sus trabajos. Casi tendrías que plantar a bordo las armas de ellos.

—Hicimos eso cuando yo era el capitán del *Comunidad Global Uno*. Tenía un par de pistolas en la bodega de carga. Hubiera sido muy difícil llegar a ellas pero era el último recurso. Por supuesto, ahora se fueron para siempre.

—Raimo, a propósito —dijo Dwayne señalando al horizonte—, eso sería lo que nosotros los del rubro aviación llamaríamos sol. Tenemos un ETA de cuarenta minutos. La aduana de Le Havre sigue mucho los reglamentos si no has estado ahí antes. ¿Tienes el sello de la visa británica?

Raimundo asintió.

—¿Te pregunté quién eres hoy y por qué te trasladé desde Inglaterra cruzando el Canal?

Raimundo sacó su pasaporte y lo abrió. —Tomás Agee. Importador/exportador. ¿Y tú eres?

Dwayne sonrió y afectó un acento absolutamente británico. Le pasó a Raimundo dos pasaportes de los Estados Unidos de Bretaña—, a su servicio señor.

Raimundo leyó en voz alta: —Ian Hill y la esposa es... Elva. Encantado de conocerlos.

David no recibía ya la señal de ocupado. Volvió a marcar con todo cuidado para estar seguro que no se había equivocado. El número estaba bien. Tenía que ser que Raimundo no podía oír el campanilleo o el teléfono había sido apagado. David llamó a Zión, despertándolo. Alguien iba a tener que ponerse en contacto con ese avión por una frecuencia abierta. Y rápido.

DIECISÉIS

Camilo padecía la resaca del avión a retropropulsión y la decisión de quedarse levantado hasta muy tarde, con el doctor Rosenzweig. Había pasado gran parte de la noche abogando con Jaime para que recibiera a Cristo. —Esa es la razón que yo esté aquí —le dijo Camilo a su viejo amigo—. Usted no debe postergarlo más. No se está rejuveneciendo. Los juicios y los ayes empeoran ahora hasta el final. Las posibilidades son que usted no sobreviva.

Jaime casi se había quedado dormido varias veces, tirado en el sofá al frente de Camilo. —Estoy en la encrucijada, Camilo. Puedo decirte que ya no soy un agnóstico. Cualquiera que te diga que aún lo es, miente. Admito la gran guerra sobrenatural entre el bien y el mal.

Camilo se inclinó: —Entonces, ¿qué, doctor? ¿puede permanecer neutral? La neutralidad es la muerte. La neutralidad es la abstención del voto. Usted pretende dejar el asunto a terceros, pero al final usted pierde.

—Hay tanto que no entiendo.

—¿Quién quizá aparte de Zión, entiende algo de nada? Todos somos nuevos en esto, sólo andamos a tientas. No tiene que ser teólogo. Sólo tiene que saber lo básico y lo sabe. La interrogante ahora es ¿qué hace con lo que sabe? ¿Qué hace

251

con Jesús? Él ha puesto reclamo por su alma. Él lo ama, y ha probado de todo para convencerlo de eso. ¿Qué necesitará Jaime? ¿Tiene que ser pisoteado por los caballos? ¿Tienen que ahogarlo con azufre, prenderle fuego? ¿Tiene que aterrorizarse por su vida?

Jaime seguía sentado, moviendo tristemente la cabeza.

—Doctor, permita que sea claro. La vida no se pondrá más fácil. Todos nos perdimos ese viaje. Se va a poner peor para cada uno de nosotros. Pero para los creyentes será aun peor que para los incrédulos, porque viene el día...

—Conozco esa parte Camilo. Sé lo que dice Zión sobre la marca necesaria para comprar o vender. Así que me invitas a una vida peor que la miserable existencia en que ya se ha convertido la mía.

—Lo invito a la verdad. ¡Su vida puede empeorar pero su muerte será la mejor! No importa como muera, se despertará en el cielo. Si sobrevive hasta la Aparición Gloriosa... ¡imagínese! Doctor, esas son las opciones del creyente. Morir y estar con Cristo sólo para regresar cuando Él vuelva o sobrevivir hasta Su aparición.

«Jaime, nosotros lo queremos con nosotros. Queremos que sea nuestro hermano, ahora y para siempre. No podemos imaginar que lo perdemos sabiendo que usted está separado del Dios que lo ama por la eternidad —Camilo no pudo contener las lágrimas—. ¡Señor, si tan sólo yo pudiera cambiarme por usted! ¿No sabe qué sentimos por usted, qué siente Dios por usted? Jesús tomó su lugar para que usted no tenga que pagar el precio.

Jaime alzó los ojos sorprendido por las lágrimas de la voz de Camilo. La alarma pareció dar lugar a cierta toma de conciencia. Quizá el viejo *no* había captado la profundidad del sentimiento de ellos por él. Camilo sintió como si estuviera abogando el caso de Dios en ausencia de Dios. Dios estaba ahí, por supuesto, pero evidentemente parecía distante de Jaime.

—Te prometo esto a ti como lo hice una vez ante Zión —dijo Jaime—. No aceptaré la marca de Nicolás Carpatia. Si tengo que morirme de hambre por tomar esa postura, no me obligarán a llevar una marca para vivir como hombre libre en esta sociedad.

Eso era un paso decidió Camilo, pero no era suficiente. Camilo había llorado hasta que se quedó dormido orando por Jaime en la habitación de huéspedes. A las nueve de la mañana seguía agotado. Había esperado ir a dar otra mirada directa a los dos testigos pero le había prometido a Cloé que iba a conservar el horario programado e iría a Grecia a visitar a Lucas Miclos. El nuevo amigo que llamaban Laslos sería el contacto clave de la cooperativa en esa parte del mundo.

Eran las siete de la mañana en Le Havre cuando Raimundo y los Tuttles pasaron por la aduana como Tomás Agee e Ian y Elva Hill. Trudy tenía que alquilar un automóvil y tomar las dos habitaciones que habían reservado en el hotel Petit, al sur de la ciudad. Era un lugar caro, aislado que probablemente no atraería ojos curiosos.

Dwayne iba a usar otro automóvil alquilado para dejar a Raimundo a un par de cuadras de la dirección de la calle Marguerite, donde Bo Hanson dijera que se ocultaban su hermano y Patty, con nombres falsos. Raimundo planeaba sencillamente ir al departamento y hablar con ellos para que le abrieran la puerta, advirtiéndoles que la CG estaba en sus huellas y que tenían que mudarse. Raimundo creía que Patty deduciría que Bo lo había guiado a ellos y que debía ser verdad lo que él decía de la CG. Raimundo les ofrecería llevarlos en automóvil e instalarlos en un hotel anónimo si estaban preparados para huir de inmediato.

Los tres se encontrarían con Dwayne e improvisarían. Él y Dwayne iban a librarse de Samuel Hanson, fuera mientras subían al automóvil o con alguna otra treta en el camino, y dejar que se arreglara solo. Él era el que tenía el avión. Ellos podían arreglar sus diferencias cuando estuvieran de regreso en los Estados Unidos de Norteamérica.

Raimundo quería sorprender a Patty y a Samuel lo más temprano que se pudiera, así que tomaron el primer automóvil disponible. Se fueron con un rápido adiós a Trudy que tenía que cargar todo el equipaje de ellos en el automóvil. Dwayne burbujeaba con ideas de cómo ser más listos que Samuel.

—¿Estás seguro que quieres meterte tanto en una operación del Comando Tribulación? —dijo Raimundo.

—¿Me estás haciendo un chiste? He estado loco por algo de acción desde que fui salvo. Ahora escucha, podemos librarnos de este niño tan pronto como estemos en el automóvil. Le puedes decir que salga un minuto contigo porque algo como que, tienes un mensaje privado para él. Como de su hermano. Sales y caminas con él detrás del automóvil y entonces le dices que olvidaste la nota en el automóvil. Saltas dentro, yo parto y ahí nos vamos.

—Pudiera funcionar —dijo Raimundo.

—O ¿qué te parece esto? —dijo Dwayne, siguiendo las instrucciones de Raimundo mientras aceleraba por la ciudad. —Primero, cuando lo traes al automóvil, yo salgo muy educado y todo eso y hacemos las presentaciones formales. Abro la puerta para la dama y la tengo dentro. Entonces empujo fuerte a este tipo con el estilo antiguo de Oklahoma. Rueda a seis metros, pero no se herirá. Cuando su cabeza se aclare, hará rato que nos fuimos.

Raimundo estudió un mapa de la ciudad y la nota de Bo.

—Ellos usan los nombres de James Dykes y Mae Willie. A veces uno tiene que preguntarse...

—Aquí tengo otra idea —dijo Dwayne pero Raimundo lo hizo callar.

—No te ofendas Dwayne pero no me importa mucho cómo lo hagamos en la medida que lo hagamos.

—Tienes que tener un plan.

—Tenemos muchos. Si no me parece bien invitarlo a salir del automóvil tú sabes qué hacer.

—Trato hecho socio.

David estaba desesperado a estas alturas. Era ya media mañana en Nueva Babilonia y él y Max estaban apiñados en la oficina de Max. David había programado su teléfono seguro para que marcara el número de Raimundo cada sesenta segundos y dejara un mensaje digital que sencillamente decía ABORTA y daba el número de David.

—Si yo hubiera sabido que iba a pasar de esta manera —decía Max—, hubiera podido volar a Francia y ahora ya lo hubiera interceptado.

David sintiéndose desarmado, trajo a su computadora las llamadas telefónicas entre León y Walter Luna, su jefe de inteligencia que se hicieron el día anterior, el mismo día, y el día siguiente al anuncio de la muerte de Patty. David se sintió peor cuando encontró finalmente lo que buscaba y oyó algo que le serviría a Raimundo.

—Esto te alegrará el día, Max —dijo—, escucha esto. León y Luna.

—¿Wally, qué plan tienes para la situación Durán?

—Está hecho, comandante. Ella lo facilitó todo. Cuánto tiempo estuvimos esperando eso...

—Demasiado tiempo. Ahora, ¿qué está hecho? ¿qué hiciste?

—Como dijimos, nos libramos del piloto. Él usaba el apellido Dykes pero detectamos que el avión estaba registrado a Sam Hanson de Luisiana.

—Nos libramos del....

—¿Quiere saber o no quiere saber? Digamos solamente que Sam se comió su último plato de sopa. Pusimos el relleno en el escondite de Bruselas. Ella usaba el nombre de Mae Willie, así que le hicimos reserva con ese nombre para que pudiera ocultarse aun ahí dentro si así lo quisiera. Yo sé que el gran jefe, perdone, la Excel... *Su* Excelencia no quiere nada ruidoso.

—Correcto, y de todos modos, ¿quién creería que ella es Patty Durán? Se ha informado que está muerta.

—Y ella es quien lo hizo. Podríamos dejarla en Bélgica para siempre.

—Y ¿cómo sacamos ventaja de esto nosotros?

—Informamos al hermano del piloto, su único pariente vivo, en una nota que parece de Sam, que él iba a retirarse por un tiempo en Francia, así que no esperara tener noticias de él. Nos figuramos que llegará el momento en que el hermano se ponga a sospechar o se impaciente y empiece a buscarlo. Sólo esperamos que los amigos judaítas de ella la encuentren primero a través del hermano porque tenemos una sorpresa para ellos.

—Escucho.

—Tenemos una pareja parecida viviendo en el departamento, diciendo ser los Dykes. Él se la juega de tímido pero, luego promete estar alerta en la vigilancia de Patty. Ellos van a terminar en la misma situación que los Cajun, si me entiende.

—Excelente, Wally.

Max meneó la cabeza. —¿Tienes informado a Zión? Raimundo se está metiendo en la boca del león y esa gente de allá, en particular, su hija deben estar preparados en el caso de que él nunca regrese.

David asintió y tomó su teléfono pero estaba sonando. Se fijó de inmediato en la identidad del que llamaba. —¡Es él!

Max se inclinó para escuchar y David apretó el botón.

—¡Capitán! Hombre, ¿dónde está? He estado tratando de hablar con usted por...

—Perdóneme señor, esta es la señora de Dwayne Tuttle. Puede decirme Trudy. Mi marido y el capitán Steele me dejaron para que dispusiera de las habitaciones en el hotel y me encargara del equipaje. Vi este teléfono en la bolsa del capitán y, lo siento pero lo encendí por pura curiosidad. Bueno, había docenas y docenas de mensajes que empezaron a pasar, todos con su número y ese mensaje de abortar y pensé que debía llamar.

—Señora gracias, ¿dónde está Raim... el capitán Steele en este momento?

—Él y mi marido van camino a tratar de hallar a la señorita Durán.

—¿Su marido tiene un teléfono?

—No señor, con toda seguridad que no.

—¿Hay forma en que podamos alcanzarlos?

—Tengo la dirección donde van, si usted quiere llamar a la señorita.

Max tomó el teléfono. —Señora, este es Max McCullum. ¿Se acuerda de haberme conocido en África?

—Sí señor, ¿cómo se sient...

—Trudy, escúcheme y haga exactamente lo que yo le diga. Es cosa de vida o muerte. ¿Conoce esa ciudad?

—Sólo del aeropuerto hasta acá.

—Consígase un mapa en conserjería y haga que le digan cuál es el camino más rápido a la dirección de Patty. Maneje para allá lo más rápido que pueda. Si alguien trata de detenerla no lo permita y deje las explicaciones para más tarde. A toda costa debe decirle al capitán Steele que aborte el plan. Él sabrá qué hacer con eso.

—Aborte, sí señor.

—¿Preguntas?

—No señor.

—Entonces, hágalo ahora mismo, Trudy. Y llámenos para decirnos qué pasa.

———————

Dwayne pasó por la dirección de la calle Marguerite y se detuvo a cuadra y media de allí.

—Desastrado el pequeño tugurio ¿no? —dijo Dwayne.

—Realmente es perfecto —dijo Raimundo—. Estoy impresionado. Esto puede ser lo mejor que eligieron en todo este fracaso. Vigilemos un poco y veamos si ella entra o sale.

Raimundo se puso nervioso a los diez minutos cuando sólo dos personas salieron del edificio, ninguna era Patty.

—Si no regreso en cinco minutos ven a buscarme.

—¿Están armados?

—Lo dudo. Si Sam es tan brillante como su hermano, no sabría cuál lado apuntar. Patty se preocuparía de quebrarse una uña.

Aún así, Raimundo deseaba tener el arma que describió Albie. Él nunca podría dispararle a Patty y no se arriesgaría a sufrir las consecuencias por un matoncito de poca monta como el hermano de Bo Hanson. Esto no debiera ser tan peligroso, decidió. Patty lo dejaría entrar. Si no era así, tenía un cuento pensado para usar con Sam Hanson.

El edificio de tres pisos tenía tres series de diez casillas de correo cada uno, insertos en la pared en la entrada, que no estaban con llave ni resguardados. Le sorprendió a Raimundo que no hubieran elegido un edificio donde hubiera por lo menos un sistema automático para abrir y cerrar la puerta. Encontró, "Dykes, J." en la casilla con el número 323 y subió la escalera.

Se llegaba a cada piso por cuatro tramos de gradas de patrón cuadrado. Cuando Raimundo llegó al piso de arriba estaba cansado y le dolía la rodilla. El departamento 323 estaba al frente del edificio en el extremo izquierdo. Podría haber sido vigilado desde que entró ahí. Sam y Patty podían hasta haber visto pasar el automóvil.

Raimundo recobró la compostura y encontró el botón en una caja de metal en la mitad de la puerta del departamento. El apretón que le dio produjo un resonante llamado de dos tonos que podía oírse en cualquier departamento de ese piso. Raimundo pensó que escuchaba movimientos pero nadie contestó. Al volver a apretar el botón, oyó claramente a alguien. Adivinó que estaban poniéndose pantalones. —Date tu tiempo —dijo en voz alta—, no tengo apuro.

Él se imaginó que alguien venía en puntillas a la puerta y escuchaba. No había un orificio para mirar en esa puerta. Raimundo esperaba que quien estuviera escuchando supiera que él había retrocedido. Apretó rápidamente el botón dándoles algo que oír.

—¿Quién es? —preguntó una voz masculina.

—Tom Agee.

—¿Quién?

—Tomás Agee.

—No conozco ese nombre.

—Yo soy amigo de la mujer que vive aquí.

—Aquí no hay mujeres. Sólo yo.

—¿Mae Willie no vive aquí?

Silencio.

—¿Por favor, puedo hablar con Mae? Dígale que es un amigo.

Raimundo escuchó el inequívoco sonido de la acción de deslizarse de una pistola automática. Consideró correr a la escalera pero la puerta se abrió bruscamente para mostrar a un joven musculoso con una mano a la espalda. Estaba descalzo y tenía el torso desnudo, vistiendo solamente pantalones vaquero.

Raimundo decidió adoptar el enfoque atrevido. —¿Puedo entrar?

—¿A quién dijo que anda buscando?

—Me escuchó bien o no hubiera abierto la puerta. Ahora, ¿dónde está ella?

—Le dije que soy yo solo. ¿Qué quiere con ella?

—¿Quién? ¿La que no vive aquí?

—Diga a qué vino o váyase a la calle.

—¿Usted es Samuel Hanson?

El hombre niveló los ojos —El nombre es Jimmy Dykes.

—Entonces usted *es* Samuel Hanson. ¿Dónde está Patty Durán?

El hombre empezó a cerrar la puerta. —Compañero, usted está perdido. Aquí no hay nadie con ese...

Raimundo dio un paso adelante y la puerta se paró en su pie. —Si estoy en el lugar equivocado, ¿cómo sabía yo los nombres verdaderos, el suyo y el de Patty? Bueno, yo tengo que hablar con ella.

Dykes parecía estar pensándolo.

—Usted no es CG ¿no?

—Yo soy amigo de Patty —dijo Raimundo con voz suficientemente alta para que Patty lo escuchara.

—En realidad, tampoco usted es Tom Agee, ¿no?

—Samuel, todos tenemos que ser cuidadosos. Yo soy Raimundo Steele. Le traigo saludos de Bo, su hermano.

Samuel no se movía aún. —Oye, aguanta. Patty no está aquí pero yo te puedo llevar donde está. Entra un momento mientras me visto.

Samuel empujó la puerta abriéndola más y Raimundo entró. Cuando la puerta se estaba cerrando, Raimundo oyó pasos que volaban escalera arriba. Samuel se fue a otro cuarto y al darle la espalda, Raimundo vio que movía un arma de fuego desde su espalda al frente.

Samuel puso el arma en la mesa, bloqueándola todavía de la vista de Raimundo con su cuerpo. Tomó una camisa y había metido un brazo en la manga cuando alguien golpeó frenéticamente la puerta e hizo sonar el timbre, sobresaltando a los dos hombres.

Raimundo esperaba que fuera Patty. Ignoró la mirada de Samuel y abrió la puerta de par en par. *¿Trudy?* Su vida se puso en cámara lenta mientras trataba desesperadamente de recordar su nombre falso. Se volvió para mirar a Samuel que rompió su camisa tratando de enderezar su brazo para tomar el arma.

Trudy gritó: —¡Aborta! —y se estiró como para sacar a Raimundo tirándolo fuera de la sala, pero él supo que ninguno de los dos podría escapar de esa arma. La sola incongruencia de la presencia de Trudy que venía con un mensaje de abortar, le dijo que ese hombre los mataría, quienquiera que fuese.

Trudy se tiró escalera abajo pero Raimundo se imaginó que recibía una bala del 45 en la espalda y otra en la parte superior de la cabeza. Trudy estaría asesinada antes de llegar al primer piso. Raimundo no podía, sencillamente, dejar que este hombre lo siguiera fuera de la sala sin hallar ninguna resistencia.

Se volvió de la puerta que se cerraba lentamente y se abalanzó al hombre, que acababa de librarse de su camisa rasgada y había tomado la culata del arma. A un paso de él y acelerando, Raimundo vio que levantaba el arma ya amartillada y deslizaba su índice al gatillo.

Raimundo no esperó para correr la suerte de luchar contra un hombre armado. Podía tapar la mano del hombre con sus dos manos pero no le gustaba esa posibilidad. En cambio, juntó adrenalina y elevó los pies, tirándose sobre el pistolero con sus puños dirigidos al pecho de aquel, los codos afirmados contra el cuerpo, como el defensa enloquecido que se abalanza sobre el goleador que va a tirar un penal a los 44 del segundo tiempo.

El hombre atacado por Raimundo no se dejó derribar pero salió volando. Raimundo lo había golpeado en el cuello con uno de sus antebrazos, echándole el cuerpo para atrás cuando la cabeza se le iba para delante con fuerza. Como la inercia lo llevaba para atrás, los pies descalzos del hombre tocaron el suelo y una mesita lo golpeó detrás de las rodillas.

Sus pies salieron despedidos en línea recta para arriba mientras su nuca se estrellaba contra la ventana del frente. Él se quedó ahí, atontado, con el revólver en la mano, el dedo en el gatillo, mientras Raimundo se dirigía tambaleando a la puerta. Los pies de Raimundo se movían con tanta rapidez que apenas podía afirmarse en el suelo. Se sentía como si estuviera en una pesadilla, perseguido por un monstruo y corriendo metido en tierra blanda y estercolada.

Abrió bruscamente la puerta y miró rápido para atrás mientras huía. La cabeza del pistolero todavía estaba metida en la ventana rota. Su torso había terminado más bajo que los pies, y sus patadas y retorcimientos sólo le dificultaban más levantarse. Sin embargo, eso no le impidió disparar dos salvas completas casi simultáneas, que explotaron horriblemente ensordeciendo todo, destrozando la madera y el estuco de la pared.

Raimundo se tiró escalera abajo, saltando de a tres y cuatro gradas al mismo tiempo, casi pasando por encima de Trudy, que se movía lo más rápido que podía, de un escalón por vez. Cuando Raimundo llegó al segundo piso, tomó la barandilla y meciéndose a pesar de su rodilla que protestaba fuerte, se arrojó al medio de la escalera. Se cayó al suelo cuando Trudy llegaba al último escalón.

Ella se quejaba mientras corría como si estuviera segura que estaba por ser baleada. Raimundo sintió un cosquilleo en la espalda como si él también, esperara que una bala lo atravesara.

Trudy había dejado en marcha el automóvil, con la puerta abierta, directamente al frente del edificio de departamentos. Dwayne se había fijado en eso y se había acercado, estacionando detrás, claramente perplejo. Miró para arriba mientras Raimundo y su esposa se apresuraban hacia él, y les gritó:
—¿Qué...?
—¡Vete! —le indicó por señas Raimundo—. ¡Te alcanzaremos!

Raimundo corrió al asiento del conductor y Trudy abrió la puerta del pasajero cuando llegaban los balazos desde el tercer piso. En cuanto Raimundo escuchó que ella cerraba la puerta, pisó a fondo el acelerador y levantó polvo y pedregullo con el automóvil que iba a bandazos calle abajo.

Sabía que sus instintos lo habían salvado, pero mientras su corazón bombeaba sangre para su cuerpo más rápido que nunca. Raimundo era incapaz de sentir gratitud por ese dominio propio que tuvo. Sabía que Dios había estado con él protegiéndolo, resguardándolo, pero todo lo que Raimundo sentía era la reaparición del furor que lo había acosado por meses.

Esto, todo esto, empezaba y terminaba en Nicolás Carpatia. Él quería asesinar al hombre y lo haría, decidió aunque fuera lo último que hiciera en la Tierra. Y no le importaba que lo fuera. Iba a gastar lo que tenía para comprar esa arma a Albie y, sin que importara lo que costara iba a estar donde era necesario que estuviera cuando llegara el momento.

Trudy, jadeante, se puso el cinturón de seguridad. Mientras Raimundo seguía a Dwayne por las calles angostas, buscó en el suelo y encontró el teléfono de Raimundo. —¿Hay, hay, hay un número rápido para Max McCu...?

—Dos.

Ella lo marcó y Raimundo oyó que sonaba, luego la voz de Max: —¿Señora Tuttle?

—¡M..m...misión cumplida! —dijo Trudy, y le pasó el teléfono a Raimundo mientras rompía a llorar.

DIECISIETE

David estaba agotado. Él y Max habían escuchado toda la información de Raimundo, dada mientras los dos autos zigzagueaban por LeHavre de vuelta al hotel. Todos estuvieron de acuerdo en que, si no fueron seguidos, estaban a salvo por un corto tiempo en el hotel, con sus nombres falsos pero que debían salir del país lo antes posible. Raimundo había usado su alias y su nombre verdadero con "Samuel" que había resultado ser un impostor de la CG puesto ahí. Si éste no se había desangrado por las lesiones hechas por los vidrios de la ventana, ya debía haber esparcido la noticia de que Raimundo estaba en Francia.

Eso hacía improbable que Raimundo pudiera salir por el aeropuerto pasando por la aduana. Felizmente se había separado de los "Hill" cuando entraron por la aduana, y no estaba relacionado con la pareja, en la computadora.

—Desde aquí no te podemos ayudar —le dijo David.

—Seguiré en contacto, pero no voy directo a casa —dijo Raimundo.

────────

Camilo se fue de Israel sin haber ido al Muro de los Lamentos. Tampoco había informado a Zión sobre los detalles de su

265

encuentro con Jaime Rosenzweig. Quería hacerlo en persona, sabiendo que Zión se apesadumbraría tanto como él. ¡Cuánto había llegado a amar a Jaime! No bastaba decir que uno no puede decidir por otra persona. Los creyentes que amaban a Jaime querían hacer precisamente eso.

Camilo disfrutó una cálida reunión con Lucas Miclos y su esposa. Con su mal inglés la señora Miclos le contó, con deleite a Camilo que: —Laslos ama la intriga. Me dice día y noche por una semana, recuerda que nuestro amigo es Greg North no quien tú sabes que es.

Laslos había hecho lo correspondiente. Había hecho tan ganancioso su negocio de lignito que estaba acumulando ganancias y planeaba vender el negocio a la Comunidad Global, justo antes que se pusieran en vigencia las restricciones al comercio que estaban predichas.

Laslos le mostró a Camilo un vasto sitio en una nueva localidad donde iba a guardar camiones y equipos de carga para despachar bienes a las localidades de la cooperativa. Su nuevo interés parecería un negocio de carga y flete aprobado por la CG, pero sería diez veces más grande de lo que aparentaba y sería la colmena de la actividad de la cooperativa en esa región del mundo.

Camilo también visitó la iglesia clandestina de Laslos, un gran grupo de creyentes dirigidos por un judío converso cuyo dilema principal era el gran tamaño que había alcanzado ese cuerpo. Camilo tomó el vuelo de regreso a los Estados Unidos de Norteamérica, animado por lo que había visto en Grecia pero entristecido por la falta de movimiento espiritual de parte de Jaime Rosenzweig.

En casa encontró que Zión y Cloé estaban un poco asustados por una decisión que habían tomado tocante a Lea. Camilo pensó que era una gran idea, pero se preguntaban si debían haber procedido sin consultar con Raimundo. Debido al desastre que casi le aconteció a éste y lo complejo de las comunicaciones entre los miembros del Comando de todo el mundo, Zión sugirió que se pusiera a una persona a cargo de la información centralizada. Lea se ofreció de inmediato, diciendo que ella se hallaba buscando cosas que hacer entre la preparación de las comidas. Cloé se había pasado horas con ella, actualizándola en la computadora, y Lea decía que nunca se había sentido más realizada.

Los cuatro se reunieron en torno a la computadora y Lea demostró cómo había hallado un programa que le ayudaba a consolidar todo lo que entraba o salía de la casa de refugio. Entonces ella podía transmitir a todos, sin pensarlo mucho y pulsando unas pocas teclas, lo que los demás habían comunicado. —De esta manera, nunca nos preguntaremos quién está al día, quién sabe qué, y quien no. Si Max o David escriben un incidente que todos deben conocer, yo me ocupo que todos lo reciban.

Al ir precipitándose hacia la mitad de la gran tribulación, Camilo sentía que estaban tan preparados como se podía.

Raimundo tenía que darle su mérito a Dwayne. Puede que él fuera un bocón ruidoso pero había armado el mejor plan para sacar a Raimundo de Le Havre. —No llegamos a usar mis ideas para abandonar al amigo de Patty, así que esto no es más que justo —decía Dwayne.

Estaba claro que Trudy se enorgullecía de lo que había cumplido esa mañana pero también seguía temblorosa y no quería la responsabilidad de otro correteo en su camino fuera del país.

Ella y su esposo se adelantaron quince minutos a Raimundo en llegar al aeropuerto para entregar el automóvil alquilado y preparar el avión para el despegue. Raimundo los seguiría y entregaría el automóvil; luego, de manera casual se iría a la parte de atrás del terreno, donde había una reja que separaba los automóviles de la terminal aérea.

Dwayne se fijó que había una zona detrás de la reja que llevaba directamente a la pista, dando la vuelta al final del edificio de la terminal. —Puedes saltar la reja y correr al avión, una vez que hayas escuchado que grita y sepas que estamos listos para irnos, o yo puedo acercar el avión a esa reja y facilitarte las cosas.

—¿Los pro y los contra?

—Sería una carrera larga hasta el avión y tienes ese dolor de la rodilla. Por otro lado, si acerco el Super J a la reja, eso llamará la atención de muchos ojos y quizá de hasta unos oficiales inesperados que traten de mantenerme fuera de esa zona.

Finalmente decidieron que Dwayne situaría al avión en posición de despegue, y luego, pediría permiso para carretear fuera del sol, cerca de la terminal, para revisar algo por debajo. Eso lo acercaría donde Raimundo podía saltar la reja. —Les diré que oí un ruido raro en el rodamiento de una rueda y quiero ver si logro que anden fisgoneando conmigo por debajo mientras te deslizas en el avión.

Todo salió bien hasta que Raimundo entró al estacionamiento de alquiler de los automóviles. El Super J estaba en la pista, con los motores chirriando. El empleado del alquiler de automóviles le preguntó algo en francés, luego lo tradujo al inglés: —¿Lo va a pagar con la tarjeta de crédito?

Raimundo asintió mientras el joven imprimía el recibo y seguía mirando desde la máquina manual, a los ojos de Raimundo. —Discúlpeme —dijo dándole la espalda a Raimundo y hablando en su intercomunicador. Raimundo no entendía mucho francés pero tuvo la certeza que el hombre le preguntaba a un compañero de trabajo algo sobre "Agee, Tomás".

El recibo se estaba imprimiendo cuando el hombre habló pero, cuando lo cortó de la máquina, no se lo pasó a Raimundo, y le dijo: —No pasó.

—¿Qué quiere decir? Si está ahí mismo —dijo Raimundo.

—Por favor, esperar y yo trato de nuevo.

—Estoy atrasado —dijo Raimundo, retrocediendo y consciente del movimiento cerca de la terminal—. Mándeme la cuenta.

—No, usted debe esperar. Necesita una tarjeta nueva.

—Mándeme la cuenta —dijo Raimundo, mirando sobre su hombro para ver al Super J que venía carreteando lentamente en su dirección. Tres hombres corrían desde la terminal hacia el negocio de alquiler de automóviles. Raimundo corrió velozmente a la reja y el agente gritó pidiendo ayuda.

Raimundo supuso que la reja tenía poco menos de metro y medio de altura y que el Super J estaba a más de noventa metros de distancia. Si Dwayne había logrado lo que quería, era probable que un inspector le saliera al encuentro al avión. Los hombres que corrían hacia la compañía de alquiler de automóviles, estaban a poco más de treinta metros, detrás de Raimundo. Todos se veían jóvenes y atléticos.

Raimundo trató de pasar la reja con un salto tipo tijera, pero se enredó el talón en la parte de arriba. Eso le retardó lo suficiente para que su trasero bajara a la mitad de la reja, por acción de la fuerza de gravedad, pero el empuje que llevaba lo hizo pasar. Él tomó la parte de arriba de la reja para no azotarse en el suelo pero hasta que soltó el talón colgó de cabeza por unos segundos. Él se retorció soltándose y aterrizó con mucha fuerza sobre su hombro, se puso de pie de un salto y se fue como celaje, hacia el avión.

Una mirada para atrás mostró que sus perseguidores saltaban fácilmente la reja. Si Dwayne no aumentaba la velocidad, Raimundo no podría correr más rápido que ellos. Raimundo oyó la aceleración de las revoluciones por minuto de los motores del avión y vio a un hombre que, con un anotador en la mano, hacía señas a Dwayne para que frenara. Felizmente, éste no obedeció y Trudy bajó la escalerilla mientras Raimundo se dirigía a la puerta.

Los hombres que iban detrás de él, le gritaron que se detuviera, y al inclinarse Trudy, estirando las manos, él oyó los pasos. Justo cuando dejaba el suelo saltando a las gradas, el más rápido de los hombres se zambulló y agarró el pie de Raimundo que colgaba. Éste perdió el equilibrio y casi se cayó hacia el costado de la escalerilla pero Trudy resultó más fuerte de lo que parecía. Raimundo le tomó la muñeca y tuvo miedo de tirarla fuera de la puerta, junto con él, pero su peso la derribó al suelo del avión, ella se puso a lo largo, con sus hombros en un lado del marco de la puerta y sus rodillas en el otro. Él saltó por encima de ella, Dwayne aceleró, y Raimundo le ayudó a Trudy a cerrar la puerta.

—Esta es la segunda vez del día en que me salvas el pellejo —dijo Raimundo.

Ella sonrió, temblando mientras se dejaba caer en el asiento. —También es la última; acabo de jubilarme.

Dwayne dio vivas y aulló como un vaquero en un rodeo cuando el Super J salió disparado al cielo. —Es algo grande, ¿no? ¡Vaya, muchacho!

—Toda una máquina —dijo Raimundo, temiendo como se iba a sentir en la mañana siguiente.

Dwayne lo miró perplejo. —Yo no hablaba del Super J, socio. Hablaba de la mujercita.

Trudy se apoyó abrazando con sus dos brazos el cuello de su marido. —Quizá ahora dejes de llamarme así.

—Querida —dijo él—, te llamaré lo que tu querido corazoncito desee. ¡Vaya, vaya, muchacho!

—¿Te diriges al oeste? —dijo súbitamente Raimundo.

—Puedo ir en la dirección que desees, Raimo. Da la orden.

—Este.

—Al este entonces, y me quedaré debajo del nivel de los radares por un rato para que ellos se olviden de detectarnos. Pónganse los cinturones de seguridad y sujétense.

No hacía bromas. Dwayne hizo que el Super J cambiara de dirección tan rápido que la cabeza de Raimundo se quedó clavada en el asiento.

—Como montaña rusa, ¿eh? ¡Te va a gustar mucho!

Raimundo masculló algo para sí mismo.

—¿Cómo estuvo eso, capi? —dijo Dwayne.

—Dije que tienes que mostrar un poco de entusiasmo.

Dwayne se rió hasta que le rodaron las lágrimas.

David recibió un mensaje electrónico privado de Anita, cuando ya estaba avanzado el día, en el cual le informaba que el jefe de su departamento y un par de otros funcionarios de alto rango, se habían reunido en la oficina de Fortunato por un corto tiempo. David le contestó: —Te amo con todo mi corazón aunque no fueras la espía más valiosa en el sitio.

Mientras revisaba su disco duro tratando de recuperar el audio de la reunión en cuestión, su barra de situación le indicó que tenía otro mensaje. Nuevamente era de Anita: —Nunca soñé con un cumplido tan elevado de parte del amor de mi vida. Gracias desde el fondo de mi espía corazoncito. Amor y besos. AC

Cuando David encontró la grabación, reconoció la voz de su colega, el jefe del departamento de Anita. Él pasó por las zalamerías de rigor, luego dio la palabra a Jim Hickman, su analista de inteligencia en jefe. Jim era brillante pero muy engreído y disfrutaba evidentemente el sonido de su propia voz.

—Estos sectarios —empezó Hickman—, son lo que yo califico de literales. Creen escritos antiguos, en particular la Torá judía y el Nuevo Testamento cristiano, y no distinguen entre los registros históricos —muchos de los cuales han resultado exactos— y los lenguajes figurativos, simbólicos de los así llamados pasajes proféticos. Por ejemplo, cualquiera —hasta yo mismo— con un trasfondo superficial en la historia de las civilizaciones antiguas sabe que gran parte de los así llamados libros proféticos de la Biblia no son en absoluto proféticos. Oh, después de hechos ocurridos como algunos raros fenómenos naturales, uno pudiera hacer que encaje el suceso con algo del imaginativo lenguaje descriptivo. Por ejemplo, el alza actual de muertes por fuego, humo y azufre —que claramente es una guerra con venenos y vapores, probablemente por parte de este mismo grupo— se convierte en el cumplimiento de lo que ellos creen que es una profecía que abarca caballos monstruosos con cabezas de leones, montados por doscientos millones de hombres.

—Jim, ¿a dónde vamos a llegar con todo esto? —dijo Fortunato—. Su Excelencia busca algo específico.

—Oh, sí, Comandante. Todo eso es para decir esto: como esta gente entiende literalmente estos escritos, atribuyen a esos dos predicadores locos...

—¡El potentado les dice el Dúo de Jerusalén! —dijo Fortunato.

—¡Sí! —exclamó Hickman—. ¡Me encanta eso! De todos modos, los ben-judaítas creen que esos viejos dementes son los así llamados testigos del capítulo once del libro del Apocalipsis. En su preciosa traducción de la antigua versión King James de la Biblia, el verso operativo dice esto: "Y otorgaré autoridad a mis dos testigos, y ellos profetizarán por mil doscientos sesenta días, vestidos de cilicio".

—Así que por eso andan vestidos con esos sacos de arpillera —dijo Fortunato—. Están *tratando* que pensemos que ellos son esos —¿qué dice?— testigos.

Hickman chorreaba condescendencia. —Exactamente, comandante. Y Ben-Judá siempre ha sostenido que este período empezó el día en que el gobierno mundial firmó el acuerdo de paz con Israel. Usted cuenta, con exactitud, mil doscientos sesenta días desde entonces, y debe llegar a "la hora fijada" como los mismos predicadores dicen.

Fortunato preguntó a los demás si les importaba dejarlo a solas con Hickman por un momento. David escuchó el ruido de las sillas, la puerta, la gente que se movía. Entonces: —Jim, tengo que hacerle una confidencia de algo que me perturba. Usted es un tipo inteligente...

—Gracias señor.

—Y los dos, usted y yo, sabemos que hay cosas en esos escritos antiguos que sería muy difícil simular.

—Oh, no sé. Convertir agua en sangre es algo que hace la misma gente que nos está matando con la guerra por gérmenes. Es un truco, algo que ponen en el abastecimiento de agua.

—Pero en el estadio Kollek le pasó al agua que ya estaba embotellada.

—He visto que los magos hacen la misma cosa. Algo de la mezcla reacciona a las condiciones climáticas —quizá cuando la temperatura disminuye a una cierta hora del atardecer. Si usted tiene idea cuando eso pasa, puede hacer que parezca como que usted causó el fenómeno.

—Pero, ¿qué hay con esto de impedir que llueva por tanto tiempo?

—¡Coincidencia! He visto que pasan meses sin lluvia en Israel. ¿Qué novedad es esto? Resulta fácil decir que uno impide que llueva cuando no hay lluvia. ¿Qué dirán cuando llegue la lluvia, que ellos decidieron darnos un descanso?

—La gente que trata de matarlos termina incinerada.

—Alguien dijo que ese par oculta un lanzallamas que sacan cuando la multitud está distraída. En realidad, Comandante, usted no sugiere que ese par respire fuego.

Fortunato estaba callado, luego: —Bueno, si no son quienes dicen ser, ¿cómo sabemos que serán vulnerables en el momento prescrito?

—No sabemos, pero son vulnerables o no son quienes dicen ser. De una u otra manera, nosotros ganamos y ellos pierden.

David le transmitiría la información a Zión pero, primero, quería espiar a Fortunato cuando fuera a informarle a Carpatia. Revisó los teléfonos de Fortunato y Margarita. Nada. La oficina de Fortunato estaba tranquila. Él encontró la veta de oro cuando entró a la oficina de Carpatia. Fortunato acababa de resumir su conversación con Hickman.

—Mil doscientos sesenta días desde el tratado —repetía Carpatia—. Ya habíamos decidido montar un espectáculo. Ahora sabemos precisamente cuándo ponerlo en escena. León. tienes el trabajo perfecto para ti. Debes poner a los potentados regionales en contra de Pedro Segundo —no es que ya no estén en contra de él sino que eso debe producir su desaparición. León, te dejaré esto a ti. Déjame a los así llamados testigos. El mundo espera su final desde hace mucho tiempo, especialmente Israel. Durante meses he creído que era inferior a mí librar al mundo de ese par. Me preguntaba sobre la repercusión en las relaciones públicas, y consideré limitarme a sancionar y ordenar su muerte a las tropas de la CG. Pero, para ese entonces, ellos habrán enajenado hasta sus propios seguidores en tal medida que hacerlos personalmente será considerado como la coronación de mis cometidos logrados hasta ahora.

—Si tiene la certeza.

—¿No estás de acuerdo?

—Excelencia, sería tan fácil. Podríamos haberlo hecho sin que usted pareciera implicado. Usted hasta podría haber lamentado públicamente el hecho, reafirmando que usted anima la libertad de expresión y pensamiento.

—León, ¡pero no la libertad de atormentar al mundo con plagas y juicios!

—Pero ¿eso no implica que estos hombres sean quienes dicen ser?

—No tiene importancia, ¿no lo ves? Yo quiero responsabilidad, mérito, puntos para oponerme a estos impostores.

—Excelencia, naturalmente como siempre, usted tiene toda la razón.

———————

El Super J se quedó al final de la pista de Al Basra. Al llegar hubo varios trabajadores del aeropuerto que vinieron corriendo al avión, descalzos, boquiabiertos ante las líneas esbeltas y elegantes del avión y su bandera británica. Donde Dwayne —antes el australiano, "Dart"—, había grabado en el costado del avión "Fair Dinkum" ahora el lema era "Angus Negro".

Raimundo estaba impresionado cómo el acento británico afectaba la postura física de Dwayne y su manera de caminar, hasta el volumen de su voz. —Caballeros, muy bien entonces —decía éste, "Ian Hill, propietario, y la señora, Elva—. Muchas gracias por preocuparse por el combustible.

Raimundo se presentó como Isaí Conde, y uno de los trabajadores le pasó un sobre con llaves y una nota dentro. —Recuerda el camión. Llévelo a esta dirección y yo estaré ahí. Al B.

Raimundo halló al antiguo vehículo de Albie y se fueron traqueteando al pueblo, al abigarrado mercado. Él, Dwayne y Trudy se sentaron a esperar a Albie en un bullicioso café, excavado en la piedra, bajo un techo de lona.

Era evidente que Dwayne sabía que debía mantener su voz baja en público, especialmente cuando dejaba de usar el acento británico. Los tres sorbían bebidas tibias mientras, por lo menos Raimundo y Dwayne, hablaban, con cuidado, del Comando Tribulación. Trudy parecía adormilarse entre sorbo y sorbo. —Lo siento —decía con la lengua enredada—, demasiada excitación para un solo día.

—Ella es todo un soldado pero me parece que nunca en su vida se había asustado tanto —susurró Dwayne, mirando a los clientes de mesas cercanas que, probablemente, no podrían entender nada.

Trudy movió la cabeza, luego asintió, y su cabeza volvió a doblarse.

—Esa hija tuya es filosa como un látigo, Raimo, no me importa decírtelo. Sé que todos ustedes deben aportar ideas y cosas así, pero ella tiene esta cooperativa organizada y funcionando como ningún negocio conocido. Tú sabes que yo prefiero ser osado con mis creencias.

—Eso escuché.

—Voy a tener que poner fin a eso en cuanto se requiera la marca para comprar y vender. Entonces mi posición quedará suficientemente clara, y la manera en que entiendo esto, al menos de los mensajes del pastor Ben-Judá, es que llegará el momento en que pierda la cabeza. Todos podemos llegar a eso.

Raimundo se permitió una sonrisa cansada. Había estado pensando en Patty y en la forma tan necia en que se había dejado arrestar. Pero nunca había oído que alguien tratara a Zión de pastor Ben-Judá, y eso le gustó. Él era más que el pastor del Comando Tribulación. Era el pastor de todos los que optaban por atender a su púlpito cibernético diario.

Mientras Dwayne seguía hablando del honor suyo, y de Trudy, por ser los operativos claves del sudoeste para la Cooperativa de Bienes, el pensamiento de Raimundo derivó a la sugerencia de Lea. Ella tenía razón; ella no tenía obligaciones de familia. Quizá *pudiera* ser móvil. Ella era una fugitiva reciente comparada con los demás de la casa de refugio. Su cara no sería reconocida más que por la CG local. Con maquillaje, lentes de contacto y el pelo teñido, podía viajar a cualquier parte.

Hasta a Bruselas.

Podía pasar como pariente de Patty. Alguien tenía que dar la mala noticia de la hermana de Patty. Raimundo esperaba que la CG mantuviera viva a Patty hasta que ella se convirtiera en creyente pero no le importaba que la tuvieran presa hasta que pasara la mitad de la gran tribulación. Si ella estuviera en libertad, iba a tratar de ponerse en la situación de matar a Nicolás. Raimundo tuvo que admitir que él codiciaba ese papel. Aunque sabía que era inútil, hacer eso no sería más desastroso que si Patty lo hacía. Quien fuera el que lo hiciera, no iba a escapar ileso. Oró en silencio, "Señor, examina mis motivos. Quiero lo que tú quieres. Quiero a Patty salva antes que haga algo para que la maten".

—Me gustaría conocer al griego del que me hablaste —decía Dwayne—. Cosechar el océano en el mar de Behring, despachar granos desde el sudoeste, y hacer el trueque de productos en Grecia es parte de lo que la señora Williams tiene listo para poner en marcha. Eso va a ser grandioso, Raimo.

Un camión más crujiente que la chatarra devastada que Albie les había prestado, chilló deteniéndose en la callejuela y Albie saltó fuera. Golpeó al camión en el panel lateral, y éste partió rugiendo. Raimundo se paró para darle la bienvenida pero Albie, que portaba una bolsa de papel marrón enrollada, le hizo señas que siguiera sentado. Albie hizo una reverencia a Trudy, pero ella estaba dormida, con la barbilla apoyada en su mano.

—Uno de los míos me informa que hay extraños por aquí —susurró acercando una silla.

—Señor Albie, usted puede confiar en nosotros —dijo Dwayne.

—Señor, yo confío por referencias —dijo Albie—. Usted está con él. Yo le tengo confianza a él, yo le tengo confianza a usted.

—¿Extraños dónde? —dijo Raimundo, sin ganas de enfrentarse otra vez con la CG—, ¿aquí?

—Parece que uno nunca los ve —dijo Albie—. Eso no significa que no estén aquí. Han aprendido a mezclarse.

—¿Dónde entonces?

—En el aeropuerto.

—Albie, tenemos que llegar a ese avión.

—No se preocupen. Yo hice que alguien le pusiera en la puerta un cartel de la CG que dice "en cuarentena", advirtiendo de los vapores de azufre de a bordo. Nadie se atreverá a acercarse. Y, por lo que sé, por ahora no hay aviones CG en la pista. Si logran partir y elevarse permaneciendo por debajo del radar durante un rato, pueden escapar.

—Pero ¿no andan buscándonos?

Albie se encogió de hombros. —Yo soy un empresario, no un espía. Tú lo sabes mejor que yo. Vamos, déjame mostrarte tu mercadería. ¿Quieres que tus amigos también la vean?

—No me importa.

—Nos iremos lejos y la probaremos.

—Yo me voy a quedar aquí con Trudy —dijo Dwayne. Ella parecía dormir profundamente, con su cabeza apoyada en los brazos que tenía sobre la mesa—. No se olviden de nosotros, ¿oyeron?

—Permanece en guardia —susurró Raimundo al ponerse de pie.

—No te preocupes por mí, socio. No me agarrarán durmiendo. No me he divertido tanto desde que los cerdos se comieron a mi hermana.

Raimundo miró a Dwayne con sus ojos entrecerrados.

—Raimo, estoy bromeando. Esa es una expresión de campesinos.

—¿Es cierto? —quiso saber León.

—¿Señor? —dijo David, sentándose en la oficina de Fortunato.

—¿No has visto la auditoría interna de su departamento?

David luchó por mantenerse tranquilo. —Supe que estaban haciendo un informe pero no me pareció que hubieran estado allí el tiempo suficiente para presentar un informe.

—Bueno, *han* llegado a ciertas conclusiones, y no me gustan para nada.

—No me dijeron nada.

—¿Cuándo los de Auditoría Interna hablan con alguien? Se supone que lo hagan pero nunca lo hacen. De todos modos, no te va a gustar lo que hallaron pero, aún así, voy a pedirte que respondas por ello.

David estaba consciente de su pulso y trató de regular su respiración. —Estaré feliz de estudiar sus hallazgos y responder tan cabalmente como pueda.

—*Te* dan elevadas calificaciones. Dicen que no es culpa tuya.

—¿Culpa?

—Por el fracaso, el desastre. Dicen que no lo es debido a tu don de mando que consideran espectacular.

—¿Qué califican de desastre?

—Seguro que no la moral de tus subordinados. Ni tu propia ética laboral. Parece que trabajas más horas que nadie salvo el potentado y yo.

—Bueno, de eso no sé...

—Jasid, lo elemental es que recomiendan terminar el proyecto de detección por la transmisión cibernética.

—Oh, no, me gustaría seguir intentándolo.

—Yo sé que es como tu mascota y que le has dedicado alma y corazón pero el hecho es que no es económico.

—Pero ¿no sería valioso poner un poco más de tiempo si *encontráramos* algo?

—No vas a encontrar nada ahora, ¿no, David? Sé honesto. Auditoría Interna dice que no estás más cerca ahora que cuando instalaste el equipo, y con los miles de horas-hombre y el presupuesto asignado a esto, ya no tiene sentido.

David elaboró su expresión de mayor desengaño.

—Así, pues, te pregunto de nuevo —dijo León—, ¿es verdad? ¿presenta más problemas de lo que vale? ¿Debemos terminarlo?

—¿Qué dirá el potentado?

—Eso es lo que me preocupa. Voy a tener que adoptar el enfoque de que no tenemos tanta necesidad de conocer la ubicación de la fuente y que los judaítas se están riendo de nosotros por esto. Él estará de acuerdo. ¿Y tú?

—¿Quién soy yo para disentir con el potentado y el comandante supremo?

—Vamos, muchacho.

—Para ni mencionar a Auditoría Interna.

—Eso es. Ahora yo tengo una idea para explicar el uso de esos horas hombres y las computadoras.

—Bueno. Aborrecería ver que se pierden.

—Ahora que la tripulación de cabina está de vuelta en el trabajo y que el Fénix 216 está apropiadamente equipado, Su Excelencia me ha encomendado una gira por diez regiones, más bien ambiciosa, para que la realice dentro de las próximas semanas. A título de preparativo para una celebración de gala de haber llegado a la mitad del tratado de protección de siete años con Israel que firmó la Comunidad Global, él quiere que me reúna personalmente con cada uno de los potentados regionales, incluyendo al nuevo líder africano. Me gustaría que tu personal, los que quedarán libres por la disolución del otro proyecto...

—Discúlpeme, Comandante, pero tengo una pregunta tonta...

—La única pregunta tonta es la que no se hace.

David pensó, *¡Nunca antes escuché eso!* Bueno, de nuevo, está fuera de mi área de competencia.

—Pregunta.

—¿No sería más económico hacer que los diez, eh, potentados vengan acá o se reúnan en alguna parte con usted?

—Buena idea, pero hay razones para hacerlo de esta manera —León se había puesto en su modalidad pedagógica protectora. Juntó los dedos y se los contempló—. Su Excelencia, Nicolás Carpatia, es un diplomático sin igual, junto con sus demás cualidades de liderazgo sobresalientes. Él manda dando el ejemplo. Él manda sirviendo. Él manda escuchando. Él manda delegando, por eso mi viaje. El potentado sabe que cada uno de sus diez potentados subordinados necesita mantener la sensación de su propia presencia. Para conservarlos leales, dinámicos e inspirados, prefiere condescender a sus propias órbitas de autoridad y autonomía. Al enviarme como emisario suyo a, cómo lo diremos, al terreno de cada uno de ellos, él los está honrando.

«Esto les da la oportunidad de desenrollar su alfombra roja, de que sus súbditos vean que ellos están recibiendo honores de una visita de palacio. En cada capital internacional yo invitaré pública y oficialmente al potentado regional a la Gala Global de septiembre. Sus súbditos serán, así mismo, invitados y se les instará a que combinen su viaje a Jerusalén con un peregrinaje extra a Nueva Babilonia.

—Interesante —dijo David.

—Pensé que ibas a pensar eso. Y aquí es dónde entran a tallar tú, tu gente y todas esas computadoras que quedarán libres. Su Excelencia siempre ha sido un modelo inigualable para mí, en cuanto a orador público. Tú conoces bien su dominio de muchos idiomas. Yo no puedo tener la esperanza de igualar eso, aunque me gustaría entender una o dos frases de cada grupo grande de idiomas a los que me dirigiré. El potentado jamás, nunca —no sé si lo has notado—, nunca, y quiero decir absolutamente nunca, usa una contracción, ni siquiera en una conversación informal.

—He tenido tan poco contacto personal con él...

—Naturalmente, pero deja que te diga que, además de su habilidad sin igual para memorizar páginas de material y hacer que hasta un discurso largo parezca improvisado, su más enorme don de oratoria es este: Su Potestad Carpatia conoce la historia de su público, hasta en sus matices, tan bien como ellos mismos. ¿Has visto alguna vez las películas de su primera alocución a las Naciones Unidas, hace tres años?

—Estoy seguro que todos la han visto a estas alturas.

—Ese solo discurso, David, selló prácticamente su nombramiento como secretario general y, oportunamente, líder del nuevo orden mundial. Él subió a esa plataforma como un simple orador, presidente de un país muy pequeño del bloque europeo oriental. El puesto a que ascendió no estaba ni siquiera vacante cuando, inicialmente, abrió la boca. Pero con brillo, encanto, agudeza, dominio del tema, el uso de todos los idiomas de las Naciones Unidas, y un relato asombroso de la historia de esa gran institución, tuvo a todo el mundo comiendo de su mano. Te concedo que si no hubiéramos sufrido las desapariciones globales que nos sumieron en un malestar apesadumbrado y lleno de terror, quizá el tamaño del público auditor no hubiera sido el apropiado para la grandeza del discurso. Pero fue como si Dios lo hubiera ordenado, y Su Excelencia fue el hombre perfecto para el momento.

Los ojos de Fortunato se habían puesto vidriosos. —Ah, fue mágico —dijo—. Yo supe, en mi alma que, si alguna vez tenía el privilegio de aportar, aunque fuera en forma minúscula los ideales y objetivos de este hombre, le entregaría mi vida. ¿Te has sentido de esa manera respecto de alguien, David?

—Creo que puedo entender con esa devoción, sí señor.

Eso pareció sacar a León de su ensueño. —*Realmente* —dijo—. ¿Puedo preguntar por quién?

—¿Quién? ¿Quiere decir a quién yo idolatro lo suficiente como para encomendarle mi vida? Sí. En realidad, a mi Padre.

—David, eso es hermoso. Él debe ser un hombre maravilloso.

—Oh, lo es. Para mí es como Dios.

—¿De verdad? ¿Qué hace él?

—Él es creativo, trabaja con sus manos.

—Pero su carácter es lo que te inspira.

—Más de lo que nunca sabrá usted. Más de lo que puedo decir.

—Eso es muy especial. Me encantaría conocerlo algún día.

—Oh, lo conocerá —dijo David—. Tengo la certeza de que un día lo conocerá, cara-a-cara.

—Eso esperaré. Pero me fui totalmente de mi tren de pensamientos. Déjame explicarte mi idea y, luego, te dejaré ir. Perdóname, pero disfruto compartir con un joven leal promisorio.

—No se preocupe.

—De todos modos, me gustaría que tu gente use esas computadoras para buscar hechos importantes de cada hombre que yo visite, de su región, de su historia. Yo les rendiré honores sabiendo lo más que pueda y siendo exacto con detalles. David, ¿puedes darme eso? Hazme quedar bien, y eso hace quedar bien a Su Excelencia, lo que es bueno para la Comunidad Global.

—Señor, lo tomaré como un reto personal.

DIECIOCHO

---

as estrellas puntearon un cielo oscuro como tinta cuando Albie frenó, por fin, en una parada polvorienta de la llanura desértica. Dejó encendidas las luces delanteras del viejo camión, iluminando un peñasco cercano a un árbol viejo que estaba a casi cien metros. Albie saltó a la parte trasera del camión y, de ahí, se trepó al techo de la cabina. Atisbó detrás de ellos.

—Deja que mis ojos se acostumbren a la oscuridad, y me cerciraré que estamos solos.

Satisfecho, saltó por el mismo camino que hizo para subirse. —Antes podía saltar de una sola vez desde el techo al suelo pero el tobillo, ¿te acuerdas?

—El terremoto —dijo Raimundo.

—Considerando todo no es una prioridad médica de alto nivel.

Le hizo señas a Raimundo para que lo siguiera a la parte delantera del camión, donde se agachó delante de uno de los focos y rebuscó en la bolsa de papel. Sacó un bloque rectangular de metal negro que parecía una caja como de veinticinco centímetros de largo, doce y medio de ancho y dos y medio de alto.

—Capitán Steele, esto es ingenioso. Cuesta más dinero pero sé que lo querrá. Mire con cuidado para que pueda ver con cuánta facilidad se hace. No puede hacerlo si no conoce el truco. Primero, siéntalo con sus manos.

Raimundo tomó el bloque impresionándose con el peso y densidad. No había junturas visibles y el bloque parecía sólido.

—Ábralo —dijo Albie.

Raimundo le dio vuelta para todos lados, bajo la luz, buscando un lugar donde agarrarlo, mover una palanca, apretar un resorte, algo. No vio nada.

—Pruebe —dijo Albie.

Raimundo tomó el bloque por ambos extremos y tiró. Luego, apretó para ver si los lados cedían algo. Lo trató de torcer, lo sacudió, apretó alrededor de los bordes. —Me convencí —dijo, devolviéndoselo.

—¿Le recuerda algo?

—Lastre. Quizá un peso de alguna clase. ¿La batería de una computadora antigua?

—¿Qué le diría al guarda de aduana cuando se vea negro y feo en el radar?

—Uno de esos, creo. Probablemente dijera que es para la computadora que dejé la última vez en mi destino.

—Eso servirá porque él tampoco podrá abrirlo a menos que haga esto, y las posibilidades indican que nunca lo hará.

Sosteniendo ante sí el bloque en forma horizontal, Albie puso su pulgar izquierdo en la esquina superior izquierda, poniendo su dedo medio izquierdo por atrás de la esquina inferior izquierda. Hizo lo contrario con la mano derecha, el pulgar en la esquina inferior derecha, el dedo medio en la parte de atrás de la esquina superior. —Estoy presionando suavemente con mis pulgares, lo que obliga a mis dedos a presentar resistencia. Cuando sienta que cede muy delicadamente, entonces deslizo los pulgares por el borde de abajo, pongo los dedos índice a lo largo del borde de arriba, agarro firme y tiro. Vea con cuánta facilidad se abre.

Raimundo sintió como si estuviera presenciando un truco mágico a treinta y tres centímetros de distancia, sin indicio alguno de cómo se iba a realizar. Albie había abierto el bloque solamente dos centímetros y medio o algo así, y rápidamente lo cerró. —Pareciera que las junturas se disuelven porque fue moldeado con un bloque sólido de acero. Pruebe, capitán.

Raimundo puso los pulgares y los dedos del medio como hizo Albie. Cuando apretó levemente con sus pulgares y sintió la presión en sus dedos, percibió que cedía muy ligeramente. Se acordó de sus juegos con centavos, cuando era niño, cuando trataba que una BB cayera en un agujero poco profundo de un cartón, inclinándolo de esta manera y de la otra. Sólo funcionaba cuando uno inclinaba precisamente lo necesario pero no demasiado.

Él agarró los extremos del bloque como Albie, y la unidad se abrió suavemente. En su mano izquierda tenía acero sólido bajo la forma de un gran rompecabezas perfectamente alineado con la pesada arma a su derecha. Asombroso.

—¿Está cargada?

—Me enseñaron que no existe nada como un arma descargada. Mucha gente ha muerto por armas que, ellos aseguraban, estaban descargadas.

—Así es, pero si yo apuntara y disparara...

—¿Se dispararía una bala? Sí.

—¿Tienes algo que no te importe poner encima de esa roca?

—Por ahora, sólo apunte a la roca. Lleva tiempo acostumbrarse.

—Yo tenía bastante buena puntería en mis años de militar.

—¿Sólo años? ¿No décadas?

—Qué simpático. Insultado por mi defensa.

—Familiarícese con el arma.

ASESINOS

Raimundo puso el bloque en el suelo y repetidamente hizo girar el revólver en su mano. Aunque pesaba bastante, tenía un equilibrio excelente y se acomodaba fácilmente en su palma. Se preocupó que pudiera costar mantenerlo derecho debido al peso.

Albie dijo: —Ese mecanismo no se halla en ningún otro revólver. Sólo en los rifles de alta potencia de fuego. No amartilla. Es semiautomático. Tiene que tirar el gatillo de nuevo para cada disparo, pero disparará toda una salva tan rápido como usted pueda soltar el gatillo y apretarlo de nuevo. Probablemente sea el revólver más ruidoso que se haya fabricado, y le recomiendo que se tapone el oído más cercano al arma. Por ahora, tápese el oído con la otra mano.

—No veo un seguro.

—No tiene. Sencillamente apunta y dispara. La lógica subyacente a este arma es que usted no separa el bloque ni la saca a menos que pretenda destruir a lo que dispare. Si dispara a esa roca suficientes veces, la destruirá. Si le dispara a una persona para matarla, en una distancia hasta de sesenta y un metros, la matará. Si la hiere en una parte neutra, desde esa misma distancia, la bala romperá piel, músculo, grasa, tendones, ligamentos, y hueso, y atravesará el cuerpo dejando dos orificios. Suponiendo que usted esté a poco más de tres metros de distancia, por lo menos, la punta blanda ahuecada tiene tiempo para abrirse debido al calor de la explosión del disparo, y la fuerza centrífuga causada por los giros. Hay unos surcos, como de rifle, por dentro del cañón que inducen los giros. El proyectil tendrá, entonces, unos tres centímetros con ochenta y un milímetros de diámetro.

—¿La bala se expande como disco giratorio?

—Exactamente. Y, como le dije por teléfono, un hombre *al que no le dé* la bala por sólo cinco centímetros, disparada desde nueve metros de distancia, sufrirá una tremenda herida por el solo desplazamiento del aire. Si usted hiere a alguien desde unos tres a sesenta y un metros de distancia, la bala dejará un orificio de salida de casi quince centímetros de diámetro, dependiendo eso de cuál parte del cuerpo sea expelida con ella. La bala giratoria, delgada y dentada (mellada) perfora todo lo que haya en su camino, juntando la sangre y tejidos rotos a su alrededor, como el pasto se junta alrededor de la hoja de una cortadora de césped a motor, y así se convierte en un objeto destructor más grande. Durante la prueba de esta arma, un técnico resultó herido por accidente, justo encima de la rodilla desde unos seis metros de distancia. La pierna resultó amputada, efectivamente, con la parte inferior unida por una delgada tira de piel a cada lado de la rodilla.

Raimundo movió la cabeza y miró la fealdad que tenía en la mano. ¿Qué estaba pensando? ¿Que alguna vez se atrevería a andar portando esa clase de monstruosidad, para ni hablar de usarla? Él se sentiría muy presionado a justificar esto como arma defensiva.

—¿Estás tratando de convencerme de comprar esto o desistir de la compra?

Albie se encogió de hombros. —Yo quiero que usted quede satisfecho con su compra. Sin quejas. Le dije que podría comprar algo más barato. Usted dijo que quería rendimiento. Lo que haga con esto es cosa suya, y ni siquiera quiero saberlo. Capitán, pero le garantizo que si alguna vez tiene que usarla con alguien, no tendrá que usarla dos veces.

—No sé —dijo Raimundo, dolorido por estar agachado. Cambió el peso del cuerpo, tomó la otra mitad del bloque y lo sostuvo frente al arma para ver cómo se alineaban.

—Por lo menos, pruébela —dijo Albie—. Es una experiencia.

—Apuesto que sí.

Raimundo dejó caer nuevamente el bloque, se paró entre los focos delanteros, abrió las piernas, apuntó a la roca, y sopesó la muñeca de la mano con que iba a disparar, con la otra mano.

Albie se tapó las dos orejas, luego le interrumpió: —Realmente debiera meterse algo en la oreja derecha...

Raimundo sacó del bolsillo la nota que Albie le había escrito y le rompió un pedazo, lo humedeció con la lengua, e hizo una bolita. Se la metió en la oreja y tomó de nuevo la postura para disparar. —Desearía poder amartillarla sólo por cuestión de tiempo. Esto es como si el revólver estuviera listo pero yo no.

—No le escucho —dijo Albie, con voz muy alta—. Temo que dispare si saco las manos de las orejas.

El revólver estaba sólo ligeramente más cerca de la oreja protegida de Raimundo. Cuando apretó el gatillo, el retroceso lo tiró contra la capota del camión. Se deslizó donde su trasero golpeó el parachoques, pero no había suficiente lugar para sujetarlo, y se cayó desparramado al suelo. La explosión sonó como una bomba y, luego nada, pues quedó transitoriamente sordo y ni siquiera oyó el eco. Raimundo se alegró de no haber disparado otra salva cuando iba cayendo.

Albie lo miró, expectante.

—Tienes razón. Toda una experiencia —dijo Raimundo con su oído zumbando.

—Mire —dijo Albie señalando a la distancia.

Raimundo entrecerró los ojos. La roca no lucía mal en absoluto. —¿La toqué?

—¡Le dio al árbol!

Raimundo no podía creerlo. La bala había impactado el tronco del árbol, a casi dos metros y medio del suelo, justo por debajo de las ramas. —Tengo que ver esto —dijo, luchando por ponerse de pie. Albie lo siguió acercándose lo suficiente para ver que se había hecho un orificio en el tronco del árbol que dejó intacto su mitad. El peso de las ramas superó finalmente al hoyo, y la copa del árbol se desplomó, rebotando en la roca.

—Había oído de los cirujanos de árboles —dijo Albie—, pero...

—¿Cuántas salvas tiene?

—Nueve. ¿Quiere probar de nuevo y ver si puede darle a lo que apunta.

—Tendré que compensar. Tira arriba y a la derecha.

—No. No tira.

—Viste donde toqué. Yo estaba apuntando al medio de la roca.

—Capitán, perdóneme pero el problema no fue el revólver. Fue el tirador.

—¿Qué?

—En su profesión, dirían que fue un error del piloto.

—¿Qué hice?

—Se encogió. Usted esperaba el sonido y la acción potentes, e hizo que el cañón apuntara hacia arriba y a la derecha. Esta vez, concéntrese no sólo en no hacerlo sino que afirme el pie que ponga atrás y reciba el retroceso en las piernas.

—Demasiado para pensar.

—Pero trate. De lo contrario se cae al suelo otra vez y el árbol queda fuera de combate.

Raimundo se taponó las dos orejas esta vez, asegurándose que su pierna derecha estuviera afirmada por detrás de la izquierda, con la rodilla ligeramente doblada. Indudablemente tuvo que luchar contra el impulso a encogerse cuando apretó el gatillo. Esta vez, sin confundirse por el ruido y sin ser tirado contra el camión, sus ojos miraban la roca cuando un tremendo pedazo de arriba salió volando. Raimundo recogió un trozo de por lo menos veinticinco centímetros de diámetro y siete de grosor.

—¿Quién hace esto?

—Los que tienen que saber, lo saben.

—No está firmado —dijo Raimundo—. ¿Cómo lo llaman?

—La gente que conoce el arma la apodaron el Sable.

—¿Por qué?

Albie se encogió de hombros. —Probablemente porque la otra pieza podría denominarse vaina. Cuando están juntos, es como un sable en su vaina.

Albie le mostró cómo armar el bloque de nuevo, lo volvió a meter en la bolsa y lo llevó en el camión de vuelta al mercado.

—No hace falta decir que no ando trayendo esa cantidad en efectivo —dijo Raimundo.

—La tengo en consignación. ¿Puede dármelo en dos semanas?

—Vendrá de Max.

—Suficiente... uy, oh.

Raimundo miró. El camino a la abigarrada zona comercial estaba bloqueado por Pacifistas de la CG, con linternas relampagueantes. Albie se fue por calles laterales. Al acercarse al café, frenó bruscamente y suspiró. Raimundo se inclinó hasta que tocó el parabrisas con la cabeza. La muchedumbre estaba en la calle, el café estaba vacío salvo la mesa donde Raimundo y Albie habían dejado a los Tuttles.

Trudy estaba sentada en la misma postura que cuando ellos se fueron, con la cabeza anidada en sus antebrazos puestos sobre la mesa pero le faltaba un tremendo pedazo de la parte de atrás de la cabeza, y sus brazos estaban cubiertos de sangre que aún goteaba desde la mesa.

Al lado de ella, frente a Raimundo, estaba el alto, rubio y pecoso Dwayne. Su cabeza estaba echada para atrás y le colgaban los brazos a los lados, con las palmas para arriba, los pulgares hacia adelante. Su frente tenía un hoyo redondo muy limpio y su silla descansaba en un charco de sangre.

Raimundo tomó la manija de la puerta pero los dedos de Albie se clavaron como garras en su brazo. —Amigo, no puede hacer nada por ellos. No se delate a los enemigos. Déme su teléfono.

Aturdido, Raimundo se lo pasó, luego aporreó el tablero con sus puños mientras Albie retrocedía de la zona y manejaba cruzando la arena. Habló rápidamente en su idioma nativo, luego cortó y cerró el teléfono poniéndolo en el asiento, al lado de Raimundo.

Éste no podía dejar de golpear el tablero. Su cabeza le latía, los puños golpeaban con dolor. Sus dientes estaban apretados y un zumbido le invadía el cerebro. Sentía como que la cabeza le iba a reventar. El instinto le dijo que orara pero no pudo. Su fuerza lo abandonó como si hubiera abierto una cañería de drenaje dejando que escapara. Se desmoronó en el asiento.

Albie dijo: —Escúcheme con todo cuidado. Usted sabe que los que hicieron eso van tras de usted. Ellos estarán al acecho en el aeropuerto y, probablemente, haya uno o dos aviones de combate en el aire. ¿Puede comandar el vuelo de ese avión?

—Sí.

—Le dije a mi hombre, allá, que anuncie que se cierra el aeropuerto debido a los vientos y los toques de queda que hay en zonas vecinas. Dará diez minutos a la gente para que se vaya antes de apagar las luces de la pista. Me dice que no hay nadie cerca de su avión pero que el aeropuerto está más ocupado que nunca con tráfico de peatones. El lugar estará oscuro y, esperemos, vacío cuando lleguemos allí. Aún así, para estar seguros, yo lo dejaré salir antes de entrar a la torre. Permanezca andando en la oscuridad hasta que llegue al avión. Cuando yo escuche sus motores, le alumbraré la pista.

Raimundo no pudo hablar, ni siquiera para agradecer a Albie. He aquí uno que no era creyente, pero era enemigo de Carpatia y estaba dispuesto a hacer cualquier cosa por demorarlo. No conocía la situación de Raimundo y le dijo repetidamente que no quería saber. Pero estaba arriesgando su vida tratando de poner a Raimundo en el aire, y él nunca lo olvidaría.

Estaban a la vista del aeropuerto cuando se apagaron las luces y una corta hilera de automóviles salió serpenteando del estacionamiento. Albie se detuvo y le hizo señas a Raimundo para que se fuera, apuntando ampliamente a la derecha del campo de vuelo, que ahora era un mar negro. Raimundo tomó la bolsa y empezó a irse pero Albie lo alcanzó y sacó el bloque de la bolsa. Abrió el revólver y le pasó las dos partes. Le echó más balas en la mano y lo metió en el bolsillo de Raimundo.

—Por si acaso —dijo, metiendo la bolsa detrás del asiento del camión.

La furia había apretado de nuevo la garganta de Raimundo, y no podía emitir ni un sonido. Deslizó el revólver en un bolsillo y el bloque en el otro, tomó su teléfono, y estiró la mano a Albie, apretándosela con firmeza. Albie dijo:

—Yo sé. Ahora, váyase.

Raimundo se fue tambaleando por la arena y raspando el césped en la oscuridad, escuchando su propio jadeo. Cuando sus cuerdas vocales se relajaron por fin, gemía cada vez que respiraba. Entonces, emitió un gruñido con la boca cerrada, tan profundo y feroz que lo aturdió y casi se cayó. Estaba a poco más de treinta metros del avión cuando escuchó pasos que se acercaban, en ángulo, y un grito: —¡Raimundo Steele! ¡Alto! ¡Pacifista de la CG!

Raimundo gruñó un "¡no!" gutural y siguió moviéndose, tocando su bolsillo para sacar el revólver.

—¡Está arrestado!

Siguió moviéndose.

—¡Deténgase o dispararé!

Raimundo sintió ese cosquilleo en su espalda. ¿Había sido en la mañana de ese mismo día que había eludido a otro revólver CG? Se dio vuelta, con el arma levantada.

La débil luz del camino lejano perfilaba al hombre CG, acercándose a él, con el arma apuntada.

Raimundo se detuvo. —¡No me obligue a dispararle! —gritó pero el hombre siguió aproximándose. Raimundo le disparó a los pies, impactando el suelo a noventa y un centímetros por delante del hombre.

Se alzó una tremenda nube de arena y el hombre fue lanzado hacia atrás, cayendo al suelo sobre su estómago con fuerte "!uuh!". Su arma se le soltó, con ruido. Raimundo se lanzó al avión, mirando por sobre su hombro para ver al hombre que yacía inmóvil.

—Dios, ¡no dejes que se muera! —dijo, abriendo con fuerza la puerta y zambulléndose en el avión. Cerró la puerta, dándose cuenta que estaba empapado en sudor. —¡No quiero matar un hombre!

Raimundo saltó por encima del respaldo del asiento, al asiento del piloto y encendió los motores. El tanque del combustible marcaba lleno, los otros controles cobraron vida, y las luces de la pista se prendieron. Tomó la radio: —¿Todo claro? —dijo, cuidando no mencionar el nombre de Albie.

—Dos aviones a nueve kilómetros y seiscientos cincuenta metros hacia el norte —llegó la respuesta. Iban a estar encima de él en segundos, pero esperarían que él se dirigiera al oeste y subiera rápidamente.

Raimundo miró a lo lejos por su izquierda justo antes de alcanzar la velocidad de despegue. El hombre de la CG había logrado pararse y se tambaleaba como si estuviera recobrando el aliento y buscando su arma. El Super J se lanzó suavemente al aire, y Raimundo se dirigió al sur, quedándose por debajo del nivel de detección del radar hasta que se cercioró que no lo perseguían. Entonces, le dio toda la fuerza al avión, y el empuje lo tiró contra el respaldo del asiento mientras enfilaba la nariz del avión hacia las estrellas y al oeste. Todo lo que quería era alcanzar la máxima velocidad de crucero a una altura óptima y llegar entero donde sus compañeros en casa.

Era justo después de mediodía en Illinois, cuando Zión Ben-Judá se paró a mirar por la ventana de la planta alta de la casa de refugio. El verano llegaba. Acababa de disfrutar un almuerzo liviano con Camilo, Cloé, el bebé y Lea. Qué mujer extraña y maravillosa había resultado ser Lea. No entendía qué era lo que le molestaba tanto a Raimundo de ella. Zión la encontraba sumamente atractiva.

Casi había terminado su mensaje para los fieles e iba a empezar a pulirlo para transmitirlo dentro de pocos minutos. En ese mensaje advertía sobre lo cercano que estaba septiembre, el mes cuarenta y dos de la gran tribulación, siendo lo más probable que la cifra de muertes por los doscientos millones de jinetes llegara a la tercera parte de la población. La gravedad de su mensaje le pesaba, y sintió la súbita necesidad de orar por su viejo mentor y compatriota, Jaime Rosenzweig.

—Padre —empezó—, ya ni siquiera sé cómo orar por mi amigo —Zión citó—. "Y de la misma manera, también el Espíritu nos ayuda en nuestra debilidad; porque no sabemos orar como debiéramos, pero el Espíritu mismo intercede por nosotros con gemidos indecibles; y aquel que escudriña los corazones sabe cuál es el sentir del Espíritu, porque Él intercede por los santos conforme a la voluntad de Dios".

—Gracias, Señor —dijo.

Y cuando abrió los ojos, pensó primero que estaba soñando. Un ejército de jinetes y sus corceles llenaba todo su campo visual, enmarcado por la ventana. Cientos y cientos de miles de ellos, galopando, galopando. Las cabezas de los caballos eran como las cabezas de los leones, y de sus hocicos salía fuego y humo.

Zión había escrito de éstos, había oído los relatos de terceros, había deseado secretamente poder darles un vistazo pero, ahora mientras los contemplaba sin pestañear, queriendo llamar a los demás, especialmente a Camilo que no los había visto no lograba hallar su voz.

A mediodía, con el fuerte sol tardío del verano que bañaba la escena, los gigantescos jinetes lucían enojados y decididos. Sus corazas de brillantes colores refulgían al ir atronando las inmensas bestias que montaban, lado a lado, cobrando velocidad al pasar del trote al galope y después a la estampida.

Era como si les hubiera llegado la hora. Las incursiones ocasionales había sido meros ensayos. La caballería demoníaca, limitada sólo por Dios que elegía a quienes podían matar, retumbaba surcando la Tierra en lo que sería seguramente su embestida final.

—¡Zión! —llamó Camilo desde abajo—. ¡Mira por la ventana! ¡Rápido!

Raimundo tenía al piloto automático del Super J en rendimiento máximo. La fatiga lo abrumaba pero no se atrevía a dormitar, sin que importara la tecnología que tenía al alcance. Tomó su teléfono para llamar a casa cuando algo le llamó la atención, kilómetros más abajo. Fuego y humo, en volutas negras y amarillas subían de una ilimitada franja de millones de jinetes y caballos cruzando a todo galope el océano, en dirección a tierra.

DIECINUEVE

Tres meses después

Agosto empezó caliente y húmedo en Monte Prospect. Raimundo estaba casi tan inmóvil como el viento. La casa de refugio no tenía aire acondicionado y, al morir la mitad de la población mundial desde el arrebatamiento nada era como había sido antes.

Una premonición ominosa pendía sobre la casa. Los temperamentos estaban explosivos, los nervios estaban al desnudo. El bebé caminaba ahora y hablaba un poco, siendo la única diversión valedera, pero Keni también estaba molesto con el calor, y se sabía que hasta Zión se había marchado de la sala cuando estaba por reventar, y Cloé no se apresuraba a calmarlo.

Si el arrebatamiento había producido un lamento colectivo de todo el mundo por la pérdida de seres queridos y de todos los niños, y el terremoto de la gran ira del Cordero había cambiado donde vivía la gente y cómo se trasladaban, desde entonces los juicios habían sido peores aun. El oscurecimiento transitorio del sol, la luna y las estrellas, la quemazón de la tercera parte de la Tierra, el envenenamiento de la tercera parte de las aguas y, ahora, la muerte de más de mil millones de personas... bueno, Raimundo pensaba, era un prodigio que alguien permaneciera cuerdo.

Quizá no. Quizá todos se habían enloquecido. Raimundo reflexionaba sobre ideas que sabía eran absurdas. ¿Podría aún despertarse al lado de Irene, su esposa preciosa pero despreciada y abandonada, y Raimundito estaría abajo en el vestíbulo con sólo doce años de edad, y él, Raimundo, con tiempo para llegar a ser el marido y el padre que debiera haber sido? ¿Sería todo esto una especie de sueño, como el del avaro misántropo del cuento navideño de Dickens, que le estaba permitiendo dar un vistazo a lo que sería la vida si él no cambiaba sus conductas?

¿Podría despertarse siendo un hombre nuevo, listo para dar su vida a Dios, y ser la clase correcta de influencia para su hija, su esposa y su hijo?

Era posible, ¿no? ¿No podría, aún, haber sido la peor pesadilla imaginable? Raimundo sabía que su cerebro limitado no estaba programado para asimilar todo lo que él había vivido. No quería clasificar nunca más todo lo que había visto, todo lo que había perdido. Había sido más de lo que puede tolerar un mortal y no obstante ahí estaba él.

El mundo había sido invitado a la Gala Global a celebrarse en Jerusalén dentro de un mes a contar de ahora. ¿Cómo osaba hacer eso Carpatia? ¿Cómo osaba juzgar que era aceptable celebrar algo cuando la última plaga había matado más gente que todos los arrebatados tres años y medio antes?

Zión advirtió a su público que no fueran, que no se dejaran tentar por las profecías que señalaban esa fecha como la caída de la única fe mundial, la hora fijada para los dos testigos, y la muerte de hasta el mismo Carpatia. Aunque vivía en la misma casa, como todos los demás que residían ahí, Raimundo también leía a diario los mensajes de Zión. Tocante al tema de la aborrecible Gala Global, éste había escrito:

Tim LaHaye & Jerry B. Jenkins

He sido invitado extrañamente como "estadista internacional". Todo ha sido perdonado; se ha declarado la
amnistía para los disidentes, se ha garantizado nuestra
seguridad. Bien, mis queridos amigos, hermanos y hermanas en Cristo, yo no iré. Está profetizado un terremoto que borrará la décima parte de esa ciudad. No temo
por mi bienestar pues mi futuro está asegurado —como
el vuestro si han confiado en Cristo tocante al perdón y
la vida eterna.

Sin embargo, no opto por presenciar personalmente
esos acontecimientos históricos únicos cuando está
claro, dada la naturaleza de aquellos, que el mismo
Satanás hará sentir su presencia. Mi familia fue asesinada alevosamente como venganza por mi "pecado" de
hacer pública mi creencia que Jesús es el tan esperado
y buscado Mesías. En la fuga de mi patria y, aun en todo
el camino al lugar donde estoy exilado, estuve oprimido
por la presencia espantosa del autor de la muerte.

Amigos míos, la muerte flotará en el aire de Jerusalén
en el próximo mes sin que importe cuál sea el envase
en que se presente y se venda el acontecimiento al
mundo. Resulta injurioso que un festival sea la excusa
dada para juntar a estos bandos. Por un lado, el así
llamado potentado mundial decreta el final de los sacri-
ficios y las ofrendas en el templo, porque violan los
fundamentos de la tolerancia que abraza la Única Fe
Mundial Enigma Babilonia. Por el otro lado, él pretende
celebrar el pacto entre la Comunidad Global e Israel.
¿Cómo se aúnan esos dos? Aunque es cierto que ha
intimidado al mundo impotente y ha impedido que los
enemigos potenciales ataquen a Israel, él pisotea las
tradiciones centenarias traicionando el legado y la autonomía religiosa de Israel.

Yo seguiré el desarrollo de los hechos por la Internet
o televisión, como el resto del mundo pero, no, mis
amados, no aceptaré la invitación para concurrir. Este
acontecimiento lanza la segunda mitad de la gran tribulación que hará que estos días horrorosos parezcan
serenos.

Hasta los medios noticiosos dominados por la CG no pueden seguir azucarando lo que sabemos que es cierto: el delito y el pecado son incontrolables. Los artículos de primera necesidad para la vida escasean mucho debido a la falta de mano de obra y de procedimientos para fabricarlos y distribuirlos. Sin embargo, no hay un solo barrio en la Tierra que no tenga un prostíbulo, un lugar donde se hacen sesiones espiritistas y se adivina la suerte, o un templo pagano expresamente dedicado a adorar ídolos. La vida no vale nada y nuestros conciudadanos mueren diariamente pues los merodeadores saquean sus hogares, negocios y personas. No hay suficientes Fuerzas Pacifistas vivas aún para hacer el trabajo de policía, y los que están en ese trabajo están abrumados o corrompidos.

Es asombroso lo que sigue floreciendo habiendo desaparecido, sencillamente, la gente que llevaba toda clase de vida. Prácticamente no hay películas ni programas de televisión nuevos pero no escasea la pornografía ni la perversión en los cientos de canales aún disponibles para todos los que tengan un receptor.

Hermanos y hermanas, no nos sorprendamos que estos sean días tenebrosos, y yo oro que ustedes resistan, se sostengan y sigan tratando de compartir la verdad de Jesús hasta que Él vuelva. La mera supervivencia de hoy en adelante les va a ocupar la mayor parte del tiempo pero les insto que se preparen, que tengan un plan para lo que harán cuando llegue el día inevitable en que no sólo sea ilegal visitar este sitio de la Red o declararse creyente. Prepárense para ese día en que se exija la insidiosa marca de la bestia en la frente o la mano para que compren y vendan legalmente.

Por sobre todo, no cometan el error fatal de pensar que pueden aceptar la marca en aras de la facilidad mientras creen en Cristo, privadamente. Él ha explicado claramente que negará ante Dios a los que le nieguen ante los hombres. En enseñanzas posteriores aclararé por qué la marca del maligno es irrevocable.

Si ya han confiado en Cristo para su salvación, tienen

la marca del sello de Dios en su frente, visible solamente para otros creyentes. Felizmente esta decisión, marca y sello son irrevocables también, así no tienen que temer perder su situación con Él pues: "¿Quién nos separará del amor de Cristo? ¿Tribulación, o angustia, o persecución, o hambre, o desnudez, o peligro, o espada? Tal como está escrito: Por causa tuya somos puestos a muerte todo el día; somos considerados como ovejas para el matadero. Pero en todas estas cosas somos más que vencedores por medio de aquel que nos amó. Porque estoy convencido de que ni la muerte, ni la vida, ni ángeles, ni principados, ni lo presente, ni lo por venir, ni los poderes, ni lo alto, ni lo profundo, ni ninguna otra cosa creada nos podrá separar del amor de Dios que es en Cristo Jesús Señor nuestro".

A pesar de y en medio de cada prueba y tribulación, continuemos dando gracias a Dios, que nos da la victoria por medio de nuestro Señor Jesucristo. Y, como dicen las Escrituras: "Por tanto, mis amados hermanos, estad firmes, constantes, abundando siempre en la obra del Señor, sabiendo que vuestro trabajo en el Señor no es en vano".

Firme en el amor por todos ustedes, su amigo
Zión Ben-Judá.

———————

Patty estaba presa, sin saber de la muerte de su hermana, y Raimundo se sentía responsable por ella.

Los asesinatos de Dwayne y Trudy Tuttle le habían roto el corazón.

La reacción de Bo Hanson ante la pérdida de su hermano sirvió solamente como otro clavo más del ataúd que contenía la desesperación de Raimundo. Éste y Ti se habían puesto de acuerdo en que Ti tenía que darle la noticia a Bo. Ti había entablado amistad con éste, a pesar de sus diferencias; en cambio, Raimundo lo había alejado y esperaba que Ti abriera una puerta de testimonio para Bo al darle compasivamente la espantosa noticia. Quizá, entonces, Raimundo pudiera disculparse por su conducta y participar en que Bo aceptara a Cristo.

Ti había regresado animado de su reunión con Bo. Lo había llamado, se había reunido con él en su departamento y le había contado lo sucedido. Informó que el lloroso Bo había preguntado: —¿Y qué pasa con la nota de Sam que recibí?

—Ray, le dije que era invento de la CG. Él parecía estar bien. Lloró mucho, se echó la culpa. Dijo que vendió a su hermano sólo por dinero pero él no lo vendió. Sencillamente cometió el error de meterse en un plan mal pensado. Él estaba deprimido cuando vine para acá, pero me dejó que orara con él. Pensé que ese fue un tremendo paso.

—Estoy seguro que lo fue —dijo Raimundo—, pero no pediste verme para darme la buena noticia. ¿Qué pasó?

Ti se volvió a sentar suspirando. —Bo se suicidó anoche. Se emborrachó en un bar hasta enfermarse; esgrimió una pistola, maldijo a Carpatia y al mundo y se disparó.

Raimundo había estado inconsolable durante días, diciéndose "muy bien pudiera haber apretado ese gatillo yo mismo".

El resto del Comando Tribulación le ofrecía las monsergas habituales de "no puedes echarte la culpa" y, al final, tuvo que concordar con ellos. Dirigió la culpa al único que tenía toda la culpa que necesitaba: Nicolás Carpatia.

Raimundo se sumergió en los pasajes proféticos sobre la muerte del anticristo, sin buscar nunca el consejo o la interpretación de Zión. En su febril estado él interpretaba los pasajes bíblicos como quería, poniéndose él mismo como el agente que Dios usaría para realizar la obra. Raimundo se estremecía cuando leía que "si alguno mata a espada, a espada debe ser muerto", y sabía que hasta Zión creía que esto se refería al anticristo. ¿Era esto un mensaje justamente para él? Otro versículo se refería a la bestia que fue herida a espada y vivió. Eso tenía que referirse a una de las cabezas "de la bestia que tenía la herida de la espada y que ha vuelto a vivir".

Él no lo entendía en absoluto. ¿Quién podría? Pero Raimundo creía, sin el análisis de Zión, que había entendido estos versículos. Carpatia iba a ser mortalmente herido en la cabeza con una espada y luego volvería a vivir. ¿Espada? ¿Cómo había nombrado Albie a la soberbia máquina de matar que Raimundo había escondido detrás de unos ladrillos sueltos que había en el subterráneo? Sable.

¿Podría él —querría él hacerlo? ¿Era su deber? Movió la cabeza. ¿Qué estaba pensando?

Max echaba de menos a Raimundo que había sido la voz de la razón, un mentor, un modelo espiritual. Max disfrutaba compartir con David y Anita, eran grandes personas pero les costaba identificarse con ellos. Abdula era un buen primer oficial y un piloto prodigioso pero podía pasarse días sin decir palabra excepto para contestar a Max.

La vida era interesante pero ya no era más divertida. Volar a las capitales principales y escuchar la corte incesante a los diez reyes que hacía Fortunato, era tan nauseabundo como fascinante. Detrás de una plataforma puesta en la pista del aeropuerto de Nairobi, León daba la bienvenida, con grandilocuencia: —al honorable señor Enoc Litwala, del gabinete de los estimados potentados regionales de Su Excelencia Nicolás Carpatia. La manera en que este gran líder y renombrado pacifista fue pasado por alto en la búsqueda inicial de un potentado regional para los Estados Unidos de África, será un baldón de ignominia en la historia de la Comunidad Global. Podemos haber llegado tarde a él pero lo encontramos, ¿no?

Las multitudes daban vivas a su hijo favorito. León continuaba: —Su Excelencia envía sus saludos de todo corazón a África y sus elevados cometidos de las metas internacionales que ustedes han logrado. ¡Me complazco singularmente, en su nombre, al invitar personalmente a su nuevo potentado para que asista a la Gala Global que se celebrará en Jerusalén en el mes de septiembre!

Luego de esperar que la multitud se calmara, León afectaba un tono serio: —Hemos soportado tiempos duros y pérdida de muchas vidas pero Su Excelencia no escatima gastos para el festival internacional como nada que se haya visto antes. Además de celebrar la mitad del tiempo del pacto con Israel, y estoy tan complacido que él me haya autorizado para compartir públicamente esto con ustedes, Su Excelencia garantiza —oyeron bien— garantiza el fin de las plagas asesinas. ¿Se preguntan cómo puede hacer eso? El potentado quiere que se anote que si los dos testigos del Muro de los Lamentos no cesan ni desisten de atormentar a Israel y al resto del mundo, él se encargará personalmente de ellos.

Este mensaje era repetido en cada capital suscitando reacciones de entusiasmo. Max creía que la gente estaba tan cansada de la muerte y la destrucción y tan adicta a su propio pecado que esperaban retornar a la vida que tenían antes que los dos profetas de la condenación habían parecido desencadenar la cólera del cielo. ¿Era posible que Carpatia matara literalmente a la pareja? ¿Antes no había amenazado con hacer eso? Ellos lo habían dejado en ridículo pero ahora Carpatia daba garantías. Y también prometía ayudar a que la gente fuera a la Gala a pesar de la desastrosa pérdida de servicios públicos debido a la menguada población.

—Estamos por ver un vuelco espectacular hacia nuestras metas e ideales de una sociedad utópica —recitaba Fortunato citando a Carpatia—, y la Gala Global marcaría el primer paso.

Max pensaba que era absurdo ver al anticristo en una pesadilla de relaciones públicas tratando de salvar su imagen.

León seguía su alabanza de los potentados regionales en cada capital, prometiendo mejores servicios de la Comunidad Global. —Vamos a trabajar con más inteligencia y empeño para satisfacer las necesidades de ustedes. En diez años más el único recuerdo de la disminución de la población será la tristeza por los que perdimos. Los inconvenientes serán cosas del pasado pues trabajaremos juntos hasta que la tecnología de mayor avanzada nos lleve a un nivel de servicios más elevado de lo que jamás hayamos soñado.

Siempre había oportunidades de tomar fotografías para la prensa controlada por Carpatia, en la cual Fortunato aparecía contemplando gravemente las zonas subdesarrolladas debido a las muertes en todas partes. Entonces, besaba bebés y los tomaba en brazos, conservando distancias, mientras proclamaba, "el futuro de la Comunidad Global". Finalmente, con gente de la zona, que estaba animada e inspirada, invitaba al potentado a volver a subir al opulento Fénix 216 para "una reunión confidencial de alto nivel en que su líder puede representar mejor que nadie las necesidades de esta región".

Entonces, Fortunato escuchaba, por supuesto, a los potentados, y hacía promesas que ni millones de Carpatia podrían cumplir, pero cada confabulación privada se centraba en el momento oportuno, en "la situación del Enigma Babilonia". Al ir escuchando, Max supo que la mayoría de los potentados sabían exactamente de qué hablaba León en cuanto éste planteaba el tema. Unos pocos querían saber, "¿qué situación es esa?" pero, de una u otra manera, cuando León salía para su próxima aparición, había quedado claro con cuáles potentados se podía contar. Para Max era sorprendente que cada uno quedara anotado como oponente al dominante Pedro Segundo.

Eso era tan asombroso que Max solicitó una charla telefónica en privado con Zión, a pesar de las diferencias de hora. Él habló primero con Lea, como pasaba ahora con todas las llamadas, y le aseguró que él comprendería si Zión no tenía tiempo pero al día siguiente, los dos hablaron por teléfonos seguros.

—Amigo mío, capitán McCullum, le agradezco tanto la información interna que usted me manda. Eso facilita mucho mi trabajo y me da ideas de las obras internas que nunca tuviera si no fuera así. ¿Qué puedo hacer por usted?

—Señor, bueno, espero que sólo sea una pregunta rápida. Yo sé que David mantiene al día a todos, por medio de Lea, en cuanto al complot para reunir a los diez reyes poniéndolos en contra de Pedro Segundo. Sabemos que no todos los reyes son siquiera leales a Carpatia pero cada uno está de acuerdo con esto contra Pedro. ¿Están solamente tendiendo cortinas de humo a Fortunato o soy un ingenuo que se cree lo que suena como rabia y acuerdo verdaderos?

—Excelente pregunta, capitán, y la única razón por la que no la he tratado en la Red es que siento que pudiera revelar demasiado y, entonces, me estaría metiendo en la historia que se desenvuelve. Eso es un precedente peligroso y debemos resguardarnos para no ayudar a Dios, como si pudiéramos, a cumplir Sus promesas. Si Él dice que algo pasará, pasará.

«No obstante, en cuanto a los diez reyes y su disposición para conspirar contra Pedro Segundo: eso es bíblico. Dios está trabajando Su plan eterno. Igual como en la época del Antiguo Testamento usó ejércitos paganos para castigar a Su propio pueblo, y hoy emplea hordas demoníacas para captar la atención de los incrédulos, también usa a estos reyes. El capítulo diecisiete del Apocalipsis dice: "Y los diez cuernos que viste y la bestia, éstos odiarán a la ramera y la dejarán desolada y desnuda, y comerán sus carnes y la quemarán con fuego".

«Ahora escuche esto, capitán. El siguiente versículo responde su pregunta. La razón que tienen para ponerse de acuerdo en esto cuando, verdaderamente, todos son unos maníacos ególatras que concuerdan en muy poco —ni siquiera tocante a Carpatia— es esta. Escuche mientras leo: "porque Dios ha puesto en sus corazones el ejecutar su propósito: que tengan ellos un propósito unánime, y den su reino a la bestia hasta que las palabras de Dios se cumplan".

—Vaya.

—¿Eso no es grandioso? Asombra presenciar el cumplimiento de la profecía.

—Gracias, señor.

—Encontrará que estos reyes tienen el mismo propósito porque Dios lo dispuso así. Y usted sabe que eso significa la desaparición de Pedro, ¿no?

—Me lo imaginé.

—La cuestión es cómo y dónde va a pasar.

—Tengo una idea —dijo Max.

—*Realmente* —dijo Zión.

Max le contó la conversación privada de León y Kenyan Enoc Litvala, el rey más nuevo. Fortunato había escuchado la lista de sugerencias y exigencias de Litwala, tomando notas, diciéndolo que lo pensaba de lo que le oía decir, y así por el estilo, luego trajo al tapete el asunto de Pedro Segundo:

—Su Excelencia ha pedido que trate personalmente con usted una situación muy delicada. Él admira mucho su sabiduría y habilidad para calibrar las circunstancias pero este es un asunto con el cual puede que usted no esté familiarizado. ¿Sabe usted de alguna vacilación, diremos, de parte de otros potentados regionales tocante a, ah... la visibilidad de Pedro Segundo?

Litwala había contestado tan rápido que Max tuvo que enderezarse en el asiento y apretar más el auricular. —No sé ni me importa qué piensan mis colegas —dijo Litwala—, pero hablaré lo que hay en mi corazón. Yo desprecio al hombre. Es egoísta, legalista, engreído. Se ha apropiado de enormes sumas de dinero para su Enigma Babilonia que debieran haberse usado en mi país para mi pueblo. No lo encuentro leal a Su Excelencia el potentado, y...

—¿Sin duda?

—En cuanto supo que yo estaba siendo considerado para este puesto, vino a verme, voló toda esa ruta hasta acá, creo que en este mismo avión. ¿No era de él antes?

—Sí.

—Trató de conseguir mi apoyo para desempeñarse en un papel más grande del gobierno mundial, aparte de la religión. No dije nada. Creo que *ahora* influye demasiado. ¿Por qué quisiera yo que tuviera más? Le dije que estudiaría sus propuestas y, que de ser honrado con la elección para este puesto, consultaría sobre sus puntos de vista a los potentados regionales de mayor experiencia. Eso pareció agradarle. Trató de sonsacarme pensamientos negativos que yo pudiera tener sobre Su Excelencia pero me limité a escucharlo. No le desafié ni objeté pero tampoco revelé precisamente dónde estoy. Eso podría resultar valioso más tarde.

—Bueno, potentado Litwala. Él cree que tiene el apoyo de los demás y, probablemente supone que usted se alineará con ellos. ¿Está de acuerdo en que él es un peligro potencial para la armonía del liderazgo de la Comunidad Global?

—Nada de potencial, actual.

—¿Qué propone usted para que nosotros hagamos al respecto? Esta es la pregunta de Su Excelencia para usted.

—Él no apreciaría mis sentimientos profundos.

—Podría sorprenderse usted.

—Si el potentado aprecia que yo crea que Pedro debe ser eliminado, sí, eso me sorprendería.

—Con eliminado, usted quiere decir sacado diplomáticamente de...

—Comandante Supremo, con eliminado quiero decir eliminado.

Se hizo el silencio por un momento en el intercomunicador invertido. Litwala habló primero: —Mi problema es que confío en pocos. Después de lo que soporté con Reobot y otros...

—Yo le digo que los demás potentados están de acuerdo en esto —dijo León.

—¿Ellos quisieran verlo eliminado?

—Quisieran.

Otra pausa. —¿Pero, quién lo haría?

—Usted tiene que hablar con ellos al respecto.

—Tiene que haber una manera de asegurar que todos estamos en esto, juntos, sin posibilidad de traición. Todos debemos ser culpables por igual.

—Como todos contribuyen a la remuneración de...

—No —dijo Litwala—. Todos debemos tener igual responsabilidad y obligación.

Después que Litwala bajó del avión, Max oyó que Fortunato hablaba por teléfono con Carpatia. —¡Eligió un ganador con el nuevo potentado africano!.. ¿Sí?.. No habla en serio... ¡Sí!.. Asombroso. ¿Me ha hecho esto alguna vez?... ¿Plantarme pensamientos?... Dígame que sugerirá él... ¿Todos los diez? ¿Al mismo tiempo? Así nadie puede apuntar con el dedo a otro. Brillante.

Max llamó a David. —¿Tienes contactado el teléfono de Carpatia?

—Siempre.

—Revísalo. Te acuerdas lo que contó el "Macho" Williams de la manera en que Nicolás le dijo a la gente lo que habían visto y lo que iban a recordar? Pienso que Nicolás acaba de revelarle a León que ha hecho algo así otra vez.

—¿Están conversando ahora?

—Precisamente.

—Los oiré en vivo, Max. Que tengas un viaje seguro.

Cuando David se conectó en el teléfono de Carpatia, ellos estaban terminando de hablar.

—Así yo quedo totalmente libre —decía Carpatia—, nadie quiere hablar, no hay arma, no hay cadáver. Suficiente ADN en las cenizas para identificar el cuerpo si hubiera preguntas pero, como Pedro nunca más aparecerá, no puedo imaginar que surjan dudas.

—¿Y quién corroboraría la enfermedad? ¿Se atreven a complicar a otra parte más?

—¡León! ¡Piensa! Gustavo el raro.

—¡Ah, sí¡ El *doctor* Gustavo. ¿Quién necesita a alguien de afuera cuando uno de los diez puede firmar el certificado de muerte? Excelencia, ¿le dije que usted es brillante?

—Probablemente, pero hasta el crédulo soporta oír eso más de una vez.

—Bueno, la idea genial. Quiero decir, en realidad lo es. No hay otra palabra para esto.

—Gracias, Comandante. Que tenga un viaje seguro.

David sonrió afectadamente al oír la repetición de su despedida con Max. Dos camaradas despidiéndose. David y Max; Nico y Leo. Ambas parejas haciendo sus juegos, adelantándose a los rivales. Suspiró, la diferencia que había entre las parejas de amigos era solamente eterna.

David pasó rápidamente de escuchar en vivo a escuchar la grabación desde el comienzo, cuando Fortunato había dicho: —¡Eligió un ganador con el nuevo potentado africano!

—Sé muy bien lo que hago —dijo Carpatia—. Yo lo escogí desde el día que hice la primera visita a las Naciones Unidas. Sabía que tendría que esperar mientras nos hacíamos el camino por medio de Ngumo o Reobot. Lo encontré muy *sugestionable*.

—¿Sí?

—Desde el comienzo. Una vez lo hipnoticé por teléfono. Le dije que me sería inmutablemente leal, que mis enemigos serían sus enemigos, y mis amigos, los suyos.

—No habla en serio.

—¿Tengo que demostrarlo? Él está dispuesto a eliminar a Pedro, y quiere decir eliminar.

—¡Sí!

—Pero los quiere a todos metidos en esto, los diez. ¿Cómo estoy portándome?

—Asombroso. ¿Me ha hecho esto alguna vez?

—¿Hecho qué?

—¿Plantarme pensamientos?

—León, no lo necesito. Tú eres mi amigo y asesor de mayor confianza. Con Enoc, hasta tuve que implantarle verbalmente todo un plan en su mente. Él pensará en eso y, cuando regrese, sugerirá lo que ya está en su cabeza.

—Dígame qué sugerirá él? —dijo León.

—Una reunión en Jerusalén durante la mañana anterior a la Gala. Él invitará a Pedro y le dirá que es para hablar de su sucesión en mi papel, si se ejecuta cierto plan de ellos. Será una reunión de tan sólo Pedro y los potentados.

—¿Todos los diez?

—Sí. Y será en el elegante Grand Hotel de la Comunidad Global, el nuevo, donde las esculturas de hielo han cobrado tanta popularidad. Para la reunión ordenarán una gran escultura de Pedro, la que lo muestra como un ángel poderoso, tamaño natural, con las enormes alas que tienen plumas puntiagudas. Mientras los diez la admiran, cada uno tomará una de esas plumas de punta aguzada, y mientras Pedro se pregunta de qué cosa se trata todo esto, cada uno le hundirá la pluma desde un ángulo diferente: nuca, ojo, sien, corazón.

—¿Al mismo tiempo? —dijo León—. Así nadie puede apuntar con el dedo a otro. Brillante.

—Las armas se derretirán, el cuerpo será transportado a un crematorio en una bolsa traída en la valija de Gustavo, el potentado de Escandinavia. El cuerpo será quemado para evitar la diseminación de la mortal enfermedad que hace que uno se desangre por las mucosas hasta morirse.

—Lo que explicará algo de sangre en la sala de reuniones.

—Exactamente. Así yo quedo totalmente libre. Nadie dispuesto a hablar, sin arma, sin cadáver. Suficiente AND en las cenizas...

VEINTE

El "Macho" era tratado con indiferencia. Hacía mucho tiempo desde que él y Cloé habían estado disgustados.

—Sé que sólo faltan tres años y medio más —decía ella— pero ¿crees que quiero criar sola a este niño?

—No va a pasar nada —dijo él tratando de tocarla. Ella se dio vuelta.

—Te vas —dijo ella—, está escrito en toda tu persona. Yo amo a Jaime pero fue injusto que él pidiera...

—Si no voy, Zión irá y no queremos eso.

Jaime Rosenzweig había sido invitado a asistir a la Gala Global como huésped de honor de Su Excelencia la Potestad. Jaime hizo que Jacobo se comunicara con el Comando Tribulación poniendo un mensaje cifrado en el sitio de la Red de Zión. Lea lo encontró casi por accidente.

—¿Esto es algo? —le preguntó a Raimundo una noche, tarde, cuando ambos trabajaban en las computadoras, en la cocina—. Las iniciales no son una coincidencia, ¿no?

Ella dio vuelta a su computadora portátil para que él pudiera ver. El mensaje era uno de miles dirigidos al sitio, algunos criticando o amenazando. Parte del trabajo de Lea era vigilarlos y ver si alguno requería una respuesta personal. La mayoría, no. Este se destacaba de los demás por su brevedad y las iniciales únicas: "C (M) W llama al jefe de J. Firma Hs.

—No sé qué significa J ni Ss —dijo ella—, pero ¿cuánta gente sabe que pueden llegar a Camilo (Macho) Williams en este sitio? O ¿estoy interpretando demasiado?

Raimundo lo estudió un momento y llamó a Camilo. Los tres se amontonaron frente a la pantalla de Lea mirando fijo. De pronto Camilo se enderezó. —Jacobo —dijo—. Muy astuto. Él es el marido de Hannelore y quiere hablar de Jaime.

Camilo miró la hora y telefoneó. Eran las siete de la mañana en Israel. Jacobo se levantaba temprano. —Lo invitaron a la Gala —dijo rápidamente—. Ninguno de nosotros piensa que deba ir. No ha estado bien, quedándose levantado a toda hora. Se ve terrible. Convéncelo que no vaya.

Jaime no sonaba nada bien. Parecía que trataba de comportarse como siempre pero su fuerte acento israelita sonaba agotado y, a veces, confuso. —Camilo, no me disuadirás, pero insistí que se me permita ir con mi valet y dos invitados. Me aseguraron que puedo llevar a quien yo quiera. Esteban se petrifica ante Carpatia e insiste que se irá de mi personal antes de asistir a eso. Jacobo acordó servir de chófer a la vez que valet.

—Doctor Rosenzweig, usted no quiere hacer esto. Usted ha leído las advertencias de Zión, y...

—La advertencia de Zión es para lo que la Comunidad Global llama los judaitas. Yo quiero mucho a Zión y lo considero como uno de los míos, pero *no* soy esa clase de judaíta. Yo iré pero quiero que tú y Zión estén conmigo ahí.

Camilo pestañó profusamente. —Perdóneme, doctor, pero eso es ingenuo. Ambos somos personas *non grata* para la CG y confiamos en la garantía de seguridad que da Carpatia en la medida en que podamos desecharla.

—Dicen que puedo llevar los invitados que desee.

—No sabían en quiénes pensaba usted.

—Camilo, tú y yo nos hemos acercado mucho, ¿no?

—Por supuesto.

—Más que un periodista y un sujeto, ¿tengo razón?

—Cierto pero...

—Tú eres una persona cosmopolita. Debes saber que en mi cultura es sumamente ofensivo rechazar una invitación formal. Yo estoy invitando formalmente a ti y a Zión, para que vayan conmigo a la Gala, y consideraré insulto personal si ustedes no van.

—Doctor, yo tengo familia. El doctor Ben-Judá tiene millones que cuentan con su...

—¡Ustedes dos estarán *conmigo*! El régimen de Carpatia ha cometido algunas acciones detestables, pero amenazar la seguridad de alguien tan importante como Zión en la presencia de un invitado de honor...

—Señor, ahora mismo puedo decirle que Zión no irá. Ni siquiera estoy seguro que yo transmitiré la invitación. Él quiere hacer lo que usted pide porque le quiere tanto pero sería irresponsabilidad mía si...

—Camilo, ¿tú no me quieres?

—Sí, suficiente para decirle que esto es...

—Retiraré mi invitación a Zión si sé que tú estarás aquí.

Camilo vaciló: —De todos modos, no puedo ir con mi propio nombre y, aunque luzco bastante diferente para pasar por la aduana, nunca podría presentarme con usted si va a estar cerca de los altos mandos de la CG. Ellos me reconocerían instantáneamente.

Jaime se quedó callado un momento. Entonces: —Me da mucha pena que dos de mis más queridos amigos, amigos que dicen que me quieren mucho...

—Señor, no haga eso. No le corresponde. ¿Usted quiere que yo vaya porque me hace sentir culpable? ¿Eso es justo? ¿piensa en mí, mi esposa y mi hijo?

Rosenzweig, totalmente fuera de sí, ignoró la mención de la familia que hizo el "Macho". —¿Qué diría Zión si le dijera que yo pudiera estar listo para volverme un judaíta?

Camilo suspiró. —Por un lado, él detesta apasionadamente esa palabra. Usted, de toda la gente, debiera conocer suficientemente bien a Zión para saber que esto no es por él, ni por desarrollar el seguimiento. Y dejar a la espera una decisión sobre su alma eterna como una negociación...

—Camilo, ¿te he pedido algo alguna vez? Por años te he considerado como un joven que me admira sin garantías pero como un tesoro. No creo que nunca haya sacado ventaja de eso, ¿no?

—No, y por eso esto...

—¿Eres un periodista? ¿Cómo puede ser que no quieras estar ahí para esto?

Camilo no supo qué contestar. Verdaderamente había querido ir desde el momento que supo de la Gala. Apenas podía creer que el mismo Carpatia estaría de anfitrión en el espectáculo en que culminarían tantas profecías. Pero nunca había considerado seriamente asistir. Se había entusiasmado por la facilidad con que, no hacía mucho tiempo, había entrado y salido de Israel usando un alias. Pero Cloé, Keni. El punto de vista de Zión sobre la asistencia de cualquier creyente. Camilo lo consideraba completamente fuera de cuestión.

Ahora, Jaime había llegado al hueso del ser de Camilo. Pagano o creyente, soltero o casado, con o sin hijo, había sido periodista desde que se podía acordar. De niño era curioso —intruso le decían los familiares y amigos— antes que siquiera tuviera un canal para publicar sus hallazgos. Su marca de fábrica era el informe de un incisivo testigo presencial de los hechos, y nunca estaba más satisfecho que cuando estaba asignado a una historia, no oculto en una casa de refugio donde todo lo que podía hacer era comentar materiales previamente publicados.

Su vacilación pareció alimentar a Rosenzweig, como si supiera que el "Macho" había mordido la carnada y, ahora, todo lo que el viejo tenía que hacer era tironear la línea para enganchar el anzuelo.

—No se trata que no *quiera* estar allá —dijo Camilo débilmente, detestando el gimoteo de su voz.

—Entonces, ¿vendrás? Eso significa tanto...

—Esto no es una decisión que yo pueda tomar en forma independiente —dijo Camilo, y se dio cuenta que había doblado la esquina. Había pasado desde la negativa cerrada a considerar toda una perspectiva completa que debía decidir.

—Esto es otra diferencia entre nuestras culturas —dijo Jaime—. Un hombre del Oriente Medio es su propia persona, que traza su propio rumbo, que no da cuenta a...

—Yo no puedo ser visto con usted —dijo Camilo.

—Sólo saber que estás ahí me confortará, Camilo, y seguramente podremos conversar en privado en algún momento. Yo retiraré mi invitación formal para Zión, y no postergaré nuestras discusiones espirituales para después.

—No tiene que esperarme para hacer eso, doctor. Efectivamente, le sugiero que, antes que sueñe siquiera con ir a la Gala, usted...

—Tengo que discutir estas cosas personalmente, Camilo. Tú entiendes.

Camilo no entendía pero temió que si pasaba más tiempo en el teléfono iba a hacer más concesiones. Estaba seguro de ganarse la ira del resto del Comando Tribulación, de todos modos así negoció una condición.

—Debo insistir en una cosa —dijo.

—Oh, Camilo, no vas a retractarte de tu palabra, ¿no?

—No podría aceptar que usted esté ahí en el segundo día del espectáculo.

Jaime estaba callado pero Camilo oyó, en el fondo, ruido de papeles hojeados. Rosenzweig dijo: —Es un espectáculo que dura cinco días. Lunes a viernes, en la próxima semana. El lunes es el aniversario del tratado. Nicolás quiere que esté en el escenario para esa celebración. El martes hay una fiesta en el Templo del Monte, que me temo resultará en una confrontación entre él y los amigos de tu predicador. ¿Eso es lo que quieres que yo evite?

—Exactamente.

—Concedido.

—Gracias, señor.

—Mi información requiere el honor de mi presencia en las ceremonias de apertura y la del cierre. Eso sería la noche del lunes y la del viernes.

—Yo prefiero que usted no vaya en absoluto.

—Te oí decir que estarías ahí.

———————————

Anita y David se habían acercado mucho más. Él se sintió mal cuando ella le dijo que, a veces, ella sentía que él la apreciaba más como colega de la subversión que como una que lo amaba. Mirando alrededor para cerciorarse de estar solos, al final de un corredor, él le tomó la cara con las manos, y tocó la punta de la nariz de ella con la suya, diciendo: —Te amo. En otras circunstancias me casaría contigo.

—¿Eso es una proposición matrimonial?

—Desearía que lo fuera. Puedes imaginarte la presión, el estrés. También lo tendrías tú. Los únicos otros dos creyentes que he visto aquí, fuera de nosotros, Max y Abdula, son esas dos mujeres de inventario, que fueron detectadas anoche de alguna manera.

—¡Oh, no! Ni siquiera habíamos hecho contacto. Probablemente pensaron que estaban solas.

—Fueron enviadas a Bruselas esta mañana.

—Oh, David.

—Las posibilidades son que no estemos mucho tiempo más aquí. No sé exactamente cuando la exigencia de la marca viene, pero primero tenemos que escapar.

—Quiero ser tu esposa aunque sea sólo por pocos años.

—Y yo quiero que lo seas pero no podemos hacer nada de eso hasta que sepamos si podemos salir juntos de aquí. Si uno escapa y el otro no, esa no es vida.

—Lo sé —dijo ella—, probablemente seamos de los primeros en saber cuándo Carpatia empieza a exigir la marca de lealtad. Y tú sabes que empezará precisamente aquí, en palacio.

—Probablemente.

—Mientras tanto, David, puedes decir al Comando de los Estados Unidos de Norteamérica que si tienen que viajar, ahora es el mejor momento. Vi un documento para las Fuerzas Pacifistas de todo el mundo. Establece una moratoria de los arrestos o detenciones, aun de los enemigos de la Comunidad Global, hasta después de la Gala.

No había manera de ocultar a Zión el pedido de Rosenzweig y, por supuesto, éste había estado desacostumbradamente melancólico desde entonces. —Camilo, no te diré qué hacer —dijo frente a Raimundo—, pero deseo que tu suegro te hiciera sentir los galones.

—Francamente —dijo Raimundo, en la siguiente reunión de la casa—, desearía poder ir con Camilo.

—Lo dejará que vaya —dijo Cloé, con su bebé de catorce meses en su regazo. Keni se volvió para mirarla de frente, y le tapó los ojos con sus manitas. Ella volvió la cabeza para poder ver—. No puedo creerlo. Bueno, ¿por qué no vas con él, papá? ¿Por qué no vamos todos? Ya es bastante malo que no todos lleguemos al final de la tribulación, así que ¿por qué no tiramos al viento nuestra cautela? ¿Por qué no cerciorarnos que Keni quede huérfano, sin siquiera tener a su abuelo?

—¡Keni! —dijo el bebé— ¡abuelo!

Raimundo golpeó sus muslos y abrió los brazos, y Keni se deslizó del regazo de Cloé y corrió a él. Raimundo lo levantó por encima de su cabeza, haciéndolo chillar, luego lo sentó en su regazo. —El hecho es que estoy pensando en un viaje diferente para mí.

—Esto es grandioso —dijo Cloé—, ¿ya no votamos nada más o todos nos hacemos una Patty y nos vamos corriendo donde se nos dé la gana?

—En realidad, esto no es una democracia —dijo Raimundo, y a juzgar por la mirada que le echó Zión, se dio cuenta que estaba pisando arenas movedizas. El bebé se bajó de él y se fue a la otra sala—. Lea y yo hemos estado hablando y...

—¿También Lea va a alguna parte? —dijo Cloé—. Aquí ella no tiene precio para mí.

—No me ausentaré por mucho tiempo —dijo Lea.

—Entonces, ¿es una conclusión hecha?

—Esto es más un anuncio que un debate —dijo Raimundo.

—Claro. Bueno, oigámoslo.

Raimundo empezó con cuidado, temiendo sus propios motivos. En el fondo de su corazón quería ir a Jerusalén con su Sable pero dijo: —Tenemos que ponernos en contacto con Patty. Me siento responsable por ella, y quiero saber que está bien, decirle que todos estamos de su lado, ver qué podemos hacer por ella. En lo principal quiero asegurarme que no nos haya entregado.

Ni siquiera Cloé rebatió. —Ella merece saber de su hermana —dijo—, pero la CG estará en guardia por ti, papá.

—Es menos probable que sospechen de una mujer. Cuando pensamos en hacer que Lea se haga pasar por tía materna de Patty, dándole un nuevo aspecto y, naturalmente, una identidad nueva. Ella dirá que oyó un rumor o supo, clandestinamente, que Patty estaba allí. Si no asocian a Lea con nosotros, ¿por qué no permitirían el contacto?

—Papá, pero ¿ahora que Camilo se va?

—David nos dijo que ahora es el mejor momento para viajar. Pronto será casi imposible.

—Eso es verdad —dijo Zión.

Raimundo alzó los ojos, sorprendido, y se fijó que los demás hicieron lo mismo.

—No apoyo esto —dijo Zión—, pero si esa pobre niña muere en la cárcel, apartada de Dios, cuando la tuvimos bajo nuestro techo por tanto tiempo... —Su voz tembló e hizo una pausa—. No sé por qué Dios me ha dado tanta ternura por esa mujer.

Cloé se sentó, moviendo la cabeza, y Raimundo supo que ella no estaba contenta pero que había dejado de discutir.

—Creo que sería demasiado arriesgado para mí andar de crucero en el Super J así que él está preparando el Gulfstream.

—No me sorprendería que estuviera prácticamente listo —dijo Cloé. Raimundo captó una admiración resignada, como si ella hubiera concedido que una vez que se le metía algo en la cabeza, eso pasaba.

—Camilo puede venir con nosotros en el avión hasta Bruselas —eso nos ahorrará unos cuantos dólares— y seguir en vuelo comercial a Tel Aviv. Yo me esconderé en Bélgica y me encontraré con Lea, cuando ella esté lista.

—Quizá Camilo pudiera regresar con ustedes también —dijo Cloé—, dependiendo del tiempo que quieras esperarlo en Bruselas.

—Quizá —dijo Raimundo—, ¿preferirías eso?

—¿Preferiría yo que él volara de regreso a casa con mi papá en lugar de arriesgarse en un sistema comercial que es la mitad de lo que fue? Sí. Preferiría eso. Por supuesto, prefiero que él no vaya pero, fuera de eso, dénme el gusto.

———

El ánimo era festivo en el Fénix 216 cuando Max y Abdula despegaron el sábado por la mañana rumbo a Israel, con carga completa. Parecía que todo el equipo administrativo de Carpatia estuviera a bordo, y Nicolás estaba en la gloria. Max escuchaba que León aplaudía para llamar la atención y le pedía a la gente que se juntara. —Bienvenidos, todos —dijo—. Y a nuestro muy especial huésped, que altruistamente donó a Su Excelencia este avión en un tiempo de mucha necesidad, le damos una bienvenida muy especial, señor.

Hubo un aplauso bien educado, y Max deseó ver la cara de Mathews. —¿Pontífice, le importaría decir una palabra, antes que Su Excelencia nos hable?

—Oh, vaya, gracias, Comandante. Yo, nosotros, los de Enigma Babilonia esperamos la Gala con muchas expectativas, como saben, Israel es una de las últimas zonas que se rinde a nuestros ideales. Creo que tendremos la oportunidad de poner nuestra mejor cara a la única fe mundial y que saldremos de esta semana con muchos más miembros. Francamente, me deleito en las oportunidades de desafiar a los disidentes, y con los dos predicadores y la historia de las reuniones de los judaítas, este es el lugar para hacer precisamente eso. Es bueno estar con ustedes.

—Gracias, Pontífice Supremo —dijo León—. Ahora, Su Excelencia...

Carpatia sonaba en éxtasis con la expectativa. —Mis saludos y bienvenida personal para todos ustedes —dijo—. Creo que un día mirarán en retrospectiva a la próxima semana como el comienzo de nuestra mejor hora. Sé que hemos sufrido como todo el mundo con las plagas y la muerte pero el futuro está claro. Sabemos lo que tenemos que hacer, y lo haremos. Disfruten. Esto es un festival, una fiesta. Nunca se ha celebrado más que ahora a la libertad personal, individual. Y, puedo decir, hay más lugares en Jerusalén para darse todos los gustos que en ninguna otra parte. Deléitense en los placeres epicúreos y físicos que les atraen. Muéstrenle al resto de la Comunidad Global que se les permite halagar la carne aun después de tiempos duros y caóticos. Entremos al nuevo mundo con un festival como jamás se haya visto. Muchos de ustedes han sido responsables de organizar entretenimientos y diversiones, y por eso les agradezco. Se me hace largo el tiempo para ver yo mismo el espectáculo.

Max y Abdula disfrutaban habitaciones privadas, una al lado de la otra, en el palaciego Hotel Rey David, donde Carpatia había reservado dos pisos enteros. El resto de la comitiva se alojaba, no muy lejos, en habitaciones no menos opulentas. Los diez potentados regionales se alojarían en el Grand Hotel de la CG, a poco más de cuatrocientos metros de distancia.

La tripulación de cabina tuvo que ir y venir a Tel Aviv, con el 216, en los días previos a la inauguración oficial de la Gala. Temprano en la mañana del lunes, ayudaron a organizar el transporte para los potentados y sus grandes comitivas desde el aeropuerto Ben Gurión, de Tel Aviv, a Jerusalén. Max trabajó con Seguridad CG para descargar los detectores de metal que David había puesto en la bodega de carga, e instalarlos a cada lado de la gigantesca plataforma al aire libre que se había levantado a no más de ochocientos metros del Monte del Templo y del Muro de los Lamentos. Todos los que iban a estar en la plataforma, desde los artistas a las personas muy importantes, pasarían por un detector de metal instalado en uno u otro lado del escenario.

El piso del escenario, de casi treinta y un metros cuadrados de superficie, quedaba a cuatro metros del suelo. Se había hecho un toldo con una gran lona verde para tapar el sol, y había grandes andamios en forma de torre que sujetaban los sistemas de altoparlante que iban a difundir la música y los discursos a unos dos millones de espectadores, como se calculaba. A lo largo de toda la parte trasera del escenario, habían varios mensajes en cada idioma importante, adheridos a una cortina flotante, diseñada para coordinar con el toldo. Estos mensajes daban la bienvenida a los delegados, anunciaban las fechas de los cinco días de la Gala Global, y tenían inmensos logos de la Comunidad Global que centelleaban.

Max notó que la declaración de mayor tamaño iba impresa en el fondo y decía: "Un Mundo, Una Verdad: Libertad Individual Para Todos". El lema: "Hoy es el primer día del resto de la utopía", estaba puesto en torno a la plaza, en cada poste de luz, reja y muro.

Mientras Max y Abdula ayudaban a colocar los detectores de metal, había varias orquestas y grupos de bailarines ensayando, y los técnicos de sonido repletaban el lugar. Max acercó a Abdula y susurró: —Yo debo estar viendo visiones pero ¿a quién se parece esa muchacha, la segunda desde la izquierda?

—Yo trataba de no mirar —dijo Abdula— pero si insistes, oh, vaya, veo el parecido, por supuesto pero ¿no es posible, verdad?

Max movió la cabeza. Patty estaba en Bruselas. Ellos sabían eso. Esta mujer se destacaba de las demás danzarinas porque lucía un poco mayor de edad. El resto parecían apenas salidas de la adolescencia.

El jefe de seguridad recordaba a los músicos y bailarines que no se permitiría a nadie en el escenario a partir de la ceremonia de inauguración del lunes por la noche, si no tenía la credencial de identidad apropiada y si no pasaba por un detector de metal. —Si tienen botones grandes, o hebillas y joyas, prepárese para sacárselos y hacer que se lo revisen antes de pasar.

En una reunión informativa del personal de seguridad, Max oyó que el jefe daba instrucciones a los equipos de guardias vestidos de civil, que iban a trabajar por turnos frente al escenario. —Mantengan su posición particularmente cuando el potentado esté en el micrófono. Dejen que el público se acomode si ustedes le tapan la visual. Se disponen en semicírculos, de a ocho por vez, a metro y veinte centímetros de distancia entre cada uno, con las manos metidas en el cinturón. Los ojos mirando adelante, sin hablar, sin sonreír ni gesticular. Si se los llama, por medio del audífono, no respondan verbalmente. Sólo hagan lo que le dicen.

Max sintió una profunda tristeza cuando caminaba a un furgón de transporte que lo iba a llevar a él y Abdula de vuelta al Hotel Rey David. Miró para atrás, al escenario desde el otro lado de una vasta expansión de asfalto. Respaldada por una música ensordecedora, el grupo de baile terminaba una rutina lasciva.

—Abdula, este es el nuevo mundo. Esto es la libertad individual, sancionada por el gobierno internacional.

—Hasta celebrada —dijo Abdula. Se detuvo de repente y se apoyó contra una reja—. Capitán, estos son los tiempos en que anhelo el cielo. No quiero morir especialmente en la forma en que he visto terminarse las vidas de otros, pero sobrevivir hasta la Aparición Gloriosa no será fácil.

Max asintió. —Lo que le pasó a los Tuttles fue espantoso —dijo—, pero probablemente nunca supieron que los golpeó. Despertaron en el cielo.

Abdula giró su rostro hacia el sol y al cielo sin nubes. —Dios me perdone si eso es lo que deseo. Muerte rápida e indolora.

Max podía oír a Elías y Moisés que predicaban desde poco menos de medio kilómetro de distancia, pero no podía entender qué decían. —He escuchado hablar tanto de ellos —dijo—. No creo que debamos arriesgarnos dejándonos ver por allá.

—Me gustaría mucho verlos —dijo Abdula—, ¿qué pasa si caminamos de regreso al hotel y, por lo menos, pasamos por ahí. No tenemos que juntarnos con la multitud; sólo ver lo que podamos ver y oír lo que podamos oír.

—No digas más nada, Smithcito —dijo Max.

Fueron pasando, a lo largo del camino, por bares, clubes de desnudos, salones de masajes, prostíbulos, santuarios paganos y establecimientos para adivinar la suerte.

Esa clase de negocios no se ocultaba en una ciudad que tenía milenios de historia religiosa, donde, como en el resto del mundo, había muerto la mitad de la población a partir del arrebatamiento. No eran tugurios ni estaban relegados a cierta sección de la ciudad. Tampoco funcionaban en las tinieblas, detrás de puertas negras o de entradas laberínticas que guardaban los bocados "reales" para lo que estaban ahí intencionalmente.

Antes bien, mientras el resto de la ciudad santa parecía desplomarse por la indolencia y la falta de mano de obra, aquí había tiendas rutilantes, bien alumbradas y evidentes para todo ojo, que exhibían orgullosamente toda clase de perversiones y maldad carnal conocida por el ser humano.

Max apretó el paso a pesar de la marcada cojera de Abdula, y los dos se apresuraron para llegar al Monte del Templo y donde los dos testigos, como si salieran de un alcantarillado en dirección a un manantial.

VEINTIUNO

Camilo no lograba entender la relación de su suegro con Lea Rosa, teniendo la seguridad que lo mismo le pasaba a los demás de la casa de refugio. Parecía que ella era como un zumbido para Raimundo y, sin embargo, él tenía que apreciar lo que ella aportó al Comando Tribulación, además de su fortuna.

Raimundo no podía dejar de discutir con ella que, a su vez, hacía su parte. Pero parecía que ellos pasaban cada vez más tiempo juntos a medida que se iba acercando la mitad del período de la gran tribulación. El anuncio del plan de Raimundo de llevarla en avión a Bruselas, le despejó a Camilo el misterio de su nueva amistad. Era evidente que Raimundo la necesitaba para que hiciera un trabajo y ella anhelaba ejecutarlo. Quizá no había nada más que eso en aquella relación.

Zeke hijo, el Z tatuado en pocas palabras, fabricó unos documentos espléndidos para Lea.

Ella quedó transformada con el pelo teñido de rubio claro, lentes de contacto oscuros y una diminuta prótesis dental, que le desviaba levemente los dientes hacia adelante, entreabriéndole casi nada la boca, lo cual no dejaba de tener su atractivo. Ahora Lea era Dora Clendenon, de California, que estuvo casada con uno de los hermanos de la madre de Patty Durán. Ella traía noticias de la muerte de Nancy, la hermana de Patty, (lo que era lamentablemente cierto). Raimundo especulaba que eso le daría el privilegio de visitar la cárcel de Bruselas de la Comunidad Global que, en forma característica, había sido rebautizada como Establecimiento Belga de Rehabilitación de Mujeres. Los que estaban familiarizados con el sistema conocían a esa cárcel de máxima seguridad por EBEREMU o "El Tapón". Las disidentes entraban pero muy rara vez salían. Cuando salían, eran cualquier cosa menos rehabilitadas.

La esperanza de Camilo —que él suponía era también la de Raimundo— se cifraba en que la CG viera suficiente valor en Patty para que no la eliminaran. Carpatia debía verla, al menos, como carnada para atraer a Raimundo, Camilo o hasta Zión Ben-Judá. Los de la casa de refugio esperaban que la CG no se hubiera impacientado con Patty, frustrados por haber tenido en sus garras a Raimundo, casi dos veces.

Camilo apreció que la despedida no fuera tan mala como lo hubiera sido si Cloé hubiera querido volver a ventilar sus sentimientos. Ella le había dicho, en privado, como asimismo en la reunión, que consideraba que el interés de él por la Gala era una obsesión peligrosa. —No se trata que te impida que cubras uno de los más grandes acontecimientos históricos de siempre, sino que te vas a meter, voluntariamente, en un terremoto y los riesgos son ahora más grandes que nunca para ti. Estás más comprometido a la palabra empeñada a Jaime que a proteger a tu familia.

Pero el día en que ella y Zión y el bebé despidieron a los tres, Cloé había decidido, evidentemente, que no tenía que continuar expresando sus puntos de vista. Camilo supuso que ella se había resignado a su partida. Ella le dio mucho tiempo para que él estuviera con Keni, luego lo abrazó fuerte y le prometió sus oraciones y su amor que no moriría. —Y mejor es que el tuyo tampoco muera.

—Mi amor no morirá aunque yo me muera —había dicho él.

—Eso no es exactamente lo que quería oír.

Él le agradeció por dejarlo ir. Ella le pellizcó el brazo.
—Como si tuviera opción. ¿No te hice la vida bastante desgraciada? Probablemente yo sea la razón por la que te vas.

Ella pareció mantener su buen ánimo aunque se le saltaron las lágrimas cuando Camilo, Raimundo y Lea se alejaron de la casa, con la oración y bendición de Zión y un "¡Que Dios los acompañe!"

—¿Crees esto? —preguntó Max a Abdula mientras contemplaban, boquiabiertos, las luces y cables de la televisión y de los satélites que estaban puestos cerca del Muro de los Lamentos. Parecía que había ahí casi tantas cámaras como en la zona del festival.

Abdula, característicamente parco, se limitó a mover la cabeza.

Max sintió emoción al ver a Elías y Moisés, aun a la distancia. Estaban predicando, evangelizando, en voz alta pero la muchedumbre parecía esquizofrénica. Max había oído que, habitualmente, el público de los predicadores se quedaba callado por respeto o miedo. Se mantenían a distancia de la extraña pareja —que se sabía incineraba a los atacantes, dejando restos calcinados. Nadie quería que lo tomaran como una amenaza.

Esta multitud —más grande que la normal y vociferante— estaba formada, evidentemente, por las avanzadas de los concurrentes a la Gala. Algunos reaccionaban a cada frase de la pareja, dando vivas, aplaudiendo, silbando, diciendo amén. Otros abucheaban, imitaban maullidos y ululaban. Max sólo pudo mirar rápido a varios integrantes de los bordes externos de la turba, que bailaban y corrían hacia la reja, como mostrando su bravura. Estaba claro que los predicadores podían distinguir los asesinos potenciales de los necios recién llegados, que consideraban esto sólo como parte del bullicio de la Gala.

Sin embargo, lo más raro era un grupo de un par de docenas de personas que parecían conmovidas por la prédica. Estaban arrodilladas a unos tres metros de la reja y lloraban. Elías y Moisés intercambiaban las frases, rogando a la multitud que recibiera a Cristo antes que fuera demasiado tarde. Evidentemente, aquellos estaban haciendo precisamente eso.

—Una razón para estar agradecidos en medio de todo esto —dijo Max.

Los dos testigos se mostraban especialmente urgidos. El tiempo de ellos no se le pasó por alto a Max que, por ser un estudiante de Zión como los demás, sabía que "la hora fijada", que ellos mencionaban tan a menudo, coincidía con el día de la inauguración de la Gala Global, que se efectuaba a medio kilómetro de distancia.

Cuando iban al aeropuerto de Palwaukee, le llegó al "Macho" una comprensión más profunda de la relación de Raimundo y Lea —o de su ausencia. La conversación de ella se centró en Zión.

¿Zión?

—Parece tan solo —dijo ella.

—Lo está —contestó Raimundo—, salvo por Cloé y Camilo, somos solteros en una vivienda cerrada muy artificial.

—No lo sé —dijo ella y preguntó detalles de la vida de Zión, antes de que se integrara el Comando Tribulación, así que el "Macho" se la contó.

En Palwaukee, Ti ya tenía el Gulfstream con combustible y los mapas a bordo; hasta había abastecido bien el refrigerador.

—Ti, esto supera y trasciende el servicio —dijo Raimundo.

—Ni lo menciones. Nuestro pequeña congregación ora por todos ustedes, aunque evidentemente no les he dado detalles.

———————

El domingo por la noche, tarde, Max se comunicó desde Israel con David, que estaba en Nueva Babilonia. David dijo:
—Esto parece una ciudad fantasma. Me han dado total libertad pero no hay nadie que espiar. Anita y yo estamos pasando más tiempo juntos pero hemos pensado escaparnos de aquí y decidir dónde iremos.

—No se vayan antes que deban irse. Los necesitamos precisamente ahí, donde están —dijo Max.

———————

El reloj indicaba que eran dos horas antes para la hora belga cuando Raimundo aterrizó en Bruselas. Estaba tan nervioso como cuando se había acercado a la puerta del departamento de Patty en Le Havre. Tenía que disimular sus sentimientos. Por lo que sabían su yerno y Lea, el trabajo suyo era sólo de chófer. ¿Cómo iban a interpretar un extemporáneo nerviosismo?

"Dora" iba a quedarse en un hotel no muy lejos del infame "Tapón", planeando el intento de hacer la visita al día siguiente. Camilo, con su nuevo alias de Russell Staub, se iría a abordar su vuelo comercial para Tel Aviv.

—¿Te aprendiste de memoria el número de mi teléfono seguro? —preguntó Raimundo a Lea mientras carreteaba el avión acercándolo a la terminal.

—El tuyo y el de Camilo.

—No es mucho lo que yo pudiera hacer por ti si no puedes comunicarte con Raimundo —dijo Camilo.

—Si no puedo comunicarme con Raimundo —dijo ella mientras juntaba sus cosas—, necesitaré despedirme de alguien. Deséame buena suerte.

—Nosotros no deseamos buena suerte, ¿recuerdas? —dijo Camilo.

—Oh, sí. Entonces ora por mí —dijo ella.

Raimundo sabía que él debía reaccionar pero estaba preocupado y Lea se había ido.

—Ray, ¿dónde vas a estar? —le preguntó Camilo.

Raimundo le dio una mirada. —Mientras menos sepas, menos tienes que rendir cuentas.

El "Macho" alzó las manos. —¡Ray! Hablo en general. ¿Tienes ya un lugar, cosas que hacer, maneras de desaparecer mezclándote?

—Estoy cubierto —dijo Raimundo.

—¿Y Lea sabe todo lo que queremos decirle a Patty?

—Yo no lo hubiera traído hasta acá ni la dejaría ir a esa parte sin preparación.

Supo que estaba fastidiando a Camilo. ¿Qué le estaba pasando?

—Ray, sólo quiero organizar todo lo que tengo en la cabeza en aras de mi salud mental. Me voy a meter en una situación muy estresante y quiero tener pocas cosas por las que preocuparme.

—Mejor es que vayas partiendo —dijo Raimundo, mirando su reloj—. Infórmame si encuentras una manera de preocuparte por menos cosas. Estamos enviando una espía totalmente nueva a la cárcel, y por inteligente que ella sea, ¿quién sabe qué hará o dirá si la presionan?

—*Eso* me tranquiliza.

—"Macho", es hora de crecer.

—Papá, hora de alegrarse.

—Ten cuidado, ¿oíste? —dijo Raimundo.

Raimundo se sintió muy solo cuando Camilo bajó del avión. No estaba decidido sobre su cacería y sabía qué pensarían los demás de eso. Si Dios lo usaba para matar a Carpatia, no podía imaginar que escaparía. Temía haber visto por última vez a sus seres queridos. Esperaba que no estaba recargando demasiado a Camilo que, de alguna forma, tendría que llevar a Lea de regreso a los Estados Unidos de Norteamérica.

Después de diez minutos que Camilo había desaparecido en la terminal aérea, Raimundo cargó combustible de nuevo y pidió permiso para despegar a la torre de control del tráfico aéreo. Había pensado buscar una pista aérea que no fuera la de Ben Gurión o Jerusalén pero decidió que su mejor oportunidad para entrar con su nuevo alias "Marv Berry era ir donde estuviera el tráfico más intenso: Ben Gurión.

Todo lo que David podía hacer, aun con la ayuda de Anita, era tener claro quién era quien.

Ahora que tres miembros del Comando Tribulación de los Estados Unidos de Norteamérica usaban alias nuevos. Se fabricó una tarjeta donde puso una lista de las iniciales reales, al revés, al lado del alias. Así: "RL, Dora Clendenon; SR, Marvin Berry; WC Russell Staub" y, para colmar la medida agregó, "DP, Mae Willie".

Camilo iba en un vuelo nocturno directo a Jerusalén y se inscribió en hotel con su alias. A medianoche tomó un taxi para ir al Muro de los Lamentos y se encontró en la parte de atrás de una multitud tan grande que no podía ver a Moisés y Elías. Aprovechó la ocasión para telefonear a David, luego a Cloé, y a Max. Finalmente, llamó a Jaime contestando Jacobo.

—¡Oh, "Macho"! —dijo éste—. ¡Tenía tanta esperanza que ibas a llamar! ¡Esto es terrible, espantoso!

—¿Qué?

—El doctor Rosenzweig no se pudo levantar esta mañana y no puede hablar. Parece paralizado y asustado. Se le escurre la saliva y se queja, y su mano izquierda estaba como empuñada, y el brazo, tieso. Tenía la boca abierta. Llamamos a una ambulancia pero tardó mucho. Yo tenía miedo que se muriera.

—¿Un infarto?

—Ese es el diagnóstico. Finalmente lo llevaron al hospital y están haciéndole exámenes. No sabremos los resultados hasta mañana pero esto no luce bueno.

—¿Dónde está?

—"Macho", te lo puedo decir pero no te dejarán entrar. Ni siquiera a nosotros nos han permitido verlo. Está en tratamiento intensivo y dicen que los signos vitales están bien por ahora, considerando todo. Pero nosotros estamos preocupados. Antes que llegara la ambulancia, estuvimos orando por él todo ese tiempo y rogándole que crea. Como no podía hablar, yo miraba su frente buscando la prueba de que él había orado. Pero no vi nada. Él se veía enojado y asustado y, con la mano buena, estuvo haciéndome señas para que me fuera.

—Jacobo, lo siento mucho. Infórmame cada vez que haya un cambio, aunque sea pequeño.

—No nos atrevemos a marcar tu número desde aquí. Tu teléfono es seguro pero no el nuestro.

—Bien pensado. Yo estaré llamando cada vez que pueda. Y oraré.

Raimundo, como "Marv Berry", estuvo detenido, aunque por corto tiempo, en la atareada zona de la aduana, donde un agente aceptó la historia que la pesada caja de metal que había en su valija, era una batería para la computadora. Raimundo alquiló un automóvil pequeño y se registró en un hotelito de mala muerte ubicado en el lado occidental de Tel Aviv. Llamó al hotel de Lea, en Bruselas donde era pasada la medianoche pero esperaba que ella estuviera despierta con el cambio de hora y la resaca del viaje en avión a retropropulsión.

La telefonista del hotel no quería llamar a la habitación de la señora Clendenon pero el señor Berry insistía que era una urgencia. Lea respondió dormida al sexto timbrazo. Raimundo quedó impresionado que no hubiera perdido la cabeza.

—Habla Dora —dijo ella.

—Soy yo, Marv, ¿te desperté?

—Sí, ¿qué pasa?

—Todo está bien. Escucha, será imposible que te recoja antes del viernes.

—¿Qué?

—No puedo darte detalles. Sólo prepárate para el viernes.

—Bueno, ah, Marv, pero yo debiera estar lista el martes.

—No trates de llamarme antes del viernes, ¿entendido?

—Correcto, pero...

—¿Dora, entendido?

—¡Entendido! ¿No puedes decirme nada más específico?

—Te lo diría si pudiera.

———————————

Camilo se despertó temprano el lunes y se fue a toda prisa al Muro de los Lamentos. La noche pasada no había podido acercarse a Moisés y Elías aunque se emocionó al ver que algunas personas salían de la multitud y se arrodillaban cerca de la reja para recibir a Cristo.

Los testigos siempre habían hablado con fuerza y urgencia pero Camilo supo, de lo que decían, que ellos sabían tan bien como los demás, que se les estaba terminando el tiempo. El mundo había sido privado de población por las plagas acarreadas por los doscientos millones de jinetes, y los sobrevivientes parecían decididos como siempre a seguir en su pecado. Ahora parecía que los testigos hacían su último esfuerzo concertado para arrebatar almas al maligno.

Las multitudes de los lunes que se juntaban en el Templo del Monte eran aun más grandes debido a que la Gala no empezaría sino a comienzos del anochecer, y había cientos de miles de delegados curiosos por los predicadores, de los cuales sólo habían oído antes. Los sofisticados negocios del pecado ubicados en el centro de Jerusalén también estaban repletos pero la mayoría de los turistas estaban estupefactos ante los extraños hombres que predicaban, desde atrás de la reja.

Este era el día 1260, y el último, de ellos para predicar y profetizar antes de la hora fijada. Camilo se sentía indeciblemente privilegiado de estar ahí. Se abrió paso entre la multitud hasta que emergió de la primera fila, dando zancadas al pasar a los nuevos conversos que se arrodillaban ante la reja. Camilo se quedó tan cerca que pudiera haber tocado la reja, más cerca de Elías y Moisés que todos los demás. Uno de la multitud le advirtió recordándole que había muerto gente por tal osadía. Él se arrodilló, con los ojos fijos en la pareja y se preparó para escuchar.

Elías se adelantó, estando Moisés sentado detrás de él, con la espalda apoyada contra el muro de un pequeño edificio de piedra. —¡Cuidado con ése! —gritó alguien—. ¡Él tiene escondido el lanzallamas!

Muchos se rieron pero fueron más los que les hicieron callar. Camilo se sobrecogió por la emoción que había en la voz de Elías que clamaba casi llorando, y con voz suficientemente alta para que lo escucharan en cuadras a la redonda, aunque también era transmitido frecuentemente por la CG y la CNN. Los periodistas de la televisión enviaban historias, de todo Jerusalén, sobre la excitación producida por la Gala de esa noche, y de cada dos, una parecía provenir desde ahí mismo, en el Muro.

Elías gritaba: —¡Cuánto se desesperó el Mesías cuando miró a esta misma ciudad! Dios Padre prometió bendecir a Jerusalén si su gente obedecía Su mandamiento de no tener otro dios ante Él. Venimos en el nombre del Padre y ustedes no nos reciben. El mismo Jesús dijo: ¡Jerusalén, Jerusalén, la que mata a los profetas y apedrea a los que son enviados a ella! ¡Cuántas veces quise juntar a tus hijos, como la gallina junta sus pollitos debajo de sus alas, y no quisiste! He aquí, vuestra casa se os deja desierta. Porque os digo que desde ahora en adelante no me veréis más hasta que digáis: "Bendito el que viene en nombre del Señor".

La multitud se había quedado callada. Elías continuó:
—Dios envió a Su Hijo, el Mesías prometido, que cumplió más de cien profecías antiguas, incluso la de ser crucificado en esta ciudad. El amor de Cristo nos obliga a decirles que Él murió por todos, para que los que viven no sigan más viviendo por sí mismos sino por Aquel que murió por ellos y fue resucitado.

«Somos embajadores de Cristo, como si Dios rogara por medio de nosotros; en nombre de Cristo os rogamos: ¡Reconciliaos con Dios! Al que no conoció pecado, le hizo pecado por nosotros, para que fuéramos hechos justicia de Dios en Él. He aquí, ahora es el tiempo propicio; he aquí, ahora es el día de salvación, te escuché, y en el día de salvación te socorrí. He aquí, ahora es el tiempo propicio; he aquí, ahora es el día de salvación.

«Y en ningún otro hay salvación, porque no hay otro nombre bajo el cielo dado a los hombres, en el cual podamos ser salvos. Aunque este mundo y sus falsos reyes prometen que todas las religiones conducen a Dios, esto es una mentira. Jesús es el único camino a Dios como Él mismo declaró: "Yo soy el camino, y la verdad, y la vida; nadie viene al Padre sino por mí".

Elías lucía exhausto y se alejó de la reja. Moisés se levantó proclamando: —Este mundo puede habernos visto por última vez pero ¡todavía no ha visto a Jesucristo por última vez! Tal como predijeron los profetas, Él volverá con poder y gran gloria a establecer Su Reino en esta Tierra. El Señor viene con muchos millares de sus santos, para ejecutar juicio sobre todos, y para condenar a todos los impíos de todas sus obras de impiedad, que han hecho impíamente, y de todas las cosas ofensivas que pecadores impíos dijeron contra Él.

«Su domino es dominio eterno, que no se acabará, y Su Reino es el que no será destruido. ¡Vayan a Él en este día, en esta hora! El Señor no quiere que nadie perezca, sino que todos vengan al arrepentimiento. Así dice el Señor».

Elías se puso de pie y se acercó a Moisés y los dos dijeron al unísono: —Hemos servido al Señor Dios Todopoderoso, Hacedor del cielo y la tierra, y a Jesucristo Su Hijo Unigénito. He aquí que cumplimos nuestro deber y terminamos la tarea hasta la hora fijada. Oh, Jerusalén, Jerusalén...

Los dos se pararon delante de la reja, inmóviles, sin pestañear; su pelo, sus barbas y sus túnicas ondulaban suavemente en la brisa. La multitud se inquietó. Algunos pidieron más prédica; otros se mofaron. Camilo se paró lentamente y retrocedió, sabiendo que los dos habían terminado sus proclamas. A muchos les parecería que Nicolás Carpatia había ganado. Él había traído su Gala Global a Jerusalén y, así, silenciado a los predicadores.

Raimundo temía tanto encontrarse con Camilo como con la CG. Intencionalmente no se había afeitado el día del vuelo ni desde entonces. El lunes, tarde, fue a Jerusalén, estacionó en las afueras y fue a la ciudad caminando. Llevaba puesto un turbante verde sobre una peluca de pelo canoso y largo, gafas de sol oscuras, con diminutos agujeros que le permitían ver casi tan bien como de costumbre aunque protegían sus ojos.

Vestía una túnica liviana, larga hasta los tobillos, corriente en la zona. Llevaba el Sable bien metido en la profundidad del bolsillo interior. La túnica era lo bastante suelta para permitir que metiera las manos adentro, por las mangas, y abriera el estuche de la pistola sin que lo vieran. Aunque vio detectores de metal a ambos lados del gran escenario, se permitía que estuvieran en la zona miles y miles de espectadores sin revisarlos. Sintió un cosquilleo desde la parte de atrás de la cabeza al final de la espalda, sabiendo que andaba trayendo un arma de alta potencia con poder de matar desde decenas de metros de distancia. Después de haber ansiado tanto hacer esto, ahora le rogaba a Dios que le ahorrara la tarea. ¿Estaría dispuesto a terminar eso y matar a Carpatia si Dios se lo *aclaraba* bien?

La multitud se había reunido temprano y el acto previo a la inauguración, una orquesta latina tocaba fuerte con un ritmo adictivo. La mitad del gentío danzaba y cantaba, y se agregaba más gente a medida que avanzaba la tarde. Música, canto, baile, entremezclados con predicciones excitadas del pronto arribo de la potestad misma, inducían el delirio en la multitud.

A medida que el cielo se fue oscureciendo paulatinamente, Raimundo siguió moviéndose, apegándose a la gente para cerciorarse que seguía pasando inadvertido.

Casi se paró en un momento, y enjugó las gafas. Podía jurar que Patty lo había rozado al pasar por su lado. Con el corazón galopando, se dio vuelta y la miró irse. La misma altura, la misma figura, la misma manera de caminar. No podía ser. Sencillamente no podía ser.

———————

Max y Abdula entraron como paseando a la plaza de la Gala, ahora repleta con delegados. —¿Quieres que sigamos juntos o nos separamos esta semana? —dijo Max.

Abdula se encogió de hombros. —Si quiere estar solo, no tengo problema.

—No es eso —dijo Max—. Sólo que siento que te sientas con la libertad de estar solo contigo mismo dondequiera que vayas.

Abdula se encogió de hombros otra vez. La verdad era que a Max no le importaba estar solo. Solo en la inmensa muchedumbre. Solo con sus pensamientos sobre cómo había cambiado el mundo, y su vida. Tenía que tomar una decisión. Max tenía un plan si Carpatia sobrevivía de alguna forma a este acontecimiento, si por alguna rara razón hasta Zión Ben-Judá se había equivocado al evaluar las profecías. Raimundo había dicho algo importante. Hace mucho tiempo que uno de ellos debía haber dirigido el avión de Nicolás a una montaña, sacrificándose por el bien de todos. Max no sería tan egoísta como para meter en esto a Abdula. De alguna manera tendría que inventar la excepción que le permitiera llevar solo al potentado. En realidad, ni siquiera necesitaría una montaña. Todo lo que necesitaba era apagar los motores y dejar que la fuerza de gravedad se encargara.

¿Podía? ¿Querría? Miró a Abdula y escudriñó al gentío. Esta no era forma de vivir.

Finalmente aparecieron los helicópteros. Raimundo alzó los ojos mientras la gente daba vivas. Los helicópteros aterrizaron a cada lado del escenario y los dignatarios salieron, al aplauso atronador. Los diez potentados regionales, el comandante supremo, y una mujer vestida con la chillona ropa del Enigma Babilonia, subieron trotando la escalera. De abajo del escenario salió el escuadrón de los fornidos hombres de seguridad que se desplegó en semicírculo alrededor del atril.

Solamente cuando todos los demás estaban en sus puestos, llegó Carpatia, solo, en otro helicóptero. Cuando subió al escenario fue acogido con ensordecedores rugidos por las personas muy importantes allí presentes, todos de pie, todos evidentemente ansioso por darle la mano. Fortunato era el último y condujo a la potestad a un sillón grande y decorado, como un trono.

El resto de la gente se sentó cuando él se sentó pero el aplauso evidentemente infinito, hizo que Carpatia se pusiera de pie una y otra vez para hacer señas tímida y humildemente. Cada vez que se paraba, lo imitaba la demás gente que estaba en el escenario. Raimundo estaba casi a sesenta y un metros del hombre y había metido dos veces las manos en la túnica, tocando el Sable, abriéndolo una pulgada, cerrándolo luego. No tenía un blanco claro con tanta gente al frente. Dios tenía que orquestar eso si era él quien lo tenía que hacer. Raimundo se tomaría su tiempo, vería si Dios le daba una oportunidad o abría camino al frente. Si alguien de esa muchedumbre disparaba a Carpatia, nadie se fijaría en él hasta el primer balazo, tan enamorados estaban con su potestad.

Camilo, habiéndose ido reacio del Muro de los Lamentos, llegó tarde y se quedó atrás de la multitud, cercana a los dos millones de personas. Observó el despliegue del circo pero no pudo obligarse a aplaudir. Se preocupaba por Zión, trató de llamar a Jacobo pero se dio cuenta que, de todos modos, no podía oír.

Cuando el gentío se tranquilizó lo suficiente para permitir que León tomara la palabra, se dio vuelta para asegurarse que Carpatia se quedaría sentado, y entonces subió a la plataforma del atril. —Conciudadanos del nuevo mundo, bienvenidos —comenzó siendo interrumpido por aplausos en la primera docena de veces. Cada frase despertaba entusiasmo, haciendo que el "Macho" cavilara de cuál planeta venía esa gente. ¿Nadie atribuía a esos dirigente la responsabilidad de todas las muertes y la pena? La población había sido disminuida a la mitad en tres años y medio, y ¿esta gente celebraba?

—Me llamo León Fortunato, y tengo el privilegio de servir a ustedes y a Su Excelencia como comandante supremo de la Comunidad Global. Quiero presentar a sus potentados regionales, a quienes, sé, que van a acoger con el entusiasmo que merecen. Pero, primero, para implorar la bendición del gran dios de la naturaleza, invito a la Delegada pontificia Francesca D'Angelo, asistente del Pontífice Máximo de la Única Fe Mundial Enigma Babilonia, que pase adelante pues tiene un anuncio.

Camilo se sorprendió al ver que la delegada pontificia no se dejara inmutar por los maullidos y los silbidos. De pronto Camilo se sintió abrumado por un escalofrío que le erizó la piel de sus brazos. Al subir la señora D'Angelo al atril, Carpatia se paró y la multitud, en vez de ponerse exultante, se quedó mortalmente callada. Camilo sintió como si él fuera el único capaz de mirar a todas partes salvo a Carpatia. Los potentados lo miraban desde donde estaban, y Fortunato también se dio vuelta hacia él.

Carpatia habló con la voz hipnótica y obsesionante que Camilo había escuchado una sola vez. Tres años y medio atrás, Nicolás había cometido un doble asesinato, luego de haber dicho a todos los presentes en el salón qué iban a recordar y qué olvidarían. Camilo, como flamante creyente, había sido el único protegido contra ese control mental. Más tarde, nadie siquiera recordaba que Camilo hubiera estado en el salón.

Ahora, la potestad habló pero su voz no era proyectada por los altoparlantes. Camilo, tan lejos del escenario como era posible, lo oyó claro como el día, como si estuviera a su lado.

—No se acordarán que yo interrumpí —dijo Nicolás.

—Oh, Dios —oró en silencio Camilo—. ¡Protégeme! No dejes que me domine.

—Van a saber de una muerte que les sorprenderá —dijo Carpatia, sin que nadie se moviera—. Eso les llegará como noticia vieja. No les importará.

Carpatia se sentó y el zumbido del gentío recuperó el nivel en que quedó. La señora D'Angelo decía: —Antes de orar a la gran deidad de un solo sexo, en que todos descansamos y que también descansa en todos nosotros, tengo algo que anunciar: el Pontífice Máximo Pedro Segundo murió repentinamente hoy, temprano. Se infectó con un virus sumamente contagioso que exigió que fuera cremado. Nuestras condolencias a sus seres queridos. Mañana en la mañana, en este mismo lugar, se efectuará un servicio fúnebre. Ahora, oremos.

¿Mañana en la mañana? —pensó Camilo—. El programa de la Gala especificaba un "debate" entre Carpatia y "el Dúo de Jerusalén" a las 10 de la mañana del martes, seguido por una fiesta "desde el mediodía a la medianoche" en el distrito hedonista. Camilo miró las caras de los delegados que lo rodeaban. No lucían desconcertados. Camilo se estremeció. Así que Nicolás era capaz de controlar la mente de dos millones de personas de una sola vez.

La multitud aplaudió la oración —que parecía rendir homenaje a cada célula viva. Daban vivas al ser presentado cada potentado regional, especialmente el más nuevo, el señor Litwala de África. Los delegados parecían igualmente impresionados por el discurso similar de cada potentado, que alababan a Carpatia cada dos frases. Finalmente le llegó el turno al hombre del momento.

—Y ahora —empezó Fortunato, y los asambleístas rugieron tan fuerte que ahogaron el resto de su presentación, salvo para Camilo, que estaba parado debajo de una de las torres de altoparlantes. —El hombre que Dios eligió para dirigir al mundo, desde la guerra y derramamiento de sangre a una sola comunidad utópica de armonía, la potestad suprema de ustedes y la mía, Su Excelencia, ¡Nicolás Carpatia!

Las demás personas muy importantes se fueron humildemente del escenario, salvo Fortunato, dejando que Carpatia hiciera señas con ambas manos y sonriera, moviéndose de aquí para allá por detrás del grave equipo de seguridad. León, que dirigía la ovación, se paró detrás de Nicolás, frente a un sillón a la derecha del trono.

VEINTIDÓS

Camilo decidió que el don de oratoria que Nicolás Carpatia había demostrado, primero en las Naciones Unidas hacía ya tres años y medio, después de todo, había mejorado con el paso del tiempo. En aquel entonces él había usado su prodigiosa memoria, su comprensión de los hechos y la historia, y el dominio de varios idiomas para asombrar hasta la prensa. ¿Quién podía recordar cuando los medios de comunicación se habían levantado, unánimes para apoyar a un orador tan excitante?

Por supuesto que ese primer discurso, que tuvo publicidad internacional, había sido dado a los pocos días después que millones de personas desaparecieron de la Tierra, incluyendo a todos los bebés y la gran mayoría de los niños. Carpatia había parecido como el hombre perfecto para el momento perfecto y el mundo, aterrorizado, incluyendo primero al mismo "Macho", lo había aceptado. El planeta pareció uno solo para considerar a Carpatia como una voz de paz, armonía y razón. Él era joven, bien parecido, dinámico, carismático, se expresaba muy bien, brillante, determinado y, —aunque incongruente— humilde. Demostró que aceptó reacio el manto del liderazgo arrojado sobre él por un populacho que lo adoraba.

Nicolás había vuelto a inventar el mundo, dividiéndolos en diez regiones, cada una con su propio potentado. En medio de la contienda creciente que impactaba al planeta aun peor que la pérdida de millones de personas en el arrebatamiento. Él se erguía como la voz paternal de consuelo y ánimo. En el curso de la Tercera Guerra Mundial, el hambre, el gran terremoto de la ira del Cordero, las caídas de meteoros a la Tierra, los desastres marítimos, la contaminación de los cursos de agua, el oscurecimiento y enfriamiento planetarios, los enjambres de langostas-escorpiones y, más recientemente, las plagas del fuego, humo y azufre que habían matado aun otra tercera parte de la población, aún así Carpatia retenía el control firme.

Había rumores de insurrección por parte de, al menos, tres subalternos pero nada había resultado de eso. La gente doliente y desesperada se quejaba a menudo del nuevo mundo y por qué parecía empeorarse, sólo para dejar que Nicolás los calmara por las ondas aéreas, con las promesas, la simpatía y las prendas de esfuerzo incansable.

Ellos le creían, especialmente aquellos cuyas vidas estaban consagradas a la libertad personal a todo coste. Mientras que la Comunidad Global reconstruía ciudades, aeropuertos, caminos, sistemas de comunicaciones, el asesinato, el robo, la brujería, el culto a ídolos y el pecado sexual aumentaban mucho. Los últimos tres eran, en realidad, aplaudidos por Carpatia y por todos los que calificaban de bueno a lo malo y de malo a lo bueno.

El único fallo de la armadura de Carpatia era que parecía impotente ante los dos testigos de Jerusalén. Que él programar su Gala Global para introducir "el primer día del resto de la utopía" en la ciudad donde los dos testigos se habían mantenido por tanto tiempo, parecía ser el colmo del caradura. Si Nicolás volvía a ser humillado por su incapacidad para controlarlos, si no podía impedir que ellos convirtieran el agua en sangre y retuvieran la lluvia, la trama de su liderazgo podría empezar finalmente a rasgarse.

Pero helo ahí, enfrentando las cámaras que transmitían su imagen a la televisión internacional y a la Internet. Ahora de treinta y seis años de edad, confiado y encantador como siempre, iba y venía por el escenario detrás de su equipo de seguridad. Descontento con permanecer en la plataforma del atril, él seguía moviéndose, cerciorándose que sus gestos y su sonrisa alcanzaran a cada segmento de la audiencia viva que parecía incapaz de recibir bastante de él.

Finalmente, alzó sus manos y obtuvo la atención total. Sin notas, sin pausa, sin equivocarse ni una sola vez, Carpatia actuó por cuarenta y cinco minutos. Fue interrumpido por el aplauso entusiasta en casi cada frase y, si estaba animado al comienzo, parecía aun más dinamizado hacia el final.

Reconoció las dificultades, el pesar y la tristeza que resultaron de las pérdidas individuales y el trabajo que aún faltaba por hacer. Se permitió una lágrima en su voz cuando habló de los muchos "compatriotas amados por ustedes que han sufrido el duelo".

Al ir Carpatia acercándose a su conclusión espectacular y bordada de florilegios, hablaba con voz más fuerte, más directamente, aun más confiadamente. A Camilo le pareció que la muchedumbre estaba lista para reventar de amor. Ellos tenían confianza en él, le creían, le adoraban, y contaban con él para su sostén.

Nicolás hizo un interludio dramático en que volvió al lado del atril, se apoyó contra éste con una mano, cruzó los pies por los tobillos, y puso su otro puño en la cadera. Su mirada, fija en las pantallas gigantes que había en toda la plaza, era engreída, arrogante y llena de promesa. Con una sonrisa afectada que transmitía ¿están-ustedes-listos-para-esto?, la que creó murmullos de excitación, risa, silbidos y aplauso, él estaba sencillamente listo para efectuar un osado pronunciamiento.

Carpatia dejó que se acrecentara la tensión, luego se paró intencionalmente detrás del atril y lo tomó con ambas manos.

—Mañana por la mañana —dijo— como pueden ver en su programa, nos volveremos a reunir cerca del Monte del Templo. Ahí estableceremos la autoridad de la Comunidad Global sobre toda localidad geográfica.

Vítores y más vítores. —Sin que importe quién proclame esto o advierta eso o se atribuya el mérito de toda clase de ataques insidiosos en esta ciudad, esta zona, este estado... Personalmente pondré fin al terrorismo religioso perpetrado por dos impostores asesinos. Yo me cansé de la opresión supersticiosa, me cansé de la sequía, me cansé del agua como sangre. Me cansé de las así llamadas profecías pomposas, de lo tenebroso y condenatorio, ¡y del pastel del cielo y del dulce más allá!

«Si mañana el Dúo de Jerusalén no cesa ni desiste, no descansaré hasta haberlos tratado personalmente. Y, una vez que eso esté cumplido, ¡danzaremos en las calles!»

La turba se abalanzó al escenario, dando vítores y entonando lujuriosamente, "¡Nicolás! ¡Nicolás! ¡Nicolás!"

Él gritó imponiéndose al bullicio. —¡Diviértanse esta noche! ¡dense todos los gustos! ¡Pero duerman bien para que mañana podamos disfrutar la fiesta que no tendrá fin!

Al reaparecer los helicópteros e irse la gente de la zona de aterrizaje, Carpatia hizo señas y sonreía mientras se dirigía a las gradas. León lo siguió rápidamente y se arrodilló, abriendo los brazos y haciendo gestos de indignidad. Para asombro de Camilo, la mayor parte de la muchedumbre lo imitó. Decenas de miles cayeron de rodillas y adoraron a Carpatia como adorarían a un atleta o a un actor... o a un dios.

———————

Raimundo estaba fuera de sí. Para no llamar la atención al rehusar arrodillarse, seguía moviéndose. Cada paso lo acercaba más al frente y, por dentro de su túnica, sacaba el Sable de su estuche. La sensación pesada, sólida y letal le daban vigor y temor al mismo tiempo. Se sentía como si estuviera soñando, observándose a sí mismo desde lejos. ¿Había llegado a esto? ¿Se había convertido en este loco que venció al pragmático? A menos que pudiera cerciorarse de alguna forma que este era el plan de Dios, no se atrevía a insertarse en la historia. Estaba seguro de que quién fuera el asesino, nunca volvería a ser libre. El homicida sería identificado en la película grabada y no llegaría lejos.

Raimundo estaba a quince metros del escenario cuando Carpatia hizo la última seña, se agachó y desapareció a bordo del helicóptero que se elevó directamente por encima de la cabeza de Raimundo, que pudiera haberlo derribado del cielo a balazos. Rechinó los dientes y metió de nuevo el Sable en su estuche. Lo volvió a meter en el gran bolsillo interior y sacó de nuevo las manos por las mangas. Los dientes apretados le hacían latir las sienes.

Al ir yéndose la multitud a divertirse, Raimundo decididamente caminó los kilómetros que había hasta su automóvil, con las mandíbulas apretadas todavía, las manos ocultas por las voluminosas mangas. A menos que Dios lo hiciera, él no haría nada precipitado.

———————

Camilo echaba de menos a su familia. El espectáculo de la plaza de la Gala lo entristeció. Caminó como en sueños por las calles, siguiendo ociosamente a la gente pero asegurándose que iba de vuelta a su hotel. Llamó a casa, habló con Cloé, habló a Keni, habló con Zión. Llamó a Nueva Babilonia, habló con David, "conoció" a Anita. Odiaba tener que pedir disculpas por cortar pero el sonido le decía que tenía otra llamada, y el visor mostraba que era Lea.

—Lamento molestarte, "Macho" —dijo ella—, pero pasé un día desconcertante en el "Tapón" y quería hablar con alguien.

—No hay problema pero se supone que informes a Raimundo, ¿no?

—¿Ni siquiera tengo que llamarlo hasta el viernes?.

—¿Qué?

Ella le contó las instrucciones de Raimundo.

—¿Y si hay problemas?

—Supongo que tengo que llamarte.

—¿Qué puedo hacer yo? ¿Alquilar un automóvil para ir a Francia?

—No, lo sé.

—¿Viste a Patty?

—Están estudiando mi pedido y me informarán.

—No suena bien.

—Camilo, eso huele muy mal pero no sé si terminar o seguir actuando.

—Déjame llamar a Raimundo y averiguar qué pasa.

—¿Lo harás?

Camilo se paró debajo de un farol de la calle a unas cuadras del Muro de los Lamentos y llamó al teléfono personal de Raimundo. Él sabría quién lo llamaba leyendo su visor.

Raimundo contestó: —"Macho", mejor que esto sea importante.

—Yo diría que dejar colgado a uno de los nuestros es importante. ¿Cómo pudiste dejarla botada así?

Raimundo sonaba aburrido. —¿Qué problema tiene ella? ¿Se metió en problemas?

Camilo lo puso al día.

—Dile que siga el plan y que no me llame a mí ni a ti hasta el viernes.

—Ray, ¿en qué cosas andas?

—"Macho, escúchame. Cuando le dije a Lea que no quería que me llamara hasta el viernes, no esperaba que ella acudiera a ti. Yo necesito que tú confíes en mí.

Camilo suspiró y accedió pero reacio. Decidió no contarle a Cloé que él y su papá iban a tener que discutir cuando llegara el momento. No sabía cuál era el problema.

Camilo se subió a un árbol para poder ver el Muro de los Lamentos, y ahí estaban Elías y Moisés. Ellos seguían de pie, hombro con hombro, mirando fijo, inmóviles, en la misma posición en que los había visto por última vez. Las turbas se mofaban.

Llamó a Jacobo para saber de Jaime. —Buenas y malas noticias —dijo Jacobo—. Los exámenes son positivos.

—¿Qué puede tener de malo?

—El médico no puede determinar la causa de la parálisis o la pérdida del habla. Parece y funciona como un infarto pero no se indica que haya sido uno.

———

A la mañana siguiente Raimundo se levantó y salió temprano para el Muro de los Lamentos. El camino estaba mojado en ciertas partes, y de algo más que el rocío. Se quedó estupefacto al hallar a las enormes multitudes dos horas antes del encomiado enfrentamiento. Abundaban los rumores de que se había cancelado el servicio fúnebre para el Pontífice Máximo Pedro Segundo Mathews por desinterés y que la señora D'Angelo ya había sido exonerada de su oficio. Evidentemente el Enigma Babilonia moriría con su fundador. No había lugar ni siquiera para la religión pagana en la órbita de Carpatia.

Con su Sable aún dentro de su túnica, Raimundo se abría paso a codazos en medio de la excitada turba. No había dormido bien, habiendo orado la mayor parte de la noche y, ahora, deseaba poder sentarse. Pero soportaba. Los testigos parecían estatuas, como la gente decía que lucían desde horas. Ciertamente que se animarían cuando Carpatia llegara a desafiarlos.

A una cuadra de distancia había unas orquestas ruidosas que ensayaban para la fiesta de todo el día y toda la noche.

———

Camilo trató de subirse al mismo árbol que la noche anterior pero la Seguridad CG le gritó que no. Encontró un lugar en un borde rocoso que tenía una vista clara por encima de la multitud. Estaba entristecido por el silencio de los testigos, deseando que cuando Carpatia llegara por lo menos fueran derribados hablando. Pero la hora fijada estaba encima de ellos; este era el día 1261. La Biblia decía que serían derribados.

Faltando un minuto para las diez, el cielo cobró vida con los rotores de helicópteros. Como pasó en el sitio de la Gala, tres helicópteros trajeron a los potentados, Fortunato pero esta vez no había representante del Enigma Babilonia y, al final, Carpatia. Esa ocasión quedó marcada para Camilo por ser la primera vez que lo veía sin corbata. Calzaba unos zapatos muy caros igual que el pantalón que tenía puesto, la camisa de cuello abierto, y un saco deportivo de casimir con lo que parecía una Biblia saliéndose de uno de los bolsillos.

Los potentados y Fortunato se pusieron detrás de una barrera que los separaba de la multitud. Las luces brillaron, las cámaras zumbaron y Carpatia se acercó a la reja. Su camisa estaba equipada con un micrófono inalámbrico, y se paró para un toque de poder que le dio un artista del maquillaje. Sonrió a la ruidosa muchedumbre y se acercó a los testigos, que seguían inmóviles, sólo moviéndose sus pechos con la respiración.

Carpatia, como un mago, se sacó el saco deportivo y lo colgó de la punta de un barrote de la reja. Lo que tuviera en el bolsillo del saco hacía que éste se combara hacia ese lado. Cuando Nicolás se enrolló las mangas como para pelear, la turba se enloqueció.

—Y, caballeros, ¿qué tienen que decir por ustedes en esta mañana? —dijo, mirando primero a los testigos y, luego, a la multitud. Camilo oró que ellos fueran elocuentes, desafiantes y poderosos.

Eran las primeras horas de la mañana en Illinois. Zión estaba frente al televisor, en piyama con una bata encima y zapatillas. Cloé estaba sentada en una silla.

—¿El bebé duerme? —preguntó Zión.

Cloé asintió. —Ruego que duerma mientras esto pasa.

Cuando Carpatia empezó con la desafiante pregunta, Cloé dijo quedamente: —Elías, dale con todo. Vamos, Moisés.

Pero ellos no respondieron.

—Oh, Dios —oró Zión—. Oh, Dios, oh, Dios. Ellos son oprimidos y afligidos, pero no abren sus bocas; como ovejas son llevados al matadero; y como cordero, mudo delante del que lo trasquila, no abren sus bocas.

Camilo deseó por un segundo haber tenido un arma. Tenía una clara vista de un camino hacia Carpatia. ¡Qué arrogancia! ¡Qué ego! Cuánto le gustaría agujerear a Nicolás entre los ojos, hasta con una honda. Movió la cabeza. Él era un periodista, un observador. Él no proclamaba ser objetivo. Su corazón estaba con los testigos pero tampoco era partícipe.

————

Raimundo no podía quedarse quieto. Se mordió la lengua para no gritarle a Carpatia. Deslizó los brazos dentro de la túnica y sujetó la caja con sus dos manos. Si Nicolás iba a ridiculizar a los testigos, quizá él terminara siendo el loco, yaciendo en su propia sangre.

Carpatia estaba en su gloria. —¿Los ratones les comieron la lengua? —decía, paseándose ante los silenciosos santos, atisbando a la multitud para animarse—. ¡El agua de Jerusalén sabe fría y refrescante hoy! ¿Se les acabó el veneno? ¿Se fueron los conspiradores? ¿Perdieron el acceso al abastecimiento del agua?

La gente vitoreaba y se burlaba. —¡Échalos! —gritó alguien—. ¡Arréstalos!

—¡Mételos presos!

—¡Mátalos!

Raimundo quería gritar: —¡Cállense! —pero, de todos modos, hubiera sido ahogado por la turba sedienta de sangre. Y Carpatia sabía cómo jugarlos.

—¿Lo que había en mi ventana esta mañana era lluvia? ¿Qué le pasó a la sequía? Digan, ¿ven más langostas? ¿jinetes? ¿humo? ¡Caballeros! ¡Ustedes son impotentes!

La multitud se lo creyó. Raimundo echaba humo.

—Hace dos años proclamé prohibida para ustedes esta zona —dijo Carpatia, dando la espalda a la multitud pero el micrófono le permitía ser escuchado en todas partes, incluso en la televisión—. ¿Por qué siguen estando aquí? ¡Deben irse o ser detenidos! Efectivamente ¿no dije que ustedes serían ejecutados si eran vistos en público *en cualquier parte* después de la reunión de los sectarios?

Carpatia se dio vuelta a la multitud: —¿Dije eso, no?

—¡Sí! ¡Sí! ¡Ejecútalos!

—¡He sido reacio! ¡No he cumplido mis deberes! ¿Cómo puedo pararme frente a los ciudadanos que me encargaron que sostuviera los dictámenes de mi oficio, cuando he permitido que este crimen quede sin castigo? ¡No quiero avergonzarme frente a mi gente! ¡No quiero avergonzarme hoy en su fiesta!

—¡Vamos! Salgan de atrás de esa reja y denme la cara! ¡Rétenme! ¡Respóndanme! ¡Suban, vuelen por encima, transpórtese ustedes mismos si pueden! ¡No me obliguen a abrir el portón!

Carpatia se volvió nuevamente a la muchedumbre. —¿Debiera temer hasta su mismo aliento? ¿Estos dragones me incinerarán y matarán a mí también?

Ahora la multitud no hacía tanto ruido, riéndose nerviosa. Los testigos no se movían.

—¡Se me acaba la paciencia! —dijo Nicolás. El jefe de las Fuerzas Pacifistas de la CG sacó una llave de su bolsillo y se la pasó a Nicolás. Éste quitó la llave al portón y la turba retrocedió. Algunos resollaron. Luego, se quedaron en silencio.

Carpatia abrió la puerta con un floreo de la mano y apremió a los testigos gritando: —¡Fuera! —Se puso al lado de Elías y lo empujó fuerte contra Moisés, haciendo que ambos tropezaran en dirección al portón. Los fue empujando para que pasaran por la puerta, topándolos, punzándolos.

La multitud retrocedió más aun. Carpatia tomó a Elías y a Moisés por sus túnicas y los golpeó contra la reja, luego les dio la espalda y le sonrió a la gente, diciendo: —¡He aquí a sus atormentadores! ¡Sus jueces ¡Sus *profetas*! —Eso último lo escupió—. ¿Y ahora qué tienen que decir? ¡Nada! Han sido juzgados, condenados y sentenciados. Todo lo que queda es ejecutar la justicia y *como yo* lo decreté, *¡yo la ejecutaré!*

Se volvió a los dos testigos, tirándoles las túnicas hasta que estuvieron a dos metros por delante de los barrotes.

—¿Alguna última palabra?

Elías y Moisés se miraron uno al otro y levantaron sus cabezas al cielo.

Carpatia fue a su saco y de ahí extrajo el objeto negro de su bolsillo. Raimundo quedó atónito al reconocerlo. Nicolás ocultó la caja a la multitud, con su espalda hacia ellos, mientras separaba un revólver Sable de su caja adjunta. Retrocedió como a tres metros de los testigos y apuntó el arma a Elías, a su derecha. La súbita explosión hizo que todos retrocedieran y se taparan las orejas. La bala le entró por el cuello a Elías y la fuerza lo tiró, estrellándose la cabeza contra la reja antes que su cuerpo se desplomara al suelo, con la sangre saliendo a borbotones. El enorme orificio de salida desparramó sangre y tejidos por la reja y el edificio de piedra que estaba detrás.

Moisés se arrodilló y se tapó los ojos como si orara. Carpatia le disparó a través de la parte de arriba de la cabeza, haciendo que se golpeara contra la reja y cayera sobre su mentón, con las extremidades muy abiertas.

La boca de Raimundo se secó, su respiración era corta y superficial, el pulso le reverberaba en los dedos de pies y manos. Carpatia volvió a guardar el revólver, lo puso en el bolsillo del saco, se puso de nuevo el saco, y con una sonrisa de boca cerrada, hizo una profunda reverencia a la multitud.

Raimundo quedó sobrecogido por tal pasión de balear a Carpatia que bajó el hombro y se estrelló contra el hombre que tenía al frente, el que dejó escapar un gruñido horroroso justo cuando la turba reaccionaba a Carpatia. Saltaban y giraban vitoreaban y reían, gritaban y bailaban. Raimundo seguía empujando hacia adelante, tratando de llegar a Carpatia mientras intentaba sacar su propio Sable.

La multitud giraba junta, cayéndose, luchando, disfrutándose a sí misma. Raimundo tropezó y se cayó al suelo, con los brazos dentro de la túnica, incapaz de volver a ponerse de pie. Se forzó a sacar un brazo por la manga para poder presionar el suelo para pararse pero lo volvieron a echar al piso cuando estaba parándose. Giró los codos para ganar espacio pero, en ese proceso, la caja del Sable cayó repiqueteando al suelo. Palpó alrededor buscándola mientras seguía sentado en el suelo, golpeado por todos lados por las oleadas de espectadores. Hizo fuerzas para sacar los dos brazos cuando alguno lo derribó de nuevo y la cabeza se le golpeó en el pavimento. Rodó y saltó para arriba, con una protuberancia formándose en la parte de atrás de la cabeza. ¿Dónde estaba el Sable? ¿Habría seguido armada la caja? Estaba con carga total y no había seguridad con eso.

Camilo se paró en el borde rocoso, exhausto. Miraba el baile, la juerga, los helicópteros que recogieron a Carpatia y las otras personas muy importantes, llevándolos al sitio de la fiesta. Camilo detestaba mirar los cuerpos de los sanguinolentos cuerpos de sus amados predicadores. ¡Cuánto había llegado a querer a sus pies sucios, gruesos, de oscura piel correosa y sus túnicas de arpillera ahumada! Ellos eran tan majestuosos, reales, patriarcales. Sus hombros y manos huesosas, sus caras y cuellos arrugados, su pelo y barba canosos y largos solamente aumentaban su misterio maravilloso y sobrenatural.

Los cadáveres habían sido destrozados. Antes invencibles, ahora habían sido reventados contra la reja de hierro, quedando uno cerca del otro en un montón grotesco. Camilo sentía vergüenza por ellos, desnudos en la muerte. Sus túnicas estaban arremolinadas arriba de las piernas, las manos enroscadas detrás de ellos, con los ojos abiertos, las bocas abiertas. La sangre del rojo más oscuros corría debajo de los cuerpos partidos por un arma tan tecnológicamente avanzada que llamarla revólver era el eufemismo final.

Camilo sabía qué pasaba después. No tenía que presenciar la celebración programada desde el mediodía a la medianoche pero que duraría más de tres días. Miró con profunda tristeza al pecado madurado a fruición, al mal personificado en la gente que tuvo todas las oportunidades, que habían recibido todas las advertencias.

Zión bajó la cabeza. —No pudiera haberme imaginado cuán sanguinario...

Cloé parecía incapaz de sacar sus ojos de la pantalla. —Camilo debe estar ahí.

Zión se puso de pie. —Cloé, hemos dado la vuelta a una esquina terrible. Este es solamente el comienzo. Pronto Carpatia dejará de fingir buena educación. La mayoría será impotente para resistirse a él.

Raimundo giró y se agachó, desesperado por encontrar el Sable. Le puso el pie encima, lo tomó y otra vez lo echaron al suelo los enloquecidos bailarines. Se cayó de rodillas y lo tomó con las dos manos, lo apretó contra su pecho mientras la gente le pasaba por encima. Finalmente, lo guardó dentro de su túnica y luchó por salirse de la turba. Hacía mucho rato que Carpatia se había ido.

Camilo se dirigió de vuelta al hotel pasando por el lado de los que celebraban en cada esquina, apilados en torno a los televisores. Llamó por teléfono a Lea. Sin respuesta.

La Gala se centró en la avenida de la fiesta durante los tres días siguientes. La música atronaba y los discursos difamaban al Dúo de Jerusalén y alababan a Nicolás. Fortunato instaba a todos que vieran a Carpatia como deidad. —Quizá *la* deidad, el dios creador y salvador de toda la humanidad —Y la gente vitoreaba.

La única mención de la muerte de Pedro Segundo salió de la boca de Carpatia que dijo: —No sólo estaba cansado de los predicadores seudorreligiosos y su imperialismo legalista sino que también estaba cansado de la avasalladora Fe Enigma Babilonia, que no será vuelta a instituir. Las almas individuales pueden hallar dentro de sí mismas a la deidad necesaria para conducir sus vidas como deseen. Valoro la libertad individual por encima de la religión organizada.

Raimundo empezó a pasar tiempo cerca del escenario de la Gala, donde se haría la ceremonia del cierre el viernes por la noche. Calculaba los ángulos, las líneas de visión, cuándo llegar, cuándo pararse, dónde moverse, cómo situarse en la posición si Dios optaba por usarlo a él. La ceremonia terminaría después que oscureciera con un discurso de Carpatia. Quizá ese fuera el momento.

La gente celebraba en toda Jerusalén. Camilo estaba asqueado con que todas las noticias mostraran los cadáveres hinchados, fétidos, pudriéndose y echando vapores al sol. Día y noche las turbas bailaban a su alrededor, apretándose la nariz, a veces aventurándose cerca para patear los cadáveres. La sangre y los trozos de tejido formaban una inmundicia pegajosa en torno a ellos.

De todas partes del mundo llegaban los informes de las celebraciones de la gente que se intercambiaba regalos como lo hacían en Navidad. Del comentarista ocasional salía la sugerencia que era "hora de superar esto, de dar a estos hombres el entierro apropiado y seguir adelante". Pero los que celebraban no querían ni escuchar eso, y las encuestas globales indicaban enormes mayorías que favorecían el rechazo de su entierro, dejándolos tirados ahí.

En el anochecer del miércoles Camilo recibió permiso para entrar a ver a Jaime en el hospital. Aunque tenía buen color y su habla había mejorado, su cara seguía torcida. El lado izquierdo seguía rígido. La mano derecha estaba en postura de garra. El médico de Jaime seguía perplejo por los resultados de los exámenes, pero estaba reacio a conceder la petición de Jaime de "irme a casa a morir en paz".

Jaime le rogó lastimeramente a Camilo, con la lengua enredada. —¡Sólo sácame de aquí en la silla de ruedas! ¡Por favor! Quiero irme a casa.

Era la madrugada del viernes y Camilo todavía no podía comunicarse con Lea ni con Raimundo. Sin embargo, recibió una sorpresiva llamada de Jacobo. —No sé cómo lo hizo pero Jaime logró salir de allá. Ha mejorado lo suficiente para venir a casa y, ahora, el médico cree que pudo haber tenido un infarto pequeño que actuó como uno grande. Yo no lo veo mejor pero puede darse a entender. Y me está mandando que lo lleve esta noche a la ceremonia del cierre.

VEINTITRÉS

Mientras Camilo se duchaba en la mañana del viernes tomaba conciencia que haría cualquier cosa menos sacrificar su identidad para estar en el Muro de los Lamentos ese día. Creía a Zión, creía la Biblia, creía las profecías. No podía imaginarse nada tan satisfactorio que ver a los que se mofaron de Elías y Moisés recibiendo su merecido.

Camilo había prometido ayudarle a Jacobo a convencer a Jaime para que se quedara en casa sin ir al final de la Gala esa noche, suponiendo que tuviera la suerte de encontrarse en el noventa por ciento de Jerusalén que sería salvado del terremoto predicho.

Raimundo durmió la mayor parte de la mañana, ignorando el campanilleo de su teléfono celular excepto para ver que Lea era quien llamaba. ¿Qué podía decir? Lo siento pero no puedo recogerte esta noche y llevarte de regreso a los Estados Unidos de Norteamérica pues puedo estar preso o muerto.

Tuvo cuidado de descansar bien y comer bien. Quería estar preparado y ser exacto, sin que importara cómo se desarrollara el día. Raimundo también tuvo el cuidado de orar que Dios le dijera si él estaba dirigiéndose a sí mismo. Estaba dispuesto a llegar a la plaza por lo menos tres horas antes del ocaso, quedarse en medio de la gente, y asegurarse que estaba en el puesto que había explorado. Pasado eso, Dios tenía que apretar el gatillo.

Raimundo dio una mirada al teléfono y marcó para leer el último mensaje de ella: "Nuestra pajarita se fue de la jaula, ¿ahora qué?"

¿Patty no estaba en el "Tapón"? ¿Ahora qué, indudablemente? Él la llamó pero ahora Lea no contestaba.

———

Camilo estaba enojado consigo mismo por no haberse ido más temprano al Muro de los Lamentos. Su sitio sobre el borde rocoso estaba ocupado. Los guardias de la CG no dejaban que nadie se subiera a los árboles. La zona hervía de celebrantes ebrios, algunos que Camilo podía jurar llevaban días ahí. ¿Cuánto podía durar esta fiesta? Baile, lascivia pública, gritos, cantos, beber, gente tambaleándose por todos lados...

Miles eran los que cantaban en diversos idiomas, sólo los más valientes se acercaban a los cadáveres ennegrecidos que se habían partido en dos al calor del sol. Camilo olió los cadáveres putrefactos a más de treinta metros. Aún así, estaba decidido a acercarse más. Caminó dando un gran rodeo por el lado izquierdo del Muro y se halló en una arboleda y matorral alto. Camilo no podía arriesgarse a que lo reconocieran pero su intento valía la pena. Si esto llevaba, como esperaba, a las mismas matas que una vez anteriormente le habían permitido acercarse a Elías y Moisés sin atraerse la ira de los guardias, podría ser testigo ocular de uno de los milagros más grandes de la historia.

———

Zión y Cloé, levantados antes del alba, miraban otra vez la televisión, turnándose para distraer a Keni cuando las cámaras mostraban los restos espantosos de Elías y Moisés. —Por horrendas que fueran las muertes —decía Zión—, lo que viene debe ser exquisito. Se sentaba meciéndose en el sofá, incapaz de estarse quieto. En cualquier momento que captaba la mirada de Cloé, se acordaba de su hija, cuando era una niñita en la mañana de su cumpleaños.

Camilo se deslizó en medio del matorral pasando a dos puestos de guardias y dando la vuelta al lado contrario donde finalmente, quedó tan cerca de la reja como podía estarlo sin ser visto. No podía creer su suerte. A menos que hubiera un accidente, Camilo no sería descubierto. Se acordó de su exhortación para Lea, *nosotros no nos deseamos suerte*.

—Gracias Señor —susurró.

Camilo apenas podía soportar la vista de lo que quedaba de los poderosos hombres que había llegado a amar. Salvo por las patadas ocasionales que les propinaban los más irreverentes de los parranderos, los cadáveres no se habían movido en tres días y medio. Los animales los mordisqueaban, los pájaros los picoteaban, los insectos se amontonaban. Camilo decidió que no dejaría podrirse al sol ni a su peor enemigo.

Una orquesta ruidosa invadió la zona y los enfiestados se pusieron calenturientos. Los más valientes bailaban lado a lado, tomados por los brazos a la altura de los hombros, describiendo círculos alrededor de los cadáveres. Camilo temía ahora perderse el milagro, bloqueado por esos borrachos locos. Su malhecho círculo se aplanaba al ir serpenteando entre los cuerpos y la reja.

Bailaban cada vez más rápido hasta que alguien invertía la dirección. Toda la línea se detenía y se iba para el otro lado, pero pronto varios tuvieron ideas propias y la cosa se desintegró. Los bailarines chocaban entre sí, riendo, aullando, dando risotadas hasta que se les caían las lágrimas. Una mujer de mediana edad, sin un zapato, se dobló para vomitar y fue pasada por otro que creyó que seguía el círculo dando vueltas.

Varios se cayeron, dando a Camilo una clara vista de Elías y Moisés, ahora sólo asquerosos, distorsionados, conjunto repulsivo de pedazos del cuerpo en montones pútridos. Un sollozo lastimero subió de su garganta.

Sin aviso los hombres muertos se movieron. Camilo contuvo la respiración. Uno por uno los locos chillaron, se cayeron de espaldas y atrajeron la atención del resto de la turbamulta. Se corrió el rumor que los cadáveres estaban moviéndose, y el círculo interno salió de estampida hacia atrás mientras que los que oían la conmoción desde lejos, empujaban para adelante.

La música se detuvo, el canto se volvió alaridos y gemidos de agonía. Muchos se taparon los ojos u ocultaron sus rostros. Miles huyeron. Miles más llegaron corriendo.

Elías y Moisés luchaban por ponerse de rodillas, con sus cuerpos sucios moviéndose en cámara lenta, los pechos jadeantes. Pusieron sus manos rugosas de dedos largos sobre los muslos, pestañearon y se dieron vuelta para mirar lo que se veía. Uno detrás del otro pusieron una mano sobre el pavimento y se enderezaron, parándose lentamente, produciendo gemidos terribles de los espectadores paralizados.

Al estirarse deliberadamente en toda su estatura, los charcos secos que los rodeaban se volvieron líquidos. Sus heridas abiertas se cerraron, la piel —estirada y partida por la tumefacción— se contrajo, las manchas púrpuras y negras se desvanecieron, se esfumaron. El pelo y el tejido que había en la reja y en el muro más allá, desaparecieron al irse integrando los hombres.

Camilo oyó cada alarido de la multitud pero no podía sacar los ojos de Elías y Moisés. Ellos juntaron los pliegues de sus túnicas en sus puños a la altura del pecho, y el resto de la arpillera se meció limpia en la brisa. Otra vez eran altos y fuertes, victoriosos, nobles y majestuosos.

Elías y Moisés miraron a la multitud con lo que Camilo entendió como nostalgia y anhelo, luego volvieron sus rostros hacia el cielo. Miraban con tanta expectativa que Camilo se fijó que muchos de la muchedumbre también miraban al cielo.

Nubes blancas como la nieve rodaban en un firmamento azul y púrpura profundos. El sol estaba oculto y luego reapareció en un cielo bello de colores móviles y puros vapores blancos.

Una voz de lo alto, tan fuerte que la gente se tapó las orejas y la esquivaron, dijo: "¡SUBAN PARA ACÁ!"

Elías y Moisés subieron con sus rostros aún vueltos hacia arriba. Un resuello colectivo hizo eco en el Monte del Templo al ir cayendo de rodillas la gente, algunos sobre sus rostros, llorando, gritando, orando, gruñendo. Los testigos desaparecieron en una nube que subió tan rápido que pronto no fue más que una mota antes de desvanecerse.

Las rodillas de Camilo tambalearon y se cayó al blando suelo, con las lágrimas que por fin brotaban. —Bendito sea Dios —suspiró—, ¡gracias, Señor!

Por todos los alrededores había miles postrados, deseando, lamentando, rogando a Dios.

Camilo empezó a pararse pero antes que sus piernas estuvieran rectas, el suelo se le chasqueó partiéndose como si fuera una toalla. Voló hacia un árbol, raspándose el cuello y la espalda al caer rodando. Saltó a sus pies para ver que cientos de personas aterrizaban luego de haber sido tiradas muy alto.

El cielo se ennegreció y una lluvia helada apedreó la zona. De cuadras de distancia llegaban el ruido ominoso de los edificios que se desplomaban, el crujido y el retumbar de los árboles que caían, el choque del metal y el vidrio pues los vehículos eran tirados por todas partes.

—¡Terremoto! —gritaba la gente, corriendo. Camilo salió tambaleándose de su escondite, asombrado al comprobar cuán corto y fuerte había sido el terremoto. El sol atisbaba a través de nubes que se movían muy rápido, creando una atmósfera verde horripilante. Camilo caminó atontado en la dirección de la casa de Jaime.

Raimundo había estado mirando televisión en su cuarto del hotel. El terremoto cortó la energía eléctrica y tiró todo al suelo, incluyéndolo a él. Casi inmediatamente salieron a las calles los camiones de anuncios públicos de la CG.

—¡Atención, ciudadanos! Se necesitan voluntarios en el lado este de la ciudad. Esta noche se efectuarán las ceremonias de cierre conforme a lo programado. Los celotes se robaron los cadáveres de los predicadores. No se crean los cuentos de hadas de sus desapariciones o que hayan tenido que ver con este acto de la naturaleza. Repito: esta noche se efectuarán las ceremonias de cierre conforme a lo programado.

Max durmió hasta tarde luego encendió el televisor para mirar las noticias del día. Lloró cuando las cámaras mostraron a Elías y Moisés resurrectos y subiendo en las nubes. ¿Cómo podía la CG refutar lo que se había transmitido a todo el planeta? David Jasid había informado que él había visto por televisión la extraña interrupción hecha por Carpatia en la noche del lunes pero que el incidente no aparecía en ninguna grabación del acontecimiento. Y, ahora, las resurrecciones no aparecían en ninguna grabación de la noticia que se volvía a pasar por televisión.

Max pensaba cuánto poder. Qué control invasor hasta de la tecnología. Si por algún motivo Carpatia salía vivo de Israel, Max no le dejaría aterrizar vivo. No en ningún avión que él piloteara pero ¿debía esperar tanto tiempo? Buscó en el compartimento de su bolsa de vuelo y tomó la pistola de contrabando igual que la que llevaba Abdula también. Si Max la llevaba esta noche, iba a tener que permanecer lejos de los detectores de metal.

El barrio de Jaime había sido golpeado fuerte y duro por el sismo. Se habían soltado ladrillos y una parte del garaje se había desintegrado pero, al contrario de las residencias aplanadas de los alrededores de la suya, la casa de Jaime había escapado en buena parte indemne.

La electricidad volvió rápidamente a esa zona y Camilo miró los informes de la televisión con Jaime y el resto del personal de la casa. Las muertes llegaban a los centenares pero rápidamente subieron a miles.

La mayor parte del daño se centró, sin duda, en la zona este de Jerusalén donde se cayeron edificios, se desplomaron complejos de departamentos, los caminos se convirtieron en cintas de asfalto y barro retorcidas. A comienzos de la noche estaba claro que una décima parte de la Ciudad Santa había sido destruida y que la cifra de muertos llegaría por lo menos a siete mil en la mañana.

Todos los noticieros repetían que la CG insistía en que los delegados asistieran a la ceremonia final: —Se acortará —entonaba un León Fortunato apropiadamente triste—. El potentado está dedicado a la operación de búsqueda y rescate pero pidió que presente sus más sentidas condolencias de todo corazón a todos los que sufrieron pérdidas. Estas son sus palabras:

La reconstrucción empieza inmediatamente. No seremos derrotados por una derrota. El carácter de un pueblo se revela por su reacción a la tragedia. Nos levantaremos porque somos la Comunidad Global.

«Hay un tremendo valor que edifica la moral en nuestra reunión conforme a lo planeado. La música y el baile no serán apropiados pero estaremos juntos, nos exhortaremos unos a otros, y nos dedicaremos de nuevo a los ideales que nos son tan caros».

—Permitan que agregue una palabra personal —dijo Fortunato—, sería sumamente alentador para el Potentado Carpatia si ustedes asistieran en cantidades abrumadoras. Conmemoraremos a los muertos y el valor de los partícipes del esfuerzo de rescate, y empezará el proceso sanador.

Camilo no tenía interés en la sensiblera imitación de la noche de inauguración —los potentados que alababan a su temerario líder y éste encantando píamente a la multitud.

—Prometiste estar ahí —dijo Jaime con voz áspera.

—Oh, señor, los caminos estarán intransitables, las rampas para sillas de ruedas pueden estar rotas. Sólo mírelo en...

—Jacobo puede manejar por entremedio de cualquier cosa y llevarme a cualquier parte.

Jacobo se encogió de hombros. Camilo puso una cara como preguntando por qué no había apoyado la negativa suya. Jacobo dijo: —Tiene razón. Métalo a él y la silla en el automóvil y yo lo llevaré para allá.

—No puedo arriesgarme a que me reconozcan —dijo Camilo a Jaime.

—Yo sólo quiero saber que estás en la multitud, apoyándome.

El sol había salido de un banco de nubes y entibiaba a Jerusalén. La luminosidad anaranjada de la ciudad vieja impactó a Raimundo por su belleza, pero también la devastación. Raimundo no se podía imaginar por qué Carpatia estaba tan decidido a seguir con el programa. Pero el potentado estaba entregándose directamente a las manos de Dios.

Raimundo se quedó detrás de varios grupos, terminando finalmente en medio de un racimo de gente cerca de la torre del parlante a la izquierda de Carpatia, cuando daba la cara al público. Raimundo adivinó que distaba de dieciocho a veintiún metros del atril.

Abdula anunció: —Yo no voy. Lo miraré por televisión.

—Como quieras —dijo Max—. Probablemente yo lamente haber ido.

Max esperó, sentado, en el furgón de transporte más de veinte minutos antes que por fin partiera. Miró hacia atrás viendo que Abdula salía del hotel a paso vivo, con las manos metidas en los bolsillos de un saco liviano.

Camilo llegó a la plaza antes que Jacobo y Jaime, y se puso a esperar cerca de la entrada, envalentonado por ser pacientemente ignorado. Su nuevo aspecto funcionaba y, de todos modos, parecía que los trabajadores de la CG estaban preocupados preparándose para un huésped de honor. Y aquí venía aquel.

Alguien estacionó el vehículo de Jaime mientras Jacobo empujaba la silla de ruedas hacia el detector de metal a la derecha del escenario. Un guardia preguntó: —¿Su nombre, señor?

—Jac...

—Joven, él viene conmigo —escupió Jaime—. Déjelo tranquilo.

—Lo lamento, señor —dijo el guardia—. Estamos con alerta aumentada, como puede imaginarse.

—¡Dije que él viene conmigo!

—Está bien, señor, pero cuando él le ayude a llegar a la plataforma, tendrá que buscarse asiento o pararse en otra parte.

—¡Tonterías! —dijo Jaime—. Ahora...

—Oh, jefe —dijo rápidamente Jacobo—. De todos modos no quiero estar allá arriba. Por favor.

Camilo vio que Jaime cerraba los ojos, agotado, e hizo una seña con el dorso de la mano. —Sólo llévame allá arriba.

—Tiene que pasar por el detector de metal —dijo el guardia—. No hay excepciones.

—¡Estupendo! ¡Vamos!

—Primero usted, hijo.

Las llaves de Jacobo activaron la alarma. Logró pasar al segundo intento.

—Necesito que salga brevemente de la silla, doctor Rosenzweig —dijo el guardia—. Mis hombres pueden sostenerlo.

—¡No, no pueden! —dijo Jaime.

—Señor —dijo Jacobo—, él tuvo un infarto el lun...

—Sé todo eso.

—¿Quiere insultar a un estadista israelita y, puedo decirlo, global?

El guardia pareció perdido. —Por lo menos tengo que palparlo.

—Muy bien —gruñó Jaime—, pero rápido.

El guardia palpó los brazos y las piernas y la espalda de Jaime, tocándolo por todos lados en sentido descendente. —De todos modos, su fuga hubiera sido un poco lenta.

Jacobo y tres guardias levantaron la silla hasta la plataforma y llevaron a Jaime hacia el lado izquierdo de la hilera de sillas. El guardia le hizo señas a Jacobo para que regresara. —¿Ahora tengo que dejarlo solo aquí arriba?

—Lo siento —dijo el guardia.

Jacobo se encogió de hombros. Jaime dijo: —¡Vete! Estaré bien.

Jacobo descendió y se juntó con Camilo, casi al frente. Miraron cómo se divertía Jaime manejando la silla eléctrica de aquí para allá en el vasto y vacío escenario, para deleite de la multitud en aumento.

El cielo estaba oscuro pero el enorme sistema de iluminación bañaba la plaza. Raimundo calculó que la multitud era mayor que la del día de la inauguración pero sometida.

Se transportaba a las personas muy importantes en buses, pues sus helicópteros fueron agregados al esfuerzo de rescate del sismo. No había fanfarria, música ni baile, nada de oración de apertura. Los potentados subieron las gradas, se dieron la mano unos a otros, también a Jaime, y esperaron frente a sus asientos. León escoltó a Carpatia cuando subía, rodeado por la gente de seguridad. Los reunidos rompieron en un aplauso cálido y sostenido, sin vítores ni silbidos.

León presentó rápidamente a los potentados y luego dijo: —Hay aquí un invitado *muy* especial, al cual nos es particularmente grato acoger pero Su Excelencia ha solicitado ese privilegio. Entonces, con gratitud de todo corazón por su apoyo durante este momento, dejo con ustedes nuevamente a Su Excelencia, Nicolás Carpatia.

Raimundo metió las manos dentro de la túnica, abrió la caja del Sable, lo sacó y silenciosamente le dijo a Dios que estaba preparado para usarlo en el momento propicio.

Un Carpatia frenado acalló rápidamente los aplausos.
—Permitan que agregue mi profundo agradecimiento al de nuestro comandante supremo y también mis pobres simpatías para ustedes que han sufrido. No los retendré por mucho tiempo porque sé que muchos tienen que regresar a su patria y están preocupados por el transporte. Los vuelos salen de ambos aeropuertos aunque hay, naturalmente, demoras.

«Ahora, antes de mis comentarios, permitan que presente a mi invitado de honor. Él tendría que haber estado aquí el lunes pero tuvo un inoportuno infarto. Me complace mucho anunciar la milagrosa recuperación de este gran hombre, suficiente para estar con nosotros esta noche en su silla de ruedas, con perspectivas maravillosas de una recuperación completa. Señoras y señores de la Comunidad Global, un estadista, un científico, un ciudadano leal y mi querido amigo, ¡el distinguido doctor Jaime Rosenzweig!

La multitud estalló en vivas al señalar Carpatia a Jaime, y Raimundo captó que era su oportunidad. La gente que estaba al frente de él, levantaba sus brazos para aplaudir y hacer señas, y él levantó rápidamente el arma y apuntó. Pero Jaime estiró su brazo bueno como para ofrecérselo a Carpatia y Nicolás se inclinó sobre la silla de ruedas para abrazar al viejo.

No había forma que Raimundo disparara tan cerca de Rosenzweig. Bajó el arma, la ocultó entre los pliegues de su amplia manga, y observó el abrazo inoportuno. Nicolás alzó el brazo bueno de Jaime, y la multitud volvió a vitorear.

Carpatia regresó a la plataforma del atril y el momento se perdió.

_____

Max McCullum sabía que Camilo Williams estaba metido en alguna parte de esa muchedumbre. Quizá tratara de ponerse en contacto con él cuando todo eso terminara. ¿Estaría Abdula también ahí? ¿Y por qué había dicho que no iría?

_____

Raimundo saboreó bilis temblando por el cercano peligro pues tanto le repelía Carpatia.

—Compatriotas —empezó Nicolás sombríamente—, en la joven historia de nuestro único gobierno mundial, hemos estado resistiendo, hombro con hombro, contra grandes dificultades como hacemos esta noche.

«Yo había planeado un discurso que nos enviara a nuestros hogares con vigor renovado y nuevamente consagrados a los ideales de la Comunidad Global. La tragedia hizo innecesaria esa charla. Hemos probado nuevamente que somos un pueblo con propósito e ideales, de servicio y buenas obras.

Tres potentados se pararon, por detrás de Carpatia. Eso pareció obligar a los otros siete, que lentamente se pusieron de pie aunque evidentemente reacios. Carpatia notó que la atención de la multitud se concentraba detrás de él y se volvió, viendo primero a tres de los potentados, luego a los demás, parados aplaudiendo. La multitud se unió al aplauso y Raimundo pensó que vio un intercambio de miradas entre Carpatia y Fortunato.

¿Se tramaba algo? ¿Esos tres eran los que Max había dicho que podían no ser tan leales como Nicolás pensaba?

Los potentados se volvieron a sentar y, por primera vez desde las reuniones del estadio Kollek, Carpatia pareció perdido con las palabras. Empezó de nuevo, hizo una pausa, se repitió, luego se volvió a los potentados y, en chiste, les dijo: —No me hagan eso.

La multitud volvió a aplaudir y Nicolás usó la situación para producir más risa. Comenzó a hablar, encubriendo evidentemente su propia preocupación, mirando rápidamente hacia atrás y dándose vuelta de nuevo, generando risas disimuladas en el público.

De repente los tres potentados se volvieron a parar y aplaudieron como si trataran de ganar buenas calificaciones de Nicolás, aunque Raimundo notó que uno de ellos había metido la mano en el bolsillo interior de su saco mientras se ponía de pie. Estaba claro que la multitud pensaba que los potentados que aplaudían actuaban extemporáneamente. La multitud se rió y alegró fervorosamente cuando Jaime manejó su silla, súbitamente, saliéndose de su lugar y dirigiéndose a Fortunato.

Raimundo se distrajo por algo a su izquierda. ¿Patty? No había manera. Trató de mantenerla a la vista pero la gente frente a él volvió a levantar las manos, gritando, aplaudiendo, saltando. Él niveló el revólver entre ellos, apuntó a Nicolás por entre dos guardias de seguridad, y trató de apretar el gatillo. ¡No pudo! Su brazo estaba paralizado, su mano temblaba y su vista nublada. ¿No lo permitiría Dios? ¿Había llegado demasiado lejos? Se sintió necio, cobarde, impotente a pesar del arma. Se paró temblando, con Carpatia en la mira. Mientras la multitud celebraba Raimundo fue tironeado desde atrás y de costado, y el revólver se disparó. La explosión hizo que el mar de gente aterrada se dividiera en torno a él. Raimundo corrió con un grupo de ellos, soltando el arma y dejando que se cayera la otra mitad de la caja. La gente gritaba y se pisoteaban unos a otros.

Cuando Raimundo trataba de abrirse paso por una obstrucción de cuerpos, dio un vistazo al escenario. Carpatia no estaba a la vista. Los potentados se desparramaban y se zambullían buscando cubrirse, uno dejó caer algo al salir tambaleándose de la plataforma. Raimundo tampoco pudo ver a Fortunato. La plataforma del atril había sido destrozada y arrancada de su marco toda la cortina del fondo, que tenía treinta y tres metros de ancho, y arrojada fuera del escenario. Raimundo se imaginó la bala atravesando a Nicolás y saliendo por el fondo.

¿Dios lo había usado a pesar de su cobardía? ¿Podía él haber cumplido la profecía? ¡El disparo había sido un error! ¡Él no había tenido intenciones de hacerlo!

_____

Camilo se había tirado detrás de un andamio al sonido del revólver. Una marejada humana barrió todo pasando por ambos lados, y él vio felicidad en algunos rostros. ¿Los conversos del Muro de los Lamentos que habían visto que Carpatia asesinaba a sus héroes?

Cuando Camilo miró al escenario, los potentados saltaban fuera de ahí, el cortinado flotaba a la distancia, y Jaime parecía catatónico, con su cabeza rígida.

Carpatia yacía en la plataforma, con sangre corriendo de sus ojos, nariz, boca, y —le pareció a Camilo— desde la parte de arriba de la cabeza. El micrófono sujeto a la solapa todavía estaba caliente, y como Camilo estaba directamente abajo de un altoparlante, oyó el murmullo gutural y líquido de Carpatia que decía: —Pero yo pensé... yo pensé... que hacía todo lo que pediste.

Fortunato envolvía con su robusto cuerpo el pecho de Carpatia, palpaba debajo de él, y lo acunaba. Sentado en el escenario, mecía a su potentado, gimiendo.

—¡Excelencia, no se muera! —sollozaba Fortunato—. ¡Lo necesitamos! ¡El mundo lo necesita! ¡*yo* lo necesito!

Las fuerzas de seguridad los rodeaban, blandiendo Uzis. Camilo había sufrido suficientes traumas para un día. Él estaba como hipnotizado, viendo claramente la espalda de Carpatia con el cráneo empapado en sangre.

La herida era inequívocamente mortal. Y desde donde estaba Camilo, era evidente qué la había causado.

———————

—No esperaba un tiroteo —dijo Zión mirando fijo el televisor mientras Seguridad CG vaciaba el escenario y se llevaban a Carpatia.

Dos horas después la CNN CG confirmaba la muerte y repetía una y otra vez la apesadumbrada declaración del Comandante Supremo León Fortunato: —Seguiremos adelante con el valeroso espíritu de nuestro fundador y ancla moral, Su Potestad Nicolás Carpatia. La causa de la muerte permanecerá confidencial hasta que se complete la investigación pero pueden estar seguros de que el culpable será llevado ante la justicia.

Los medios noticiosos informaban que el asesinado cuerpo del potentado sería expuesto en el palacio de Nueva Babilonia antes de su sepultura a efectuarse allá el domingo.

—No dejes la televisión Cloé —dijo Zión—. Tienes que suponer que la resurrección será captada por las cámaras.

Pero cuando el viernes se hizo sábado en Monte Prospect y se aproximaba la noche, hasta Zión comenzó a preguntarse. Las Escrituras no predecían la muerte por un proyectil. El anticristo tenía que morir por una herida especifica en la cabeza y, luego, volver a la vida. Carpatia todavía yacía expuesto.

Hacia el amanecer del domingo Zión había empezado a dudar de sí mismo mientras miraba sombríamente a los dolientes que desfilaban por la litera de cristal puesta en el patio bañado de sol del palacio de la CG.

¿Había estado equivocado todo el tiempo?

———————

David Jasid fue llamado a la oficina de León Fortunato dos horas antes del entierro. León y sus directores de inteligencia y seguridad se amontonaban delante de una pantalla de televisor.

La cara de León reflejaba una pena intensa y la promesa de venganza. —Una vez que Su Excelencia esté en la tumba —decía con voz espesa—, el mundo puede aproximarse a su fin. Llevar a juicio a su asesino sólo puede ayudar. Mire con nosotros, David. Los ángulos primarios estaban bloqueados pero mire esta toma colateral. Dígame si ve lo que nosotros vemos.

David observó.

¡Oh, no! —pensó— *¡No puede ser!*

—¿Bien? —dijo León atisbándolo—. ¿Hay alguna duda?

David se demoró pero eso sólo sirvió para que los otros dos lo miraran.

—La cámara no miente —dijo León—. Tenemos a nuestro asesino, ¿no?

Por más que deseara dar otra explicación de lo que estaba claro, David haría peligrar su puesto si se mostraba ilógico. Asintió. —Seguro que sí.

EPÍLOGO

El segundo ¡ay! ha pasado; he aquí,
el tercer ¡ay! viene pronto.

Apocalipsis 11:14

ACERCA DE LOS AUTORES

Jerry B. Jenkins, (www.jerryjenkins.com) ha escrito más de cien libros. Ex vicepresidente de la editorial del Instituto Bíblico Moody de Chicago, Illinois, también sirvió muchos años como editor de la revista Moody. Sus obras han sido publicadas en diversos medios como *Reader's Digest,* (Selecciones), *Parade*, revistas para los aviones, y muchos periódicos cristianos. Escribe libros de cuatro clases: biografías, temas del matrimonio y la familia, novelas para niños y novelas para adultos. Algunas de las biografías que ha escrito Jenkins son de Luis Palau, Billy Graham y muchos más. La biografía de Billy Graham figuró en la lista de los *bestsellers* del New York Times, junto con otras dos más.

Cuatro de sus novelas apocalípticas escritas en colaboración con Tim LaHaye, "Dejados atrás", "Comando Tribulación", "Nicolás" y "Cosecha de almas", figuran en la lista de las novelas *bestsellers* de la CBA (Asociación de Libreros Cristianos) y en la lista de los libros más vendidos en materia religiosa del Publisher Weekly. "Dejados atrás" fue seleccionada como la Novela de 1997 y 1998 por ECPA (Asociación de Editoriales Cristianas Evangélicas).

Como escritor y conferencista de temas del matrimonio y la familia, Jenkins ha sido invitado asiduo del programa radial "Enfoque a la Familia" del doctor James Dobson.

Jerry también escribe una tira cómica deportiva que publican muchos periódicos norteamericanos.

Jerry y su esposa Dianna viven en el noreste de Illinois y en Colorado.

Comuníquese al speaking@jerryjenkins.com para concertar una conferencia con Jerry Jenkins.

El doctor Tim LaHaye es un conocido autor, ministro, asesor, comentarista televisivo y conferencista de renombre nacional en materia de vida familiar y profecía bíblica. Fundador y presidente de Family Life Seminars y fundador del PreTrib Research Center. Actualmente el doctor LaHaye se presenta como orador en las principales conferencias sobre profecía bíblica que se organizan en los Estados Unidos y el Canadá, donde son muy conocidos siete de sus libros sobre profecía. El doctor LaHaye se tituló en la Universidad Bob Jones y tiene una maestría en Artes y un doctorado en Ministerio del Seminario Teológico Conservador Occidental. Durante 25 años ha pastoreado una de las iglesia más sobresalientes de San Diego, California, que creció instalándose en tres lugares más. En ese mismo tiempo fundó dos reconocidas escuelas cristianas de enseñanza superior, un sistema escolar cristiano de diez escuelas y el College Christian Heritage.

El doctor LaHaye ha escrito más de 40 libros que tienen más de once millones de ejemplares impresos en 32 idiomas. Ha escrito sobre muchos temas como vida familiar, temperamentos y profecía bíblica. Sus novelas actuales, escritas en colaboración con Jerry Jenkins, "Dejados atrás", "Comando Tribulación" "Nicolás" y "Cosecha de almas", han figurado todas en el primer lugar de las listas de los libros cristianos de mayor venta.

Otras obras del doctor LaHaye son "Temperamentos controlados por el Espíritu", "Casados pero felices", "No temas a la tormenta", la serie "Dejados atrás-Los Chicos" de novelas para jóvenes y muchos más.

El doctor LaHaye tiene 4 hijos y 9 nietos. Entre sus actividades recreativas se cuentan, esquí en la nieve y acuático, motocicleta, golf, salir de vacaciones con su familia y trotar.